헤밍웨이의 삶과 언어 예술

헤밍웨이
삶과 언어 예술

권봉운 지음

한결미디어

이 책을 삼가 부모님 영전에 바치나이다

권봉운 올림

머리말

작고한 지 반세기가 지났어도 학자들과 비평가들은 무엇 때문에 어니스트 헤밍웨이를 연구해야 하는가에 해답을 찾으려 한다. 아직도 미완성으로 남아 있는 그의 예술적 천재성은 설명되지 않고 있다. 필자는 어니스트 허밍웨이(Ernest Miller Hemingway, 1899~1961) 문학에서 세 가지를 주목한다.

첫째, 진실(truth)이 그의 문학의 주제라는 점, 둘째, 문체의 독창성(originality), 셋째, 그의 문학이 관념보다 철저한 직접 체험(firsthand experience)을 바탕에 두고 있다는 점이다.

헤밍웨이는 진실을 생명으로 알고 실천했으며 진실을 외면하거나 거부하거나 감추려 하지 않은 언어예술가였다. 인간에게 진실은 인간 양심에 근거해야 하고 그것은 곧 가치의식의 한 형식이고 도덕적 윤리적 타당성과 융합되어야 한다. 진실의 개념이 어떠한 것이든 그것은 생명질서 차원에서 인간을 순화시켜주는 주제가 되어야 한다.

1942년 10월 헤밍웨이는 자기가 직접 편집하고 출판한 책 ≪전쟁하는 사람들(Men at war)≫에 다음과 같이 작가의 진실을 피력했다.

A writer's job is to tell the truth. His standard of fidelity to the truth should be so high that his invention, out of experience, should produce a truer account than anything factual can be.

Men at War edited by Ernest Hemingway (p. 7)

작가의 본분은 진실을 말하는 것이다. 작가는 진실에 대한 충실한 기준이 매우 높아서 경험에서 나오는 그의 창작물은 사실에 입각한 어느 것보다 더 진실한 이야기를 창작해야 한다.

20세기 문예사조는 새로운 변화를 모색하는 문체(literary style)를 요구하였다. 헤밍웨이는 문체 개발에 심혈을 기울여 처음에는 단순하고 진실한 평서문으로 시작하였으나 그가 만족할 수 있는 높은 차원의 소설을 쓰기에는 매우 거리가 멀다는 것을 폴 세잔느(Paul Cezanne, 1839~1906)의 그림을 공부하면서 깨달았다. 고도의 혁신적인 문체, 20세기의 가장 영향력 있는 산문을 만들기에 각고를 거듭한 헤밍웨이는 형용사와 부사 사용을 절제하고 보통명사(appellative)와 서술동사(descriptive verb)의 결합으로 문장에서 많은 수식어가 벗겨지게 하였다. 짧은 단어, 제한된 어휘, 정제된 표현과 암시적이면서도 청징한 문체를 개발하는데 공을 들였다. 힘찬 문체에 개별 단어의 기능을 강조하였다. 강렬한 주제들을 명쾌하고 집중적이고 완벽하게 통제된 산문으로 표현했다. 간결하고 정확하고 청징한 대화문에 시적 감흥(a poetic inspiration)이 충만해 있다. 이와 같은 그의 문체에는 철학과 예술적 가치가 깊숙이 묻혀 있음을 알 수 있다. 헤밍웨이 문체를 모방하기 좋아하는 미국 작가 존 업다이크(John Updike)는 헤밍웨이 문체를 이렇게 표현한다.

How much poetry lurks in the simplest nouns and predicates!
(얼마나 많은 시가 가장 단순한 명사와 술어에 숨어 있나!)

그런가 하면 헤밍웨이 자신도 자기 문체를 이렇게 술회하였다.

The secret of that book was that it was poetry written into prose.
(그 책의 비밀은 쓴 시를 산문으로 옮겨 놓은 것이었다.)

헤밍웨이 문체를 시 그 자체로 보는 많은 학자들과 비평가들의 견해가 일치한다. 헤밍웨이는 생략이론(theory of omission), 즉 빙산원리(principle of an iceberg)를 창안, 개발하여 문체를 힘차고 강하게 하였다.

더구나 진실을 말하는 기준이 매우 높고 매우 엄격하므로 자기 자신의 체험보다 문학적 증거나 다른 정보원에서 입수한 부차적 증거를 인정하기를 주저하였다. "나는 본 것만 알고 있다." 이 말은 자주 그의 입과 문체에 나타난 설명이었다.

헤밍웨이는 지식에 대한 갈망이 대단했다. 자연의 세계에서 인간의 가치를 발견하려는 갈망, 역경과 패배를 딛고 일어서게 하는 용기와 지혜를 추구하려는 갈망이 있다. 비평가 말콤 카울리(Malcolm Cowley)가 언급했듯이 헤밍웨이는 무엇보다 지식에 대한 갈망으로 프랑스어, 스페인어, 이태리어의 실제적 지식을 독학하여 그 나라 사람들과 막힘 없이 자유롭게 의사소통을 하였다. 그는 또 항해술도 완벽하게 독학하였다. 이같이 독학과 독서에서 얻은 실제적이고 폭넓은 지식이 바탕이 되어 문체의 독창성(origi

nality in style)이라는 위업으로 1954년 마침내 노벨 문학상이 그에게 안겨
졌다. 그는 독창성이 강한 문체구조의 신비스러운 영역에서 자유롭게 미를
창조하는 언어예술가였다.

헤밍웨이 소설 주인공들은 어떠한 경우에도 진실하고 선하고 페어플레
이한다. 위기나 죽음에 직면해서도 당당하게 임하고 존엄하게 죽는다. 이
들은 패배하여도 그 패배를 딛고 일어서는 용기와 인간이 되게 하는 스토
이시즘(stoicism)이 있다. 역경과 고난을 통하여 배양한 이들의 세계에서 자
신들의 의미를 창조한다. 행동규범(Code, 도덕적 원칙과 기준)에 어긋나는 불
명예스러운 행위나 굴욕적 태도는 거부한다.

이것이 어니스트 헤밍웨이 문학의 본령(本領)이고, 언어예술정신이며,
철학이다. 헤밍웨이는 행동의 원칙과 기준이 확고했으며, 완벽주의자였고
원칙주의자였다. 헤밍웨이의 넷째 부인 메리 웰시(Mary Welsh)는 옆에서
본 남편 헤밍웨이를 이렇게 말한다.

> In my opinion he was the most important and influential writer of his
> generation in the world. Any and every piece of his work, even
> unfinished work, is to be valued. Indeed, as he was a perfectionist, a man
> of principles.
>
> *Ernest Hemingway : A Literary Reference edited by Robert W. Trogdon*
> *(p.330)*

내 생각에 그는 세계에서 그의 세대 중 가장 중요하고 영향력 있는 작가였다.

그의 작품이 무엇이건, 미완성 작품까지도 존중된다. 정말로 그는 완벽주의자였고, 원칙주의자였기 때문이다.

가장 양심적인 작가, 최고의 노련한 기교가, 가장 숙련된 작가 어니스트 헤밍웨이는 어휘 사용에 천재적 재능이 있으며 책 지면 한 장 한 장은 흐르는 물 아래로 들여다보이는 개울 바닥 같다. 문체의 기능이 변함이 없는 것은 경험에 근거한 통찰과 자신과 주인공들의 정서적 반응을 억제하는 데 있다.

그는 창작을 통하여 진실하고 살아 있는 그 어느 것보다 더 진실한 새로운 전부를 만들어 낸다.

헤밍웨이 미학(美學)의 기본 원칙 첫째는, 직접 목격한 것만을 보도하도록 훈련받은 신문기자 경험에서 유래한 것으로 소설은 정서적이고 지적인 실제 경험에 토대를 두어야 하며 사실에 충실해야 하지만 그것이 단순한 실제 사실보다 더 진실해질 때까지 상상력으로 그것을 변형 강화해야 한다. 식견 있는 작가라면 언제나 사실에서 시작하지만 결국에는 원래의 경험보다 더 흥미 있고 의미심장한 어떤 것을 창작해야 한다.

둘째는, 소설은 강렬한 인상을 주기 위해 압축되어야 하고, 작품을 견고하고 활력 있게 하는 구조와 의미의 토대를 이야기 표면 아래 감추어야 한다. 훌륭한 작가의 필수적 재능은 마음속에 새겨진 내진성 탐지기다. 언제나 빙산원리에 의해서 글을 써야 하고 겉으로 들어나는 부분은 8분지 1이고 남은 부분 8분지 7은 물속에 잠겨 있다. 알고 있는 것은 어떤 것이든 제거할 수 있으며 그것만이 빙산을 강화해 준다.

그의 문학에 사랑, 신뢰, 인류애, 상호의존(interdependence), 상호 존경 (mutual respect) 등은 보편적 가치로써 인간이 되게 하는 자긍심과 삶을 순화시켜주는 주제들이다. 캐서린 버클리(Catherine Barkley)가 프레드릭 헨리 (Frederic Henry)에게 "You are my religion"이라 했듯이 산티아고(Santiago)는 "Man is my religion"이라 하여 인간에 대한 신념을 종교로 승화하였다. 헤밍웨이는 인간에 대한 신념을 신봉하는 작가이다. 헤밍웨이 작품 표면 아래 존재하는 매우 중대한 우주적 문답을 가볍게 봐서는 안 된다.

제1부 전기
제2부 성공의 여정
제3부 문체와 빙산원리
제4부 미국 고교생들과 대담 및 조지 프림프턴과 회견
제5부 문학연보
제6부 주요작품 분석과 의미 등으로 나누어 기술하였다.

작고하신 정병조 교수님과 김병철 교수님의 은혜에 깊이 감사한다. 해외 여러 서점에서 헤밍웨이 문학연구서와 자료를 입수하여 준 나의 딸 영옥이와 사위 이봉식 군에게 특별히 감사한다. 무엇보다도 이 책을 쓰도록 물심양면으로 도와준 나의 아내에게 깊이 감사하지 않을 수 없다. 바쁜 학업에도 불구하고 원고 정리를 성의껏 도와 준 허주경 양에게도 감사를 전한다.

헤밍웨이 문학을 쉽고 명료하게 설명하려고 노력했으나 만족한 느낌이

들지 않는다. 필자의 둔재 탓으로 생각한다. 독자 제현의 아낌없는 질정을 바란다. 끝으로 이 책의 출판을 허락하신 한결미디어 박연 사장님께 진심으로 감사하며 또 편집부 여러분께도 감사한다.

2013년 1월
상도동 우거에서
권봉운

차례

제6부 주요 작품 분석과 의미

제1부
헤밍웨이 전기

The hardest thing to do is to write straight honest prose on human beings.
First you have to know the subject, then you have to know how to write and
both took a lifetime to learn.

-Ernest Hemingway

가장 어려운 일은 인간에 대한 솔직하고 정직한 산문을 쓰는 것이다. 첫째, 주
제를 알아야 하고, 그다음은 어떻게 쓸 것인가를 알아야 한다. 그리고 둘 다 배우
는 데 평생 걸렸다.

-어니스트 헤밍웨이

오크파크Oak Park

어니스트 밀러 헤밍웨이는 1899년 7월 21일 미국 일리노이 주 오크파크 (Oak Park)에서 출생했다. 그리고 1961년 7월 2일 아이다호 주 케첨 그의 집에서 산탄총으로 자살했다. 성장에서 죽을 때까지 허밍웨이는 끊임없는 흥분의 연속으로 일생을 보냈다. 전쟁터에 다섯 번 갔었고 18세 나이에 1차 세계대전 때 이태리군의 구급차 운전병으로 근무하다가 이태리 동북부 지방의 격전지 포셀타(Fossalta di Piave)에서 큰 부상을 당했다. 2차 대전 때 유럽군의 유럽 진군 시에는 미국인으로서는 처음 파리 입성을 했으며 1922년 ≪토론토 스타(Toronto Star)≫의 종군기자로 콘스탄티노플에서 희랍군의 퇴각을 취재했고 북미신문연맹(NANA) 기자로 스페인 내전(1937~1938)과 1941년 중일전쟁 종군기자로 활약했다.

헤밍웨이는 4번의 자동차 사고에서 살아났고 2번의 비행기 추락 사고에서도 살아남은 운 좋은 사람이었다. 특히 우간다 비행기 추락 사고는 전 세계 신문들이 헤밍웨이가 죽은 것으로 오보하여 세상을 놀라게 했다. 그는 43년간의 성숙기간에는 10편의 장편소설, 4권의 논픽션, 100여 편의 단편소설을 썼다. 헤밍웨이는 1953년에 퓰리처상을, 1954년에는 노벨 문학상을 수상했다. 1930년대와 1940년대의 약 20년간은 거의 매일 뉴스 인물이 되었고 신문기자 시절의 체험과 사진들도 언론에 공개 취재되어 마치 할리우드 영화배우처럼 세상을 떠들썩하게 했다. 그는 미남이고, 활동적이며, 총명하고 박식하고 만능 스포츠 선수이고 카리스마 있는 남성다움을 간직한 걸출한 인물이었다.

헤밍웨이의 62년간의 생애는 지구 전부라고 해도 좋을 만큼 분주하고 활동력 있는 편력의 인생이었다고 할 수 있다. 많은 작가들 중에서 이 작가만큼 광범위하게 여행을 시도한 작가는 드물다. 여행지에서 얻은 체험은 작품이 되었고 또 다른 여행지에서 얻은 소재를 소설화했고 조금도 인생을 헛되게 보낸 사람이 아니었다. 그의 초기 단편집 〈우리 시대에〉는 소년 시절 왈른 호수(Waloon Lake) 여행의 산물이었고 첫 장편소설 〈해는 또 다시 뜬다〉는 파리와 스페인 여행의 소산이며 〈빈부〉는 키웨스트, 〈아프리카 푸른 언덕〉은 아프리카 사파리 여행에서 착안하였고 〈누구를 위하여 좋은 울라나〉는 스페인, 〈강 건너 숲 속으로〉는 이태리, 그리고 〈노인과 바다〉는 쿠바 여행에서 체험한 작품이다. 그의 대부분의 작품이 여행에서 체험한 것들로서 여행지를 배경(Setting)으로 하고 있다. 그의 여행 목적이 관광에 있지 않고 작품 생산에 두고 있음을 주목한다.

헤밍웨이의 부모, 아버지 클래런스와 어머니 그레이스가 알게 된 시초는 오크파크 고교 시절(1887년)이다. 어머니 그레이스가 고교 2학년이고 아버지 클래런스가 고교 3학년 때의 일이다. 클래런스는 키가 크고 흑발이었고 마른 체구에 시골티가 나 있었으며 과학자연에 흥미가 있었다. 어머니 그레이스는 음악과 예술 방면에 흥미를 가진 아름다운 소녀였다. 그레이스에게는 여러 벌의 좋은 옷이 있었고 많은 젊은 남성들이 그녀에게 추파를 던졌다.

핑크색 두 뺨, 엷은 갈색 머리를 가진 그녀는 수학과 라틴어가 좋은 성적은 아니었지만 문학을 좋아했고, 프랑스어와 역사에 취미가 있었다. 굶어도 음악만은 그녀가 가장 좋아하는 과목이었다. 어머니 그레이스 홀(Grace Hall)과 아버지 클래런스 허밍웨이(Clarence Hemingway)가 친하게 된 것은 1894년 그레이스 어머니가 암으로 병세가 극히 악화된 때의 일이었다. 클래런스는 오크파크 고교 졸업 후 오벌린 대학, 시카고 의과 대학을 거쳐 유럽 유학을 잠시 했다. 그레이스 어머니가 암 투병을 하자 젊은 의사 클래런스는 윌리엄 루이스 박사 새 조수로 그레이스 가에 자주 출입하여 그녀와 만나는 날이 많아졌고, 자연히 둘은 가까워지게 되었다. 그리고 그레이스 어머니 병세가 악화되자 연정으로 더 가까워졌다.

그레이스는 음악만 좋아하는 것이 아니었다. 허밍웨이는 모계의 영향으로 영국적인 침착성과 문화적 교양의 냄새가 도는 가정에서 자랐다. 그레이스는 피아노, 바이올린은 물론 콘트랄토(Contralto, 여성 최저음)가 그녀의 장기였다. 교회 합창단의 지휘자였고 음악 없이 못 사는 천성의 음악 애호가였다. 클래런스와 그레이스의 결혼 당시(1896년 10월 1일), 그녀가 50명의 학생들에게 받는 개인교습비가 한 달에 천불을 능가했다.

그레이스의 이러한 예술적 재능은 그녀의 성량이 고갈되자(56세) 미술 방면으로 뻗어나갔다. 이 분야에서도 아마추어를 능가하는 화가로 개인전을 열 정도였으니, 헤밍웨이의 모계를 흐르는 예술적 재능이 헤밍웨이에게 얼마나 많은 영향을 주었는가를 짐작하게 한다. 이 예술적 천재성이 그를 천재작가로 만들었다고 하겠다. 부계에서 나온 방랑성과 행동성을 모계에서 나온 예술적 기질이라는 그릇에 담아서 헤밍웨이 문학이라는 꽃을 피우게 하였다고 본다. 자연을 즐기는 야성적 취미는 부계에 속한 기질이라 생각되고 조부의 야성적 면은 그의 단편소설 〈아버지와 아들〉에 작품화되었다. 아버지 클래런스는 타고난 사냥꾼이었다. 헤밍웨이는 4세 때 새 이름을 250개나 라틴어 학명으로 외우고 있었다는 아버지 클래런스의 자랑이었다. 클래런스는 시카고 박물관에 어린 나이의 헤밍웨이를 데리고 갔으며 그의 감수성 근저에는 이러한 자연주의적인(naturalistic) 훈련이 숨어 있다고 하는 점은 중요한 일이다. 그의 자연을 사랑하고 때 묻지 않은 청정한 자연관은 자연을 찾아 행동하고 관찰자가 되게 했다. 250개의 라틴어로 된 생물학명을 암기하고 있는 아들 헤밍웨이를 아버지 클래런스는 히포크라테스의 뒤를 쫓는 증거라고 혼자서 흐뭇해하였다.

왈른 호수

헤밍웨이는 전통적 법규와 예의를 강조하는 오크파크보다 자유천지 북미시간의 왈른 호수가 더 좋다고 생각했다. 왈른 호수는 첼로를 권유하는 어머니 간섭도 없는 자연의 아름다움이 더 좋았다. 이 호수는 어린 헤밍웨이가 맨발로 여름 내 뛰어 돌아다녔고 아버지는 사냥할 때도 아들을 데리고 다녔다. 클래런스는 인디언 부락으로 왕진 갈 때도 어린 아들 헤밍웨이를 동반하였다. 단편소설 〈인디언 부락*Indian Camp*〉은 이것의 산물이다. 이 단편소설에 등장하는 의사는 클래런스이고 같이 피서를 와 있던 조지 숙부가 그대로 등장인물로 나온다. 여기서 닉(Nick)은 헤밍웨이 분신이라는 것은 말할 것도 없다. 인디언 부락은 빈민들 거주지로서 농토도 없고 일자리 구하기도 어려웠다. 그들에게는 응급환자가 자주 생겼으며, 찔린 상처, 골절, 전염병 등 자주 왕진을 가는 아버지 클래런스와 함께 가는 수가 많았다. 이 같은 인디언과의 접촉을 통해 소년 헤밍웨이에게는 자연을 사랑하는 마음이 깊이 자리 잡고 있었으며, 성장하여 범애사상(Philanthropism)을 길러 내는 기초가 되었다. 한 인간이 탄생할 때 고통과 죽음을 비로소 배운 것이다. 이 중요한 체험은 그대로 〈인디언 부락〉의 주제가 된다.

아버지 클래런스는 아들 헤밍웨이에게 울음이 터져 나오는 정도의 고통이 있을 때는 가슴속에서 그 고통을 몰아내는 한 방법으로 휘파람(whistle)

부는 데 온갖 정신을 집중하라고 충고했다. 헤밍웨이가 1차 대전 때 이태리 전선에서 부상당하여 병원에 치료 받을 때 그가 찍은 사진에 이빨 사이로 휘파람 불고 있는 모습이 있다. 이 휘파람은 극기(stoicism)의 형식이고 아버지의 교훈이고 유산이라는 사실이 소년 헤밍웨이 가슴속에 자리 잡고 있다.

이 청정지역, 때 묻지 않은 왈룬 호수를 배경으로 한 작품은 1921년 12월 작품 〈미시간 북쪽에서〉를 위시하여 ≪우리들 시대에≫의 15편 중 〈인디언 부락〉, 〈의사와 의사 아내〉, 〈어떤 것의 종말〉, 〈사흘 불이 폭풍우〉, 〈권투선수〉, 〈큰 두 마음의 강〉 1부와 2부 외에 〈아버지와 아들〉이 있다.

오크파크 소년 시절 헤밍웨이는 청순하고 성실하고 유순한 성장기를 맞이한다. 어릴 때부터 그는 독서를 좋아했고 책 속의 그림을 보기보다 자기 손으로 이야기를 만들어 보기를 더 좋아하는 편이었다. 무엇보다 교내 활동에 깊은 흥미를 가지고 주간신문 ≪트라페제(Trapeze)≫의 편집원이 되어 가십란을 담당하여 1916년 11월~1917년 5월 사이에 어니스트 밀러 헤밍웨이라는 실명의 글이 30여 편 이상이나 게재되었다. 교내 신문 기자보다 편집장으로서 더욱 맹활약을 했다. 이 기간에 24편의 단편을 쓰기도 하였다.

오크파크의 4년간의 고교시절은 대학 2년에 해당하는 충실한 교과 내용을 담고 있지만 이것 외에 많은 수의 고전과 구약성경(이것은 특히 정독하여 한 글자도 빼놓지 않았다)을 읽었다. 그의 문체가 구약성경의 영향을 받았다는 증거가 나타난다. 찰스 디킨즈, 윌리엄 데커리, 스티븐슨, 키플링, 셰익스피어 등을 탐독하였다. 이 중에 특히 정독한 것은 스티븐슨과 키플링이었다. 이것은 후년의 헤밍웨이에게 능숙한 스토리텔러 소설가로서 일면이 엿보이게 하는 흥미롭고 중요한 선택이다. 고교 시절 딕슨과 비그즈 두 여선생의 지도를 받은 마지막 2년은 그의 인격형성에 많은 도움과 영향을 주었다. 딕슨 여선생은 헤밍웨이 인격에 영향을 주었고 비그즈 여선생은 작가로서 성장에 최초의 초석을 마련해 주는 구실을 하였다. 영어 5반과 6반은 비그즈 여선생의 담당 이었는데 그중 영어 5반은 단편소설 코스였다. 이 코스에는 에드거 엘런 포, 오 헨리, 링 라드너 등을 모델로 하여 소설 습작이 이루어졌다. 이때 왈른 호수 지방에서 체험한 생활이 토대가 되었다. 그 당시 시카고 주변에서 가장 인기 있던 스포츠 기자 겸 작가는 단연 링 라드너로서 ≪시카고 트리뷴≫지의 칼럼을 담당하고 있었다. 미국식 속어(slang)의 생기발랄한 맛과 차디찬 날카로운 풍자성을 겸비한 유니크한 작품의 작가였다. 17세의 헤밍웨이도 대번에 그의 문체의 매력에 포로가 되고 말았다.

헤밍웨이 수업시대를 면밀하게 추구한 찰스 펜튼(Charles A. Fenton)은 문체에서부터 리듬, 테크닉에 이르기까지 링 라드너의 흡수가 얼마나 빠르고 효과적으로 작용하고 있는가를 지적하고 있다. 미국 구어의 활력을 충분히 살리고 있다는 점에서 링 라드너를 분명히 마크 트웨인계열의 작가로 본다면 헤밍웨이가 연마해간 문체도 이 계보에 속해 있다.

영어 6반은 마치 신문사 사무실을 연상하리만큼 기사 취급에 열성을 나타내고 있었다. 비그즈 선생의 기사 취급의 요령은 다음과 같다.

"전체 줄거리 윤곽을 처음 단락에 담도록 하라. 그다음은 세부에까지 언급하고 중요하지 않는 부분일수록 끝으로 돌려라. 편집장은 기사를 줄이되 끝에서 줄이도록 기사를 써라. 되도록 사건을 문장 하나로 묶어 커버하라."

1년 후 오크파크 고교를 졸업하고 《캔자스 시티 스타(Kansas City Star)》지 7개월의 수습기자 생활을 끝마쳤을 때 그가 기자 생활에서 성공할 수 있었던 것은 오직 비그즈 여선생의 지도력 덕분이었다는 것을 솔직히 시인하고 있다. 1951년까지도 헤밍웨이는 이 여선생들의 은혜를 잊지 않았다.

헤밍웨이는 1918년 이태리 적십자 구급부대로 떠나기 전까지 매년 7월은 미시간 북쪽 왈른 호수의 가족여름 휴양지에서 보냈다.

오크파크보다는 북 미시간이 소년 헤밍웨이에게는 더 큰 자유가 있었다. 이곳에서의 체험으로 미시간을 배경으로 한 여러 편의 단편소설이 창작되었다. 반대로 오크파크를 배경으로 한 작품은 없다. 시카고 서쪽 교외 주택지역은 주로 영국계, 독일계, 스칸디나비아 계 후손들이 거주하는 비교적 부유한 중산층이 거주하는 곳이었다. 이곳에는 여러 계파의 교회가 있지만 가톨릭 교회는 한 곳 뿐이었다.

헤밍웨이는 누이 마들렌(애칭 써니)에 의하면 가족이 식사 전 기도는 꼭 하고 오전에는 가족 성경 공부와 기도를 규칙적으로 했다고 했다. 그리고 헤밍웨이는 규칙적으로 오크파크 교회에 참례하였고 어머니 그레이스는 제3조합교회 성가대 지휘자였다고 증언하였다. 마을의 연회행사는 교회, 학교, 시민그룹이 중심이 되어 주최하였다.

어니스트 헤밍웨이 가정은 아버지 클래런스(1871~1928)는 의사였고 어머니 그레이스 홀(1872-1951)은 가정에 설치해 놓은 음악당에서 피아노 교습을 하며 결혼 전에는 오페라에 관심을 가졌던 교양 있는 여성이었다. 이들 부부 사이에는 6남매가 있었으니 마르셀린(Marcelline, 1898~1963), 어니스트 헤밍웨이(1899~1961), 우르슬라(Ursula, 1902~1966), 마들린(Madelaine, 1904~

1995), 캐롤(Carol, 1911~2002), 그리고 레이스터(Leicester, 1915~1982) 등이다.

　오크파크 고교시절 헤밍웨이의 영어담임은 고전영어와 성경 이야기 등을 할당하였고 졸업하기 전 선생은 영어고전문학과 셰익스피어 작품, 버니언(Bunyan)의 천로역정, 디킨즈(Dickens)의 데이비드 카퍼필드(David Copper field) 등을 가르쳤다. 고교 때는 ≪트라페제≫ 교지에 37편의 기사를 썼고, 첫 기사가 1916년 1월 20일 출판되었다. 고교 2학년 때는 시카고 교향악단이 연주하는 음악회 강평도 하였다. 그는 또 3편의 단편소설, 4편의 시도 발표하였다. 뿐만 아니라 고교 시절에는 모든 운동 서클에 참가하여 타고난 재능과 기량을 마음껏 발휘하였다. 음악 예술 기질의 어머니에게서 물려받은 음악성도 지닌 헤밍웨이는 야외활동을 권장하는 아버지 재질에 만능 스포츠맨으로 성장 가능성을 보여주었다. 1917년 6월 오크파크 고교를 우수한 성적으로 졸업하였다.

캔자스 시티

1917년 고교 졸업 무렵 헤밍웨이는 탈출하고 싶은 욕망이 고조되어 있었다. 미국은 그가 졸업을 3개월 앞둔 1917년 4월 1차 세계 대전에 참가했다. 이 새로운 소식은 모든 젊은 사람들의 가슴을 설레게 한 것처럼 헤밍웨이 가슴을 흔들어 놓았다. 미국 젊은이는 대부분 대학 진학을 전쟁에의 길을 바꾸어 징병소로 달려갔지만 헤밍웨이는 시력이 나쁘다는 이유로 탈락하고 말았다. 이는 어머니의 유전이 확실하다. 어머니의 시력이 나쁘고 아버지의 시력이 좋았다는 누이 마르셀린의 증언이 이를 뒷받침하고 있다.

아버지는 시력이 어찌나 좋은지 스모키 산 중에 사는 인디언은 "독수리 눈"을 뜻하는 '네테탈라(netetala)'라는 이름을 주었다. 아버지 시력은 좌우가 2.0으로 50이 넘은 나이에도 안경을 쓰지 않았다. 그러나 어머니는 늘 안경을 쓰고 다녔다.

어니스트 헤밍웨이는 전쟁터로 가고 싶다는 생각에 사로잡혀 아버지에게 몇 번이나 졸라 보았지만 그때마다 거절당했다. 졸업 후 여름에는 언제나처럼 북 미시간의 왈룬 호수를 여행하였고 이웃에 사는 친구 짐 딜워드네 집에서 며칠을 보내기도 하였고 며칠씩 하이킹을 떠나기도 하였다. 헤밍웨이 집안에서 대학 교육은 당연한 전통이어서 조부모 모두가 대학을 나왔고 아버지 형제도 오벌린 대학의 졸업생이었다. 누이 마르셀린도 대학을

30

진학했다. 대학생이 된다는 생각을 접은 헤밍웨이는 오크파크을 떠나고 싶다는 탈출 욕구에 사로잡혔다. 여름철 내내 그는 낚시와 여행을 계속하였고 부모님은 집안에서 대학생이 나올 것을 마음속 깊이 갈망하고 있었다. 헤밍웨이는 남에게 물어도 보고, 친구들에게 상의도 하고, 집에 드나드는 집안 친척들과도 의논해 보고, 가족들과 토론한 후에 드디어 캔자스 시티로 떠나기로 결심하였다.

미지의 모험 속으로 웅비하려는 조바심을 지닌 그는 대학 진출이라는 진부한 굴레를 벗어 던지고 지금의 숨 막힐 듯한 굴레를 하루 속히 벗어나고 싶었다. 좀 더 넓은 세상에서 체험과 자극을 주는 환경에 뛰어 들고 싶었다. 이것이 비록 그를 파멸의 함정으로 몰아넣을지라도 세속적인 성공이 약속되는 안이한 길을 스스로 거부하고 자기신념으로 가는 가시밭을 달려가는 우직한 결의야말로 진실한 인생의 태도라고 생각했다. 그는 ≪캔자스 시티 스타≫지로 가는 길을 택했다. 그의 작품의 주인공들 가르시아, 헨리, 로버트 조던, 산티아고처럼 격투의 결과는 아무것도 없고, 거기다가 절대적 희망을 걸지도 않는 행동의 순간순간에만 삶의 긴장과 성실함, 진실함을 느끼며 거기서 삶의 가치를 찾는 그의 인생관은 비록 연소한 젊은 나이지만 일찍이 앞을 내다보는 것이었다. 이러한 삶의 가치를 찾는 과정에는 스토이시즘(stoicism)이 그의 인생관과 문학의 이념에로 투영되어 언어예술의 높은 차원의 꽃을 피우게 하였다.

캔자스 시티로 가는 적극적 이유는 헤밍웨이의 숙부 타일러가 캔자스 시티에서 목재상을 경영하여 성업 중에 있었고 이 숙부의 오벌린 대학 동창인 헨리 해즈갤이 ≪캔자스 시티 스타≫지의 유능한 편집간부 중 한 사

람이라는 데에 은근히 희망을 걸고 있었기 때문이다. 숙부 타일러의 도움
으로 이 신문사에 입사하여 1917년 9월부터 파리로 떠나기 전인 1918년
4월 3일까지 수습기자로 근무하였다. 집을 떠나 생전 처음으로 자유와 독
립 속에서 18세의 여유로운 희망의 부푼 가슴으로 신문기자로서 만족한
삶을 맞이하였다.

사실은 ≪캔자스 시티 스타≫지는 당시 미국 중서부 제1신문이라는 정
평을 받고 있었으며 특히 신인 기자를 길러내는 솜씨가 대단한 신문사였
다. 저널리즘의 유망 신인의 소망 성취라는 언론사 느낌조차 있어 유능한
신문인을 속속 배출하였다.

유능한 신문인을 배양하는 그 훈련은 엄격할 뿐만 아니라 타당한 것으
로 받아들여졌다. 기자가 되려면 문체요령 심득서를 맞아야 했다.

Use short sentences. 짧은 문장을 사용하라.

Use short first paragraphs. 첫 단락은 짧게 사용하라.

Use vigorous English. 힘찬 영어를 사용하라.

Be positive, not negative. 부정적이지 말고 긍정적이어라.

Hemingway refered to this style rule in his maturity as a writer, stating
that it was the most important lesson he had learned in Kansas City.
Critical Companion to Ernest Hemingway by Charles M. Oliver (p.6)

헤밍웨이는 작가로서 그의 성숙기에 이 문체 규칙을 언급하면서 그것은
≪캔자스 시티 스타≫지에서 배웠던 가장 중요한 교훈이었다고 했다.

또 이 신문사에는 이 규칙을 준수하게끔 감독하는 엄격한 감시인이 있었으니 웰링턴(C. G. Wellington)이 바로 그 사람이었다. 1940년 헤밍웨이는 어느 젊은 신문인에게 다음과 같이 말하였다.

"그것은 내가 글을 쓴다고 하는 일 때문에 배운 최량의 규칙이었다. 그것을 나는 절대로 잊지 않았다. 재능이 있어 자기가 말하려고 하는 것을 진실로 느끼고 쓰는 사람이라면 이러한 규칙은 꼭 준수해야 큰 이득이 될 것이다."

느낀다고 하는 것, 혹은 실제로 관찰한다고 하는 것은 쓴다고 하는 것과 별개의 다른 작업일 수는 없다. 간결한 문장을 쓰고 약동하는 표현을 포착한다고 하는 것은 정확하게 객관적으로 비정하게 진정하게 사물을 느끼며 사물을 관찰한다는 것과 동일하다.

헤밍웨이는 언제나 다른 사람의 교훈에 귀를 기울이고 그것을 존경하는 습관이 있었다. 순수하게 객관적으로 글을 쓴다고 하는 것이야말로 작품을 쓰는 유일한 참된 방법이라고 후일 술회하기도 했다. 《캔자스 시티 스타》지 연상의 동료기자 라이오네 갈혼 모이스(Lionel Galhoun Moise)라는 명물기자가 있었는데 이 기자는 문학을 좋아했으며 날카로운 비평적 안목도 있었다. 그는 마크 트웨인, 키플링, 콘라드 등의 작가를 격찬하였다. 모이스 기자는 후배들의 성공을 부러워하지도 깔보지도 않는 사람이었고 헤밍웨이의 작품과 인간을 정확하게 알아보는 안목 있는 문사였다.

젊은 헤밍웨이가 선택한 "나의 대학(My College)"의 수업은 어떠한 대학의 수업보다 더 맵고 진지하고 엄격한 것이었고 좋은 결실을 가져왔다. 기자로서 직업적인 훈련이라는 정규과목에서도 술집에서 문학론이라는 과외

활동에서도 그는 참가의 기쁨을 맛볼 수 있었다. 그는 이러한 조건들을 십분 활용하여 《캔자스 시티 스타》지에서 작가 활동에 필요한 문체(Style)를 배웠을 뿐만 아니라 이태리 전선의 경험에서 작품 소재를 구해낼 수 있는 기자적인 높은 안목을 길렀다.

어느 날 신문사 무전계의 책상 위에 이태리 전선의 적십자 자원모집이 있다는 전보 한 장이 놓여 있었는데 징병에 실패한 청년 중 건강한 사람이면 응모 자격이 있다고 하였다. 헤밍웨이는 드디어 1918년 5월 23일 아침 시카고로 모여든 약 70명의 지원자들과 함께 대서양을 횡단하였다. 전쟁에 나간다는 어려운 결정을 내린 이상 전쟁의 정체가 무엇인지를 직접 체험하지 않고서는 그의 열망(hunger)이 풀릴 수는 없었다. 다행히 파리 도착 이틀 후에 그의 소망이 성취되어 오스트리아군의 가장 치열한 대상지인 밀라노 전선으로 향하게 된다. 그는 최초의 전쟁 경험에서 현실로 나타나게 되고 관심을 여행의 흥미에 두지 않고 죽음에로 접근, 죽음에다 천착하고 있었다. 그는 열아홉 번째 생일을 두 주일 앞두고 참호에 출입이 허락된 지 7일 후인 1918년 7월 8일 밤 포셀타(Fossalta di Piave) 전선에서 병사들에게 담배와 초콜릿, 엽서를 배달하던 중 오스트리아군이 쏜 박격포탄에 다리를 심하게 다쳤다. 227개의 파편이 그의 몸속으로 들어갔으며 붕대소는 공격 중이라 철수되었고 앰뷸런스를 기다리며 지붕이 날아간 마구간에서 2시간이나 기다려야 했다. 필립 영(Philip Young)도 이때의 사정을 다음과 같이 기술하고 있다.

Philip Young in his book on Ernest Hemingway suggests the traumatic shock of his severe 1918 mortar wound had a great influence on him as a writer.

A Case Book edited by Linda Wagner-Martin (p.21)

필립 영은 헤밍웨이에 관한 그의 책에서 1918년 박격포의 심한 상처와 외상적 충격이 작가로서 그에게 큰 영향을 주었다고 암시한다.

이때 받은 외상 쇼크(traumatic shock)의 의미는 아이러니하게도 어니스트 헤밍웨이 문학 인생을 새롭게 만든 중대한 사건으로 정리된다.

헤밍웨이는 밀라노에 있는 미국 적십자병원으로 후송되어 치료받는다. 아그네스(Agnes von Kurowsky)는 이 병원에 배속된 미국 여간호사 중 한 사람이었다. 그녀의 나이는 26세였고 친절하고 매력 있고 상냥한 성격의 여자였다. 헤밍웨이는 1918년 8월 중순 이 여인과 사랑에 빠지게 되는데 자기보다 8세 연상의 여인이었다. 그녀는 이태리로 오기 전 뉴욕의 한 의사와 결혼하기로 하고 약혼을 했다. 아그네스는 헤밍웨이를 좋아는 했으나 사랑한다는 강한 의사를 나타내지는 않았다. 얼마 후 아그네스는 플로렌스에 있는 병원에 근무를 희망해서 독감치료를 돕기로 하고 10월 중순 밀라노를 떠났다. 미군 가운데 폐렴증으로 죽어가는 환자가 많아서 사정이 긴박했다. 헤밍웨이는 1월 4일 고국으로 떠났고 3월에 그녀에게서 온 편지를 받고 이들의 관계가 위험해졌다. 두 사람은 5월에 함께 있었으며 헤밍웨이는 이태리에서 7개월을 보냈다. 아그네스에게서 온 편지 내용은 관계 단절이라는 것이었고 이것이 헤밍웨이에게는 박격포탄에 맞은 것만큼이나 큰 충격이었고 타격이 되었다. 헤밍웨이가 귀향 후에 토론토로 가기까지 그의 내적 고민의 직접 원인은 아그네스를 캐서린 버클리(Catherine Barkley)로 바꾸어 소설화하여 그녀를 생물학적 함정(biological trap)에 빠지게 하여 죽게 하는 니힐리즘(nihilism)에 헤밍웨이 의도를 읽을 수 있다.

헤밍웨이는 5월에 북 미시간 그의 집으로 들어갔다. 1918년 12월까지 집에 머물면서 많은 단편을 썼지만 출판은 하지 않았다. ≪토론토 데일리 스타≫지의 편집장 소개로 이 신문사의 자유기고기자로 1921년 1월 27일 첫 기사가 출판되었다. 그는 ≪토론토 데일리 스타≫지 자매지 ≪스타 위클리(Star Weekly)≫지 양쪽에서 근무하게 되었다. ≪토론토 위클리≫는 토요일에 인쇄되고 수필과 연재소설이 게재되었고 특종 유머 있는 기사들로 인기가 있었다.

왈른 호수의 그해 여름에 3편의 단편과 10편의 시와 함께 그의 가장 성공적 단편 중 하나로 알려진 ≪미시간 북쪽에서(Up in Michigan)≫가 2년 후에 발표되었다.

2년간 토론토 신문사에 근무하면서 200여 기사와 특종을 실명으로 발표하여 호평을 받았다. 이 무렵 그는 헤밍웨이보다 8년의 연상 여인 해들리 리처드슨(Hadley Richardson)을 만났다. 연애 끝에 1921년 9월 3일 허튼베이(Horton Bay)에서 결혼했다.

시카고에서 일하는 동안 헤밍웨이는 일찍이 셔우드 앤더슨(Sherwood Anderson)을 알게 되었다. 앤더슨은 ≪와인즈버그와 오하이오(Winesburg, Ohio)≫를 출판하였으며 헤밍웨이 작품에 큰 영향을 주었던 선배 작가였다. 헤밍웨이가 자유기고 기자로 유럽으로 간다는 말을 듣고 앤더슨은 거트루드 스타인(Gertrude Stein), 에즈라 파운드(Ezra Pound), 실비아 비치(Sylvia Beach)를 위시하여 여러 명의 문우들을 소개하는 편지를 헤밍웨이에게 주었다. 헤밍웨이는 부인 해들리와 함께 1921년 12월 8일 유럽으로 향했다. 파리에는 1921년 12월 20일 역사적 도착을 했다. 이들 부부는 처음에는 제이콥 호텔에 머물렀다가 나중에 1922년 1월 9일 임대 아파트로 이사했다. 파리는 1920년대 유망한 미국 작가들이 성공할 수 있는 좋은 도시였다. 헤밍웨이는 파리에 와서 자기들의 길을 모색하는 전 세계 수백 명의 작가와 예술가들이 누리는 자유로운 분위기를 잘 활용했다. 이런 가운데 그는 ≪토론토 스타≫지 편집자들을 결코 실망시키지 않았다. 그는 유럽에서 가장 좋은 휴양지를 발견하는 시간이 그리 오래 걸리지 않았다. 스타 지에 보내는 첫 기사 제목이 "관광객들이 스위스 휴양지에서 놀라다"였다. 이 기사는 파리 도착 한 달 만에 송고되었고 그해 보냈던 80여 편의 기사와 함께 1922년 2월 4일 발표되었다. 그리고 그는 4월에 개최되는 제네바 세계 경제회의에 참석자와 회의 내용을 취재하기 위해 스위스로 갔다. 그해 가을에는 콘스탄티노플로 가서 그리스-터키 전쟁을 취재하면서 10월 14일 희랍군의 퇴각을 목격한 현장을 생생하게 보도한 내용을 송고하였다. ≪토론토 스타≫지의 편집자들은 하나로 표제를 달았다.

"조용하고 무시무시한 행렬(A silent, ghostly procession)"이 그것이었다.

11월에는 유럽 제일가는 허풍선이 이태리 독재자 무솔리니의 기사를 언급하는 로잔느 평화회의 취재에 임했다. 12월 3일 로잔느에서 부인 해들리와 합류하기로 했는데 그녀는 파리 리용에서 잠시 자리를 비운 사이에 여행 가방을 도난당했다. 그 여행가방 안에는 파리에서 쓴 단편소설의 소재와 다른 원고들이 함께 들어 있었기 때문에 큰 손실을 당했다. 후년에 헤밍웨이는 이때 무한한 허무와 갈망을 느꼈다고 술회하였다. 이것으로 인하여 두 부부는 서로 허탈과 안타까운 마음으로 얼마 동안 괴로워했다.

1922년과 1923년 파리 수업 시절에 헤밍웨이는 독창적 문체 개발(The

evolvement for original style)에 갈망하고 있을 때 행운의 사람들을 만났다. 에즈라 파운드, 거트루드 스타인, 실비아 비치, 앨리스 토클라스, 에드워드 오브레인, 로버트 맥알몬, 존 도스 패이사스, 해롤드 롭, 제임 조이스 등과 친교하면서 문학을 논하는 좋은 기회를 만들었다.

1923년 6월 헤밍웨이 부부는 처음으로 스페인으로 여행을 가서 첫 투우 경기를 관람하였다. 그들은 7월에 팜플로나(Pamplona)로 돌아와서 산 페르민(San Fermin)의 축제를 관람하였다. 이 축제가 헤밍웨이 창작의 착상을 자극하였다. 이 축제가 모티프가 되어 그의 불후의 명작 첫 장편소설 ≪해는 또 다시 뜬다(The Sun also Rises)≫가 탄생되었다. 부부는 오크파크 방문 후 토론토에서 몇 달을 보낸 후 1924년 2월에 다시 파리로 왔다. 1924년 3월 첫 아들 존(John Hadley Nicanor Hemingway)을 낳았다. 아이 이름의 닉네임으로 밤비(Bumby)라 부르다가 나중에는 잭이라 불렀다.

헤밍웨이 부부는 7월에 팜플로나에 가서 투우 경기와 함께 이라티(Irati) 강에서 낚시도 했다. 12월에는 스키를 즐겼고 오스트리아에도 갔다. 그곳에서 3개월을 보냈다. 1925년 3월 중순 이들은 파리로 다시 와서 헤밍웨이 친구들로부터 폴라인 페이퍼(Pauline Pfeiffer)를 소개받았다. 폴라인은 헤밍웨이 두 번째 부인이 되었다. 한편 1925년 12월에 해들리와 함께 스키 휴가를 시런스로 온 헤밍웨이는 크리스마스 날로 새로 사귄 폴라인과 합류하게 되어 2주간의 휴가를 폴라인과 많은 시간을 함께했다. 이후 헤밍웨이는 첫 장편소설 ≪해는 또 다시 뜬다≫의 로열티는 해럴드 해들리에게 위임했다. 이것은 그녀와 사랑을 멈출 수 없다는 말을 나중에 할 것이라는 의미가 내포되어 있었다. 그리고 헤밍웨이는 이듬해 5월 10일 폴라인 파이퍼와 결혼했다.

명작 ≪해는 또 다시 뜬다≫가 1926년 10월 22일 출판되었다.

헤밍웨이는 1926년 7월 21일 26번째 생일날 이 작품을 집필하여 3개월 1일 만에 햇빛을 보게 했다.

키웨스트와 아바나

　헤밍웨이와 폴라인은 7월에 팜플로나에서 투우 관람을 포함해서 12월과 이듬해 1월은 스위스 그슈타드에서 휴가를 즐겼다.

　이즈음에 헤밍웨이는 전 생애를 통해서 사고가 연속되었는데 폴라인과 첫 해를 보내면서 3번 사고는 그들이 신혼여행 중에 일어났다.

　헤밍웨이 발이 잘리는 일이 있었고, 첫 아들 잭이 헤밍웨이 눈을 긁어서 글을 쓸 수도 없고 스키도 할 수도 없을 정도로 몇 날을 소일하게 되었다. 나중에 헤밍웨이 부부가 파리로 돌아온 후 아파트 욕실 천장에서 전등이 떨어져 머리가 다쳐 몇 바늘 봉합 수술을 받았다.

　1928년 3월 중순 헤밍웨이는 파리에서 ≪무기여 잘 있거라(A Farewell to Arms)≫쓰기 시작하여 키웨스트에 와서 계속 집필하였다. 둘째 부인 폴라인이 임신하여 그녀 고향 아칸사스의 피고트(Piggott)로 가기 원했다. 그곳에서 둘째 아들 패트릭이 1928년 6월 28일 제왕절개 수술로 태어났다.

　폴라인이 며칠 입원하여 있는 동안 헤밍웨이는 아버지 클래런스가 자살했다는 소식을 듣고 이 사실을 알고자 오크파크로 갔었고 클래런스가 우울증과 부채가 있었다는 사실을 나중에서야 알았다. 클래런스는 당뇨 증상을 인정할 수 없는 수치심을 가져서 고민했으며 다리에 탄저병까지 시작되어 절단해야 될지 모른다는 두려움도 있었다. 이러한 사정 때문에 권총으로 자살을 했다.

　헤밍웨이는 ≪무기여 잘 있거라≫의 초고를 끝냈다. 그는 이 작품이 출판되기를 기대했다. ≪스크리브너스 매거진(Scribner's Magazine)≫이 이 작품을 1929년 5월에서 10월까지 6회 연속으로 게재하였다. 드디어 이 소설은 1929년 9월 27일 한 권 책으로 완간되었다.

　헤밍웨이는 1929년 4월 중순에 파리로 돌아왔다. 부부와 함께 폴라인의 누이동생, 장인 거스 페이퍼는 7월 6일에서 14일까지 축제와 투우경기가 있는 팜플로나로 여행을 즐겼다. 헤밍웨이는 1930년 12월 몬타나 빌딩 근처에서 자동차 사고로 팔이 부러져 3번의 수술을 받아야 했다. 그해 3월에는 ≪오후의 죽음(Death in the Afternoon)≫을 집필해서 1931년 12월에 탈고하였다. 헤밍웨이는 스페인의 투우 정기순회행사로 여름휴가를 보냈다. 폴라인은 파리에서 키웨스트에 거주하게 될 새로 구입한 주택에 들어 놓을 가구를 수송했다. 부부는 판 아메리카 항공사 쿠바 지사장과 22세의 패션모델 제인을 만났다.

　폴라인은 1933년 잭와 패트릭 두 아들과 함께 드라이브 중 교통사고를 당하였고 또 아바나 호텔 2층에서 떨어져 허리를 다쳤다.

　≪오후의 죽음≫은 1932년 9월 23일에 출간되었다. 신간 서적을 논평하는 사람들은 어떻게 미국인이 투우에 대하여 쓸 수 있는지를 불안하게 보았다. 하지만 스페인 사람들까지도 헤밍웨이가 자기 나라 사람보다 투우를 더 좋게 이해했다고 생각하고 있다. 헤밍웨이는 미국인들에게 스페인 말에는 투우라는 말이 없고 가장 가까운 동의어는 스페인 말로 라 코리다 데

토로스(La corrida de toros)가 있다고 가르쳐 주었다.

혜밍웨이는 ≪오후의 죽음≫을 탈고하고 나서 단편소설을 썼다. 단편소설들이 비교적 성공적이었기 때문에 ≪오후의 죽음≫에 대한 서평의 보상으로 느껴졌다. ≪스크리브너스 매거진≫에서 ≪깨끗하고 조명이 잘 된 곳 (A clean, Well-Light Place)≫를 1933년 3월에 출간했다. 혜밍웨이는 동아프리카 사파리 여행에서 아메바성 이질에 걸려 많은 고생을 하고 있었는데 치료차 케냐 나이로비에 있는 병원으로 가기 위해 비행기를 탔다. 그는 1933년 12월 처음으로 아프리카 사파리 여행을 시작했다. 나이로비에서 혜밍웨이 부부는 1차 세계 대전 때 윈스턴 처칠과 테디 루스벨트 두 사람을 위해 사파리 여행을 안내했던 그 유명한 사냥 안내원 필립 퍼시발(Philip Percival)을 그들의 안내원으로 고용했다. 아메바성 이질을 제외하면 사파리 여행은 성공적이었고 혜밍웨이에게 ≪킬리만자로의 눈(The snows of Kilimanjaro)≫뿐만 아니라 두 번째 논픽션 ≪아프리카의 푸른 언덕(Green Hills of Africa)≫의 작품 소재를 얻었다. 이 두 작품은 1935년에 출간되었다.

혜밍웨이는 1934년 4월 초에 키웨스트로 돌아가는 도중에 38피트 고기잡이 배 한 척을 주문하기 위해 부룩클린에 들러 휠러 조선소를 찾았다. 이 배는 다음 달 마이애미에서 인도하기로 했다. 혜밍웨이는 배 이름을 필라르(Pilar)로 지었다. 그는 쿠바 바다에서 청새치(marlin)를 잡기 위해 여름 낚시로 시간을 보냈다.

≪아프리카의 푸른 언덕≫이 5월에서 11월 사이에 연재로 발표되었으며 10월 25일에는 책으로 나왔다.

스페인 내전

1936년 1월에 프란시스코 프란코(Francisco Franco) 장군은 바르셀로나를 점령해 승리로 이끌었다.

1936년 11월 북미신문연맹(NANA)은 60여 개 신문 배급을 위해 헤밍웨이를 종군기자로 초대하였다. 스페인으로 떠나기 전에 헤밍웨이는 장편 ≪소유와 무소유(To Have and Have Not)≫를 탈고하기를 원했다. 이 소설을 쓰기 위해 2년 동안 쿠바로 가서 지리적 소개를 수집 입수하였다. 12월에 키웨스트로 돌아온 그는 간이식당(Sloppy Joe's) 술집에서 마서 겔혼(Martha Gelhorn)을 만났다. 그녀는 다년간 경험 있는 기자였으며 스페인에도 체류하여 취재하였다. 여기자 마서 겔혼과 헤밍웨이는 많은 시간을 함께 보냈다. 두 사람은 1940년 그들이 결혼하기 전에 주로 미국과 스페인에서 좋은 시간을 보냈다.

헤밍웨이는 스페인의 공화당 정부를 지지했다. 그는 스페인에서 싸우기 위해 2명의 자원봉사자를 보내는 비용을 부담하였으며 두 대의 앰뷸런스 구입 비용으로 1,500불을 스페인 정부에 기여하였다.

헤밍웨이는 1937년 스페인을 3번 여행으로 7개월간 종군 취재하였고 미국과 영국에서 발표한 북미신문연맹에 지급 보도를 28번 보냈다.

스페인전쟁이 끝나고 그는 3번째 장편소설 ≪누구를 위하여 종은 울리나(For Whom the Bell Tolls)≫를 썼으며 이 전쟁을 소재로 8편의 장편소설을 썼다. 이 모든 작품은 그의 개인적 경험을 바탕으로 창작되었다.

선밸리와 아바나

　헤밍웨이 아버지 클래런스로부터 태평양 철도 조합을 양도받은 윌리엄 해리먼(William Averell Harriman)은 나중에 소연방 대사로 갔으며 그 후 영국 대사로 지냈다. 그는 1930년대 미국 경제 공황 때 선밸리 휴양지를 건설하였다. 1년 내내 휴양지로 사용하기 위해 홍보가 필요했다. 1939년 가을 휴양지 설립자 해리먼(Harriman)은 선밸리 홍보의 일환으로 헤밍웨이와 다른 주요 인사들을 선밸리에 머물도록 초청했다. 헤밍웨이는 개인적으로는 쾌적한 생활을 할 수 있는 새로운 장소를 물색하던 중이어서 이 초대에 응했다. 11월까지 그 곳에 숙박했다. 헤밍웨이가 쓴 모든 비용은 선밸리 측에서 부담하였다. 마서 겔혼은 콜리에(Collier's) 잡지사의 업무 활동을 받아들었다. 그 후 그녀는 11월 초에 필란드로 향하여 선밸리를 떠났다. 헤밍웨이는 크리스마스 바로 전에 키웨스트로 돌아왔을 때 그의 둘째 부인 폴라인이 둘째 아들 패트릭과 셋째 아들 그레고리를 뉴욕에 두고 떠났음을 알았다. 폴라인은 헤밍웨이와 결혼생활이 끝났음을 알았고 헤밍웨이는 책과 원고를 포장하여 셋째 부인 겔혼과 함께 그해 4월에 임차한 아바나 동쪽에 있는 집 핑카비하로 옮겼다.

　헤밍웨이는 쿠바에서 ≪누구를 위하여 좋은 울리나≫ 이 작품을 완성하기 위해 몇 달을 보냈다. 마서 겔혼은 1940년 1월에 그녀의 콜리에 업무 활동을 마치고 돌아왔다. 헤밍웨이는 둘째 부인 폴라인과의 이혼을 정리했다. 그날이 1940년 11월 4일이었다. 헤밍웨이와 겔혼은 와이오밍에서 11월 21일 결혼했다. 이들 부부는 1940년 12월 31일 핑카비하를 12,500불 주고 구입했다.

마서 겔혼은 중일전쟁 취재차 1941년 초에 콜리에 업무 할당을 받고 종군하였다. 겔혼은 1급 종군기자이며 두 소설을 쓴 명성을 가진 작가이기도 하였다. 헤밍웨이는 뉴욕 타블로이판에 전쟁에 관한 7편의 기사를 썼다. 두 부부는 2차 세계대전에 종군기자로 경쟁하였다. 콜리에 편집장들은 겔혼과 헤밍웨이에게 모두 1944년 업무 할당을 주었다. 두 사람은 전쟁이 끝나고 곧 이혼했다. 이것은 헤밍웨이가 가장 성공하지 못한 세 번째 결혼생활이었다.

2차 세계 대전

헤밍웨이는 1942년과 1943년 핑카비하에서 아들 패트릭과 그레고리와 함께 보냈다. 그는 이때 ≪전쟁하는 사람들≫을 편집하는 중이어서 아무것도 할 수 없었다. 겔혼은 콜리에 잡지에서 받은 취재 할당으로 캐리비안해를 거쳐 여행하였으며 1944년 5월까지 두 사람은 종군기자로서 취재에 열을 올리고 있었다.

콜리에 잡지사가 헤밍웨이에게 내려준 취재할당 때문에 겔혼은 상당히 분노했다. 그녀는 배로, 헤밍웨이는 비행기로 각각 취재활동을 했다.

1944년 런던에 도착한 후 곧장 헤밍웨이는 메리 웰시(Mary Welsh)를 만났다. 그녀는 ≪타임≫지의 종군기자였으며 2년 후에 헤밍웨이의 4번째 부인이 되었다. D-day 침공 취재에 참가하지 못한 헤밍웨이는 프랑스로 열 항공기로 업무 수행차 6월 말에 들어갈 허가를 얻어냈다. 7월 중순 그는 프랑스 노르만디에 있었으며 미국 22사단 소속 찰스(Charles) 대령 예하에 배속되었다. 8월 5일 그가 타고 다니는 지프차가 전복되어 뇌진탕에 걸렸다. 그는 또 5월에 런던에서 교통사고로 부상당했다. 지프차 사고 이후 치료 회복을 위해 몽생미셸(Mont ST. Michel)에 세워진 육군병원에 입원하여 2주일을 보냈다. 이 사고에서 얻은 두통은 일생 동안 그를 괴롭혔다. 아들 잭이 21세 때 미 육군 특수부대에 입영하여 1944년 10월에 포로가 되어 독일 수용소에서 6개월간 억류되었다.

헤밍웨이는 8월 18일 랑부예(Rambouillet) 근처 지휘소에 근무했다. 전쟁 포로에 대한 군 인사 문제를 도와주고 있었다. 파리로 돌아오는 도중에 랑부예와 파리 간의 독일 방어에 관한 정보를 얻어내어 프랑스군의 석방을 도와주었다. 헤밍웨이는 여러 가지 심문에서 전쟁에 도움을 주는 진정한 노력의 증거는 없지만 데이비드 브루스(David Bruce) 대령은 그의 일기장에서 헤밍웨이는 종군기자로서 무기를 운반하지는 않았으나 자기 휘하에서 할 수 있는 모든 일을 돕는 열렬한 지지자였다고 적었다. 헤밍웨이는 군 장교들의 오해 때문에 비난도 받았으나 아무도 그의 용감성에 의문을 제기하지는 않았다. 그는 1944년 8월 25일 브루스 대령이 지휘하는 부대와 함께 파리에 입성하였다.

파리에 입성한 그는 셰익스피어 앤 컴퍼니 서점(Shakespeare and Company bookstore)에서 실비아 비치 여사의 따뜻한 환영을 받았다. 그는 파리에 오기 전에 그의 행동에 대한 심문을 받기 위해 미 육군 재판소에 소환되었다. 특히 종군기자 임무수행 중에 무기를 운반했던 혐의에 대한 심문이었다. 1944년 10월 8일 그의 모든 혐의가 깨끗이 풀어졌다. 그는 메리 웰시와 함께 리츠 호텔에 머물면서 파리 생활을 즐겼다.

2차 대전 후 몇 년

2차 대전 중에 헤밍웨이는 소설을 출간하지 않았다. 다만 전쟁에 관한 몇 편의 기사만 발표하였다. 1946년 1월에 그는 작품을 쓰기 시작했다. 《에덴의 정원》은 그가 죽고 25년이 지나서도 출판되지 않았다.

헤밍웨이는 마서와 이혼이 1945년 12월에 공식적으로 이루어지게 하였다. 그와 메리는 1946년 3월 14일 결혼했으며 한 달 후 두 사람은 세 아들과 함께 선밸리에서 휴가를 즐겼다.

메리 웰시의 임신 상태가 정상적이지 않아서 큰 걱정이었다. 수정관이 자궁에 있지 않고 나팔관에 심어져 있는 상태로 나팔관이 터져 죽을 상태에 처했다. 헤밍웨이는 그녀를 수술대에 있게 하고 튜브를 집어넣고 그녀가 의식을 회복할 때까지 혈장을 넣었다. 그리고 나서 의사는 수술을 할 수 있었다. 의사, 간호사, 마취사, 모두가 헤밍웨이에게 찬사를 보냈다. 이러한 응급조치 방법은 1년 넘게 프랑스와 벨기에 연합군에 있을 때 의료비상 처치를 배웠던 것이었다. 헤밍웨이는 그 경험을 메리에게 실시하여 그녀의 생명을 구할 수 있었다.

한편 헤밍웨이는 처음부터 메리를 학대하였다. 마서는 남의 죄를 떠맡는 역할을 거절했다고 버니스 커트(Bernice Kert)가 그의 책 《헤밍웨이의 여자(1983)≫에서 말했다. 그리고 마서는 그들의 각자 역할에 대한 마찰 때문에 헤밍웨이와 불화가 깊어져 떠났다. 커트에 의하면 메리는 당혹하게 만드는 열등감으로 모욕하는 헤밍웨이에게 반발하였다. 헤밍웨이가 생명을 구해 준 덕택으로 메리는 남편의 가혹한 처우를 받아들이기로 했다고 그의 책에서 적었다.

8월 말에 헤밍웨이 부부는 아이다호 케첨에서 집 한 채를 임대했다. 여기서 세 아들 잭, 패트릭, 그레고리와 함께 10월까지 휴가를 즐겼다.

헤밍웨이 가족은 그해 12월에 쿠바로 돌아왔다. 헤밍웨이는 ≪에덴의 정원≫ 집필을 계속했다. 1947년 1월에 패트릭은 아바나 대학 입학시험을 공부하려고 아바나를 방문했다. 그러나 패트릭은 4월에 일시적 정신착란을 포함해서 심한 병에 걸렸다. 병은 7월까지 치료되지 않았다. 메리와 폴라인은 좋은 친구가 되었고 폴라인이 메리를 초대하여 더 가까워졌다. 패트릭과 그레고리는 추수감사절 휴가를 캘리포니아에서 즐겼다. 헤밍웨이는 메리와 함께 1948년 1월에 쿠바로 돌아갔다.

그해 봄에 그는 ≪봄의 기류(Island in the Stream)≫를 집필하기 시작했다. 이들 부부는 9월에 이태리 북쪽으로 떠났으며 헤밍웨이가 1차 세계 대전 때의 추억을 지닌 장소에 갔다. 그가 크게 부상당했던 포쌀타의 피아베 강을 따라 격전지 현장의 추억을 더듬었다. 이들 가족은 4월 30일에 이태리를 떠나 아바나로 갔다. 이것은 헤밍웨이의 7월 21일 50번째 생일을 기념하기 위함이었다. 생일기념 축일이 지나서 부부는 또 다른 스키 휴가를 즐기려 1950년 1월에 코타나로 갔다. 코타나에서 만난 아드라나 이반치크(Adrina Ivancich)는 꽃다운 19세의 이태리 여백작이었다. 헤밍웨이는 그녀를 그의 소설 ≪강 건너 숲 속으로≫의 여주인공 레타나의 원형이 되게

했다. 그는 이 여인을 만난 직후 1949년 봄에 소설을 쓰기 시작했다. 헤밍
웨이는 중요한 기사를 낳는 결과 두 번의 기자 회견을 가졌다.

헤밍웨이는 1950년 4월에 아바나로 돌아와서 핑카비하에서 그해 남는
시간을 보냈다. 그는 자기 소유의 고기잡이 배 '필라(pilar)'에서 사고가 나
서 머리를 다쳤다. 1차 대전 때 부상당한 그의 다리에 박혀 있는 파편 조각
이 오른쪽 다리를 붓게 하여 심한 통증으로 고생하였다.

파리

파리 도착은 1921년 12월 20일이었다. 헤밍웨이는 파리가 경험 많은 정부(mistress)처럼 느껴지고 '나의 대학(my college)'으로서 교육에서 실제로 필요한 역할을 해 주었다고 생각했다. 헤밍웨이를 무명의 처지에서 일약 유명한 작가의 반열로 오르게 한 파리는 그의 영원한 정부였다. 사랑과 연민과 영광과 신화의 씨앗을 심어주었던 예술의 수도로 기억하고 있다. 이 도시에서 헤밍웨이는 교묘한 문체를 개발하였고 거트루드 스타인, 에즈라 파운드, 제임스 조이스, 실비아 비치와의 만남으로 그의 문학적 자산을 쌓았으며 자기 자신을 새롭게 탄생시킨 도시이기도 하였다. 또 레프트 뱅크(지식인과 예술인이 모여 사는 곳)에서 포드 매독스 포드(Ford Madox Ford), 어니스트 왈시(Ernest Walsh), 그리고 훗날에 기고했던 작은 잡지사의 여러 편집장들과도 만났다.

≪토론토 스타≫지의 파리 특파원으로서 그에게 할당된 임무는 희랍, 터키, 이태리, 독일, 스페인 등 취재 활동이었고 이러한 체험은 그의 초기 작품들의 가치를 높이는 폭넓은 시각을 제공하여 주었다. 무엇보다 파리는 그의 부모님과 미국 청교도 정신의 구속과 인습에서 완전히 해방되게 하였고 그의 예술 활동과 작품 생산의 모태가 되었다. ≪움직이는 향연(A Moveable Feast)≫에서 아무리 가난한 사람도 좋은 생활과 일을 할 수 있는 파리

같은 도시에서 독서의 시간도 보물이 되어 주는 것이라고 회고하였다. 그래서 그는 옛 정부에게서 큰 빚을 진 것을 인정하였다.

파리에서 가장 큰 수확은 거트루드 스타인의 아틀리에에서 충실한 학생의 역할을 벗어나서 자기수련(self-discipline)과 대화에 집중된 새로운 독창적 문체(original style)를 창조한 것이었다. 그 좋은 예가 ≪인디언 부락(Indian Camp)≫, ≪병사의 고향(Soldier's Home)≫, ≪두 심장의 큰 강(Big Two Hearted River)≫ 같은 아름다운 소품문(vignette)들은 좀 더 인간답게 사유하고 행동하는 모더니즘 문학의 전형이라 하겠다.

40년 넘게 파리에서 창작 활동을 한 헤밍웨이에게는 4명의 아내와 그곳에서 체류하였고 2차 대전 때는 파리가 해방되는 순간을 목격하였다. 파리는 욕망의 지속성과 지칠 줄 모르는 영원한 갈망의 도시(city for hunger)로 남았다.

헨리 제임스나 엘리엇과는 달리 헤밍웨이는 미국의 문화적 진공상태 때문에 국외 이주자(expatriate)가 된 것은 아니었다. 그는 제임스와 엘리엇처럼 영국 사회와 문학에 심취한 것이 아니라 이태리, 스페인, 프랑스의 라틴 문명에 매료되었기 때문이었다. 그는 유럽에서 전쟁 모험의 흥분을 되찾고 새로운 경험을 얻고 싶었다. 그렇지만 그는 어디까지나 미국인이었으며 미국적인 산문(prose)을 쓰고 싶어 했고 초기에는 미국 작가들에게서 배웠다. 그는 파리에서 좋은 일자리를 얻었는데 1920년대 초의 파리는 적은 비용으로 생활할 수 있는 좋은 곳이었다. 또 파리는 문학 실험에 좋은 환경을 제공해 주었다. 영어를 쓰는 많은 일류 작가들이 파리에 살았으며 신진 작가들의 작품을 실어주는 소 잡지사들이 그곳에서 도와주었다.

가만히 있지 못하고 새로운 목적지를 찾아 돌아다닌 D. H 로렌스와는 달리 헤밍웨이는 여행에서 발견한 것들을 감상했고 그가 사는 곳에서 최대한 육욕적 쾌락을 끌어냈다. 낯선 문화에서 자극적으로 노출됨으로써 엄청나게 많은 정신적, 문화적 자산을 얻어냈다. 그는 1921년 12월부터 1928년 3월까지 간헐적으로 파리에 살았지만 그나마 그 기간의 절반을 그 도시 밖에서 보냈다. 그는 스페인어, 이태리어, 프랑스어를 유창하게 하였다. 그는 다른 사람들의 말을 이해하고 자신의 의사를 분명히 표현할 수 있는 능력을 가졌으며 운동, 투우, 낚시, 전쟁처럼 관심 있는 주제들에 대해서는 광범위한 전문 어휘를 자유롭게 구사하였다. 그는 특정한 장소들, 즉 1920년대의 아바나와 베네치아에 각별한 애정을 쏟았으며 그곳을 독자들의 상상력에 각인시켰다.

1921년 12월 20일 파리에 도착한 헤밍웨이 부부는 식사 대금을 잘못 계산하는 바람에 지불할 돈이 모자랐고 부인 해들리가 현금을 더 구해 올 때까지 방에서 초조하게 기다렸다. 처음에는 자코브 호텔에 여장을 풀어 첫날을 보냈다. 이듬해 1월 9일에는 콩트디날르 무안가의 7번지 약간 초라한 아파트로 이사했다. 매우 좁은 거리였고 서로에게 기묘하게 기운 높고 불결한 집들이 협곡을 이룬 곳으로 그 집들은 마치 무너지다가 얼어붙은 것 같았다. 각 계층에 공동 수도와 화장실이 딸린 어둡고 좁은 나선형 계단을 올라가면 나오는 4층의 방 두 개짜리 후미진 아파트는 으스스했다. 헤밍웨이 부부의 욕실은 침실용 변기가 붙은 후미진 곳이었다.

그러나 헤밍웨이는 그곳이 유쾌하고 즐거웠다. 파리를 처음 경험하는 것이었으므로 그는 갖고 있는 돈으로 가능한 한 오래 버티기를 바랐고, 자유분방한 생활의 로맨틱한 분위기에 흠뻑 젖어 있었다. 아내 해들리는 불평을 하지 않았지만 부족함을 모르고 자란 만큼 그 거처가 다소 초라하다고 느꼈다.

그 비좁고 시끄러운 아파트는 헤밍웨이의 작업을 방해하였다. 1922년 벽두에 그는 무프타르 가의 한 호텔에 작은 창작실을 세내었는데 헤밍웨이가 퍼뜨리고 학자들이 인정한 전설에 따르면 그 방은 폴 베를렌(Paul Verlaine)이 죽은 곳이었다. 사실 그 방탕한 동성애자 시인은 팡테옹 근처의 데카르트가 39번지에서 죽었다. 헤밍웨이가 자신을 베를렌과 신비스럽게 연관시킨 것은 가난하게 살면서 무시당했던 그 예술가와의 공감 어린 동료애를 암시하기 위해서였다. 부와 명성을 얻은 후 헤밍웨이는 한때 그가 베를렌처럼 가난했다는 잘못된 인상을 주는 것이 즐거웠다.

그러나 당시 연간 3,000달러라면 유럽에서는 큰돈이었기 때문에 헤밍웨이 부부는 결코 가난하지 않았다. 그는 매일 5달러 정도면 두 사람이 여유롭게 지내면서 여행할 수 있다고 계산했으며, 인플레이션이 아주 심한 독일에서 그들은 식사가 제공되는 프라이부르크 하숙집에 1인당 80센트로 나흘간 묵었다. 1달러가 14프랑에 해당하는 파리에서 그들의 호텔 비용은 하룻밤에 1달러였으며 정찬은 50센트였고 그들은 매주 고급 식당(얇게 저민 쇠고기 전문점)에서 식사를 즐겼다.

헤밍웨이는 어머니가 아버지를 멋대로 휘둘렀다고 생각했기 때문에 결혼생활에서 주도권을 지키기로 결심했다. 처음부터 헤밍웨이는 자기 여자들에게 엄하였다.

헤밍웨이는 함께 살기 힘든 사람이었기 때문에 해들리가 순종적인 것이 다행이었다. 그는 아침 식사 때는 자기 작품 생각에 말이 없었고, 낮 동안에는 일에만 몰두하였고 글이 잘 써질 때는 밤까지 방에 박혀 있었다. 그는 성적 에너지와 창조적 에너지, 즉 정액 발산과 잉크의 발산은 같은 생명의 원천에서 나오며 둘 다 같은 방식으로 소모될 수 있고, 창조적 에너지가 넘칠 때는 성적 에너지를 아껴야 한다고 여겼다. 성교와 창작은 같은 모터로 움직이기 때문에 글쓰기 작업에 힘 쓸 때는 성교를 줄여야 했다

헤밍웨이는 "최고의 창작은 사랑에 빠졌을 때 확실히 이루어진다"고 믿었지만 글을 쓰기 위해서는 얼마간의 정서적이고 정신적인 보호물이 있어야 한다고 느꼈다. 아내를 작가의 직업적 위험 요소인 외로움을 보호해 주는 사람으로 보았지만 사랑이 자신을 약하게 만든다고 생각했다. 창작의 이상적인 조건은 더할 나위 없이 충실한 아내이고 이것은 아그네스와 같은 배신으로부터 그를 지켜주었다. 이것은 필요한 자극을 제공해주는 표면적인 불만이라 여겨진다.

파리는 많은 사기꾼들과 새침데기들, 소수의 진짜 작가들로 가득했다. 장 리스의 말처럼, 결코 어떤 것도 하려 하지 않는 기형적인 인간들과 틀림없이 무슨 일인가 저지를 기형적인 인간들이었다.

그는 일을 완벽하게 하는 데 방해되는 것은 자기 자신이든 물건이든 사람이든 가차 없이 무자비하게 대하였다.

해들리는 혼자 있어야 했고 자기 일에만 열중인 헤밍웨이와 황량한 아파트 때문에 때로는 힘들기도 했다. 그녀는 프랑스어 실력을 향상시키고 요리를 배우고 피아노를 연주하고 유럽을 여행했다.

그들의 결혼 생활의 훨씬 심각한 위기이자 중요한 전환점이 된 일이 192

2년 12월 중순에 일어났다. 해들리는 또 한 번의 스키 휴가를 위해 헤밍웨이와 합류하려고 파리에서 로잔으로 여행했다. 그런데 그때 그녀는 헤밍웨이가 1919년 페토스키에서 쓴 자료 "캔자스 시티에 대한 훌륭한 이야기들", 최근의 역작들이 포함된 미 출간 작품의 원고, 타자본, 복사본, 카본지 모두를 가져갔다. 해들리는 이 자료들이 모두 든 여행용 가방을 기차가 리옹 역에 정차해 있는 동안 열차의 칸막이 방에서 도둑맞았다. 백방으로 노력했지만 그녀는 아무것도 되찾지 못했다.

헤밍웨이는 1924년 12월 6일자 한 편지에서 이 사건에 대하여 처음으로 실질적인 설명을 했다. 당연히 해들리는 변명의 여지가 없는 그 태만을 고백하기가 무척이나 어려웠다.

헤밍웨이는 원고 분실에 대한 자신의 반응을 다양하게 묘사했다. 1951년 그는 찰스 펜튼에게 "너무 상심해서 그 일을 잊기 위해 거의 수술을 받아야 할 정도였다"고 말했다.

"초기 작품을 잃어버린 것은 차라리 잘된 일이었는지도 모른다. 할 일은 한 가지 밖에 없다. 그건 바로 극복하는 것이었다고 그는 말했다."

그 분실로 인해 그는 거트루드 스타인이 충고했던 대로 다시 시작하고 집중할 수 있었기 때문에 그것은 헤밍웨이에게 행운의 일격이었다. 사실은 그들의 결혼생활에 처음으로 심각한 타격을 가했다. 그 원고 분실은 헤밍웨이의 마음속에서 돌이킬 수 없이 성적 배신과 연결되었으며 그는 잃어버린 원고를 잃어버린 사랑과 동일시했다. 그는 그녀를 용서하려고 했지만 할 수 없었으며, 결국 다른 이와 사랑에 빠진 사람은 해들리가 아닌 헤밍웨이 자신이었다.

이 분실 사건은 아마 소설에서 캐서린 버클리가 몽트뢰에서 아기를 잃어버리는 것을 묘사하는 데 영향을 미쳤을 것이다.

사람을 시키는 헤밍웨이의 재능은 파리에서 뛰어났다. 그의 신중한 성격이 완전히 형성되었다. 모난 면들은 해들리와의 접촉으로 부드러워졌다. 해들리는 그의 쓰라린 마음을 어루만져주었고 아그네스 때문에 잃어버린 자신감을 회복시켜 주었다. 그의 육체와 성격은 문학적 명성을 얻기 전 몇 년 동안 절정에 있었다.

루이스 킨타니아는 헤밍웨이의 복합적인 성격을 이렇게 말한다.

"어니스트는 고결하고 좋은 친구로, 관대하고 사상과 감정이 열정적이고 때로는 감상적이며 극도로 사려 깊고 신중하다. 그러나 무엇보다도 아주 아주 복잡하다."

1922년 큰 키, 벌어진 어깨, 단단한 근육, 갈색의 눈과 장밋빛 볼은 젊은 헤밍웨이를 매력적인 사람이 되게 했다. 그는 위험 앞에서 단호했다. 여러 경험을 거쳤으면서도 순수해보였고, 쾌활한 미국 중서부의 온정을 갖고 있었다. 무엇보다 말하고 있는 상대에게 관심을 집중하고 상대방이 말하는 마음을 읽으려고 했다. 큰 아들 잭의 극히 중요한 증언은 헤밍웨이 말년에 대한 부정적인 일화들과 대조를 이룬다.

"항상 놓쳐버리는 본질적인 점은 그분이 얼마나 익살스러웠으며, 그분과 함께 있는 시간이 얼마나 재미있었는가 하는 것이다. 삶에 대한 그분의 엄청난 욕구는 주위의 모든 사람에게 흘러들어갔다."

1922년 2월과 1923년 1월 사이의 1년 동안 헤밍웨이는 지속적이지는 않았지만 가장 중요하고 영향력 있는 우정을 맺었다. 그는 프랑스어를 말하고 마송, 미로, 파생, 피카소 같은 예술가들과 친했지만 그의 가장 가까운 친구들은 미국인이나 영국인이었다. 그는 1922년에 에즈라 파운드, 3월에 거트루드 스타인, 실비아 비치, 제임스 조이스, 4월에 윌리엄 버드, 맥스 이스트먼, 링컨 스테펀스, 맥스 비어봄, 7월에 윈덤 루이스, 10월에 찰스 스위니, 11월에 윌리엄 벌라이도, 1923년 1월에 로버트 매캘먼, 2월에 에드워드 오벌린을 만났다 이 친구들은 그와 함께 술을 마시고 여행을 했으며, 그를 자극하고 가르쳤으며, 그의 작품을 출판해 주었다.

헤밍웨이는 그의 친구들 중 다수가 동부의 명문대학(Ivy League) 출신이며 교육을 아주 잘 받았다는 사실을 알게 되었다. 에즈라 파운드는 펜실바니아 대학, 거트루드 스타인은 레드클리프, 도스 패소스와 윌드 피어스는 하버드, 피츠제럴드는 프린스톤, 매클리시, 머피도널드 스튜어트는 예일 출신이었다.

아주 영리한 헤밍웨이는 집중적인 독서를 통하여 독학하기 시작하였다. 진지한 소설을 쓰기 시작했을 때 그에게 가장 중요한 작가들은 톨스토이, 도스토에프스키, 투르케 비프, 스탕달, 플로베르, 모파상, 키플링, 콘래드, D.H 로렌스, 트웨인, 제임스 크레인, 앤티슨, 스타인, 파운드, 엘리엇이었다. 이들은 그의 작품에 심대한 영향을 미쳤다.

헤밍웨이는 네 종류의 관계를 맺는 경향이 있었다. 신출내기일 때는 그의 오크파크 고교 급우, 낚시 친구들, 전우들, 동료 기자들과 대등한 관계를 맺었다. 1926년 《해는 또 다시 뜬다》로 문학적 명성을 얻기 전인 1920년 초에는 분투하는 젊은 작가들의 좋은 동료이자 그의 재능을 알아보고 그의 이력을 도와주는 선배 작가들의 문하생이 되었다. 1926년 이후에는 작가로서의 자신의 독창성을 강조하고 문학상의 은인들을 부인하였다. 도스 패소스와 싸운 1937년 이후 그에게는 가까운 문우들이 없었다. 그가 핸리 모건에 대해 말한 것처럼, 그에게는 "사람들은 좋아하거나 믿지 않으면서 그들이 그를 좋아하게 만들고, 동시에 그들로 하여금 그의 우정을 따뜻하게 진심으로 확신하게 하는 능력이 있었다." 말년의 20년 동안 그는 동년배들을 거부하고 아랫사람들을 지배하였다.

헤밍웨이는 에즈라 파운드에게서 압축적이고 정교한 이미지즘 문체를 구사하는 법을 많이 배웠으며, 자신의 문학적 부채를 기꺼이 인정하였다. 그는 파운드가 "어떻게 써야 하고 어떻게 쓰지 말아야 하는지" 세상의 어떤 사람보다 더 많이 가르쳐주었다고 말했다. 그리고 포드에게 보낸 편지에서 이렇게 주장했다.

> "앞선 세기의 마지막 10년이나 현세기에 태어난 시인치고 에즈라 파운드의 작품에서 영향을 받지 않았다거나 배우지 않았다고 정직하게 말 할 수 있는 사람은 비난보다 동정을 받아야 한다."
> *Carlos Baker's A Life story* (p. 236)

그는 ≪움직이는 향연≫에서 "파운드는 당시 내가 가장 좋아하고 신뢰한 비평가이며 형용사를 믿지 말라고 내게 가르쳐준 사람이었다"고 말했다. "산문은 건축이지 내부 장식이 아니며, 바로크 양식은 끝났다"라는 헤밍웨이의 미학적 주장은 파운드의 유익한 영향을 분명히 보여준다.

파운드는 헤밍웨이가 초기 작품을 출판하는 데 지칠 줄 모르고 도와주었다. ≪우리 시대에≫의 첫 여섯 장은 파운드의 마거릿 앤더슨이 편집하는 《리틀 리뷰》 1923년 〈추방자들〉에 실렸다. 그 책은 "파운드가 편집한 현대 영어 산문의 상태에 대한 탐구"를 구성하는 여섯 작품 중 한 편이었다. 헤밍웨이는 또한 〈캔토스,1 933〉와 〈에즈라 파운드의 70년, 1955년〉에 바치는 찬사에서 파운드의 친절과 천재성에 대한 사의를 표명했다. 헤밍웨이는 곧 문학계에서 파운드의 명성과 힘을 능가했지만 그 시인이 성 엘리자베스 병원에서 고난과 참회의 나날을 보내는 동안 그에게 계속 충실하였다. 매클리시, 프로스트, 엘리엇과 함께 1958년 파운드의 석방을 성사시키는 데 힘썼다. 파운드가 석방되기 2년 전에 헤밍웨이는 천 달러짜리 수표를 보냈으며, 감읍한 시인(Pound)은 그것을 "당신의 관대한 영광"을 상기시켜주는 증표로 플랙시 유리 문진에 넣어두었다. 파운드와 조이스는 헤밍웨이가 싸우지 않은 유일한 문우였다. 말년에 파운드는 "헤밍웨이는 나를 실망시키지 않았다. 나는 전성기에 있는 그의 모습만 보았다"라고 말했다.

《움직이는 향연》의 매혹적이지만 설득력 없는 한 장면에서 헤밍웨이는 거트루드 스타인과 토클러스의 불명예스럽고 혐오스러운 성적 싸움을 우연히 엿들었을 때 스타인과 자신의 관계가 끝났다고 설명했다. 누군가가 스타인에게 말하는 것이 들렸다. 그때까지 어디에서도 결코 들어보지 못한 말이었다. 그리고 스타인은 간청하고 애원하며 말했다. "그만해, 자기. 그만해. 제발 그만 하라니까 뭐든 할게, 자기, 하지만 제발 그건 하지마. 제발 하지마." 스타인의 반복 기법을 패러디하고 있는 이 암시적으로 조심스럽게 이야기된 사건은 헤밍웨이는 자기 자신을 전적으로 순진하며, 그들의 성적 관계의 충격적인 본질을 그때 처음 발견한 것처럼 그린다.

20세기 "문학은 거트루드 스타인이다"라고 주장하기를 좋아하는 그녀는 문하생을 몹시 원했다. 그러나 그녀는 헤밍웨이에게 어떻게 해야 하는가를 보여주기보다는 무엇을 해야 하는가를 말로 가르쳤다. 그녀의 작품에는 헤밍웨이의 작품처럼 폭 넓은 경험에 바탕을 둔 의미 있는 내용이 없었으며, 그녀는 자멸적인 기교의 덫에 정체되어 있었다. "그녀는 퇴고의 고된 일과 자기 글을 이해할 수 있게 만들어야 하는 책임을 싫어했다"고 헤밍웨이는 말했다. 헤밍웨이가 그녀의 성취를 훨씬 능가해 완전히 독자적인 소설을 내놓았을 때 그녀는 그의 문학적 성공을 몹시 질투하게 되었다. 헤밍웨이는 스타인에 대해 쓰면서 자신의 파괴적인 성향을 슬쩍 비추었다. 그녀는 자기보다 열등한 사람들에게만 진심으로 충실했다. "내가 그녀에게 산문의 멋진 리듬을 배웠듯이 그녀가 내게서 대화문을 쓰는 법을 배웠기 때문에 그녀는 나를 공격해야 했다." 헤밍웨이는 자기가 모방적인 작가라는 비난을 부인했으며 스타인이 그에게 실없는 소리뿐만 아니라 유용한 충고도 많이 해주었다고 말했다. 그는 항상 스타인을 좋아했고 그녀에게 충실했으며, 포드가 단 한 줄도 출판하려 하지 않았던 그녀의 작품을 ≪트랜스 어틀랜틱 리뷰≫에 실었다. ≪누구를 위하여 종은 울리나≫의 주인공 로버트 조던은 스타인의 유명한 구절을 흉내 내고 그녀의 독일식 이름의 의미(돌)로 말장난을 했다.

"A rose is a rose is an onion.(양파는 양파이고 양파이다.)"

"A stone is stein is a rock is a boulder is a pebble.(돌은 스타인이고 주먹돌이고 자갈이다.)"라고 반복했다. 말년에 ≪파리 리뷰≫와 인터뷰에서 헤밍웨이는 여전히 그녀의 영향을 부인했다. ≪해는 또 다시 뜬다≫가 그녀에게 대화 쓰는 법을 가르쳐주었다는 주장을 반복했다.

서로 경쟁하고 이용하고 격렬하게 싸운 그 까다로운 망명자들 무리의 여성 지도자는 착한 실비아 비치였다. 그녀는 프린튼에서 성장했으며 스페인에서 2년간 지냈고 세르비아에서 적십자 일을 했고 전쟁이 끝난 후에는 영어 책들을 팔고 빌려주는 셰익스피어 앤 컴퍼니 서점을 경영하였다. 그녀의 가게는 작가들의 회합장소로서 파운드의 작업실과 스타인의 살롱에 결코 뒤지지 않았다. 그것은 생제르맹 대로에서 극장의 정면을 향해 뻗어 있는, 여전히 서점들이 즐비한 거리인 로데옹가 12번지에 있었다. 비치는 《율리시즈》를 출판했고 제임스 조이스를 우상시했고 그의 책들을 마치 성당의 성자 메달처럼 팔았다. 헤밍웨이는 이렇게 썼다. "실비아는 생기 넘치고 이목구비가 뚜렷하게 조각된 얼굴, 작은 동물의 눈처럼 살아 있고 젊은 여자의 눈처럼 명랑한 갈색 눈과 잘생긴 앞이마에서 뒤로 벗어 넘긴 물결 모양의 갈색 머리를 갖고 있었다."

항상 헤밍웨이에게 친절했던 실비아는 1922년 3월에 그를 제임스 조이스에게 소개해 주었다. "그는 키가 크고 말랐으며 콧수염을 길렀고, 턱수염이 약간 뻣뻣하게 자라게 두었으며 엄청나게 두꺼운 안경을 쓰고 머리를 꼿꼿이 치켜들고 걸었다." 이마와 턱이 튀어나온 조이스의 특이한 얼굴은 조각한 원시적인 가면처럼 움푹 들어가 있었다. 그는 재미있는 아일랜드인 역할을 하기 좋아했으며, 박식하고 재치 있고 인간적이었다.

헤밍웨이의 육체적 힘, 광범위한 여행, 격렬한 경험을 부러워한 조이스는 1933년 헤밍웨이에게 자신의 작품이 너무 세련되지 못한 게 아닌지 물었다. 그는 그 때문에 가끔 침울해진다고 말했다.

헤밍웨이는 조이스의 연약함, 자만, 칭찬받고 싶은 욕구에 대해 이따금 농담을 하긴 했지만, 조이스와의 우정은 파운드와의 우정과 마찬가지로 문학적 경쟁관계를 초월한 것이었다.

에즈라 파운드는 멋있고 친절하고 다정하고 아름다운 시인이며 비평가였다. 조이스는 헤밍웨이의 원고를 읽었으며(젊은 작가에게는 특권이었다.) 헤밍웨이는 조이스의 작품을 연구하고 그 기교들을 자신의 작품에 써먹었다. 앤더슨이나 스타인의 단편들이 아니라 〈더블린 사람들〉이 ≪우리 시대에≫ 주제 상으로 연결되고 구조적으로 통일된 이야기들의 모델이 되었다. 조이스는 그에게 일을 본질적인 것들로 압축하는 법, 의미를 진술하기보다 제시하는 법을 가르쳤다.

헤밍웨이의 단편 ≪인디언 부락(Indian Camp)≫은 조이스적인 제목으로 1924년 ≪아틀란틱 리뷰(Atlantic Review)≫에 처음 실렸다. ≪병사의 고향≫에는 ≪율리시즈≫의 흔적이 보였다.

유럽 특파원

헤밍웨이는 파리에 도착한 직후 문학적 교두보를 성공적으로 공격했으며 실제로 소설을 출판하기도 전에 최고의 작가들 사이에서 명성을 얻었다. 결혼으로 강화되고 여행으로 자극받은 유럽 생활 첫 두해 동안 기자로 활동하면서 언론에서 예술로의 힘든 전환을 시도하고 있었다. ≪토론토 스타 위클리≫를 위해 일하면서 그는 자유롭게 여행하고 흥미로운 기사를 쓸 수 있었다. 그는 매일 뉴스를 보도해야 하는 해외 특파원이 아니라 사건을 해설하고 자신의 기사를 우편으로 보내주는 특집 기사 기자였다.

"직접 보지 않은 것에 대해 진실한 것을 얻기란 아주 어렵다"고 믿은 그는 유럽에서 첫해에 기차로 거의 1만 마일이나 여행했다.

1922년 4월 제노바 회담, 10월의 그리스-터키 전쟁, 11월의 로잔느 회담, 1923년 4월~5월의 프랑스령 루르의 상황을 취재하기 위해 여행을 다니는 사이사이에 자주 유람 여행을 했다. 1923년 1월에는 라팔로를 방문했고, 2월에는 이태리 북부를 여행했고 3월과 4월에는 코르티나에서 스키를 즐겼고 5월, 7월에는 스페인을 여행했다. 헤밍웨이의 기사들은 그의 여행을 반영했다. 프랑스의 왕당파 이태리 파시스트 치체린, 하미드 베이, 푸앵카레, 클레망소, 무솔리니 같은 당대의 주도적인 정치인들뿐만 아니라 회담과 전쟁에 관한 이야기를 썼다. 그는 또한 스위스의 휴양지, 프랑스의 의

상, 양탄자 판매상들, 밤의 유흥, 망명한 러시아인들, 파리에서 스트라스부르까지의 비행기 여행뿐만 아니라, 생활비, 환전, 독일의 인플레이션 같은 유럽 생활에 관한 사회 비평 기사도 많이 기고했다. 뿐만 아니라 낚시, 스키, 썰매, 경기 같은 자신의 스포츠 활동에 대해 썼다. 에즈라 파운드는 기존 관념을 보기 좋게 부수는 그의 재주를 칭찬했다. 동료들은 헤밍웨이가 철저하게 직업적이면서도 자신의 기자 생활에 냉소적이며, 소설에 써먹기 위해 최고의 소재는 아껴둔다는 것을 알았다. 그 일로 생활에 필요한 돈을 약간 벌고 다른 작가들과 교제할 수 있다는 것을 빼면 그는 그 일에 전혀 개의치 않았다.

국제정치와 전쟁에 대한 주의 깊은 관찰, 노련한 기자들이나 군인들과의 긴밀한 접촉, 돈이나 학벌 없이 출세해야 하는 처지, 장애물을 피하고 자신의 믿음을 지키기 위해 싸우고 그 상황을 떠맡으려는 욕망은 그의 성격을 공격적이고 광포한 양상으로 드러냈다. 헤밍웨이는 쉽게 흥분하고 화를 잘 냈으며, 작가보다는 거친 사내로 인식되기를 바랐다. 헤밍웨이는 운동 능력과 문학적 재능을 겸비한 최초의 일류 작가였다.

헤밍웨이는 1922년 6월 해들리와 함께 이태리로 돌아가 그가 참전했던 포쌀타를 찾아가보았지만 실망만 느꼈다. 당시 밀라노에서 영향력 있었던 무솔리니와 인터뷰했다. 그는 무솔리니를 "이마가 튀어 나오고 천천히 미소 짓는 입과 풍부한 감정을 지닌, 덩치 큰 갈색 피부의 사람"이라고 칭하며 "우리는 우리를 반대하거나 파괴하려는 어떤 정부도 쓰러뜨릴 힘이 있다"는 그의 예언을 인용했다.

그리스-터키 전쟁의 여파를 잠시 경험한 덕분에 헤밍웨이는 ≪토론토 스타 위클리≫지에 14편의 기사를 썼고 작가로서 크게 성장할 수 있었다. 그 전쟁은 그의 첫 원숙한 작품인 〈우리 시대에〉 소품집(1924)은 그의 어느 작품 못지않게 문체상으로 훌륭했다.

작가 생활을 처음 시작할 때부터 그는 사실에 토대를 둔 소설을 쓰려 했지만 자기가 만들어 내는 것이 기억보다 더 진실하게 되도록 하기 위해 경험의 본질을 추출하려고 애썼다. 〈우리 시대에〉 소품문은 그의 새로운 미학이론을 보여주었다. "산문작가가 스스로 무엇에 대해 쓰고 있는지 충분히 알고 있다면 그는 자신이 알고 있는 것을 생략해도 좋을 것이고, 작가가 아주 진실하게 쓴다면, 독자는 그런 것들에 대해 작가가 진실하게 말한 것만큼 강하게 느낄 것이다. 빙산의 움직임이 위엄 있어 보이는 것은 그것의 8분지 1만이 물 위로 나와 있기 때문이다." 그래서 그리스터키 전쟁의 모든 정치적 배경을 일부러 배제하고 초점의 집중과 강렬함—무대보다는 조명—을 얻기 위해 즉각적인 사건들만을 객관적으로 보고했다.

유럽 특파원으로서의 경험이 헤밍웨이의 독특한 문체와 가치관의 발전을 전부 설명해 주지는 못한다. 대체로 그의 기교, 어조, 주제, 명예에 관한 규범은 일찍이 키플링의 작품들을 읽은 데서 왔다. 빌 스미스의 회상에 따르면 "우리는 영국 신사의 용기의 규범을 소설에 드러난 대로 받아들이는 경향이 있었다. …… 그 시절에는 그런 것을 읽었다." 키플링의 작품은 자신의 영국 혈통에 대해 자부심을 지닌 헤밍웨이를 빅토리아 시대의 전통적인 도덕적, 군사적 가치들에 연결시켜준다. 헤밍웨이는 키플링을 일생 동안 존경했으며 후에 너도 나도 그 선배 작가를 비방할 때도 오랫동안 그를 칭송했다. 전쟁으로 시험받고 행동으로 표현한, 키플링 규범의 살아 있는 헤밍웨이에 대한 키플링의 영향은 더 강해졌다. 전쟁을 큰 게임으로 묘사한 〈우리 시대에〉 소품문집 두 편에서 사용된 영국 군인의 어조와 용어는 키플링과 공립학교의 윤리, 도면 스미스의 개인적인 경험에서 나왔다.

에드먼드 윌슨의 주장을 적절하게 확대 해석하면 키플링과 헤밍웨이 삶의 유사성, 헤밍웨이 작품 속에 들어 있는 키플링에 대한 광범위한 암시와 언급, 키플링의 영향을 설명할 수 있을 것이다. 빅토리아 시대에 태어나 아버지로부터 그 시대의 가치를 배운 헤밍웨이는 37년이나 키플링과 같은 시대를 살았다. 그는 그 대가를 모방했을 뿐만 아니라 그를 미학적 모델로 삼았고, 다른 미국작가들 보다는 키플링에게서 단편 소설의 기술을 배웠다.

헤밍웨이는 문학적으로뿐만 아니라 전기적으로도 키플링과 유사했다. 둘 다 어린 나이에 상처를 입었다. 키플링은 부모와 갑작스레 떨어져 학교에서 가학적인 대우를 받았고 헤밍웨이는 포쌀타에서 전상을 입었다. 둘 다 일찍이 학교를 떠났으며 특정한 사춘기적 특징을 지녔고 결코 완전히 성숙하지 못했다. 둘 다 허클베리 핀을 찬양했으며 마크 트웨인의 지방 사투리 사용, 감성적인 생각과 사디즘의 혼합, 교양 없는 속물근성…… 일에서의 전문 기술과 우수성에 대한 존경, 기교적인 서술의 사용, 정직하고 신뢰할 만하고 약속과 의무에 충실한 사람들에 대한 존경에 영향을 받았다.

두 작가는 십대 때 기자였고 나중에 유명한 종군기자가 되었다.(키플링은 보어전쟁을 취재하였다.) 둘 다 시력이 나빠 병역을 면제 받았으며 나중에 장교들을 이상화했다. 둘 다 사랑하는 사람의 변사로 인한 충격에서 헤어나지 못했다. 키플링의 아들은 1915년에 살해되었으며 헤밍웨이 아버지는 1928년에 자살했다. 둘 다 지칠 줄 모르는 여행자로 대양을 끊임없이 건너다녔다. 둘 다 고도로 훈련 받은 작가로 자신들의 직업에 헌신했다. 둘 다 당대의 분위기를 포착하고 표현한 문장가이자 공인이었다. 둘 다 언론에서 단편소설로, 장편소설로 옮겼다. 키플링과 헤밍웨이가 마지막으로 완성한 책들은 모두 사후에 출판된 자서전으로 각각 ≪나 자신의 어떤 것(Something of Myself)≫와 ≪움직이는 향연(A Moveable Feast)≫이었다.

헤밍웨이 누나와 동생은 그가 소년 시절에 "특히 키플링을 즐겨 읽었다"고 강조했다. 그의 아들 패트릭은 헤밍웨이가 자식들에게 계속 키플링을 읽어 주었다고 기록했다. "아빠는 키플링을 좋아했다. 아빠는 종종 '왕들과 함께 걷되 서민의 마음을 잃지 마라'라는 구절을 인용했다. 키플링의 단편소설들 중에서 아빠가 가장 좋아한 것은 〈목사의 축복 없이〉와 〈짐승의 표시(The Mark of the Beast)〉였다."

헤밍웨이는 키플링의 작품을 22권 소장하고 있었고 그것들을 평생 계속 읽었고, 어떤 다른 작가의 작품만큼이나 키플링의 작품에 대해 잘 알았다.

≪아프리카의 푸른 언덕≫에서 헤밍웨이는 위대한 산문을 쓰기 위해서는 4차원 혹은 5차원을 달성하기 위해서는 "재능이, 그것도 대단한 재능이 있어야 한다. 키플링이 가진 것과 같은 재능이"라고 말했다. 한 젊은 작가가 헤밍웨이에게 어떤 책을 읽어야 하는지 묻자 그는 ≪거장에게 보내는 독백(Monologue to the Maestro)≫에서 "훌륭한 키플링의 작품만"이라고 단언했다.

헤밍웨이의 새로운 문우들은 곧 그의 작품에서 키플링의 영향을 분명히 보았다. 거트루드 스타인은 오히려 [초기] 시들을 좋아했다. 그것들은 직접적이고 키플링적이었다. 헤밍웨이를 만난 후 앤더슨은 그의 글을 키플링 글과 비교했다. 찰스 펜튼은 "신문의 구문법과 낭만주의적인 태도는 키플링에게서 배운 것"이며 그리고 카로스 베이커는 그가 유럽에서 보낸 4번째 전보인 〈스페인에서 다랑어 낚시, 1922년 2월 18일〉에서 키플링적인 분위기를 지적했다.

헤밍웨이는 키플링에게서 문학적 수련과 기교, 그리고 키플링이 "함축의 경제"라고 부른 것을 달성하기 위해 작품을 자르는 방법에 대한 좀 더 중요한 교훈을 배웠다. ≪나 자신의 어떤 것≫에 나타난 문학적 창조에 대한 기술(description)은 ≪움직이는 향연≫에서 헤밍웨이가 표명한 미학 이론들과 놀라울 만큼 유사하다. 둘 다 무의식적인 마음이 상상력에 미치는 중요성과 극단적인 압축의 필요성을 강조한다. 키플링의 예는 헤밍웨이가 그의 특징적인 세밀한 관찰, 정확한 세부 묘사 감각의 즉각성을 달성하는 데 도움을 주었다.

두 사람은 직업적인 전문 기술을 존경했다. 키플링은 헤밍웨이에게 전문적인 기술이 어떻게 박진감을 성취하고 소설의 의미를 향상시키는지를 가르쳐 주었다. 헤밍웨이가 ≪아프리카의 푸른 언덕≫에서 사냥에 관한 것과 ≪오후의 죽음≫에서 투우에 관한 전문 용어를 사용했듯이 키플링은 법적, 의학적, 군사적, 기계적 용어들을 사용했다. 자신 있는 전문가 키플링은 미숙한 신참자 헤밍웨이에게 간결한 대화체 어조로 가르치고 헤밍웨이는 그 어조를 선택했다.

키플링이 인도의 문학적 이미지를 창조했다면 헤밍웨이는 스페인의 문학적 이미지를 창조했다. 둘 다 충성스러운 시종과 원시적인 인물을 그렸으며, 키플링의 잔인한 아프가니스탄 사람들은 헤밍웨이의 사나운 게릴라들에 반영되어 있다. 키플링과 헤밍웨이 모두 낯선 언어의 운치를 표현하기 위해 (그것들에 상응하는 영어 표현보다는) 구어체적인 용어, 외국어, 직역들을 빈번하게 사용했다.

또한 그들의 주제나 극단적인 상황에서의 근본적인 감정들―고독, 불면, 신경 쇠약 뿐만 아니라 행동, 폭력, 잔인한 행위―에 대한 그들의 묘사는 놀랍도록 유사하다.

키플링은 전쟁의 심리적 영향을 묘사한 최초의 현대 작가였으며, 헤밍웨이는 그것을 몸소 경험했다. 그에게 문학적 차원뿐만 아니라 새로운 정서적 차원을 보도록 가르쳐 준 그 자신의 부상은 ≪두 심장의 큰 강≫, ≪병사의 고향≫, ≪이제 나는 눕는다≫, ≪당신이 가지 않은 길≫ 같은 그의 최고의 단편 소설에 영감을 주었다.

키플링과 헤밍웨이는 둘 다 도덕적 시금석―명예라는 확고부동한 전통적 규범―으로 세계의 잔인함, 폭력, 어둠에 맞선다. 규율, 관대함, 용기, 충성을 포함하는 키플링의 법 개념은 유능하고 책임감 있는 ≪매캔드루의 찬가≫에서 표현된다. 키플링에게서 파생되어 나온 헤밍웨이의 규범은 위엄, 연대, 헌신, 극기를 강조한다. 두 작가에게서 육체적 용기와 도덕적 힘은 밀접하게 일치한다. 헤밍웨이의 경우, 규범은 투우사가 위험, 고통, 죽음에 직면했을 때 무엇을 해야 하며 어떻게 행동해야 하는지를 정확하게 상술하는 투우 의식에 집약되어 있다.

델모어 슈워츠는 헤밍웨이 믿음을 이렇게 요약했다. "용기, 정직, 기술은 그 규범의 중요한 규칙들이다. …… 이 도덕적 관점에서 존경받기 위해서는 패배를 받아들이고, 훌륭한 운동선수가 되고, 고통을 묵묵히 받아들이고 게임의 규칙을 엄수하고 매우 노련하게 수행해야 한다."

헤밍웨이의 거의 모든 주요 작품들은 합리적이고 관습적인 행동들을 아이러니컬하게 거부함으로써 이 규범을 표현한다. ≪패배하지 않는 자(The Undefeated)≫에서 늙은 가르시아는 뿔에 받힌 후 여섯 번째 시도에서 소를 죽인다. ≪5만 달러(Fifty Grand)≫에서 나이 든 복서는 반칙의 고통을 참고 살아남아 경기에서는 지고 내기에서는 이긴다. ≪살인자(The Killer)≫에서 갱들과 계약을 배반한 앤더슨은 자신의 행동의 끔찍한 결과를 숙명적으로 받아들인다.

고통, 상실, 슬픔에 대한 궁극적인 반응은 키플링과 헤밍웨이에게서 똑같다. 이것은 자랑스러운 극기(stoicism)다.

헤밍웨이는 엄격한 규칙, 극단적인 압축, 노련한 기교, 이교도 드라마, 커다란 용기를 강조하는 그 의식에 자연스럽게 끌렸다. 그는 많은 투우사들이 부상을 입거나 살해되고 극소수만이 부와 명예를 얻는 투우의 위험과 보상을 동일시했다. 그는 작가란 투우사처럼 자기 자신의 스타일을 만들어 그것대로 살아야 하며, 예술과 행동 속에 표현되는 이 스타일이 바로 인간이라고 생각했다.

헤밍웨이의 가장 유명한 구절들 중 하나인 '압박의 우아함(grace under pressure)'은 용기라는 의미로 해석된다. 투우는 예술가가 죽음의 위험에 직면하게 되는 유일한 예술, 얼마나 화려하게 연출하느냐에 따라 싸우는 사람의 명예가 결정되는 유일한 예술이다.

헤밍웨이는 스페인 사람들을 좋아하고 존경했으며 그 나라에서 자신을 외국인처럼 느끼지 않았고, 자신이 외국인으로 대우받는다고 생각하지도 않았다. 그는 피레네 산맥의 팜플로나 북서쪽에 있는 이라티 강으로 몇 번이나 멋진 낚시 여행을 했는데 그 경험을 그의 첫 번째 장편 소설 ≪해는 또 다시 뜬다≫에 영원히 새겨두었다.

작가 생활

헤밍웨이의 첫 보급판 책 ≪우리 시대에≫가 1925년에 출판되었을 때 포드 매독스 포드는 대담하면서도 정확한 평가를 내렸다. "가장 양심적인 작가. 최고의 기교가. 가장 숙련된 작가는 어니스트 헤밍웨이다."그리고 "헤밍웨이는 극도로 세심한 산문을 쓴다. 아마 오늘날 쓰이고 있는 것 중에서 가장 섬세한 산문일 것이다"라고 말해 그가 예전에 ≪우리 시대에≫ 대해 했던 말을 자상하게 다시 확인시켜 주었다. 또 포드는 "헤밍웨이는 내가 50여 년의 독서를 통해 만나게 된 세 명의 나무랄 데 없는 영어 산문 작가들 중 한 사람으로서 콘래드와 허드슨과 나란히 놓고 그 소설의 두 번째 문장을 그대로 흉내 내어, 헤밍웨이는 어휘 사용에 탁월한 재능이 있으며 그래서 그의 책 지면 한 장 한 장은 흐르는 물 아래로 들여다보이는 개울 바닥 같다. 단어들은 모자이크식 포장을 만들어내며 질서정연하게 배열되어 있다"라고 했다.

헤밍웨이는 돈이 부족하고 가족을 부양해야 했지만 상업주의의 위험을 깨닫고 예술적 청렴을 지켰다. 그는 아버지에게 "제게는 미국 작가들을 망치는 돈벌이의 덫에 걸려들기보다는, 시장에 절대 눈 돌리지 않고, 그 작품으로 무엇을 얻을 것인지, 심지어 그것이 출판될 수 있을 것인지에 대해서도 생각하지 않고, 제가 할 수 있는 만큼 잘 쓰려고 애쓰면서 평온하게 글을 쓰는 것이 훨씬 더 중요합니다"라고 말했다. 대부분의 작가들이 그랬듯이, 그는 글을 쓴다는 것이 극도로 어렵고 소모적인 과정이며 결코 완벽하게 맞설 수 없는 영원한 도전이라는 것을 알았다. 그는 창작을 배울 수 있다고 믿지 않았다. 그것은 오직 장기간의 고된 노력을 통해서만 배울 수 있는 것이었다.

폴라인과 떨어져 있던 헤밍웨이는 힘이 넘쳐나서 단 하루 만에 단편 소설 세 편, 〈살인자〉, 〈오늘은 금요일〉, 〈열 명의 인디언〉을 완성했다.

헤밍웨이는 창작을 같은 시대의 사람들이 서로 경쟁할 뿐만 아니라 기존의 대가들과도 경쟁하면서 이미 성취한 것을 뛰어넘으려고 애쓰는 아주 격렬한, 문학상의 프로 권투 같은 것으로 생각했다. "우리 시대의 작가가 해야 할 일은 이전에 쓰인 적이 없는 것을 쓰거나 죽은 사람들이 쓴 것에서 그들을 능가하는 것이다." 기술을 향상시키고 우월성을 성취하기 위해 그는 위대한 선배들을 주의 깊게 연구하고 그들에게서 배웠다. 1925년에 그는 자신이 가장 좋아하는 해양 모험 소설가는 프레드릭 매리어트(Frederic Marryat), 이반 투르게네프, 헨리 필딩이라고 말했다. 투르게네프는 ≪아버지와 아들≫과 ≪봄의 급류≫의 제목을 제공했다. 러시아 시골에서의 사냥에 대한 이야기인 그의 ≪사냥꾼의 수기≫는 헤밍웨이에게 매우 새로워 보였으며 외국의 풍경을 분명하고 생생하게 보여주었다.

(키플링, 파운드, 스타인, 조이스, 포드뿐만 아니라) 톨스토이, 스티븐 크레인, 콘래드, D. H. 로렌스의 문학적 영향은 그가 초기에 좋아한 작가들의 영향보다 훨씬 중요했다. 톨스토이와 헤밍웨이 둘 다 참전했었고 전쟁에 대해 썼기 때문에 톨스토이는 헤밍웨이에게 문학적 영웅이었다. 네 권의 책과

한 번의 주요한 인터뷰에서 헤밍웨이가 톨스토이에 대해 한 언급은 그가 그 러시아인을 미학적 기준으로 삼으면서도 그의 후기 작품들의 독단주의를 피하기 위해 충분한 비판적 판단을 유지했음을 보여준다. 헤밍웨이는 크림 반도와 카프카스에서 벌어진 전투에 대한 톨스토이의 초기의 설명들을 자신의 첫 아프리카 사냥 여행에 이용했으며 《아프리카의 푸른 언덕》에서는 러시아 풍경을 생생하게 묘사하는 톨스토이의 능력을 칭찬했다.

스티븐슨 크레인은 헤밍웨이가 태어난 다음 해인 1900년에 28세 나이로 죽었다. 크레인과 헤밍웨이는 둘 다 대학 대신 언론을 선택했다. 둘 다 그리스터키 전쟁을 취재했으며 (크레인은 1897년에, 헤밍웨이는 1922년에) 둘 다 중요한 시기를 키웨스트와 쿠바에서 보냈고, 둘 다 낭만적이고 전설적인 인물이 되었으며, 둘 다 자신의 사망 기사를 읽는 별난 경험을 했다. 크레인과 헤밍웨이는 모두 20대 초반에 자신의 진짜 목소리를 발견한 조숙한 작가였다. 둘 다 단순하고 분명하고 간결한 압축된, 그러면서도 초연한 산문 문체를 지녔다. 크레인의 친구 콘래드 역시 헤밍웨이에게 중요한 영향을 미쳤다.

로렌스가 "자신의 온갖 질병을 책에 쏟아 놓는" 것의 치유적인 효과를 믿었듯이, 헤밍웨이는 "그것을 쓰면 그것에서 벗어날 수 있다. 그는 많은 것을 씀으로써 그것들에서 벗어났다"고 주장했다.

헤밍웨이는 자신이 받은 문학적 영향들을 인정했지만, "세잔느의 그림에서 무언가를 배웠다"고 일부러 막연하게 말해 예술적 영향에 대해서는 독자들을 혼란스럽게 했다. 언어의 대가보다는 시각적 대가임을 주장하는 것이 유행이던 1920년대에 헤밍웨이는 스타인 자신이 세잔느에게서 배웠다고 말하는 그 회화 기법들을 사용해 그의 산문을 더 깊고 차원 높게 하는 법을 배웠다고 다소 우쭐거리며 주장했다.

그러나 헤밍웨이가 폴 세잔느에게서 배운 것만은 분명하다. 미국의 헤밍웨이 연구자 마크 피. 오트(Mark P. Ott)는 이렇게 말한다.

Cezanne's principle of "flat depth" seems to have enthralled Hemingway, as he, like Cezanne, is trying to simultaneously create a sense of deep space within flatness.

A Sea of Change by Mark P. Ott (p.67)

세잔느의 평면 깊이의 원리가 평면 안에 깊은 공간의 의미를 동시에 창조하려고 애쓴 것이 헤밍웨이의 마음을 사로잡았던 것으로 보인다.

기자로서 헤밍웨이는 항상 열심히 들었으며 들은 것을 정확하게 기억하는 훈련을 쌓았다. 그는 1922년 4월에 라팔로에서 비어봄을 만난 후 메모 하나 없이 자기 머리를 두드리며 "여기 다 들어 있습니다"라고 말했다. 자연스러움과 신선함을 증가시키기 위해 그는 일기를 쓰거나 소설에 써먹을 기록을 따로 해두거나 하지 않았다. 그리고 그는 단편소설이든 장편소설이든 좀처럼 초안을 잡지 않았다.

그의 창작의 기본 원칙들은 이제까지 큰 영향을 미쳤다.

최고의 문학적 모범을 연구하라.
경험과 독서를 통해 주제에 숙달하라.

규율 잡힌 고립 속에서 작업하라.

아침 일찍 시작하고 매일 몇 시간씩 집중하라.

시작하기에 앞서 써놓은 것을 전부 처음부터 혹은 긴 책을 쓰고 있다면 바로 앞장부터 읽어라.

천천히 신중하게 쓰라.

일이 잘 풀리고 그다음을 어떻게 쓸지 알고 있을 때는 다음 날 계속할 충분한 힘을 가질 수 있도록 쓰기를 멈추라.

쓰고 있는 소재에 대해 토론하지 말라.

그날의 몫을 마쳤을 때는 글쓰기에 대해 생각하지 말고, 무의식적인 마음이 그것에 대해 생각하도록 내버려 두라.

일단 시작한 한 가지 계획에 따라 계속 작업하라.

매일의 진척 상황을 기록하라.

작품을 완성한 후에 제목의 목록을 만들어라.

  헤밍웨이의 미학은 두 가지 기본적인 원칙에 근거를 두고 있다. 첫째, 직접 목격한 것만을 보도하도록 훈련받은 신문 기자 생활에서 유래한 것으로 소설은 정서적이고 지적인 실제 경험에 토대를 두어야 하며 사실에 충실해야 하지만, 또한 그것이 단순한 실제 사건들보다 더 진실해질 때까지 상상력으로 그것을 변형하고 강화해야 한다는 것이었다. 식견 있는 작가라면 항상 사실에서 시작하지만 결국에는 원래의 경험보다 더 흥미 있고 의미심장한 어떤 것을 낳는다고 그는 생각했다. 자기 소설 주인공 로버트 조던이나 키플링처럼 헤밍웨이는 "그것이 어떠해야 하는가보다는 그것이 실제로 어떠한가를 알고 싶어 했다." ≪오후의 죽음≫에서 그는 처음 글을 쓰기 시작했을 때 실제 사람들과 감정들에 집중하려고 노력했었다고 설명했다. "내가 무엇을 느껴야 하며 느끼도록 배웠는지보다 내가 실제로 무엇을 느끼는지를 진정으로 아는 것은 물론이고 가장 큰 어려움은 실제로 일어난 것을 글로 적는 것임을 나는 깨달았다." 그리고 그는 버나드 배런슨에게 이렇게 말했다. "소설은, 아니 산문은 아마 모든 글쓰기 중에서 가장 힘든 작업일 것이다. …… 백지와 연필을 갖고서 사물들이 진실할 수 있는 것보다 더 진실한 것을 만들어 내야 한다. 만질 수 있는 것을 가지고 완벽하게 만질 수 있는 것으로 만들어야 할 뿐만 아니라 그것이 읽는 사람의 경험의 일부가 될 수 있도록 정상적으로 보이게 해야 한다."

두 번째 원칙은 소설은 강렬한 인상을 주기 위해 압축되어야 하며, 작품을 견고하고 강하게 하는 구조와 의미의 토대들은 이야기의 표면 아래 감추어야 한다는 것이었다. 그는 "소설 작품은 작가가 제거하는 소재의 질에 의해 판단될 수 있다. 나는 빙산원리에 따라 글을 쓰려고 노력한다. 밖으로 드러나는 부분은 8분지 1이고 나머지 8분 7은 물속에 잠겨 있다. 내가 알고 있는 것은 어떤 것이든 제거할 수 있으며 그것만이 빙산을 강화해 준다. 그것은 드러나지 않는 부분이다"라고 했다. 이 기법은 헤밍웨이에게 탁월하게 발휘되었다. 이 이론과 기법은 1920년대 초에 형성되어 작가 생활 동안 일관성 있게 유지되었다.

헤밍웨이의 기법은 그의 고도로 혁신적인 문체—20세기의 가장 영향력 있는 산문으로 절정을 이룬다. 짧은 단어, 제한된 어휘, 서술적인 문장, 가시적인 세계에 대한 직접적인 표현은 지적인 독자뿐만 아니라 일반 독자들에게도 호소력을 발휘했다. 그는 자신의 정제된 표현과 암시적인 간소함에 자부심을 느꼈다. 헤밍웨이 문체는 명료하고 힘이 있었다. 그는 개별 단어의 기능을 강조했고, 복잡한 하나의 문장 대신 간단한 다섯 문장을 썼고 직유를 거의 사용하지 않았고 단어와 구를 반복했고 서술보다는 대화를 강조했다. 그는 강렬한 주제들을 명쾌하고 집중적이고 완벽하게 통제된 산문으로 표현했다. 그는 감각에 집중하고 미학적 효과를 낳은 구체적인 묘사를 찾았다. 그의 문체는 정밀하고 정확하면서도 아주 함축적이고 성기고 적나라하면서도 시적 강렬함으로 충만해 있다.

헤밍웨이는 예술과 행동을 작가적 감수성 및 인식과 육체적 용기 및 운동 기술을 개인적 고독과 대중적 명성을 통합하려고 애썼다. 그는 헨리 제임스, 플로베르, 조이스처럼 자기 인생을 작품에 예속시킨 것이 아니고, 로렌스, 앙드레 말로처럼 자신의 인생으로 예술을 향상시켰다. 그는 자신의 인생으로 다양하고 종종 모순되는 양상들에 균형을 잡으려고 애썼으며 자기 자신에 대해 "나는 본질적으로 행복한 사내로, 삶을 즐기고 아내와 바다와 자식들과 글쓰기와 독서와 모든 훌륭한 그림은 물론이고 잡다한 쾌락을 사랑한다"라고 유별나게 낙천적으로 썼다. 그는 돈을 갖고도 순수할 수 있으며 사치를 즐기면서도 글을 잘 쓸 수 있다고 믿었지만 그렇게 되지 못할까 봐 두려워하기도 했다.

19세기의 마크 트웨인처럼, 위대한 작가이면서 상업적으로 성공을 거둔 가장 유명한 예술인 헤밍웨이는 문인이자 영웅이었다. 자신이 만든 공적 이미지 덕분에 그의 책이 잘 팔리고 할리우드가 관심을 갖고 그의 사생활이 대중 소비의 원인이 되었다.

헤밍웨이의 많은 모습 중에 진짜 중요한 것은 행동하는 인간의 가면 아래 자신의 타고난 감수성을 감추고 책을 쓰는 사려 깊은 점이었다.

≪깨끗하고 조명이 잘된 곳≫은 동정적이지만 반어적인 삼가는 말로 표현된, 고도로 압축되고, 매우 긴장되고, 매우 감동적인 이야기다. 조명 장식을 한 카페는 늙은 손님의 패배, 고집, 고독, 절망과 반대가 되는 일종의 평화, 질서, 안전, 피난을 나타낸다. 전쟁, 이상주의 파괴, 선의 상실은 필연적으로 '나다', 즉 실제적인 것은 아니지만 무(nada/nothingness)에 대한 뚜렷하고 지배적인 감각의 개념을 낳는다. 그 주제는 빛과 그림자, 잠과 불면증, 확신과 절망, 용기와 공포, 위엄과 타락, 믿음과 회의주의, 삶과 죽음이라는 일련의 암시적인 대립물을 통해서 미묘하게 표현된다. 편협한 젊은 웨이터는 아내에게 돌아가고 싶어 한다. 그러나 아내를 잃은 늙은 손님은 자살을 기도했다가 실패했다. 나이 든 웨이터는 불면증에 걸린 그 손님을 동정하며, 그의 공포의 밤을 함께해 준다. "저는 늦게까지 카페에 머물러 있기를 좋아합니다. …… 잠자리에 들고 싶어 하지 않는 모든 사람들과 함께요. 밤에 빛이 필요한 모든 사람들과 함께 말입니다." 저 세상에서는 아니더라도 이 세상에서의 안락함에 대한 절망적이지만 환상적인 희망을 표현한다.

제임스 조이스는 이 단편소설에 감탄해 이렇게 칭찬했다.

"그(헤밍웨이)는 모든 작가가 성취하려고 노력하는 일을 해냈다. 문학과 인생 사이의 베일을 줄이는 것이다. ≪깨끗하고 조명이 잘된 곳≫을 읽어 보았는가? …… 역시 대가 작품답다. 사실 그것은 지금까지 쓰인 가장 훌륭한 단편소설들 중 한 편이다."

헤밍웨이는 아프리카의 풍경과 동물들에는 관심을 가졌지만 관습과 사람들에는 관심이 없었다. 아프리카에서의 사냥에 대한 그의 명성은 천연 그대로의 야생 짐승들에 다가가는 흥분을 전하지만, 스페인 투우의 예술적이고 문화적인 문맥을 결여하고 있다. ≪오후의 죽음≫은 투우의 기술적, 비극적, 미학적, 양심적, 극적, 성적 양상들을 탐구하고, 그것들을 스페인 사람들의 성격과 용기에 연결시킨다. 그것은 예술이자 사람들에게 호소력을 발휘하고 아무리 가난한 사람들이라도 출세할 수 있게 해 주는 운동이다. 헤밍웨이의 진정한 장기는 낭만적이고 비극적인 사랑을 묘사하는 것이었기 때문에 수렵 여행에서의 가정생활을 그리는 데 성공하지 못했다.

헤밍웨이는 조이스와 파운드처럼 가까운 문인들 내에서 성공하는 것에 만족하지 못했기 때문에 독자들에게 그가 파리에서 성공했음을 알리기 위해 미국으로 돌아왔다. 창조적 직업에 따르는 일상의 긴장에서 벗어나기 위해 그는 유혈 운동(athletics)에 몰두하고픈 절실한 욕구를 갖고 있었다. 권투, 투우, 낚시, 사냥에 대해 쓰는 것을 매우 좋아했다. 그의 소설은 프롤레타리아 문학과는 다른 자기 문학에 독자들을 끌었다. 직업상의 고독과 통속적인 잡지들의 유혹, 높은 보수, 사치스러운 생활 사이의 갈등을 의식했다. 그는 글을 잘 쓰고 싶고 진실하게 쓰고 싶은 심리적 욕구를 갖고 있었으며 자신의 예술적 위엄(dignity)을 유지했다.

≪킬리만자로의 눈≫에서 아프리카 마사이 시골에 대한 헤밍웨이의 자연적 이미지와 생기 넘치는 묘사는 인생을 허비하고 끝내 잃어버렸다는 주인공 해리의 비극적 인식을 강화한다. 헤밍웨이는 톨스토이의 이야기에서 기독교적 문맥을 제거하고 선에 대한 믿음보다는 자기 성취를 강조하고, 사회적 배경보다는 개인적 배경을 강조하며, 신랄한 현대적 어조를 사용하면서도 똑같은 속죄적 패턴과 똑같은 전형적인 양식을 유지한다. ≪킬리만

자로의 눈≫의 이야기는 그가 아직 가난했던 시절, 작가로서 명성을 얻기 시작했던 시절에 대한 향수로 가득 차 있었다. 비록 그의 세속적 성공의 절정기에 씌어졌지만 그 소설은 도덕적 타락 과정이 이미 시작되었음을 드러낸다. 그의 작가로서의 실패와 정신적 죽음을 예언한다. 헤밍웨이는 ≪킬리만자로의 눈≫에서 자기 자신에 대해 직접적으로 썼지만 그 소설의 〈에스콰이어〉판에서 피츠 제럴드의 명성이 밑바닥으로 떨어진 1940년에 그들이 처음 만났을 때의 감정을 표현해 "애정과 존경을 담아 스콧에게"라고 써서 보냈다.

죽어가는 주인공 해리가 "그가 쓰기 위해 아껴 둔 것들을 잘 쓸 수 있을 만큼 충분히 알 때까지는 결코 그것들을 쓰지 않을 것이다"라고 한 것이 ≪킬리만자로의 눈≫의 반어적 주제이다. 해리의 정신적 회상은 그의 잠재력을 그의 비극적 실패와 비교하고, 눈(snow)의 이미지를 죽음의 주제와 연결하여 돈으로 산 것이 아니라 전쟁에서 얻은 것인 진실한 자연적 삶과 쾌락의 향유를 그린다. 그 회상 장면에서 죽음의 위협이 해리의 마음을 사로잡고 있다. 그가 위대하고 진정한 재능을 지녔으며 그의 힘이 절정에 있을 때 그에게 나타나는 생생한 기억들을 기록할 수 있었다면 그는 자신의 약속을 성취하고 자신의 구원을 확신할 수 있었을 것임을 (헤밍웨이는 예술적 노력을 도덕적 노력과 동일시하기 때문에) 보여준다.

헤밍웨이의 아그네스에 대한 사랑이 1차 세계 대전과 연결되어 있고 메리 웰시와의 사랑이 2차 세계 대전과 연결되어 있듯이 마서 겔혼의 사랑은 스페인 내전 참전과 불가피하게 연결되어 있다. 헤밍웨이는 아그네스와 사랑에 빠졌을 때는 병원에 있었고, 메리를 만났을 때는 전선에서 멀리 떨어진 런던에 있었지만 마서 겔혼과의 정사는 전쟁의 와중에 이루어졌고, 전쟁이 그것을 훨씬 더 자극적으로 만들었다. 해들리가 터키 전쟁의 취재를 말렸듯이 폴라인도 그가 스페인에 가지 못하게 하려고 했다. 그는 네 번에 걸쳐 스페인을 방문하는 동안에는 마서와 함께 지내고, 폴라인에게 돌아올 때는 그녀와 헤어졌다. 이런 헤어짐은 첫 두 아내와의 연애 때도 그랬듯이 그의 열정을 부추겼다.

헤밍웨이와 마서의 연애는 폴라인의 연애와 신기할 정도로 닮았다. 폴라인과 마찬가지로 마서는 젊고, 매력 있고, 매혹적이고, 옷차림이 세련된 여자였다. 두 사람의 불륜은 안전한 거리에서 행해졌고 은밀하게 진행되었다. 이 사실을 알았을 때 폴라인은(해들리처럼) 관대했고, 남편을 붙잡으려 노력했으며 결혼을 유지하려고 애썼다. 헤밍웨이는 마서와 이혼한 후 해들리에게서 위안을 찾았고 그들의 결혼 생활의 감상적인 기억들을 회상하였다.

마서는 키가 크고 맵시 있고, 긴 금발과 푸른 눈, 멋진 피부, 감각적이면서도 여성스러운 용모를 지니고 있었다. 그녀는 매우 매력적이었고 지적이고, 유능하고 야심이 컸다. 헤밍웨이는 그녀가 가족과 함께 휴가를 보내고 있던 1936년 12월에 간이 식당 술집에서 그녀를 만났다. 그들은 금방 서로에게 끌렸고 마음이 통하는 사이가 되었다. 마서는 폴라인에게 그녀가 키 웨스트의 집에서 많은 시간을 보냈음을 순진하게 고백했고 그곳에서 오랫동안 살아온 것처럼 느꼈다. 그들을 지켜본 대부분의 사람들은 마서가 헤밍웨이를 유혹했다고 생각했다. 마서는 그를 만나기 전에 이미 두 권의 책을 발표했으므로 헤밍웨이가 그녀에게 글 쓰는 방법을 가르쳐 주지는 않았다고 주장했다. 마서는 헤밍웨이가 배, 황소, 낚시, 사냥에 대해 가르쳐 줌으로써 그녀의 경험을 풍부하게 해 준 것을 인정했다.

헤밍웨이와 (정치적으로 더 헌신적인 반파시스트 인) 마서는 모두 반프랑코와 스페인어에 관심이 있었으며 함께 참전할 계획을 세웠다. 그녀는 헤밍웨이가 비범한 사람이라고 말하고 그의 두툼한 가슴, 엄청난 정력, 연애 기술을 칭찬했다. 헤밍웨이는 폴라인에 대한 사랑과 죄의식을 극복할 만큼 마서에게 강하게 끌렸으며 그것은 스페인 참전, 육체적 시련, 전쟁의 위험으로 강화되었다. 폴라인은 해들리만큼 친절하지도 차분하지도 않았고 버림받은 여자의 역할을 참지 못했으며 이혼 후에 모질게 굴고 앙심을 품었다. 헤밍웨이에게 마서는 자기중심적이고, 이기적이고, 완고하고, 유치하고, 엉터리이고 재능은 거의 없다고 말했다.

헤밍웨이는 "내란은 작가에게 가장 좋은 전쟁, 가장 완벽한 전쟁이다"라고 믿었다. 그는 1937~1938년에 종군기자로 스페인을 4번이나 찾았으며, 그곳에서 8개월 정도 지냈다. 1937년 3월~5월까지 가장 중요한 여행에서 그는 마드리드 포위 공격을 보도하고 영화 〈스페인의 대지〉 작업을 했다. 봄에는 《가진 자와 못 가진 자》를 탈고하기 위해 미국으로 돌아와 카네기 홀에서 정치적 연설을 했고 백악관에서 영화를 상영하고 스페인을 도우려고 기금 모금 여행 차 할리우드에 갔다. 종군기자 계약이 끝난 후인 1938년 11월에 그는 바르셀로나 함락을 초래한 사건들을 목격했다. 그리고 마침내 그의 가장 큰 야심작인 《누구를 위하여 종은 울리나》를 쓰기 위해 돌아갔다.

1937년 초 ≪캔자스 시티 스타≫와 ≪뉴욕타임즈≫를 포함한 60개 신문에 기사를 공급하는 북미신문연맹(NANA)의 경영자인 존 휠러는 헤밍웨이가 스페인에 갈 것이라는 얘기를 들었다. 휠러는 그가 보낼 수 있는 급전의 수에 대한 제한 없이 전송기사 한 건당 500달러, 그리고 우송 기사 한 건당 1,000달러를 지불한다는 내용의 계약을 제의했다.

이태리를 위해 피를 흘렸던 헤밍웨이는 이제 위험에 뛰어들어 스페인 전쟁에 대해 쓰는 대가로 돈을 받게 되었다. 떠나기 전에 그는 두 명의 반프랑코파 지원병의 여비를 대주고, 구급차 구입 비용으로 1,500달러를 보냈다.

헤밍웨이는 그 전쟁이 파시즘에 맞서는 전쟁이고 독일과 이태리는 다음 전쟁을 위해 병사들과 무기들을 시험하고 있으며 독일과 이태리가 우익을 돕듯이 영국과 프랑스와 미국이 중립정책을 버리고 좌익을 적극적으로 지원해 주지 않는 한 스페인 공화 정부는 이길 수 없다는 것을 처음부터 알고 있었다. 부유한 투우사들과 황소 사육자들인 많은 친구들은 프랑코 편을 들었지만, 그는 "파시즘은 항상 낙담한 사람들에 의해 만들어진다"는 것을 완벽하게 이해하고 있었다.

스페인에서 헤밍웨이에 대한 설명들에는 눈에 띄는 공통점이 있다. 그곳에서 그를 알았던 거의 모든 사람들은 그의 성격이 가장 좋은 면을 보여주었고 용기 있고 관대했으며, 반프랑코파를 위해 최선을 다했다는 데 동의했다. 그는 자신의 명성으로 특파원이라는 특권적인 지위를 부여받았으며, 당국은 그에게 자동차, 운전기사와 가솔린을 제공했고 그는 어디든 마음대로 돌아다닐 수 있었다. 그는 항상 훌륭한 음식을 동료들과 나누어 먹었다. 그는 전쟁 상황에서 담력을 시험하는 것을 즐겼고, 전선에서 폭격이 일어나면 활기를 찾는 것 같았다. 헤밍웨이는 스페인에서 친구들을 아주 많이 만나고 사귀었다. 대부분이 외국 작가들이 모여 있던 플로리다 호텔에는 흥분과 헌신의 특별한 분위기가 감돌았다. 그는 용감한 프랑스 소설가 앙드레 말로와 앙투안드 생텍쥐페리, 시인 파블로 네루다와 라파엘 알베리티, 러시아 특파원 미하일 콜쵸프와 일리야 에렌부르크도 만났다. 헤밍웨이는 그가 매우 존경하는 동료 기자 ≪뉴욕 타임스≫의 허베리 매튜스(Herbery Matthews)와 ≪런던 익스프레스≫의 세프린 톰 델머, 용감한 사진사인 로버트 케이퍼와 링 라드너의 아들 존(나중에 순직했다), 에이브러햄 링컨 여단의 밀턴 울프와 엘버 베서를 만났다. 그는 또 영웅적이긴 해도 별로 알려지지 않은 인물 로버트 메리먼 소령을 만났는데, 그는 마지막 벨치테 공격을 지휘했으며 ≪누구를 위하여 종은 울리나≫에서 로버트 조던의 모델이 되었다.

헤밍웨이는 스페인에서 많은 친구를 새로 사귀기는 했지만 한편 도착한 직후 가장 가까운 문우인 존 도스 패소스와 돌이킬 수 없는 정치적 다툼을 벌이기도 했다. 도스 패소스의 성격은 헤밍웨이와는 반대였다. 그는 온화하고 조용하고, 학자적이고 사색적이고 좀 더 정치적이고 덜 감상적이었으며 행동하는 인간은 전혀 아니었다. 도스 패소스는 경쟁을 좋아하지 않았다. 그들의 말싸움은 도스 패소스의 가까운 친구이자 번역가인 호세 로블레스와 관련이 있었다. 로블레스는 존스 홉킨스 대학에서 스페인어를 가르쳤고 스페인 전쟁이 일어난 후 반프랑코파에 대령으로 합류했다. 로블레스가 1936년 2월 마드리드 전선을 장악하고 있던 공산주의자들에게 체포되었을 때 도스 패소스는 혐의가 크지 않아 석방될 것이라는 말을 들었다. 그러나 헤밍웨이는 로블레스가 간첩 행위로 기소되었으며 비밀리에 처형

되었다고 들었다. 그는 로블레스가 죄가 있으며 그 사형 선고는 정당하다고 생각했고 1937년 4월에 그 소식을 도스 패소스에게 털어놓았다. 도스 패소스는 몹시 충격을 받았으며 자신의 친구가 반역자라는 것을 믿지 않았고 헤밍웨이가 그에게 정치적으로 순진하다고 하자 화를 냈다. 그의 전기 작가는 이렇게 진술했다. 도스는 좌익 운동을, 공산주의자가 전복하는 것을 더 이상 관용할 수 없었다. 최근에 들어서야 정치화되고 반프랑코파의 용감한 싸움에 아주 몰두한 헤밍웨이는 도스 패소스의 비난을 믿지 못했으며 자기가 더 잘 알고 있다고 자부하는 그 문제에 대한 도스 패소스의 도전을 받아들일 수 없었다. 헤밍웨이는 개인보다 대의가 더 중요하다고 생각했다. 그는 도스 패소스가 사실상 파시스트들을 지원하는 데 분노하고 있었다. 도스 패소스와의 결별은 헤밍웨이의 인생에서 중요한 전환점이었다. 그는 앤더슨, 스타인, 포드, 루이스, 피츠제럴드, 매클리시, 로버트 매캘먼, 어니스트 웰시, 해럴드 로움, 돈 스튜어드, 도로시 파커, 몰리 캘러헌, 맥스 이스트먼과 다투었다. 그는 파운드와 조이스와는 여전히 잘 지내고 있었지만 그들은 유럽에 살았고 1937년 이후 헤밍웨이에게는 친밀한 작가와 친구가 없었다. 질투, 신랄함, 오만, 야심, 자존심, 정치가 그들 모두를 그의 인생에서 몰아냈다. 1940년대와 1950년대에 그는 군인, 운동선수, 옛 벗, 백만장자, 아첨꾼, 배우, 식객들과 알고 지냈지만 예술가 친구는 없었다.

헤밍웨이는 스페인어를 불확실한 문법과 시원치 않은 억양으로 말했지만 유창했으며, 곧 스페인 사람들과 의사소통에는 막힘이 없었다. 그는 예술적인 문제보다 실제적인 문제를 챙겼다. 그는 사기를 북돋고, 야외 촬영에 관해 조언하고 힘이 셌기 때문에 무거운 장비를 종종 날랐다.

1937년 5월 9일 헤밍웨이는 파리에 도착했다. 사흘 후 그는 실비아 비치의 세익스피어 앤 컴퍼니 서점에서 제임스 조이스를 포함한 청중 앞에서 ≪아버지와 아들≫을 낭독했다.

그리고 맥주를 조금 마시고 나서 ≪승자에게 아무것도 주지 마라≫(1933)에 실린 ≪아버지와 아들≫을 읽기 시작했다. 그는 속삭이고 있었으며 한 여자가 그에게 좀 더 큰 소리로 읽어달라고 부탁했다. 그러자 그는 한 프랑스 신문기자에 의하면 "순진한 아이 같은 태도와 강한 미국식 억양으로" 읽기 시작했다. 이 수줍음 때문에 그는 오히려 더 호감 가는 모습으로 보였다. ≪헤럴드 트리뷴≫ 파리 주재기자에 따르면, 점점 더 확신이 커짐에 따라 "그의 분명하고 간결한 구절들이 살아나기 시작했다. 그는 억압 아래서 우아함(Grace under pressure)을 보여주기 시작했다."

헤밍웨이와 마서는 문학적으로 공생 관계였으며 비록 마서가 현명하게도 스페인 전쟁이라는 주제를 그에게 일임하긴 했지만 자신들의 작품에서 서로를 묘사했다.

헤밍웨이는 스페인 전쟁에서 기자였으며 참여자가 아닌 관찰자였다. 그는 소설의 소재를 얻기 위해 스페인에 갔으며 제한된 기간 동안 개인적 위험과 고난을 감내했으며 자신의 경험을 대단한 모험이고 정치적 함의를 지닌 사냥 여행으로 생각했다. 자기 편인 스페인에서 패배한 후 정치에 무관심했다. 그러나 예리한 감성과 대의에 대한 열렬한 반응 덕분에 자신의 경험을 스페인 전쟁에 대한 가장 위대한 소설로 바꾸어 놓았다.

헤밍웨이는 파리 주재 외국 특파원들과 친교를 확대해 나갔다. 그는 영미신문클럽의 정기총회에 참석하여 ≪부룩클린 데일리 이글≫지의 노련한 기자 가이 히콕(Guy Hickok)과 친교를 두터이 하였다. 히콕은 성품이 온화하고 열정적인 미식가였다. 말쑥하고 새까만 콧수염을 한 사람이었고 그의 권투와 경마 등에 공감을 나타냈다. 헤밍웨이는 ≪토론토 스타≫지를 위한 일을 하는 데도 그의 일은 지지를 받았다. 그의 통신문이 존 본의 책상 위에 처음으로 도착한 것은 그가 뉴욕을 떠난 지 거의 두 달 후인 2월 2일이었다. 본 편집장은 헤밍웨이가 보내온 통신문은 거의 모두 환영했으며, 3월 말까지 30여 편의 기사를 송고했다. 3월 말에 34개 국 대표들이 모인 제노바 경제 회의를 보도하라는 훈령이 ≪토론토 스타≫지로부터 왔다.

남으로 향하는 기차는 외국 통신원으로 가득 찼다. 헤밍웨이는 런던 ≪데일리 헤럴드≫지의 조지 슬로콤버(George Slocomber) 기자, 몸매가 날씬한 금욕주의자처럼 생긴 연합통신의 유럽지국장 빌 버드(Bill Bird)들을 여기서 알게 되었다. 여기서 러시아 대표 치레린을 만났고 제노바에서는 은 공산당 기관지 ≪새 대중(The Masses)≫의 편집장 맥스 이스트맨(Max Eastman)을 만났다. 이스트맨의 눈에 비친 헤밍웨이의 첫 인상은 겸손한 왕자 같은 몸가짐의 젊은이였고 그는 이스트맨과 슬로콜름과 함께 라팔로로 차를 몰았다. 이 여행에서 세계 최고의 신문기자들과 교제가 헤밍웨이의 입지를 공고하고도 높게 다져 주었다. 이 날 이후에 필자 이름이 붙는 실명기사가 신문지상에 나타나기 시작했다. 헤밍웨이는 제네바 경제 회의에 관한 15편의 기사를 ≪토론토 스타≫지로 보냈다. 이 신문사는 헤밍웨이의 지위를 재외통신원으로 격상하였고 실비 외에 주급 75달러를 그에게 인상해 주었다.

하지만 이러한 여행은 금전과 지위로는 이득을 보았고 또한 유명한 신문기자들을 알게 되는 데는 이로운 점이었지만 작가로서 자질을 늘리는 데

90

도움이 되지 않았으며 다만 돈을 벌기 위한 여행이라는 데에 헤밍웨이는 실망을 느꼈다.

이후 헤밍웨이는 파리에 근거를 두고 유럽 각지를 여행했다. 그 여행지는 닉 아담스(Nick Adams)의 여행지와 동일하다. 닉이 나타나는 장소이면 헤밍웨이가 가보지 않은 곳이 없으며 다양하고 이채롭다. ≪토론토 스타≫지의 훈령이라고는 하지만 여행은 헤밍웨이 작품 생산의 원천이고 원동력이다.

스페인 여행은 투우의 흥미에 있다고 하면 옳은 말이 되겠다. 이 흥미의 장소를 한층 자극한 것은 거트루드 스타인이었다. 투우에 대한 그의 회상은 ≪오후의 죽음≫ 제1장에 그대로 쓰고 있다.

그의 끝없는 여행은 죽음을 찾아서 줄기찬 여행이라는 말을 하였고 이 줄기찬 여행은 재생(rebirth)의 의미를 내포한다는 말을 했다. 삶과 죽음을 직접 목격할 수 있는 장소는 유일하게도 투우장(bull ring)밖에 없다. 인간과 투우가 대결하는 순간이야말로 진실의 순간이다. 인간이 새로운 삶을 의식하는 것은 진실의 순간(moment of truth)이다. 진실의 순간의 끝없는 추구는 헤밍웨이에게는 작가적 생명의 전부이고 인간 헤밍웨이의 윤리이기도 하다. 헤밍웨이가 이후에도 스페인을 찾는 까닭은 이 투우에 더 큰 관심 때문이었다.

투우가 벌어지고 있는 스페인의 오후가 쉽사리 잊혀지지 않는 헤밍웨이는 7월 초에 다시 스페인의 팜플로나의 축제를 찾았다. 투우뿐만 아니라 산 페미닌의 축제가 함께 열리는 7월 6일부터 12일까지는 축제 소동이 전 시내를 축제 물결로 이루게 한다.

팜플로나의 축제를 관람한 헤밍웨이는 이 축제 장면에서 그의 창작 동기의 영감을 얻었다.

《해는 또 다시 뜬다》는 인간이 그와 같은 세상을 어떻게 대처할 수 있는가를 보여주는 시도라고 생각된다.

헤밍웨이는 파리 수업 시절의 고난사에 대해 《아프리카의 푸른 언덕》에서 술회했다. 불과 몇 단의 장작을 살 돈이 없어, 뼈에 스며드는 한기를 막을 길이 없어 노트를 주머니에 넣고 낯익은 카페로 달려간다. 이 대목은 《움직이는 향연》에서 회고한다.

> 가는 나뭇가지 한 묶음, 나뭇가지에 불을 붙이는 데 쓰이는 소나무는 연필 길이의 반 정도로 짤막하게 건조된 것으로 쪼개어서 철사로 세 번 감은 건조된 여문 것이었다. 그 장작 한 단을 사는 데 어느 정도의 돈이 드는지 나는 알고 있었다. …… (그 돈이 나에게 없어서) 나는 생 미셸 광장에 있는 내가 잘 알고 있는 어떤 훌륭한 카페로 갔다. 그곳은 따뜻하고 깨끗하고 친절하고 기분 좋은 카페였다. 나는 낡고 헤진 레인코트를 말리기 위해 외투걸이에다 걸고 다 헤진 오래된 모자를 벤치 위 모자걸이에 걸고는 밀크커피 한 잔을 주문했다. 그다음 주머니에서 노트와 연필을 꺼내어 쓰기 시작했다.

당시 헤밍웨이에게는 책 살 돈이 없었다. 그래서 실비아 비치 여사의 대여 문고를 겸한 서점 셰익스피어 앤 컴퍼니로 갔다. 이 서점은 차가운 바람이 부는 가로에 있었지만 따스하고 양지바른 곳이며 겨울에는 큰 난로를 피우고 진열장에서는 신간 서적이 꽂혀 있고 벽에는 현존하고 고인이 된 유명한 작가들의 사진이 걸려 있었다. 헤밍웨이는 거기서 투르게네프의 《사

냥꾼의 일기≫, 로렌스의 ≪아들과 연인≫, 톨스토이의 ≪전쟁과 평화≫,
도스토옙스키의 ≪도박사와 기타 단편들≫을 대여해 읽었다.

헤밍웨이와 네 아내

이미 오크파크에서 그러했고 다음에는 시카고에서 그러했던 것처럼 그
의 기질은 파리에서도 변함없는 자세로 문학적 건달들에 대하여 냉전을 선
포하는 것이다. 파리든 다른 어느 곳에서도 그는 사이비 예술가들의 시끄
러운 분위기는 끝내 그가 들어갈 수 없는, 스스로 굳게 문을 닫아 버린 금
단의 지대였다.

파리에서 헤밍웨이는 에즈라 파운드와 거트루드 스타인, 두 스승에게서
엄격한 수업을 받는다. 파운드는 형용사를 절제하고 프랑스 작가 플로베르
의 표현법을 배우라고 권고한다. 스타인의 지도에 의하여 그 폭이 더 넓어
지는 묘사는 후에 많은 영향을 주었다. 특히 스타인의 집중론 중에서 반복
기법은 작가가 표상하는 어느 사상(phenomenon)을 거듭 반복함으로써 이
는 설명이 아니라 독자에게 작가가 의도한 동일한 이미지를 전달하는 테크
닉이다.

헤밍웨이 부부는 노트르담 데 상가에 있는 에즈라 파운드의 침울한 집
을 찾았다. 파운드의 아름다운 아내, 영국 귀부인풍의 도르디의 차 대접을
받았다. 파운드는 의자에 기대 앉아 적황색 머리칼을 손가락으로 연방 쓰

다듬으면서 차를 몇 잔씩 마셨다. 말은 주로 파운드가 했으며 헤밍웨이는 듣고 있는 편이었다. 헤밍웨이 눈에 비친 파운드의 첫 인상은 좋지 않았다. 파운드의 여봐라는 듯한 보헤미아니즘과 그가 내버려둔 손질하지 않은 머리칼, 깎지 않은 염소수염, 탁 벌린 바이런식 칼라 등을 공격하였다. 헤밍웨이는 ≪다이얼(Dial)≫에 6편의 시가 편집장 스코필드 테일러(Scofield Thayer)에 의해 거절되었고 ≪리틀 리뷰(Little Review)≫에 보낸 단편 하나도 거절되었다. 그러나 헤밍웨이는 파운드의 편집상의 능력을 인정했으며 호감을 느꼈다.

스위스 생활비는 본사에서 주는 수당으로는 감당할 수 없었고 첫 한 주일이 끝나고 헤밍웨이는 파리로 돌아갈 결심을 했다. 지금까지 창작을 소홀히 했던 후회감과 아내(해들리)를 학대하지 않았나 하는 생각이 주마등처럼 그의 머리를 스쳐갔다. 아내 해들리에게 전보하여 지금까지 써 모은 원고를 가지고 올 것을 타전하였다. 그러나 해들리는 로잔느로 오는 리용 역에서 잠깐 자리를 비운 순간 여행용 가방이 도난당했다. 이 사건은 헤밍웨이 부부를 이혼으로 가게 한 실마리가 되었다. 뜻밖의 실수로 부부는 허탈과 공허감으로 많은 날을 보내었다. 이 여행용 가방 속에는 장편 2편, 단편 18편, 시 30편이 들어 있었다. 헤밍웨이는 백방으로 이 가방을 찾기 위해 애를 썼지만 끝내 그 잃어버린 여행용 가방은 돌아오지 않았다. 헤밍웨이는 훗날 이 도난 사건이야말로 생애에서 가장 쓰라린 사건이었다고 술회했다. 이 가방 도난으로 그의 초기 습작은 영원히 독자의 눈에 들어올 기회를 잃고 말았다.

한편 이 비극의 쓰라림을 잊어버릴 겸 또 한편으로는 무너지려는 사랑의 보금자리를 되찾기 위해 헤밍웨이는 로잔느를 떠나 아내 해들리와 함께 스키와 썰매로 크리스마스를 즐기려고 결심했다. 그때의 기사가 1923년 1 2월 22일자 ≪토론토 스타 위클리≫지에 게재된 〈세계의 지붕에서의 크리스마스〉라는 글인데 이 글을 읽어 보면 헤밍웨이라는 인간이 얼마나 인생을 멋지게 산 사람인가를 알 수 있다.

헤밍웨이에게 닥친 가혹한 시련이 왔으니 아내 해들리의 임신이 이 들의 위태로운 결혼생활을 더 어렵게 만들었다. 헤밍웨이는 이 시련을 어떻게 참고 이겨낼 것인지 고민했다. 그는 스타인과 상의한 결과 딱한 사정을 끝까지 들은 스타인은 헤밍웨이에 충고했다. 이들 부부는 일시 미국으로 건너가서 아이를 낳고 열심히 일을 하여 파리 생활을 지탱할 수 있는 자금을 마련해서 1년 내로 파리로 돌아올 것과 이 기회에 신문과는 깨끗이 손을 떼고 창작에만 전념할 것을 계획하고 4월에 토론토로 돌아간다. 이러한 결론을 내리기 전까지 이들 부부는 이 문제로 여러 번 말다툼을 한다. 헤밍웨이는 의학의 힘에 의하여 문제를 해결하자고 하고 아내는 신의 섭리에 따르기로 하자고 서로 다른 주장을 하는데 그러면서 해들리는 꼭 미국 가서 출산하겠다고 한다. 이 실제 사실은 ≪흰 코끼리 같은 산≫의 주제가 된다.

1923년 9월 헤밍웨이는 토론토로 돌아왔고 이듬해 장남 존이 태어났다.

1926년 10월 22일 ≪해는 또 다시 뜬다≫의 출간은 헤밍웨이가 파리 여행의 종지부를 찍는 의미를 갖는다. 파리와 스페인 여행은 작품 제작의 원동력 구실을 하였고 그는 파리와 스페인에서 얻어 낼 수 있는 모든 것을 해 냈다. 그는 27세 나이에 큰 명성을 떨쳤고 미국 문학의 영웅주의에 신화를 창조한 인물이 되었다. 파리를 근거지로 하고 벌어지는 그의 여행을 통한 활약상은 오크파크 고교시대, 캔자스 시티 시대 그리고 시카고 시대와 파리를 연결시켜 주는 그의 언어 예술을 꽃피게 하였다.

키웨스트는 헤밍웨이가 ≪무기여 잘 있거라≫, ≪오후의 죽음≫, ≪누구를 위하여 종은 울리나≫ 등을 집필한 곳이다.

헤밍웨이가 7년여의 국외 추방자 생활을 마감하고 키웨스트에 영주하게 된 이유는 다음과 같다. 부인의 본가는 아칸소주의 피고트에 있었고 이곳은 사냥터로도 유명하였고 바다로 진출하기에도 비교적 가까운 지리적 이점이 있었다. 폴라인의 출산일이 가까워지자 부부는 캔자스 시티로 가서 폴라인의 출산을 기다린다. 그녀의 출산은 난산 중에 난산으로 사경을 헤매는 정도였다. 폴라인으로서는 죽을 고비를 넘기게 되는 것이지만 아내의 곤경이 헤밍웨이에게는 도리어 ≪무기여 잘 있거라≫를 탈고하는 데 도움이 되었다. 끝 부분을 39번이나 고쳐 쓰고 다시 쓴 이 원고에서 여주인공 캐서린 버클리의 제왕절개 수술로 인한 출산은 이때의 체험을 배경으로 한 것이다.

1928년 6월 하순 둘째 아들 패트릭을 출산한 후 ≪무기여 잘 있거라≫에 최후 추고를 가한 후 메추라기 사냥 시기가 끝날 때까지 피고르에 체류하다가 그전 해 봄에 경험했던 그 훌륭한 경치와 풍광을 즐기는 기분으로 새로 낳은 패트릭을 데리고 키웨스트로 떠났다. 앞으로 10년을 거주하게 될 키웨스트는 이렇게 선정되었다. 이곳 주택은 해안경비대장이 살던 집으로 등대 바로 건너편 화이트 헤드가 907번지 스페인식 건물을 고가로 헤밍웨이가 매입했다. 이 집은 1851년 운수업의 대부호 아사 티프트에 의해 건축되었으며 그가 쿠바로 거주지로 옮긴 후에도 이 집을 팔지 않았다. 이 집이 팔린 것은 헤밍웨이가 세상을 떠난 1961년의 일이고, 이 집을 산 사람은 잭 다니엘이라는 사람으로 이 새 주인은 키웨스트의 명물의 하나로 이 집을 기념관으로 명명하여 서재가 있던 이층은 고인의 소지품, 서가, 집필용품, 테이플, 사진, 침대 등을 영구히 보존할 뿐만 아니라 일반인에게 공개하기로 결정하였다. 성인은 1달러, 소년은 50센트의 입장료로 매일 아침 9시부터 오후 5시까지 개방하게 하였다.

헤밍웨이가 낚시, 사냥, 권투, 테니스 등의 선수로서 평판을 떨친 것은 이곳 키웨스트 시대의 일이라고 말콤 카울리가 썼다.

헤밍웨이가 키웨스트에서 쿠바로 12년 만에 그의 거주지를 옮긴 것은 1940년 11월 21일이고 새로 결혼한 셋째 부인 마서 겔혼과 함께 4개월간 중국 여행을 하고 나서 1941년 봄에 쿠바로 왔다,

헤밍웨이가 둘째 부인 폴라인과 이혼한 것은 ≪누구를 위하여 좋은 울리나≫가 출판된 직후 그해 11월 초의 일로 그 달에 마서 겔혼과 결혼했다. ≪누구를 위하여 좋은 울리나≫를 쓰기 시작한 것은 1939년 3월 말 마드리드가 함락되고 프랑코 측의 승리가 확정되었을 무렵의 일이고 꼬박 18개월간 이 작품 창작에 심혈을 기울였다. 출판은 1940년 10월 12일 초판이 7만5,000부 연말에는 약 19만 부가 팔려나갔다. 다음 해 4월에는 50만 부 가까이 매진되었다. ≪누구를 위하여 좋은 울리나≫, 이 소설이 헤밍웨이 작품 중 가장 많이 팔린 셈이다.

둘째 부인 폴라인과 이혼한 이유 중 하나가 그녀가 두 번씩이나 제왕절개수술로 아이를 낳았다는 것인데 폴라인의 건강으로는 더 이상 출산이 어

98

렵고 생명의 위협으로마저 이어지는 것이었다. 출산 중단은 성생활의 중단을 의미하는 것이어서 헤밍웨이는 폴라인과 이혼을 결심하게 된 것이다.

셋째 부인 마서 겔혼과 함께 헤밍웨이는 호놀루루, 미드웨이, 구암, 마닐라, 홍콩, 싱가포르 등지를 방문하였고, 다시 중국 장개석의 초청으로 중국 대륙으로 들어가 중경에 이르기까지 했다. 그때 헤밍웨이는 일본이 태평양과 동남아시아에서 6개월 이내에 공격을 개시할 것이라고 예언했다. 헤밍웨이 부부는 4개월간의 중국 여행을 끝마치고 1941년 봄 쿠바로 돌아온다. 이때 부부가 보아둔 이름 그대로 핑카 비이하(Finca Vigia, 조망이 좋은), 즉 전망대 목장으로 직행하여 고된 중국여행에서 채 즐기지 못한 밀월여행을 여기서 회복하려는 듯했다.

핑카 비이하는 먼 옛날 스페인이 쿠바를 점령하고 거기다가 보루를 두고 망루를 세웠던 곳이며 주위 사방이 한눈에 내려다보인다는 뜻을 지닌 이름 그대로 전망이 좋고 공기가 깨끗한 곳으로 고요히 잠자고 있는 멕시코 만류가 내려다보이고 쾌적한 생활을 할 수 있는 곳이기도 했다. 헤밍웨이가 쓴 ≪전쟁하는 사람들(Men at War)≫은 전쟁 문학 선집으로 1942년 10월에 헤밍웨이 자신이 편집하고 출판했다. 11세기의 헤이스팅즈의 싸움과 프랑스 십자군을 그린 문장에서부터 위고, 키플링, 그리고 헤밍웨이 자신의 문학 작품에서의 발췌까지 포함한 폭넓은 선집으로 평소 전쟁 문학 애독의 성과라고 할 수 있다. 헤밍웨이는 이 책에서 "전쟁은 이기지 않으면 안 된다"라고 쓰고 있다. 또 이 책을 세 아들 존, 패트릭, 그레고리에게 바치고는 그들이 성인이 되어 이러한 책을 필요로 할 때 "전쟁에 관해서 도달할 수 있는 극한의 진실을 포함한 책"으로써 읽히고 싶다고 쓰고 있다.

파블로 피카소와 헤밍웨이는 20피트 사이를 두고 서로 시선이 부딪쳤다. 이들 두 친구는 두 눈에서 주먹 같은 눈물이 흘러내렸다. 일행이 포도주와 신선한 양고기를 맛있게 즐기고 있는 동안 두 사람은 정다운 얘기가 그칠 줄 몰랐다. 병사들로부터 "파파(papa)"라는 애칭으로 불리게 된 것도 이때의 일이다. 헤밍웨이는 만나보고 싶은 사람들을 만나보았다. 그중에 쟝 폴 사르트르, 시몽 드 보브와르도 끼어 있었다. 프랑스 실존주의 철학자 (existentialist) 장 폴 사르트르는 약속 시간에 나타났다. 근시에, 몸집이 작은 사나이였다. 웃는 데 애교가 있었고, 시몽 드 보브와르는 사르트르의 애인이었다. 또 앙드레 말로가 파리로 왔다는 말을 들었을 때 헤밍웨이는 즉시 그를 자기 호텔로 초대했다. 앙드레 말로는 프랑스 군 대령의 제복을 입고 있었다. 어느 한 보병연대의 연대장이라는 것이다. 스페인 내전 때는 비행 장교였다. 두 사람 다 입심이 좋은 그들은 지금까지 각자 겪은 체험담에 꽃을 피웠다.

헤밍웨이가 묵은 호텔로 동생 레스터가 네 번째 아내가 될 메리 웰시와 함께 왔다. 메리는 《타임》지의 여자 특파원이었다. 이보다 앞서 군에 입대하여 유럽 전선에 참가하고 있던 장남 존이 유럽 전선에서 행방불명이 되어 아버지를 크게 걱정시켰다. 그 후 얼마 있다가 적십자를 통해 존이 포로가 되어 있다는 소식에 안도했다. 1945년 연합군이 승리할 거라는 예측도 있어 헤밍웨이는 파리를 거쳐 아바나 자택으로 왔다. 1945년 마서 겔혼과 이혼하고 1946년 2월에 메리 웰시와 결혼했다. 동생 레스터가 전하는 바에 의하면, 헤밍웨이 둘째 부인 폴라인 페이퍼는 이혼한 세 아내 중 가장 훌륭한 내조자였고, 가정적이었으며 이지적이고, 남편에게 헌신적인 여인이었다고 한다. 그러나 헤밍웨이가 아내의 간섭을 받았을 때는 벌써 이혼으로 통하는 길로 접어들게 된다는 것이다. 헤밍웨이는 아내에게 절대적

복종을 요구하였던 것이다. 그리고 여성으로서 전혀 아내의 입장을 생각해 주는 예가 없었다.

거트 싱거의 글을 보면 폴라인이 남편의 소행에 불평을 나타내게 되는 원인으로는 첫째로 물결처럼 쉴 새 없이 밀려드는 방문객들에 대하여 골머리를 앓았다는 것이다. 집일을 도우러 오는 하녀를 구하기 어려웠고, 낚시 바늘, 타이프 라이터의 시끄러운 소리가 자기를 무시하는 소리로 들렸고, 둘째로는 스페인 내전 이후 가정을 돌보지 않고 여행에만 신경 쓰는 헤밍웨이의 태도에 불평을 말한 것인데 이것이 도리어 반감이 되어 폴라인에 대한 헤밍웨이의 이혼을 결정하게 된 원인이었다.

그러나 카로스 베이커 교수에 의하면 제왕 절개 수술에 의한 폴라인의 난산, 그녀의 종교적 견지에서 인공적인 낙태수술의 반대와 성생활의 불만을 이혼 이유로 들고 있다. 셋째 부인 마서 겔혼의 이혼제소 이유도 역시 처자식 유기(desertion)로 되어 있다. 1940년 폴라인과 이혼 즉시로(이혼은 1940년 11월 4일 재혼은 1941년 11월 21일) 마서 겔혼과 재혼하여 1945년 12월에 이혼했다. 약 5년간 동거한 셈이다. 그러나 마서 겔혼과의 이혼 이유는 방랑벽이 남편보다 여자편이 더 하였고 헤밍웨이가 1944년 5월 런던에서 지프차 충돌 사고로 부상을 입고 입원하였을 때 겔혼이 1945년 10월에 이혼 소송을 제소하자 오히려 잘 되었다는 듯이 이혼에 동의해 주었다. 여기서 이혼과 관련해서 재미있는 사실은 이혼 이후에 창작된 소설 여주인공들과의 관계인데 이혼의 쓰라린 가슴을 달래보려는 듯이 작품 속에서 자기가 찾는 이상적 여인상을 묘사하고 있다는 것이다. 첫째 부인 엘리자베스 해들리와 1927년에 이혼한 후 1929년에 ≪무기여 잘 있거라(A Farewell to Arms)≫에서 헤밍웨이 중심의 이상적 여인상 캐서린을 그렸고 두 번째 아내 폴라인 페이퍼와 이혼한 후 ≪누구를 위하여 좋은 울리나(For Whom the Bell Tolls)≫, 이 작품을 쓸 때는 1936년부터니까 헤밍웨이는 한층 더 이상적인 여인상에 동경이 강했을 때 마리아라는 여인을 창조해 냈으며 끝으로 마서 겔혼과 파경이 1945년 12월에 이루어진 후 1950년 ≪강 건너 숲 속으로(Across the River and into the tree)≫에서 레나타(Renata)를 창조해 냈다. 그러나 헤밍웨이는 마지막 네 번째 부인 메리 웰시를 부인으로 맞이한 이후에 나온 작품 ≪노인과 바다(The Old Man and the Sea)≫에서는 이상적인 여인상이 필요하지 않았던지 여성이 등장하지 않는다. 네 번째 아내 메리 웰시는 헤밍웨이가 20년을 두고 찾아온 이상적인 여인상임에는 틀림없다. 이들 부부애는 죽는 날 까지 계속된다.

헤밍웨이는 그녀를 사모할 줄 알았고, 우정과 애정을 구별할 줄도 알았고 미모와 육체적 매력이 헤밍웨이에게는 애정의 원천이 될 수 없었다. 헤밍웨이의 네 사람의 아내가 지니고 있는 공통점을 들라고 한다면 이들 여인들은 한결같이 교양 있는 사람들이었다. 헤밍웨이가 의미하는 자기이해라는 요소가 무엇보다 앞서야 하며 이것이 존재할 때 그들의 결혼생활을 영원히 보장해 주는 증표가 된다. 이러한 애정을 20여년 만에 비로소 참으로 신비롭게도 헤밍웨이는 메리 웰시라는 여성에게서 발견한 것이다. 이러한 장점을 메리 웰시에게서 말하지 않는 전기 작가는 하나도 없다.

헤밍웨이는 자기가 하고 싶은 일을 하면서 그 목표를 성취하고 인생을 거칠게 살아왔지만 일찍이 알고 있던 것 이상의 행복과 인간적 따뜻함을 자기에게 채워 준 사람이 메리 웰시라는 여인임을 비로소 깨달았다. 헤밍웨이는 행복이 어느 곳에가 아니라 어느 사람에게 있다는 것을 드디어 발견함으로써 평화를 누리고 세계를 두루두루 다닐 수 있었다.

헤밍웨이는 이렇게 말했다. "메리는 인내력이 있고, 용감하고, 매력적이고, 위트 있고, 같이 있으면 유쾌하고 좋은 아내다. 또한 우수한 어부이기도 하고, 멋진 사냥꾼이고, 수영선수, 미술, 경제, 프랑스어, 이태리어 학생이었고, 스페인어로 보트와 집 살림을 영위할 수 있다. 그녀가 집에 없을 때는 빈 병처럼 텅 빈 것만 같았다."

헤밍웨이는 비로소 살아 있는 캐서린 버클리와 마리아와 레나타를 현실적으로 자기 아내로 맞이한 것이며, 작품에서 이상적인 여인상을 찾을 필요성이 없게 된 것이다. 이러한 의미에서 ≪노인과 바다≫에 여성이 등장하지 않는 것은 우연이 아니고 당연하다고 본다. 그래서 헤밍웨이에게 중요한 것은 그들의 미모나 육체적 매력보다 메리 웰시의 아름다운 마음씨였다고 하겠다.

전망대 목장은 대지가 약 15에이커이고 한복판에 무성한 푸른 나무들, 저 멀리 푸른 바다와 남국의 하늘이 바라다보였다. 이 전망대 목장의 주민들은 헤밍웨이 내외와 두 사람의 하우스 보이, 세 명의 정원사, 운전수, 중국인 요리사, 20마리 고양이들과 8마리 개들로 구성되어 있다. 이 수많은 주변인들에게는 각자 할 일이 부여되어 있다. 우선 주인 헤밍웨이는 아침 6시에 기상하여 그의 서재가 있는 3층으로 올라가 가슴 높이 책상 앞에 반바지 또는 파자마의 아랫도리만 입고 서서 어제 쓰던 글을 계속해서 쓰기 시작한다. 세 명의 정원사는 15에이커의 사철 자라나는 정원 내의 나무들을 손질하기에는 손이 모자랄 정도다. 20마리 고양이들은 정원 여기저기 널려 있는 야채와 과일들을 밤에 지키는 것이 임무다. 바깥채에 헤밍웨이는 테니스 코트와 수영장, 권투장을 설치하였고, 때로는 찾아오는 세 아들을 위하여 별실 하나씩을 마련해 두었다. 이처럼 헤밍웨이는 많은 고양이와 개를 벗 삼아 과수와 야채를 가꾸며 글을 쓰다 지치면 옥내의 풀에서 헤엄을 치고, 헤엄치다 지치면 등나무시렁 아래서 맥주를 마시며 식사를 즐긴다. 이 모든 일을 주관하는 사람이 다름 아닌 아내 메리 웰시 여사다. 그녀는 미네소타주 베미지드 출신으로 서북대학 졸업 후 시카고의 ≪데일리 뉴스(Daily News)≫사에 입사, 그 후 런던의 ≪익스프레스(Express)≫사로 옮긴 다음 다시 타임 사 런던지사로 옮겼다. 메리 여사는 여주인으로서도 훌륭한 솜씨를 보일 뿐만 아니라, 남편 헤밍웨이를 위하여 내조도 훌륭했다. 그녀는 남편이 좋아하고 싫어하는 것을 자세히 조사하여 남편의 특징을 체득하고, 아무런 불평 없이 여자로서는 도저히 불가능한 벽지로 남편 따라 어디든지 여행을 하기도 하고 자기의 부상을 어루만지기 전에 남편의 부러진 다리와 다친 머리에다 고약을 바르고 붕대를 감아준다. 남편이 마시고 먹는 술과 음식이라면 무엇이든 달게 마시고 먹었다. 헤밍웨이는 이런 점에서 자기가 찾고 찾았던 아내의 이상형을 메리에게서 발견한 것이다.

1951년 6월 28일 헤밍웨이의 어머니 그레이스 홀이 세상을 떠났다. 그러나 헤밍웨이는 편지와 돈을 부쳤을 정도에 그치고 장례식에 직접 가지는 않았다. 생전의 그의 어머니 그레이스는 아들 헤밍웨이 작품성향에 크게 못마땅해 했으며 기독교 전통가정에서 있어서는 안 될 비도덕적 소설이 그녀의 마음을 상하게 하였다. 헤밍웨이는 어머니 장례식 사이에도 계속 ≪노인과 바다≫ 완성에 심혈을 기울였다. 이 작품을 200번이나 고쳐 쓰고 다시 썼다는 것은 이미 지적하였다. 이 작품은 비평가들의 극찬의 입을 모았다. 터질 듯하게 짜인 긴박한 문체를 포함한 간결하고 청징한 문장에서 헤밍웨이 문학의 진수를 음미하게 한다. 불운한 노어부 산티아고의 패배의 이야기면서 어딘지 부드러운 빛이 편만해 있으며 인간의 신뢰와 신념을 종교의 경지로까지 끌어올려놓고, 영혼의 창을 두드리게 한다. 셰익스피어의 ≪폭풍우(The Tempest)≫에 견준 비평가가 있듯이 주인공 산티아고는 아메리칸 드림에 직결되어 있으며 미국적 신화의 재생이라고까지 칭송되고 있다.

학자들이 전하는 바에 의하면, 직접 소재로서 1936년 9월호 ≪에스콰이어(Esquire)≫지에 발표된 '푸른 물결을 타고(On the Blue Water)'라는 쿠바 노어부에 관한 삽화를 필립 영(Philip Young)이나 카로스 베이커도 다같이 의견을 같이하고 있다. 카로스 베이커에 의하면 ≪노인과 바다≫를 발표하기 12년 전에 이 소재에 대한 흥미가 헤밍웨이에게 움트기 시작했으리라는 것이다. 이를 소설화하기 위하여 12년간 구상을 짜왔다는 것이다. 싱거는 헤밍웨이에게 ≪노인과 바다≫의 원형을 제공한 그 노어부를 만나서 그가 헤밍웨이에게 제공한 원형의 정체를 다음과 같이 감격적으로 전한다. 산티아고의 실제 인물이 마누엘 울리바리 몬테스판(Manuel Ulibarri Montespan)이라는 것(1965년 11월에 쿠바에서 미국 플로리다 주로 망명함)이 그와의 회견담에서 전래하고 있다.

≪노인과 바다≫를 게재한 ≪라이프≫지는 500만 부가 팔려서 (정확한 수는 5,318,650부가 48시간 내에 팔렸다) 떠도는 소문에는 5만 달러를 헤밍웨

이가 받았다고 하지만 사실은 5만 달러 중 세금 2만4,000달러를 제외한 2만6,000달러밖에 받지 못했다는 것이며 영화는 원작자, 배우, 연출자가 3분하기로 했으나 실패했다고 한다. ≪킬리만자로의 눈≫은 영화 인세만 해도 12만 5000 달러인데 ≪노인과 바다≫는 그 이상의 돈이 헤밍웨이 주머니를 살찌게 하였다.

1954년 10월 28일 헤밍웨이에게 노벨 문학상이 수여되었다. 스웨덴 학사원이 헤밍웨이에게 노벨 문학상을 주는 그 이유는 다음과 같다.

The citation for the award of the Swedish Academy praised Hemingway's "powerful, style-making mastery of the art of modern narration and his admiration for every individual who fights the good fight in a world of reality overshadowed by violence and death."
The citation mentions specifically The Old Man and the Sea.

스웨덴 학사원의 시상에 대한 인용문은 헤밍웨이의 현대화술의 힘찬 문체 형성의 통달과 폭력과 죽음에 의하여 어둡게 드리워진 현실 세계에서 선한 투쟁을 하고 있는 모든 개인을 위한 그의 감탄을 격찬하였다.
이 인용문은 분명하게 〈노인과 바다〉를 시사하고 있다.

위대한 영웅의 최후

두 번째 아프리카 여행에서 부상이 헤밍웨이 신체에 결정적 타격을 주었다. 그렇게 건강했던 그의 모습은 찾아 볼 길이 없었다. 1954년 노벨 문학상을 받으러 스웨덴에 가는 것조차 중지해야 했다. 이해 가을 ≪노인과 바다≫가 영화화되어 아바나 근해 로케에 헤밍웨이 자신도 참가했다.

두 번씩이나 허리케인을 만나서 촬영은 고난에 부딪혔지만 필라르호로 하루 종일 바다에 나가 있다 돌아온 후에는 녹초가 되어 한참 동안은 마사지를 받은 후에야 저녁식사에 나타났다. 자기는 작가며 작가의 본업에 충실해야겠다고 말했다. 영화의 일이 제아무리 흥미진진한 일이 될지라도 자기는 역시 혼자서 쓰는 소설 창작에 계속 일을 하지 않으면 안 되겠다고 말했다.

헤밍웨이가 케첨(Ketchum)을 찾게 된 것은 1939년 ≪누구를 위하여 종은 울리나≫를 집필하면서 이곳이 스키와 낚시하기에 좋은 곳이라는 소문을 접해서였다. 1941년 여름에도 유럽에서 벌어지고 있는 전쟁에는 아랑곳하지 않고 세 아들과 부부가(당시 마서 겔혼이 아내) 선밸리로 가서 사냥을 즐겼다. 이때 친구 게리쿠퍼 내외와 그의 딸도 함께 동행했다. 다음에 1958년 쿠바에서 기고한 ≪움직이는 향연≫을 가지고 이곳을 찾는다. 그다음 선밸리를 찾은 때가 1960년 1월의 일로 이곳을 영주의 땅으로 결심하고 찾았다. 이 해 가을 《움직이는 향연》에 마지막 수정을 가한다. 헤밍웨이가 이곳을 영주의 땅으로 결정하고 찾아온 데는 두 가지 이유가 있다. 하나는 쿠바 독재자 카스트로에 의한 공산당이 그를 괴롭혔다는 것과, 다른 하나는 그의 건강상의 문제 때문이었다. 열대의 기후는 고혈압 환자에게는 나쁘다는 의사의 충고에 따른 것이고 해서 1960년 봄에 헤밍웨이는 20년이나 살아 온 정든 쿠바를 떠나 아이다호로 향발한 것이다. 쿠바 정부는 이 위대한 작가이며, 쿠바의 영원한 벗을 기념하기 위해 그 집을 기념관으로 지정하고 그 집관리를 20년간 헤밍웨이 밑에서 일해 온 르네 비야레알로 하여금 그대로 맡겼다.

헤밍웨이는 몸이 극도로 쇠약하여 자살을 암시하는 말을 가끔 입 밖에 내는 때가 있었고 총을 손에 들고 저 먼 산을 창 너머로 내다보고 있는 때도 있었다. 1960년 11월 30일 헤밍웨이는 주치의 바논 로드와 함께 미네소타 주 로체스터에 있는 메이요 병원으로 가서 주치의의 명의로 그 이름을 조지 자비어라는 가명으로 해서 잠시 그 병원에 입원했다. 그해 12월 중에 헤밍웨이는 ECT라고 하는 전기쇼크 요법을 포함한 11종류의 치료를 받았다.

1961년 1월 13일 로체스터로 헤밍웨이를 방문한 호츠너는 너무도 수척한 헤밍웨이를 보고서 깜짝 놀랐다. 얼굴 모양이 변하고 콧날까지 마치 정형수술을 한 것처럼 다른 모습을 한 것이 너무 애처로웠다.

온갖 질병 외에도 헤밍웨이는 강박관념, 가난과 박해에 대한 편집증적 공포, 극단적인 우울증, 일할 능력의 상실, 자살 충동에 시달렸으며, 이 모든 것이 1960년 11월에 심각한 정신적 파탄을 초래하였다. 그의 아내 메리와 친구들은 그가 젊은 시절의 진리와 실체에 대한 개인적, 미학적 역설에 성년기의 공상과 신화를 거쳐 노년기의 의심과 공포로 옮겨가면서 생긴 좀처럼 감지할 수 없는 변화들을 알아채기 어려웠다. 메리는 남편이 쇠퇴하고 있다는 사실을 마지못해서라도 받아들이려 하지 않았을 것이다. 그녀는 헤밍웨이의 생각, 감정, 행동의 의미를 생각하고, 그의 정신적 문제들을 다루는 것이 어렵다는 것을 알았을 것이다.

메이요 병원의 헤밍웨이 치료에는 비밀스러운 분위기가 감돈다. 그는 정신병동 6층에 있는 문에 이중 자물쇠가 채워져 있고 창문에 단단하게 창살이 달린 자기 방으로 들어갈 때 검사를 받았다.

죽음의 환상을 그리며 마음 한구석에서 육신의 배반을 더 이상 허용하기보다 자기 손으로 자기 생명을 끊어버리는 것이 훨씬 낫다고 결심한 이 거인은 1961년 7월 2일 아침 12인치 구경 쌍발 엽총으로 이 세상과 작별했다.

두 살 때부터 나그네 길을 따라 60년 인생을 살아 온 진실 추구의 거인 어니스트 헤밍웨이. 그는 진실한 삶을 살았으며 진실을 위해 어떠한 역경도 고난도 무릅쓰고 그의 신념을 실현시켰다.

역시 끔찍한 고통을 겪으면서 조금씩 죽어가고 있던 헤밍웨이는 죽음을 두려워하지 않았다. 만약 그가 위엄 있고 명예롭게 살 수 있었다면 그는 살았을 것이다. "그는 어니스트 헤밍웨이답게 살 수 없게 되었을 때 차라리 죽기를 바랐다. 그것은 신중하고 용기 있는 행동이었다. 헤밍웨이의 수많은 사고와 부상은 모두 일종의 자기 파괴였지만 그는 오직 한 번 자살을 시도했다.

헤밍웨이가 총을 쏜 후 이 소식이 전 세계에 퍼졌을 때 친구들과 동료 작가들은 세계적으로 위대한 또 한 사람의 작가를 상실한 일에 충격을 받고 그 거인에게 경의를 표했다. 그들 모두는 헤밍웨이의 죽음이 그들 자신들의 삶을 줄였고, 세계에서 중요한 무언가가 사라졌다는 것을 깨달았다.

헤밍웨이는 우리 시대의 바이런이었다. 두 사람은 힘이 넘치고 잘생기고 여자들에게도 놀라울 정도로 매력이 있었다. 두 사람은 모두 권투, 사격, 항해 같은 운동가다운 삶을 매우 중시하였다. 둘 다 배를―바이런은 볼리바르 호를, 헤밍웨이는 필라르호를 각각 소유했다. 둘 다 외국어에 능통하였고 둘 다 솔직하고 개방적 성격을 가지고 있었으며, 동등한 사람들보다 열등한 사람들과 교제하였다. 둘 다 남의 말을 경청하였으며 뛰어난 이야기꾼이었다. 바이런처럼 헤밍웨이에게는 주변사람들로부터 그의 인격에 애착을 갖게 하는 힘이 있었다. 누구나 그에게 다가가면 마술적 영향력을 느낄 수밖에 없었다. 둘 다 군 생활의 영광에 끌렸고, 작가 역시 행동하는 인간이 될 수 있다는 것을 행동으로 증명해 보였다. 둘 다 시간, 재능, 돈을 그리스와 스페인 전쟁에 바쳤으며, 그 전쟁을 야만과 문명 사이의 투쟁으로 보았다. 둘 다 일찍 명성을 얻어 영웅적이고 전설적인 인물이 되었다. 두 작가의 작품은 즉각적인 사회적 충격을 불러일으켰으며, 그들의 소설적 인물들의 행동은 널리 모방되었으며, 그들은 시대와 문화에 항구적인 자취를 남겼다.

비록 헤밍웨이는 가장 위대한 소설가들인 만, 프루스트, 조이스에 필적

하지는 못했지만 그의 장편과 단편에서 이룬 혁신적인 문체, 기법 묘기, 강렬한 정서에 토대를 둔 그의 위상은 확고하다. 더 이상 널리 읽히고 크게 존경받지 못하는 드라이저, 루이스, 앤더슨, 울프, 도스 패도스, 스타인 벡과는 다르게 헤밍웨이는 그의 쇠퇴, 그의 죽음, 그의 비방자들보다 더 오래 살아남았다. 그는 이제 현대 미국의 성격에 생산적인 영향을 미친 사람으로서뿐만 아니라 20세기의 가장 중요한 미국 소설가로 인식되고 있다.

한 세대의 사람들에게 극기적(stoical)인 어조로 말하도록 가르친 헤밍웨이의 인생과 작품은 하드보일드 작가들인 챈들러, 해멋, 케인, 콜드웰, 패럴, 오하라, 앨그린, 존스, 케루악에게 심대한 영향을 미쳤다. 그들은 헤밍웨이 문체와 기법(technique)뿐만 아니라, 미국적 가치의 정수를 대변하는 듯한 그의 강렬한 내용과 영웅적 규범에 영향을 받았다. 그는 또한 솔 벨로, 몰리 개러헌, 노먼 메일러 같은 이질적인 소설가들에게도 영향을 미쳤다.

장 리스, 포드 매독스 포드, 스콧 피츠제럴드, 마서 겔혼, 존 도스 패소스, 레스터 헤밍웨이, 필립 로스 모두가 그들의 소설에서 헤밍웨이를 그림으로써 헤밍웨이의 압도적인 개성에 매료되고 찬사를 보냈다.

헤밍웨이는 육체적 쾌락, 자연의 세계, 격렬한 경험, 갑작스런 죽음을 남다른 지식으로 정확하게 묘사했다. 그는 이태리, 프랑스, 스페인, 아프리카의 탁월한 이미지를 창조하였다. 남자로서 그는 강렬한 이상주의, 호기심, 정열, 힘, 용기를 지니고 있었다. 그는 또 쾌락과 근면을 매력적으로 결합시켰고 의식(ritual)과 기교(technique)의 위대한 선생이었으며 영광과 힘의 후광을 지니고 있었다. 예술가로서 그는 매가 나는 것처럼 자연스럽게, 호수가 비추는 것처럼 분명하게 묘사했다. 곤경 속에서 우아함(grace under pressure), 단독 강화(講和, separate peace), 오후의 죽음, 움직이는 향연 같은 헤밍웨이 어구들은 지금 우리의 언어 속에 살아 있다.

이태리 전선에서 부상당한 젊은 헤밍웨이는 죽음에서 제외되는 사람은 아무도 없다는 것을 배웠다.(The adolescent, wounded in Italy, learned that no man was exempt from mortality.) 낭만적 활동가로 그 중심과 자신의 세계를 창조한 헤밍웨이는 실용주의적 도덕주의자가 되었고 그의 주요 목적은 삶을 어떻게 사는가, 어떻게 지속하는가, 그리고 그의 소설의 주인공들이 이루어 놓은 특성에다 조심스럽게 배양한 극기적 용기를 어떻게 개조하느냐에 있었다.

I did not care what [the world] was all about.
All I wanted to know was how to live in it. Maybe if you found out how to live in it you learned from that what it was all about.
-Jake Barnes

나는 세상에 대한 모든 것에 관심이 없었다. 내가 알고자 원했던 모든 것은 세상에서 어떻게 살아야 하는 것이었다. 아마 세상에서 사는 방법을 찾아냈다면 세상에 대한 모든 것을 배운 것이다.
-제이크 반스

제2부
성공의 여정

Books should be about the people you know, that you love and hate, not about the people you study up about. If you write them truly they will have all the economic implications a book can hold.

-Ernest Hemingway

책은 당신이 연구하는 사람에 대한 것이 아닌, 사랑하고 미워하고 알고 있는 사람에 대한 것이어야 한다. 만약에 책을 진실하게 쓴다면, 한 권의 책에 담을 수 있는 모든 경제적 의미가 함축될 것이다.

-어니스트 헤밍웨이

성공의 여정

헤밍웨이에게 세 가지 주목한다.

첫째, 진실(truth)이 그의 문학의 주제라는 점, 둘째, 문체의 독창성(origin
ality), 셋째, 그의 문학이 관념보다 철저한 직접 체험(firsthand experience)을
바탕에 두고 있다는 점이다.

헤밍웨이는 진실을 생명으로 알고 실천했으며 진실을 외면하거나 거부
하거나 감추려 하지 않은 언어예술가였다. 인간에게 진실은 인간 양심에
근거해야 하고 그것은 곧 가치의식의 한 형식이고 도덕적 윤리적 타당성과
융합되어야 한다. 진실의 개념(concept)이 어떠한 것이든 그것은 생명질서
차원에서 인간을 순화시켜주는 주제가 되어야 한다.

1942년 10월 헤밍웨이는 자기가 직접 편집하고 출판한 책 ≪전쟁하는
사람들(Men at war)≫에 다음과 같이 작가의 진실을 피력했다.

> A writer's job is to tell the truth. His standard of fidelity to the truth should
> be so high that his invention, out of experience, should produce a truer
> account than anything factual can be.
>
> *Men at War edited by Ernest Hemingway (p. 7)*

작가의 본분은 진실을 말하는 것이다. 작가는 진실에 대한 충실한 기준이 매우 높아서 경험에서 나오는 그의 창작물은 사실에 입각한 어느 것보다 더 진실한 이야기를 창작해야 한다.

20세기 문예사조는 새로운 변화를 모색하는 문체(literary style)를 요구하였다. 헤밍웨이는 문체 개발에 심혈을 기울여 처음에는 단순하고 진실한 평서문으로 시작하였으나 그가 만족할 수 있는 높은 차원의 소설을 쓰기에는 매우 거리가 멀다는 것을 폴 세잔느(Paul Cezanne 1839~1906)의 그림을 공부하면서 깨달았다. 고도의 혁신적인 문체, 20세기의 가장 영향력 있는 산문을 만들기에 각고를 거듭한 헤밍웨이는 형용사와 부사 사용을 절제하고 보통명사(appellative)와 서술동사(descriptive verb)의 결합으로 문장에서 많은 수식어가 벗겨지게 하였다. 짧은 단어, 제한된 어휘, 정제된 표현과 암시적이면서도 청징한 문체를 개발하는데 공을 들였다. 힘찬 문체에 개별 단어의 기능을 강조하였다. 강렬한 주제들을 명쾌하고 집중적이고 완벽하게 통제된 산문으로 표현했다. 간결하고 정확하고 청징한 대화문에 시적 감흥(a poetic inspiration)이 충만해 있다. 이와 같은 그의 문체에는 철학과 예술적 가치가 깊숙이 묻혀 있음을 알 수 있다. 헤밍웨이 문체를 모방하기 좋아하는 미국작가 존 업다이크(John Updike)는 헤밍웨이 문체를 이렇게 표현한다.

How much poetry lurks in the simplest nouns and predicates!

얼마나 많은 시가 가장 단순한 명사와 술어에 숨어 있나!

그런가 하면 헤밍웨이 자신도 자기 문체를 이렇게 술회하였다.

The secret of that book was that it was poetry written into prose.

그 책의 비밀은 쓴 시를 산문으로 옮겨 놓은 것이었다.

헤밍웨이 문체를 시 그 자체로 보는 데 많은 학자들과 비평가들의 견해
가 일치한다. 그는 빙산원리(principle of an iceberg)를 독자 개발하여 문체
에 활기를 넣었다. 그는 빙산 원리를 이렇게 요약한다.

If a writer of prose knows enough about what he is writing about he may
omit things that he knows and the reader, if the writer is writing truly
enough, will have a feeling of those things as strongly though the writer
had stated them. the dignity of movement of an iceberg is due to only
one-eighths of it being above water.
Death in the Afternoon by Ernest Hemingway (p.192)

만약에 산문작가가 자기가 쓰고 있는 것에 대하여 충분히 알고 있다면, 자기
도 알고 독자도 알고 있는 사정을 생략할 수 있다. 만약에 작가가 매우 진실
하게 쓰고 있다면, 작가가 말한 것처럼 매우 강하게 그 사실에 대한 감정을
가질 것이다. 빙산운동의 위엄은 물 위에 존재하는 8분지 1 때문이다.

생략은 또 다른 갈망의 한 종류이고 과식을 저지하는 공복의 한 부분이

라고 그는 덧붙였다.

The most important lesson, however, he taught himself - to omit from his
stories whatever could be omitted, so that his readers might feel
something more than they understood.
A Reader's Guide to Ernest Hemingway by Arthur Waldhorn (p.214-215)

가장 중요한 교훈은 그의 독자들이 이해했던 것보다 더 중요한 무엇을 느끼
게 하기 위하여 소설에서 생략할 수 있는 것이 무엇이든지 생략하는 것을 독
학하였다는 점이다.

헤밍웨이는 지식에 대한 갈망이 높았다. 자연의 세계에서 인간의 가치
를 발견하려는 갈망, 역경과 패배를 딛고 일어서게 하는 용기와 지혜를 얻
으려는 갈망도 있었다. 무엇보다 지식에 대한 갈망이 깊었다. 비평가 말콤
카울리가 언급했듯이 헤밍웨이는 프랑스어, 스페인어, 이태리어의 실제적
지식을 독학하여 그 나라 사람들과 막힘 없는 의사소통을 하였다. 그는 또
항해술에도 완벽하게 독학했다.

헤밍웨이 소설 주인공들은 어떠한 경우에도 진실하고 선하고 페어플레
이한다. 위기나 죽음에 직면해서도 당당하게 임하고 존엄하게 죽는다. 이
들은 패배하여도 그 패배를 딛고 일어서는 용기와 인간이 되게 하는 극기
심이 있다. 이들은 또한 역경과 고난을 통하여 수련한 이들의 세계에서 삶
의 의미를 창조해야 한다. 도덕적 원칙과 기준에 어긋나는 불명예스러운

행위나 굴욕적 태도는 거부한다. 이것이 헤밍웨이의 언어예술정신이고 철학이다.

그의 문학에 사랑, 신뢰, 인류애, 상호의존(interdependence), 상호 존경(mutual respect) 등은 보편적 가치로써 인간이 되게 하는 자긍심과 삶을 순화시켜주는 주제들이다.

오크파크의 소년시기에 헤밍웨이는 청순하고 성실하고 유순한 성숙기를 맞이한다. 독서를 좋아했고 책 속의 그림을 보기보다는 제 손으로 이야기를 만들어 보는 성향이 있었다.

오크파크 고교 4년은 대학 2년에 해당하는 충실한 교과 내용을 가지고 있지만 이것 외에 많은 수의 고전과 구약 성경 정독은 그의 문체에 큰 영향을 미쳤다.

고교 때 영어를 가장 좋아했고 성적도 우수했던 헤밍웨이는 딕슨과 비그즈 두 여선생의 지도에서 그의 인격형성과 영어 기초지식을 완전하게 닦을 수 있었다. 후년에 헤밍웨이는 작가로 성공할 수 있었던 것은 고교 때 쌓은 영어 지식과 ≪캔사스 시티 스타≫지에서 6개월간 수습기자 체험이 중요한 교훈이 되었다고 술회하였다.

파리 수업시절에 겪은 그의 일화는 눈물겹다. 가난한 헤밍웨이는 어느 값싼 호텔 상층(지붕 밑 방)에 세들어 살고 있었는데 그는 이렇게 회고했다. "내 방은 대단히 추웠다. 가는 나무 가지 한 묶음 나뭇가지에 불을 붙이는 데 쓰이는 소나무는 연필 길이의 반 정도의 짤막하게 쪼개어 철사로 세

번 감은 한 단의 나무. 이것을 사는 데 어느 정도의 돈이 드는지 나는 알고 있었다. …… (그 돈이 없어서) 나는 생 미셀 광장에 있는 내가 잘 알고 있는 어떤 훌륭한 카페로 갔다. 그곳은 따뜻하고, 깨끗하고, 친절하고, 기분 좋은 카페였다. 나는 낡은 레인코트를 말리기 위해 외투걸이에다 걸고 다 해진 오래된 펠트모를 벤치 위에 걸고는 밀크커피 한 잔을 주문하였다. 그리고 나는 주머니에서 노트와 연필을 꺼내어 쓰기 시작했다."

추운 겨울날 그의 아파트를 따뜻하게 해 줄 벽난로에 지필 장작 한 다발 살 돈이 없어 추위에 떨면서 타자기를 쳐야 했고, 때로는 허기진 배를 채워 줄 빵 한 조각 살 여유조차 없어 굶어야 했던 날이 많았다. 여기서 나온 헝그리정신은 작가의 자질을 높여 주는 갈망이 되었고 진실을 추구하는 또 다른 마음의 허기가 되었다.

진실(truth)은 인간의 삶을 의식하는 법칙이고 진실의 끝없는 추구는 헤밍웨이의 생존이고 인간 헤밍웨이의 윤리이다. 카로스 베이커 교수는 헤밍웨이가 진실에 대한 굳은 신념을 이렇게 서술한다.

No other writer for our time has so fiercely asserted, so pugnaciously defended, or so consistently exemplified the writter's obligation to speak truly. His standard of truth-telling remained, moreover, so high and so rigorous that he was ordinarily unwilling to admit secondary evidence, whether literary evidence or evidence picked up from other sources than his own experience. "I only know what I have seen" was a statement which came often to his lips and pen.

The Writer As Artist by Carlos Baker (p. 48)

우리 시대에서 그렇게 맹렬하게 주장하고, 그렇게 싸움으로 옹호하고, 진실하게 말할 작가의 의무를 그렇게 변함없이 예증했던 작가는 없었다. 더구나 진실을 말하는 그의 기준은 매우 높고 엄격하였으므로 부차적 증거를 인정하기를 주저하였고 자기 자신의 경험보다 다른 정보원에서 입수된 증거나 문학적 증거를 대체로 인정하지 않으려 했다.

"나는 본 것만 알고 있다"는 가끔 그의 입술과 문체에 나타난 말이었다.

"I only know what I have seen", 이 짧은 문장에 함축된 헤밍웨이의 직접 체험(firsthand experience)은 그의 문학의 본령(本領)을 말해준다.

이미 오크파크에서 그러했고 시카고에서도 그러했듯이 그의 기질은 파리에 와서도 변함없어서 문학적 건달들에 대하여 거침없이 냉전을 선포한 것이다. 파리든 다른 어느 곳에서든 그는 사이비 예술가들의 그 시끄러운 분위기는 끝내 그가 들어갈 수 없는, 스스로 굳게 그 문을 닫아 버린 금단의 지대였다. 이 문학적 건달들에 대한 증오는 그대로 ≪해는 또 다시 뜬다≫에서 빌 고튼(Bill Gorton)의 노기 띤 냉소(cynicism)로 표출된다.

루이스(Wyndham Lewis)는 헤밍웨이 주인공들은 우둔하고 행동이 느리고 한 분야만 아는 바보라고 한다. 하지만 이들 주인공들은 도덕적 원칙과 기준에 매우 엄격한 사람들이다. 헤밍웨이가 창조해 내는 인물들은 학문적 지식이나 교육이 낮은 인물들이지만 패배하지 않는 극기심(stoicism)이 있고 역경과 고난에서 수련한 그들의 인격으로 자신들의 삶의 의미를 창조하

121

는 사람들이다. 헤밍웨이는 어두운 세계를 보는 책임을 공정하게 말하고 있다. 무엇보다 솔직하고 정직함을 간과해서는 안 될 것이다. 그럼에도 불구하고 헤밍웨이는 여전히 허기져(hunger, 갈망) 있으며 부드러움과 인정에 동경하고 있다. 반면에 비극을 격려하고 통찰력을 길러주는 정신의 고결함과 우아함이 공존한다.

진실한 삶을 산 실용주의적 도덕주의자 헤밍웨이의 고결한 인품을 말하는 알프레드 아르노비츠(Alfred G. Aronowitz)와 페터 해밀(Peter Hamill)이 공동으로 집필한 책 ≪한 남자의 삶과 죽음(The Life and Death of a Man)≫ 뒤표지에서는 다음과 같이 인간 헤밍웨이를 기술하고 있다.

He lived his life as he chose.

He went wherever he wanted to go,

he fished whenever he wanted to fish,

he hunted whenever he wanted to hunt,

he loved whenever he wanted to love.

He lived a life of truth : the only worthwhile endeavor for a man.

His life and writings touched and change millions of others;

the legacy of genius he left he will never be forgotten.

He died as he chose. ……

그는 선택했던 대로 삶을 살았다.

그는 가고 싶었던 어디에도 갔다.

그는 낚시하고 싶었던 어디에서도 낚시했다.

그는 사냥하고 싶었던 어디에서도 사냥했다.

그는 사랑하고 싶었던 어디에서도 사랑했다.

그는 진실한 삶을 살았다. 한 사람을 위하여 애쓸 가치가 있는 것만. 그의 삶과 작품은 수백만의 사람을 감동시켰고 변화시켰다.

그가 남긴 천재의 유산은 결코 잊히지 않을 것이다.

그는 선택했던 대로 죽었다.

헤밍웨이 세계의 창조자 헤밍웨이는 낭만적 행동가이지만 세상 사는 방법을 발견하려고 애썼고 그의 세계에서 조심스럽게 함양한 극기적 용기를 작품 속의 주인공들이 이루어 놓은 특성에 어떻게 전환시키느냐에 부심했다. 이 윤리적 쾌락주의자는 많은 즐거움을 추구하고 발견하고 살았지만 모든 것 중에서 가장 중요한 것은 진실이라는 주제이며 이것이 그의 인생을 지배하고 그의 작품을 관통한다.(The truth pierces his works.)

≪해는 또 다시 뜬다≫의 주인공 제이크 반스는 이렇게 말했다.

I did not care what the world was all about, he tells the reader. All I wanted to know was how to live in it. Maybe if you found out how to live in it you learned from that what it was all about.

The Sun also Rises by Ernest Hemingway

나는 세상에 대한 모든 것에 관심이 없었다고 그는 말한다. 내가 알고 싶었던 모든 것은 세상에서 사는 방법을 아는 데 있었다. 아마도 만일 세상 사는 방법을 찾아냈다면 세상에 대한 모든 것을 배운 것이다.

동서고금을 통하여 헤밍웨이만큼 진실한 작가가 있을까? 그는 작품을 통하여 이른바 헤밍웨이 행동규범을 창조했다. 이 원칙에 사는 인물들은 하나같이 불패의 정신으로 도덕적 규범에 충실한 인물들이다. 헤밍웨이 세계는 행복한 결말이 거의 없다. 유머조차 빈정댄다. 죽음으로 운명 지워진 주인공들은 생명을 유지하려고 정렬을 쉽게 쓴다거나 쉽게 굴복하지 않는다. 제이크 반스, 프레드릭 헨리, 산티아고, 늙은 웨이터, 이들은 nada(무, nothingness)를 인정하지만 'nada'를 피하려고 갖은 노력을 다한다. 이 같은 투쟁은 이들의 의식을 극화하고 주인공들을 분명하게 돕는다. 그의 소설 거의가 수습생(apprentice)과 모범생(exemplar)이 두 주인공들이 차별화되고 특성을 지니고 있다. 모범생은 많은 애정에 고통과 승복을 겪으면서 어두운 데서 공포는 알코올과 성으로 달래고 있다. 유능하고 전문적이며 카리스마적인 모범생은 수습생 앞에 있을 필요가 있다. 소설의 한 인물로서 모범생은 더 극적이고 심리적으로 변치 않고 영향을 받지 않는 흥미 없는 인물이다. 수습생은 즐거움의 순간을 낳는 방어적 작업과 죽음, 고독, nada를 수용하는 일에 도달한다. 자살이 수습생에게 어느 정도 따라 다닌다 해도 신체적, 정신적 상처에도 불구하고 모범생의 생활방식에 따르는 노력을 한다. 이들은 모든 승리가 큰 희생을 치르고 얻게 되는 심리로 세상에서 살아가는 방법을 배운 사람들이다. 이러한 측면을 미국 오하이오 주 켄트 스테이트 대학 마크 피. 오트(Mark P. Ott) 교수는 다음과 같이 설명한다.

Hemingway protagonists must create their own meaning by Cultivating their own world of meaning through fishing, bullfights and athletics.

A Sea of Change by Mark P. Ott (p. 62)

헤밍웨이 주인공들은 낚시, 투우, 운동경기를 통하여 의미 있는 세계를 배양함으로써 자신들의 의미를 창조해야 한다.

뉴욕 대학의 아더 왈드혼(Arthur Waldhorn) 교수는 모범생의 특성을 다음과 같이 설명한다.

What matter to the exemplar is quality of courage with which he faces down death and nada.

Although the rules that guide the exemplar's behavior are unwritten, they are known, understand, and respected by exemplar and apprentice hero alike. Only the exemplar fulfils the rule in practice as well as intention - rules which, if compiled, would become manuel of conduct commonly known as the Heingway code.

A Reader's Guide to Ernest Hemingway by Arthur Waldhorn (p. 26)

모범생들에게 문제가 되는 것은 죽음과 nada와의 대결에서 나오는 용기의 특성이다. 모범생의 행동을 안내하는 규칙이 불문율이라 해도 그것은 모범생이나 수습생 모두가 알게 되고 이해되고 존중된다. 종합해서 말하자면 실천과 계획하는 규칙을 수행하는 모범생만이 헤밍웨이 행동규범으로 보통 알려진 안내서가 된다.

《불패자》에서 늙고 병든 투우사 마누엘 가르시아(Manuel Garcia)가 행동규범에 따라 사는 모범생으로 대표되는 인물이다. 가르시아는 황소를 어떻게 다루어야 하고 어떻게 해 주어야 하는지 모두를 알고 있는 사람이다. 응용 방법에 있어서 지식과 능력은 꼭 필요한 조치를 취하게 한다.

가르시아는 군중으로부터 야유 소리를 들으면서 지독하게 싸운다. 도움도 거절하고 자존심과 전 지략을 동원하여 싸운다. 따라서 행동규범은 주인공이 도망치거나 탈출에 대한 환상이나 공포나 위로를 요구하지 않는다. 그렇지만 두려움을 억제하거나 훈련을 요구한다. 무엇보다 주인공은 위엄(dignity)을 가지고 신중하게 행동한다. 행동규범은 지성이 없거나 경솔하지 않는다. 행동규범은 다만 이성보다 감성을 더 많이 이용하는 확신이 있을 뿐이다.

모든 모범생의 주인공들은 가르시아처럼 매력적이지 않지만 이들에게는 명예, 위엄, 조용하고 웅대함을 보장하는 행동규범의 공약을 공유하고 있다. 행동규범이 비록 게임에서 속는다 해도 모범생은 스포츠맨십의 의식적 규칙을 준수해야 하는 의무를 지니고 있다. 행동규범은 아무에게나 가능해 보이지 않는 의미를 부여하기에 노력해야 하고 삶에서 자신을 감동시키는 일을 해야 한다. 헤밍웨이는 《깨끗하고 조명이 밝은 곳(A Clean, Well

-Lighted Place)≫에서 억제되고 압축된 문체로 통렬하게 극화했다. 이 단편 소설은 줄거리가 무시되지만 귀 어둡고, 늙은 홀아비는 스페인의 마드리드 어느 한 카페에서 밤늦게까지 혼자서 술을 마시며 앉아있다. 두 웨이터 중 젊은 웨이터는 눈치도 없이 이 노인이 부인이 기다리는 집으로 일찍 돌아가기를 바라고 있지만 늙은 웨이터는 이 노인이 자리를 떠날 때까지 술집 문을 열어둔다. 까닭은 혼자 집에 돌아가서 잠 못 이루는 노인을 배려하는 마음에서였다.

헤밍웨이 주인공들은 불명예스러운 행위나 굴욕적 태도는 단호히 거부한다. 독자들은 헤밍웨이 세계는 지나치게 타협이 없고 용납을 거부하고 사회 분위기를 무시한다고 한다. 행동규범(도덕적 원칙과 기준)에 너무 엄격하다는 불평을 한다. 하지만 헤밍웨이는 원칙주의자이고 진실을 추구하며 살아가는 그의 삶의 태도가 어긋남이 없는 창작 태도와 일치하기 때문에 하등 문제가 되지 않는다.

카로스 베이커 교수도 ≪불패자≫에서 주인공 가르시아를 이렇게 묘사한다.

Even in losing, we must stick to the code of the sportsman and lose in a sportsmanlike way - dying gamely in the end, like Manual Garcia in "The Undefeated."

A Life Story by Carlos Baker (p.219)

패배에서조차, 우리는 스포츠맨의 행동규범에 충실해야 하고 스포츠맨 같은 방법으로 패배해야 한다. ≪불패자≫의 마누엘 가르시아처럼 당당하게 죽어야 한다.

헤밍웨이는 진실한 작가이고 진실한 인물이지만 그의 주인공들에게 선도 가르쳐주었다. 해럴드 블룸이 편집한 책에서 인용해 본다.

Whatever code or creed the hero gets, must, to be good, stick even in the face of death. It has to be good in the bull ring or on the battlefield and not merely in the study lecture room. In fact, Hemingway is antintellectual, and has a great contempt for any type of solution arrived at without the testings of immediately experience.
Ernest Hemingway by Robert Penn Warren (p.35)

주인공이 체험하는 행동규범이나 신념이 어떠한 것이든 선해야 하고 죽음에 직면해서도 충실해야 한다. 그것은 서재에서나 강의실만이 아니고 투우장이나 전투장에서도 선해야 한다. 사실은 헤밍웨이는 반지식인이어서 그는 직접 체험의 검증 없이 문제 해결의 어떠한 유형도 크게 경멸한다.

헤밍웨이 행동규범을 간략하게 설명한다면 다음과 같다.

Hemingway code is a set of rigid principles of conduct made up of integrity, humor, courage and discipline.

헤밍웨이 행동규범은 도덕적 청렴성, 유머, 용기, 그리고 수련을 구성하는 엄격한 행동원칙이다.

헤밍웨이 자신에 대한 말을 한 것처럼 그가 원하는 것은 세상에서 그가 살 수 있는 방법을 발견하는 데 있다. 그것은 그의 세계의 특별한 환경에서 사는 방법을 배우는 과정의 한 부분이다.

≪오늘은 금요일(Today is Friday)≫에서 ≪노인과 바다(The Old Man and the Sea)≫까지 헤밍웨이에게 따라다니는 이미지는 버림받고 학대받는 인간의 독특한 용기다.(It is the unique courage of the forsaken and crucified man.)

헤밍웨이는 프랑스어, 스페인어, 이태리어의 실제적 지식을 독학했다. 그는 또 항해술도 완벽하게 독학했다. 그는 실비아 비치 여사의 도움으로 읽고 싶은 많은 책을 밤새워 읽었다. 그는 박식하고 만능 운동선수였다. 그의 철학에는 모든 사람은 진실하게 존재하기 때문에 자기 자신을 만들 자유와 권리가 있다. 헤밍웨이 작품 표면 아래 존재하는 매우 중대한 우주적 문답을 가볍게 해서는 안 된다.

헤밍웨이는 배고픔은 정신적으로 신체적으로 건강하다는 의미가 있다고 한다. 배고플 때 그림들이 더 좋게 보인다고 한다. 헤밍웨이가 말하는 배고픔은 갈망을 의미하기도 한다.

Hunger is healthy and the pictures do look better when you are hungry.

Hunger is good discipline.

Omission, then, is a kind of hunger too, a corner of emptiness that staves off the dullness of surfeit.

A Moveable Feast by Ernest Hemingway (p. 75)

배고픔은 건강한 것이고 배고플 때 보는 그림은 더 좋게 보인다.

배고픔은 좋은 수련이다.

그다음 생략은 역시 갈망의 한 종류이고 과식의 우둔함을 저지하는 공복의 한 부분이다.

그는 주머니가 비어 생계가 걱정이 되어도 혁신적 문체개발에 심혈을 기울였다. 그의 자서전으로 알려진 ≪움직이는 향연(A moveable Feast)≫에서 그는 이렇게 술회하였다.

Most of the story he had told before, especially in Death in the Afternoon and Green Hills of Africa—about how he started from a true simple declarative sentence, but soon realized (by studying the paintings of Cézanne) that writing simple true sentences [was] far from enough to make the stories have the dimensions that I was trying to put in them. The most important lesson, however, he taught himself—to omit from his stories whatever could be omitted, so that his readers might feel something more than they understood.

A Moveable Feast by Ernest Hemingway.

그는 특히 ≪오후의 죽음≫과 ≪아프리카의 푸른 언덕≫에서 전에 말했던 소설의 대부분이 진실하고 단순한 평서문에서 어떻게 시작했던가, 하지만 단순하고 진실한 문장을 쓰는 것은 애써 작품에 담아서 높은 차원의 소설을 쓰기에는 너무 거리가 멀었다는 것을 세잔느 그림 공부를 하면서 깨달았다.

가장 중요한 교훈은 그의 독자들이 이해했던 것보다 더 중요한 무엇을 느끼게 하기 위하여 소설에서 생략할 수 있는 것은 무엇이든지 생략하는 것을 독학하였다는 점이다.

헤밍웨이의 주인공, 제임스 반스는 신문기자, 프레드릭 헨리는 로마 건축을 공부하는 학생, 로버트 조던은 휴가 중의 대학 강사이고 토마스 허드슨은 전문 예술가이다. 이들 주인공들은 분명히 교육을 받은 사람들이다. 이들에게 진실한 것은 철학을 논하기를 싫어한다. 이들은 경험에서 배우고 추상적 보편성에는 불신한다. 헤밍웨이 사전에서 "think"는 근심, 슬픔, 마음의 상처의 그 자리를 의미하는 뜻이 내포되어 있다.

반지식인(反知識人, anti-intellectual) 이미지는 검소한 그의 외모를 통하여 모험적인 삶, 허세 부리는 어떠한 언행에는 공개적으로 경멸을 보내면서 자신을 격려한다.

마가렛 앤드슨(Margaret Andersen)은 파리 국외 이주자 시절에 헤밍웨이를 알았던 사람으로서 그를 묘사하는 하나의 형용사로 단순하다(simple)는 말로 결론을 내렸는가 하면 헤밍웨이와 다년간 교제했던 말콤 카울리는 헤밍웨이를 복잡하다(complicated)는 말로 요약 표현했다. 즉, 헤밍웨이는 그의 문체만큼이나 다루기 힘들고 예상치 않은 특성을 지니고 자주 상반된 인물로 묘사했다.(seemingly simple but actually complicated.)

필립 영이 지적했듯이 헤밍웨이가 1961년 7월 2일 아침에 자살한 소식이 전해지자 백악관은 물론, 바티칸과 크렘린에서도 공개적으로 애도를 표명했다. 그의 작품의 궁극적 가치는 당대는 물론 후대까지도 최종 판단을 유보하게 하였고 광영이 빛나게 하였다. 현재 미국 내의 고교와 대학에서 그의 작품을 폭넓게 읽고 있으며 그것도 그의 예술적 가치와 문학예술의 정신을 추구하는 연구 과목으로 선택하고 있다.

헤밍웨이는 열렬한 가톨릭 신자인 폴라인 페이퍼를 만나 결혼을 결정하기 전까지 실제로 가톨릭 사상(Catholicism)을 받아들이지 않았다.

In January 1926, after his affair with Pauline had began, "I am a Catholic."

그는 두 번째 부인 폴라인과 함께 그들의 파리 교구 미사에 성실하게 참례하였다. 헤밍웨이는 폴라인이 8월의 첫 금요일 미사에 참례하기 위하여 거의 400마일이나 되는 거리를 자동차로 움직였다.

헤밍웨이의 마지막 10년은 특히 1954년 비행기 사고로 치명적 상처로 종교에 헌신함으로써 삶을 충실하게 살려고 했다. 후에 그의 문학적 제자 하치너(A. E Hotchner)에게 이렇게 말했다.

Sometimes I wish I were a better Catholic.

때로는 나는 더 훌륭한 천주교 신자였으면 좋겠다.

Dear Jesus please get me out. Christ please please please christ. If you'll
only keep me from getting killed I'll do anything you say.
By Force of Will by Scott Donaldson (p.229)

헤밍웨이 주인공들은 자주 고통에 처해 있을 때 구원을 얻으려고 기도
한다. 위의 예문은 닉 아담스(Nick Adams)가 기도를 통하여 그의 안전을
얻으려고 애쓴다.

프레드릭 헨리는 캐서린 버클리의 죽음을 구하기 위해 기도 한다.

Oh, God, please don't let her die. I'll do anything for you if you won't
let her die.

오, 하느님 제발 그녀를 죽지 않게 하소서. 그녀를 죽지 않게 하신다면 당신
을 위하여 무엇이든 하겠나이다.

헤밍웨이는 ≪노인과 바다≫ 64페이지에 "I am not religious."라고 천명
한다. 그럼에도 불구하고 다음 페이지에는 천주교의 성모송을 주인공 산티
아고가 소원을 달성하기 위해 정성스럽게 암송하는 모습이 보인다. 혹자는
주인공은 작중 인물이니까 헤밍웨이와는 아무런 관계가 없다고 하겠지만,
산티아고는 인간 헤밍웨이를 대표하는 인물로 헤밍웨이를 무신자로 보기

에는 석연치 않다.

헤밍웨이는 독실한 천주교 신자임을 여러 문헌과 가족들의 증언을 통하여 기술하겠다.

첫째로, 찰스 올리버(Charles M.Oliver) 말을 들어 본다.

Although Hemingway once wrote that he was a man of no religion and that a writer could not afford to show politics or religion in his writings, Hemingway converted to Catholicism and went to Mass, especially during his years in Key West with Pauline Pfeiffer, a devoted Catholic.
Ernest Hemingway by Charles M.Oliver (p. 441~442)

헤밍웨이는 일찍이 자기는 종교인이 아니었다고 썼다 할지라도 작가는 그의 작품에서 정치나 종교의 성향을 나타낼 수가 없었다.
헤밍웨이는 천주교에 개종하여 특히 키 웨스트에 살 때 두 번째 부인 폴라인 페이퍼와 함께 천주교 미사에 참례하는 독실한 천주교 신자였다.

다음은 헤밍웨이 누이 마들렌(애칭 써니)의 증언을 들어 본다.

According to Ernest's sister Madelaine, there were always prayers before meals at home and often prayers and family Bible study in the morning; and the Hemingway's attended regurarly one of the two Congregational Church in Oak Park, Grace was choir director for a time at the Third

Congregational Church.

Ernest Hemingway by Charles M.Olive (p.3-4)

어니스트 헤밍웨이 누이 마들렌느에 의하면 집에서 식사 전에 언제나 기도가 있었고 잦은 기도와 매일 아침 가족 성경 공부가 있었다. 그리고 헤밍웨이 가족은 정기적으로 오크파크의 조합교회에 참례했다. 어머니 그 레이스 여사는 한때 제3조합교회의 성가대 지휘자였다.

로버트 플레밍(Robert Fleming)의 책에서도 헤밍웨이가 천주교에 대한 관심을 적고 있다.

Hemingway's period of bitter rejection of Protestantism and discovery of Catholicism, and awakning of an aesthentic sense centered on ritual and ceremony.

Hemingway and Natural World edited by Robert Fleming (p.36)

헤밍웨이의 개신교에 대한 괴로운 거절과 천주교의 발견 그리고 미학적 의미에 대한 깨달음은 종교적 의식의 중심이었다.

헤밍웨이 아버지 클라렌스가 아들 어니스트에게 한 생일 인사말을 보면 이렇다.

Dr. Hemingway sent Ernest a birthday message from Oak Park. I am so pleased and proud, he wrote, you have grown to be such a fine big manly fellow and will trust your development will continue symmetrical and in harmony with our highest Christian ideals ...... When I go home, you will have a good trout fish.

헤밍웨이 박사는 아들 어니스트에게 오크파크에서 생일 인사말을 보냈다. "나는 매우 기쁘고 자랑스럽다. 네가 훌륭하고 큰 남자답게 성장했구나. 너의 발전이 우리 기독교의 높은 이상과 함께 계속 균형 잡히고 조화롭기를 믿겠다. 내가 돌아가면 너는 좋은 송어를 먹게 될 것이다."

이렇듯이 헤밍웨이는 독실한 천주교 신자였다. 이 기독교 정신은 유년 시절부터 성숙한 작가가 되어서도 몸에 익혀 그의 문학적 사상과 철학에까지 이른다. 그의 첫 장편 소설 ≪해는 또 다시 뜬다≫ 102페이지에 보면 더 확실하게 그의 천주교 신앙을 알 수 있다.

At the end of the street I saw the cathedral and walked up toward it. The first time I ever saw it I thought the facade was ugly but I liked it now. I went inside. It was dim and dark and the pillars went high up, and there were some wonderful big windows. I knelt and started to pray and prayed for everybody I thought of. Brett and Mike and Bill and Robert Cohn and myself.

The Sun also Rises by Ernest Hemingway. (p.102)

136

이 거리 끝에서 나는 대성당을 보았다. 그리고 대성당을 향해 걸어갔다. 처음에 나는 대성당 건물 정면이 흉해 보였으나 지금은 좋았다. 나는 대성당 안으로 들어갔다. 어둡고 침침했다. 높이 솟은 기둥이 있는 대성당 안에는 기도하는 사람들이 있었다. 향냄새가 나고 좀 멋지고 큰 창문이 있었다. 나는 무릎 꿇고 기도하기 시작했다. 모든 사람들 위하여, 브렛 마이크, 빌, 로버트 콘과 나 자신을 위하여 기도하였다.

여기서 주인공 제이크 반스는 신문기자이며 헤밍웨이를 대신하는 인물이다.

또 다른 작품 ≪무기여 잘 있거라≫에도 종교 분위기는 살아 있다.

You're my religion, You're all I've got ······ I'm not unfaithful, daring, I've plenty of faults but I'm very faithful. You'll be sick of me I'll be so faithful. *A Farewell to Arms by Ernest Hemingway. (p.116)*

당신은 나의 종교입니다. 당신은 내가 가진 모든 것입니다. 나는 부정한 여자가 아닙니다. 여보, 나는 결점이 많지만 매우 정숙한 여자입니다. 내가 너무 정숙해서 싫증이 날 것입니다.

캐서린은 프레드릭 헨리에게 "당신은 나의 종교입니다"라고까지 했다. 사랑하는 사람이면 종교로 비유할 수도 있다.

≪노인과 바다≫에서는 또 다른 종교적 분위기를 느낄 수 있다. 64페이

지에 "I am not religious."라고 산티아고는 천명한다. 그런데 다음 65페이지에는 전혀 다른 속마음을 나타낸다.

But I will say ten Our Fathers and ten Hail Marys that I should catch this fish, and I promise to make a pilgrimage the Virgin of Cobre if I catch him.

That is a promise.

He commenced to say his prayers mechanically.

Sometimes he would be so tired that he could not remember the prayers and then he would say them fast so that they would come automatically.

Hail Marys are easier to say than Our Fathers. he thought.

Hail Mary full of Grace the Lord is with thee.

Blessed art thou among women and blessed is the fruit of thy womb, Jesus. Holy Mary, Mother of God, Pray for us sinners now and at the hour of death. Amen.

The Old Man and the Sea by Ernest Hemingway (p.36)

그러나 나는 이 고기를 잡으려고 주기도문 10번과 성모송 10번을 암송하겠다. 그리고 나는 이 고기를 잡는다면 코브레(Cobre) 성당에 참례할 것을 약속한다. 그것이 약속이다.

그는 주기도문을 기계적으로 암송하기 시작했다. 때로는 너무 지쳐서 주기도문을 기억할 수 없었다. 그런 다음 그는 주기도문을 자동적으로 나오게 하기 위하여 빨리 암송하였다. 성모송은 주기도문보다 암송하기에 쉽다고 그는 생각했다.

은총이 가득하신 마리아님, 기뻐하소서!

주님께서 함께 계시니 여인 중에 복되시며 태중의 아들 예수님 또한 복되시나이다.

천주의 성모 마리아님, 이제와 저희 죽을 때에 저희 죄인을 위하여 빌어주소서.

아멘.

헤밍웨이의 주인공은 헤밍웨이 자신이다. 주인공을 통해 그의 삶의 비밀이 공개되고 그의 예술의 모순된 점이 설명된다. 작가 헤밍웨이 만큼 주인공과 작가가 혼동되기 쉬운 예도 드물다. 그의 문학을 논할 때 주인공들이 대두된다. 주인공들이 공통적으로 갖는 속성과 한계에 주목한다. 작중인물과 실재인물은 등식관계로 사용되었으며 작품 내용은 작가의 불안감, 공포감, 위기감, 극복의 기록이며 작중인물은 주로 그 행동만을 외부에 묘사하는 테크닉으로 사용된다.

헤밍웨이 문학의 행동성이 문학의 우위성으로 고려할 때 도덕(moral)이 헤밍웨이 자신을 중심으로 한 실재인물의 행동을 통한 체험에서 나온 것으로 보며 우리 주변에서 흔히 볼 수 있는 헤밍웨이 특유의 것이면서도 만인에게 통용되는 보편적 가치(a universal value)로 인정된다. 헤밍웨이 작품을 읽고 얻는 인상은 그가 풍기는 용기(grace under pressure)에 대한 향수다. 이 용기는 인간 도덕의 요소가 될 수 있는 인간의 물리적 정감이 만인에게 전해지게 된다는 것이 재론의 여지가 없다.

그에게는 육체적 용기(physical courage)가 중요했고, 핵심이 되는 것은 인내(stoical endurance)다.

헤밍웨이는 용기에 대한 설명을 했는데 용기에는 두 종류가 있다 했다. 하나는 사람에게 위험이 닥쳤을 때의 용기다. 책임을 감당하기 전에 도덕적 용기가 있어야 하고 위험에 직면해서도 태연한 자세가 필요하다. 죽음이나 습관은 경멸해야 한다. 다른 하나의 용기는 개인의 자존심, 애국심, 열정 같은 긍정적 동기로 수행해야 한다고 했다.

극기(stoicism)는 아버지의 교훈이고 유산물이다. 헤밍웨이는 죽음에 이르는 외상 쇼크(deadly traumatic shock)의 고통을 참느라고 이를 악물고 휘파람을 불었다. 휘파람을 불면 고통을 잊게 된다는 아버지 의 교훈은 헤밍웨이 일생의 교훈이었다. 아버지에게서 배운 것이 많았다. 그의 아버지는 견인불발의 사람이었다. 헤밍웨이는 어머니가 그에게 감성적으로 인도한 심성과 함께 외향은 아버지 성격을 겸비한 예의 바른 성품을 가졌다. 아버지는 그에게 인내와 완벽주의와 자연에 대한 사랑과 인간의 자연 정복을 가르쳐 주었다. 헤밍웨이는 어느 경우에도 그의 한계 상황(limited situation)에서 나타나는 극기를 지니고 있다. 이것은 후천적 수양으로 길러진 특성이라기보다 그의 체내 어느 한 구석에 자리 잡고 있는 선천적 특질로 보는 것이 타당하다고 본다.

≪가진 자와 못 가진 자≫에서 웨슬리가 해리 모건(Harry Morgan)에게 하는 말이 "You are not hardly human."이다. 인간으로서는 도저히 참아낼 수 없는 일을 참아내고 있다는 의미가 담긴 이 말은 주인공 해리 모건의 동물과도 같은 인내(stoical endurance)를 나타낸다.

≪누구를 위하여 좋은 울리나≫에서도 해리 모건이 주는 인상과 닮은

대목이 있었으니 이 작품 마지막에 주인공 로버트 조던이 교량폭파 미션을 완수하고 동지들과 도피하려는 순간에 그의 다리에 치명적 상처를 입고서 그만 그 자리에 쓰러져 있음에도 파시스트 전선을 저지하여 동지들이 피신할 시간적 여유를 주려고 기관총을 들고 누워서 파시스트가 오기만을 기다리는 대목에서 헤밍웨이의 극기의 일단락이 보인다.

로버트 조던이 참아내는 인내 이상으로 자기가 지금 당하고 있는 고통에 전혀 불평 없이 죽음에 직면한 그의 빛나는 용기에 찬사를 보내지 않을 수 없다. 로버트 조던의 다음의 독백이 가슴을 울린다.

Stay with what you believe in. Don't get cynical … Each one does what he can. You can do nothing for yourself but perhaps you can do something for another.

믿음을 가져라. 냉소하지 마라. 각자는 할 수 있는 것을 행하라. 너 자신을 위해서 아무것도 할 수 없지만 아마도 다른 사람을 위해서는 무엇인가를 할 수 있다.

로버트 조던은 희생정신은 물론 그의 책임을 다하려고 애쓴다. 헤밍웨이 문학에서 배우는 육체적 인내(physical stoical endurance)는 보통 사람들에게는 힘들고 어려운 미덕이지만 보편적 인간의 미덕에서는 빠질 수 없는 하나로 심어진다.

극기에 대해 로버트 위크스(Robert P. Weeks)는 다음과 같이 쓰고 있다.

Raw physical courage is not only the supreme value in his fictive world but practically the only one.
The adjective most commonly used to describe the Hemingway's hero's moral stance is stoical.

가공되지 않은 신체적 용기는 그의 창작 세계에서 최고의 가치일 뿐만 아니라 실제로는 유일한 가치가 된다. 헤밍웨이 주인공의 도덕적 자세를 묘사하는 데 가장 일반적으로 사용된 형용사는 극기이다.

이처럼 헤밍웨이는 작품의 주인공들의 도덕적 자세에도 극기적이게 다루었다. ≪노인과 바다≫에서도 산티아고의 "Pain does not matter to a man"과 "A man can be destroyed but not defeated"라는 극기적인 전망(stoical vision)은 어니스트 헤밍웨이의 자산이고 가치이다.

용기(grace under pressure)는 어니스트 헤밍웨이 특유의 용어다. 그것은 극기적인(stoical) 미덕이다. "grace under pressure"라는 용어는 1926년 4월 20일 스콧 피츠제럴드에게 보내는 편지에서 처음으로 사용되었다. 이 용어는 그의 작품 어디에도 사용된 일이 없지만 그의 작중 인물들은 거의가 이 신조로 삶을 시도한다. 산티아고가 그러했고 조 디마지오(Joe DiMmaggio)의 뼈 돌출이 산티아고에게는 마음의 상징적 존재로 의미를 부여하고 있다. ≪해는 또 다시 뜬다≫의 제이크 반스는 "세상의 모든 것에 관심이 없었다. 내가 알고자 원했던 모든 것은 세상에서 사는 방법을 아는데 있었다. 아마 세상에서 사는 방법을 찾아냈다면 세상에 대한 모든 것을 배운 것이다."고

했다. ≪누구를 위하여 좋은 울리나≫의 로버트 조던은 "만일에 72시간을 충만하게 잘 살 수 있다면, 죽음은 두렵지 않다. 72시간은 72년의 삶을 충만하게 사는 것과 똑같은 내용의 삶이다."라고 했다. ≪강 건너 숲 속으로≫의 리처드 캔트웰은 죽음에 직면해서도 위엄(dignity)을 잃지 않고 유지하려고 했다. 이 모든 인물들은 용기라는 미덕과 신조로 극기한다. 근본적으로 어니스트 헤밍웨이는 철학적 작가이다 소설의 형태를 통하여 인간의 삶을 나타내는 그의 주요 관심은 그의 세계와 우주에 배경을 둔 일관된 인간이다. 이것은 다양한 견지에서 인간의 상황을 시험해 보려는 그의 의도가 있다. 헤밍웨이와 그의 주인공들은 사려 깊게 매 순간을 살 것을 강조한다.

헤밍웨이는 동물들을 좋아했다. 19세기 저명한 자연주의자들처럼 그는 야생 새들과 포유동물들을 사랑하였고, 낚시와 사냥하는 법도 어릴 때부터 아버지와 함께 산야를 두루 섭렵하며 배웠다.

교양 있는 부모님 밑에서 소년 헤밍웨이는 자연의 관찰만으로는 자신을 묶어 두지 않았다. 책을 통하여 자연에 접근하는 법을 배웠고 보수적인 부모님은 19세기 빅토리아 소설을 읽게 했지만 그는 이를 거부하고 이에 반발하는 모더니스트가 되어 인간이 인간되게 하는 자부심과 숭고한 정신 범애 사상과 우애 사상에 접근하였다.

1937년 이래 그는 점점 개인주의와 상호의존 사상에 관심을 가졌으며 작품 ≪노인과 바다≫는 인간 운명의 비극적 아이러니에 대한 그의 성숙한 견해가 반영된 최고조에 이른 작품이다.

멜빈 백맨(Melvin Backman) 교수는 미국 문학의 전통에서 이 관계의 근원을 찾아 헤밍웨이가 새로운 도덕적 가치를 설정한 것도 아니고 다만 인류가 지금까지 지녀온 최고 가치인 대인관계 사랑, 신뢰, 인류애, 연대, 상호 의존과 같은 보편적 가치를 새로운 시각과 입장에서 재조명했다는 점을 지적했다.

≪아프리카의 푸른 언덕≫에서 마사이족에게 느끼는 사랑은 인류의 일원이라는 조건에서 우애사상(fraternity)을 갖게 한다. 마사이라는 검은 피부색을 가진 사람들, 인종의 기원(racial origin)이나 현재의 신분(present status)은 결코 문제가 되지 않는다. 헤밍웨이와 마사이족과의 긴 악수는 우애사상의 상징이 된다,

헤밍웨이가 인간을 보는 눈의 근저에는 이 우애사상의 유무에 따라서 사람을 평가하는 안목이 마련되어 있으며 인간의 위세적인 모든 외관은 그에게는 하등의 가치가 없다.

우애사상이 없는 부유한 어느 귀족보다 우애사상이 투철하고 순박한 아프리카 원주민 마사이족이 더 귀중한 것으로 간주하는 그가 마사이족에게 보내는 존경과 친밀감은 그의 인간관의 극치의 표현이라 생각된다.

작가 헤밍웨이에게 이러한 순박하고 맑은 사상이야말로 인간에 있어서 숭고한 것의 하나임에 틀림이 없다. 이 사상의 체득자에게만 인정 할 수 있는 우애사상에 국한시키지 않고 한 걸음 더 나아가 범애사상(philanthropy)에까지 그의 사상을 발전시켰다는 것은 그의 인격의 원숙함과 고매함과 진실성이 성자적인 경지에 도달한 것이다. 사랑이 생명 질서로서 인간의 진실성에서 차지하는 그 비중이 지대함을 고려할 때 그것은 생명 질서의 내용인 도덕적 질서와 초월적 질서의 양면을 포괄해야만 하고 문제가 사랑에 국한되는 경우 도덕적 질서는 유한적 우애사상을 의미하고 초월적 질서는 무한적인 범애사상을 의미한다. 본질적 사랑은 이 양자를 다 같이 내포한다.

144

≪노인과 바다≫에서 보듯이 종전의 유한적 가치인 우애사상을 넘어 절대적인 무한적 가치인 범애사상에 도달하였다는 사실은 그가 인생을 달관하였다는 의미가 되는 것이며 사랑이 생명질서로서 인간의 진실에 그 본질적인 자세로써 군림하는 자세이며, 동시에 인간을 신과 근사한 것으로 만드는 사상이라면 작가 헤밍웨이는 신에 접근하려는 진실성의 태도라고 보여 진다.

≪강 건너 숲 속으로≫에서 바텐더와 주인공 캔트웰 사이의 인간관계에서도 잘 나타난다.

to respect the personality of every individual, whatever his origin or present status.

출생이나 현재 신분 상태가 무엇이든 간에 모든 개인의 인격을 존중한다.

거트루드 스타인은 헤밍웨이를 가리켜 현대적이고 박물관 냄새가 난다고 했다. 하지만 그는 사냥꾼이었고, 어부였고, 도서관 냄새가 나는 자연주의자였다. ≪아프리카의 푸른 언덕≫에서 그는 "나는 평생 자연을 사랑하고 살았다"고 썼다. 또 인간보다 자연이 언제나 더 나은 법이라고도 했다. 동서 문학사적으로 볼 때 헤밍웨이처럼 자연 세계에 깊이 관심 가졌던 작가는 드물다.

헤밍웨이는 자유천지 유럽으로 그리고 때 묻지 않은 태고의 자연 아프리카로 낭만의 카리브 해양 그리고 미국의 서부등지에서 여행을 확대했고 자연에 대한 구상은 관광과 체험을 통하여 확대되었다. 그의 세계에 대한 개념이 바뀔 때는 자연에 대한 개념도 변했다. 헤밍웨이는 아름다운 풍경을 묘사하고 살아 있게 하고 맥박이 뛰고 숨 쉬는 산하의 정취를 창조하려고 노력하였다.

헤밍웨이 소설에서 자연의 세계는 태고의 청징함과 신비롭고 아름다움에 신성함까지 더하여 준다. 그리고 자기 반영의 이미지와 그림자를 보는 주인공들이 있다. 그의 작품에서 송어 등장은 1급수에서만 사는 청정한 물고기로 맑고 깨끗함을 상징한다.

헤밍웨이는 기독교인들이 기독교인처럼 산다면 그들을 언제나 깊이 존경한다. ≪무기여 잘 있거라≫의 아브루치(Abruzzi) 교구 신부처럼 ≪누구를 위하여 좋은 울리나≫의 안젤모(Anselmo)처럼 미덕을 추구하는 삶을 사는 신앙인을 발견할 때 그들을 교인들로 대접하고 칭찬한다. 헤밍웨이의 행동 철학은 정직하게 행동할 때 정직한 사람이고 겸손하게 행동할 때 겸손한 사람이며 사랑하거나 사랑을 받을 때 사랑한다. 헤밍웨이의 인간의 종교와 공식적 종교는 차이점이 간단하다. 세상의 한계를 넘지 않는 것과 숭고함을 나타내는 내세적 차이가 있을 뿐이다.

≪해는 또 다시 뜬다≫와 ≪노인과 바다≫는 가톨릭 사상의 비유로 구성되었으며 작품 전체가 종교적 분위기가 밑바닥을 흐른다. 그의 윤리관이 그의 언어예술을 높은 차원으로 올려놓는다.

헤밍웨이의 우애사상은 산티아고와 소년 마놀린의 관계에서도 더 확실하게 드러난다. 소년이 산티아고에게 주는 애정은 프레드릭 헨리와 캐서린 버클리의 관계와 로버트 조던과 마리아와의 관계와 같다고 하겠다. 여기에다 ≪강 건너 숲 속으로≫의 캔트웰에 대한 레나타의 애정도 마찬가지다.

≪노인과 바다≫ 전편을 관통하고 있는 마놀린의 진실에서 인간 고유의 인간 본성(human nature)이 쌓인 노어부 산티아고의 모습을 발견할 수 있다.

84일간 고기 한 마리 잡지 못한 불운(salao)에 시달린 산티아고는 마놀린의 정신적, 물질적 원조를 받게 된다. 또 소년은 노어부에게 확신과 희망을 불어 넣어 준다. 식사도 하게끔 날라다 주고 야구 이야기도 하고 신문도 읽으라고 가져다준다. 낚시 미끼로 사용할 신선한 다랑어와 정어리까지 구해다 준다. 이러한 것들을 받아들이는 노어부 산티아고의 태도 또한 인간의 참된 우애관계(friendship)를 볼 수 있다. 이러한 것들을 받아들이는 노어부는 조금도 비굴한 것이 아니라는 것을 잘 알고 있기 때문에 부끄러움을 느끼는 일이 없이 흔쾌히 받아들인다.

이번에는 작은 어선을 바다에 띄우고 나가는 노어부에게 행운을 싣고 돌아오기를 빌며 지켜보는 소년의 마음은 애절하고 기대에 가득 차 있다. 사경으로 떠나는 부친의 배를 지켜보는 아들의 간절하고 소망에 찬 그 모습이다. 이 소설의 마지막 장면을 읽으면 고난이 끝난 이후에 침대에 누워 자는 노어부의 가련한 모습을 보고 소년은 단장의 슬픔으로 노어부에게 줄 커피와 식사를 가지러 테라스 관으로 가는데 이 장면을 묘사한 한 페이지 반 정도(p.122-123)의 글에 "cry"라는 낱말이 4번이나 나온다.(p.122에 3번, p.123에 1번) 이것은 이른바 슬픔을 상징하는 헤밍웨이 특유의 객관적 상관관계(objective correlative)일 진데 이 "cry"속에 간직된 소년의 노어부에 대한 애정과 사랑은 그만큼 통렬한 것이다. 노어부 산티아고에게 퍼붓는 소년 마놀린의 사랑과 존경은 주는 사랑(give) 면의 캐서린·마리아·레나타 계열의 여성적인 사랑이며 그 대표적 한 예가 다음에 담겨 있다.

I must have water here for him, the boy thought, and a soap and a good towel. Why am I so thoughtless?

I must get him another shirt and a jacket for the winter and some sort of shoes and another blanket.

나는 노인에게 줄 물이 있어야 하고 세숫비누와 좋은 수건도 있어야 한다고 생각했다. 내가 왜 이렇게 생각이 부족할까? 노인에게 줄 또 다른 셔츠와 겨울에 입을 저고리도 준비해야 하고 구두와 다른 담요도 구해야만 한다.

이러한 대목에서 필립 영은 다음과 같이 지적한다.

Manolin has taken over some of the functions performed by the heroine.

여주인공이 수행하는 역할을 소년이 떠맡았다.

받는 사랑(take) 면은 노어부와 상어와의 사투가 벌어지는 상황에서도 독백의 형식으로 노어부 산티아고의 입에서 새어나온다. "I wish the boy was here. I wish I had the boy." 9번이나 동경의 절규로 나타난다. 여기서는 산티아고가 주는 자의 위치에 있고 소년이 받는 자의 입장에 있다. 헤밍웨이의 ≪노인과 바다≫를 중심으로 대여성 관계를 보면 주는 자와 받는 자의 전도를 알 수 있다. 이만큼 작가 헤밍웨이의 인생관, 세계관의 폭이 넓어졌고 깊어진 측면을 읽을 수 있다. 이것은 그의 문학사상이 원숙의 극한점에 도달한 증좌라 하겠다.

148

"No one should be alone in their old age, I went too far out beyond all people." 이는 후회와 다짐과 결의를 보여준다. 결과적으로 힘들게 잡은 청새치(marlin)를 상어 떼에게 빼앗기게 되자 노인은 생각한다. "I shouldn't have gone out so far, fish, he said. Neither for you nor for me. I am sorry, fish." 후회하고 있는 모습은 상징적 의미가 버한스(Burhans) 교수가 지적한 것처럼 인간의 개인주의(isolated individualism)에 회의하고 상호의존(interdependence)을 신뢰하고 신봉하는 인간 상호간의 유대 정신에 동경하는 우애사상을 내포하고 있다.

헤밍웨이는 ≪노인과 바다≫를 쓰는 데 어려웠던 점을 1954년 12월 13일 ≪타임≫에서 다음과 같이 술회했다.

> I tried to make a real old man, a real boy, a real sea and a real fish and real shark. But if I make them good and true enough they would mean many things.
> The hardest thing is to make something really true and sometimes truer than true.
> Ernest Hemingway, Time [pacific edition]
> December 13, 1954

나는 결과와 본질이 일치하는 노인, 진실한 소년, 진실한 바다, 그리고 진실한 고기, 진실한 상어를 만들려고 노력했다. 하지만 만약 내가 그것들을 매우 훌륭하고 진실하게 만든다면 그것들은 많은 것을 의미 할 것이다.

가장 어려운 일은 무엇을 실제로 진실하게 만들고 때로는 진실한 것보다 더 진실한 것을 만드는 것이다.

제이크 반스는 자기 스스로가 가져오지 않은 불행한 상황 속에서도 용기 있게 그 불행을 받아들여 조금도 불평이나 비탄의 소리를 내지 않는다. 혹자는 헤밍웨이 인물들의 조잡하고 야만적 일면을 지적하는 사람들이 있지만 인물들이 상처 입은 모습을 고려할 때 결코 조잡하거나 야만적 일면으로 간주하기에는 무리가 있다고 본다. ≪무기여 잘 있거라≫의 주인공 프레드릭 헨리는 이렇게 말한다.

> The world breaks everyone and afterward many are strong at the broken place.

> 세상은 모든 사람을 상처 나게 한다. 그 후에 많은 이들은 상처 난 장소에서 강해진다.

헤밍웨이는 인생에 대한 긍정적인 자세를 죽는 순간까지 버리지 않는다.

> The world is a fine place and worth the fighting for and I hate very much to leave.

> 세상은 아주 좋은 곳이고 싸워 볼 만한 가치가 있다. 그리고 나는 두고 가기엔 매우 싫다.

제이크 반스는 상처 받은 그 자리에서 다시 살아남을 용기를 가진 사람만이 인생이라는 게임 룰 테두리 안에서 살 수 있다는 것을 배운다. 프레드릭 헨리도 나중에서야 이 원리를 배우게 되었다고 했다. 해리 모건은 가난하고 단순하지만 어려움 속에서 조금도 굴하지 않고 더욱 강해지는 인물이다. 상황이 불리해질 때마다 용감하게 반격하는 인물이며 그의 생애는 폭력의 세계에서 끝까지 줄기차게 투쟁하는 삶이었다.

헤밍웨이 세계는 전쟁의 세계이며, 우리가 일반적으로 의미하는 전쟁이 아니라 할지라도 어디서나 폭력으로 얼룩진 추상적 의미의 전쟁 상태라는 것이다.

인생도 하나의 전쟁이다. 다시 말해서 투쟁이라고 한다면 인간은 고난을 면치 못한다. 이 같은 인간의 고난을 통제할 수 있는 것은 어떤 도덕적 규범 즉 행동규범에 따라서 바르게 사는 방법이 되는 것이다.

산티아고의 신념, 용기, 인내력이라는 특징은 헤밍웨이 가치 체계에 있어서 중요한 미덕이 되고 헤밍웨이 자신의 인생을 통해서 체득한 인생관 내지 세계관의 집약적 표현인 극기가 노어부 산티아고라는 인물을 통해 표현되고 있다. 이러한 노어부의 관념은 이론적이며 추상적인 것에서 얻은 것이 아니라, 실재 체험을 통하여 얻어진 아주 지극히 당연한 현실적인 것이다. 이런 관점에서 어니스트 헤밍웨이는 실용적 도덕주의자(pragmatic moralist)이다.

노어부 산티아고는 본래 고독한 존재이며 결국에는 패배할 수밖에 없는 운명을 가지고 있다. 하지만 그에게는 프레드릭 헨리와 같은 절망의 탄식은 찾아 볼 수 없다. 그는 마치 미국 초기 개척정신을 가지면서 동시에 인간의 영원한 미국적 운명을 달관하고 있다. 이러한 달관 위에 선 마음의 평정과 용기 있는 안내야 말로 산티아고다운 인격의 총화이다. 산티아고의 불패정신이야말로 헤밍웨이의 일생을 걸쳐서 체험한 소위 헤밍웨이 코드이며 헤밍웨이 도덕의 극치이다. 그의 행동윤리에 의하면 여하한 종류의 대결에 있어서도 문제는 승리(win)와 패배(defeat)가 아니고 최후까지 어떻게 위엄 있게(with dignity) 싸웠는가에 있다. 그것은 긴장과 고통의 생활 속에서도 인간을 인간답게 만들어 주고 일시적 충동을 따르는 사람들과 구별되는 명예와 용기의 통제로 이루어진다. 충동을 따르는 사람들이란 대개 무절제하고 겁쟁이이며 긴장된 인생의 순간을 사는 데 어떤 일정한 행동규범이 없는 사람들이다. 반대로 행동 규범대로 사는 주인공들이야말로 극기의 인물이다. 이 행동규범(code)에는 사람됨을 판단하고 바르게 행동하는 기준과 원칙이 있다. 이 법칙들이 용기, 정직, 수련된 기술이다. 이러한 기준에서는 칭찬을 받을 만한 패배를 인정할 줄 안다는 것이다. 산티아고가 가난과 고독 속에서 용기를 잃지 않고 꿋꿋하게 견디는 모습은 바로 이러한 위엄의 모델이다. 이러한 점을 아더 왈드혼(Arthur Waldhorn)은 이렇게 지적한다.

All of morality is here, and courage, and love, and for the last time, the possibility of renewal. The sea is a vast universe, but although Santiago sails alone, he feels neither isolated nor alienated. To be at one with nature is easier than with a woman or Society.

A Reader's Guide to Ernest Hemingway by Arthur Waldhorn (p. 198)

용기, 사랑, 그리고 최후와 재생의 가능성의 모든 도덕이 여기에 있다. 바다는 광대한 우주이지만 산티아고가 비록 혼자서 항해한다 해도 그는 고립되지도 소외되지도 않게 느낀다. 자연과 하나 되는 것이 여자나 혹은 세상 사람들과 함께 있는 것보다 더 편안하다.

헤밍웨이 문학의 방법이나 철학 양면에서 사실주의 작가, 자연주의 작가, 혹은 현대주의 작가로 보는 견해가 타당할 수 있다고 본다. 헤밍웨이는 직접 관찰을 근거로 현상의 원리를 믿으며 언제나 세계를 사실주의적으로 묘사하려고 했다. 그는 당대의 작가나 예술가들처럼 고전주의 문학이나 전통 방법을 단절하고 바로크식 장식 방법을 버리고 건축의 방식으로 글을 쓰려고 했다. 때로는 갈등하는 가톨릭 신자였고, 주저하는 애국자였다. 하지만 그는 비결정론(indeterminism)을 신봉했다. 즉 자연적 여러 현상이나 인간의 의지는 여러 원인에 의하여 규정된다는 사상에는 동의하지 않고 거부하였고 반발하였다. 인간의 의지는 다른 원인에 의해 결정되지 않고 오직 인간 자신이 스스로 결정한다고 하는 실존주의 철학 원리에 접근했다. 인간은 자기 스스로 만든다.(Man is to make himself.) 20세기 파리를 중심으로 불같이 일어났던 실존주의 철학(existential philosophy)에 찬동했을지 모른다. 이 철학은 인간 의지의 행위를 통하여 자기 발전을 결정하는 책임 있고 자유로운 행위자로서 개인의 존재를 강조하고 경험을 중요시 한다는 측면에서 헤밍웨이와 일맥상통했다.

헤밍웨이는 간접으로 입수한 경험보다 직접경험(firsthand-experience)을 더 존중하고 중요시했다. 행위와 창의의 상호의존은 헤밍웨이를 멕시코 만류로 안내하였다. 여기서 나온 관찰 혹은 경험은 그의 인생의 원숙한 후반기의 작품 생산에 크게 기여하는 모티프가 되었다.

It seems clear that Hemingway was trying to capture the essence of Cezanne's paintings.

Homer's oil painting ≪The Gulf Stream, 1899≫ and his watercolors of ≪The Caribbean≫ served as dual exemplars and in method he embraced the later.

A Sea of Change by Mark P. OTT (p. 58)

헤밍웨이는 세잔느 그림의 진수를 포착하려고 노력했던 것이 분명해 보인다. 호머의 유화 ≪1899년 멕시코 만류≫와 그의 수채화 ≪카리브 해≫. 전자는 주제로, 후자는 방법으로, 헤밍웨이에게 두 개의 본보기 역할을 했다.

세계에 대한 그의 반응은 현대적 사고였고, 그의 예술과 행위를 통하여 자기 자신의 의미를 창조할 책임이 있었다.

세잔느의 인상주의가 스페인의 푸른 언덕, 이태리의 전쟁터 그리고 미시간의 깊은 숲속을 묘사하는 데 흉내 내기 위한 적절한 기교였다면 호머의 있는 그대로의 사실주의적 화포(canvases)는 헤밍웨이 후기 작품의 모델이 되었다.

피카소나 제임스 조이스, 그리고 에즈라 파운드는 현대주의 운동의 한 동료였다. 헤밍웨이는 거트루드 스타인의 예술의 직접적인 꽃이다. ≪무기

154

여 잘 있거라≫는 작품 태도와 방법까지도 모더니즘 표현의 전형이다.

헤밍웨이 주인공들은 낚시, 투우, 운동경기를 통하여 자기들의 의미의 세계를 함양함으로써 자신들의 의미를 창조한다. 헤밍웨이는 인간에 대한 현대적 견해를 자연주의적 소설로 일치시키려고 노력했다. 그럼으로써 자신의 질서와 의미를 창조하려 한다.

헤밍웨이 초기의 문체에서 지배했던 짧고 간결하고 진실한 평서문은 그의 단편소설에서 매우 뛰어났다. 반면 말수가 적은 압축되고 절제된 문체는 독자들에게 더 많은 정서적 의미를 제공한다는 사실을 확실하게 믿었다. 그는 이것을 미학적 자기 단련(aesthetic asceticism)으로 돌렸다. 헤밍웨이는 자신의 범주를 결정하는 데는 그림의 한 형태로 작품의 성격을 말했다. 거트루드 스타인과의 사제 관계 이후에 폴 세잔느보다 더 훌륭한 화가는 없었다고 술회했다. 그는 세잔느가 그렸던 그림처럼 글쓰기 원했다.

1930년의 미국 경제가 공황상태가 되자 사회는 어둡고 혼란에 빠졌다. 따라서 좌익사상(Marxism)을 가진 작가와 비평가들은 헤밍웨이에게 그들 캠프에 들어오라고 회유하였지만 그는 조금도 굴복하는 기색을 보이지 않았다. 좌익사상가들은 헤밍웨이를 여러 방법으로 곤란하게 하고 심지어 분노하고 냉소적 태도를 취하였다. 그럼에도 불구하고 헤밍웨이는 좌익단체에 가입하지도 동조하지도 아니하였다.

오히려 그는 1930년대 초에 스페인의 투우 관광, 아프리카 사파리 여행을 즐겼고 1932년에는 ≪오후의 죽음≫을 출판하였고 1935년에는 ≪아프리카의 푸른 언덕≫을 펴냈고 1936년에는 ≪에스콰어≫지에 ≪킬리만자로의 눈≫을 출판했다.

좌익 성향의 작가들의 협박에 헤밍웨이는 다음과 같이 반박 논리를 전개한다.

The hardest thing to do, said he, is to write straight honest prose on human beings. First you have to know the subject; then you have to know how to write. Both take a lifetime to learn, and anybody is cheating who takes politics as a way out. If a book was written "truly", it would contain all the economic implication.

Ernest Hemingway : A Life Story by Carlos Baker (p. 276)

하기 가장 어려운 일은 인간에 대한 솔직하고 정직한 산문을 쓰는 것이다. 첫째 주제를 알아야 하고 다음은 어떻게 쓸 것인가를 알아야 한다. 두 가지 모두 아는 데 평생 걸린다. 그리고 해결 방법으로써 정치를 선택하는 사람은 기만한다. 만약에 책이 "진실하게" 쓰인다면 그것은 모든 경제적 의미를 함축한다.

다시 헤밍웨이는 자기의 정치 성향을 분명하게 천명한다.

If one does not become a communist or have a Marxian viewpoint one will have no friends and will be alone ··· I cannot be a communist now because I believe in only one thing : liberty. First I would look after myself and do my work. Then I would care for my family. Then I would help my neighbor. But the state I care nothing for. All the state has ever meant to me is unjust taxation···I believe work of art endures forever; no matter what its politics.

Ernest Hemingway : A Life Story by Carlos Baker (p.277)

만약 공산주의자가 되지 않거나 공산주의 견해를 갖지 않는다면, 친구도 없고 외톨이가 될 것이다. …… 나는 지금 공산주의자가 될 수 없다. 내가 유일하게 믿는 것은 자유이기 때문이다. 첫째 나는 내 자신을 돌보아야 하고 글을 써야 한다. 그다음 나는 나의 가족을 돌보아야 하고 그다음은 나의 이웃을 도와야 한다.

그러나 내가 관심 없는 국가, 나에게 의도했던 모든 국가는 부당한 세금을 징수한다. 나는 최소한 정부를 믿는다. 참다운 예술작품은 영원히 간다. 그 정치 형태가 무엇이든 상관없다.

그의 작품이 소연방(the Soviet Union)에서 인기 있다는 소식이 헤밍웨이를 환희에 넘치고 자랑스럽게 했다. 그는 《스크리브너스 선스》의 편집장 퍼킨슨에게 자기 작품이 지금 드라이저(Dreiser)나 도스 패소스(Dos Passos)나 싱클레어 루이스(Sinclair Lewis)를 앞질러 팔리고 있다고 썼다.

러시아인들은 《오후의 죽음》이 큰 인기리에 있다고 생각했으며 이것은 사람들이 작가의 정치 성향에 관계없이 그의 작품을 좋아할 수 있다는 점을 입증했다.

The news that his writing were popular in the Soviet Union made him both jubilant and boastful. He wrote Perkins that he was now outselling

Dreiser. Dos Passos, Sinclair Lewis, among Russian readers, and that they thought "Death in the Afternoon" was a "wow". This proved that people could like a man's writing regardless of his politics.

Ernest Hemingway : A Life Story by Carlos Baker (p.277)

헤밍웨이는 도스 패소스, 싱클레어 루이스같은 공산주의자들에게 그의 문학의 본령을 보여주었다.

Books should be about the people you know, that you love and hate, not about the people you study up about. If you write them truly they will have all the economic implications a book can hold.

A Case Book edited by Linda Wagner-martin (p.81)

책은 당신이 연구하는 사람에 대한 것이 아닌 사랑하고 미워하고 알고 있는 사람에 대한 것이어야 한다. 만약에 책을 진실하게 쓴다면 한 권의 책에 담을 수 있는 모든 경제적 의미가 함축될 것이다.

헤밍웨이 소설 주인공들은 어떠한 경우에도 진실해야 하고 선해야 하고 페어플레이한다. 위기나 죽음에 직면해서도 당당하게 임하고 존엄하게 죽는다. 이들은 패배하여도 그 패배를 딛고 일어서는 용기와 인간이 되게 하는 극기가 있다. 역경과 고난을 통하여 배양한 이들의 세계에서 자신들의 의미를 창조해야 한다. 행동규범(Code, 도덕적 원칙과 기준)에 어긋나는 불명예스러운 행위나 굴욕적 태도는 거부한다. 이것이 헤밍웨이 문학의 본령(本領)이고, 언어예술정신이며, 철학이다. 헤밍웨이는 행동의 원칙과 기준이 확고했으며, 완벽주의자였고 원칙주의자였다.

헤밍웨이는 원고 분실에 대한 자신의 반응을 다양하게 묘사했다. 1951년 그는 찰스 팬턴에게 너무 상심해서 그 일을 잊기 위해 거의 수술을 받아야 할 지경이었다고 말했다. 여전히 죄의식에서 헤어나지 못한 해들리도 같은 생각이었다. 어니스트는 그 글에 너무나 공을 들였기 때문에 만회할 수 없는 상실의 고통에서 결코 회복되지 못했던 것 같다. 헤밍웨이 누이 마셀린은 정말 병이 났다. 그는 거의 죽을 지경이었다고 확인시켜 주었다. 1951년 말 ≪움직이는 향연≫을 쓸 때 감정이 덜 상한 상태에서 좀 더 극기적(stoical)인 태도를 취했다. 헤밍웨이는 회고록에서 해들리를 이상화하고 그 분실에 대해서는 그녀를 비난하고 싶어 하지 않았으며 초기 작품을 잃어버린 것은 차라리 잘 된 일이었는지도 모른다. 할 일은 한 가지 밖에 없었다. 극복하는 것이었다.

1949년 카울리에서부터 다미코까지 비평가들은 이런 추론을 그 분실로 인해 그는 거트루드 스타인이 충고했던 대로 다시 시작하고 집중할 수 있었기 때문에 그것은 헤밍웨이에게 행운의 일격이었다,라고 주장했다. 하지만 이 과실은 헤밍웨이에게는 엄청난 심리적 영향을 주었다. 한동안 그는 다시는 글을 쓰지 못할 것 같은 기분이 들었다. 이 이론은 그가 단편소설을 보관하기보다는 잃어버리는 것이, 그리고 그의 초기 작품을 개정하고 개선하는 것보다는 차라리 다시 쓰는 것이 자신을 위해 더 잘된 일이었다는 잘못된 가정을 한다. 학자들은 이제 그의 습작 소설의 원본을 얻으려면 상당한 돈을 지불해야 할 것 같다.

헤밍웨이는 그 원고 분실에 너무 큰 충격을 받고 상심해서 혹시 해들리가 남겨 놓은 것이 없는지 확인하기 위해 곧 로잔느에서 파리로 긴 여행을 떠났다. 남은 것은 아무것도 없었다. 해들리는 헤밍웨이의 가장 소중한 재산, 그의 가장 깊은 생각과 감정의 표현에 매우 부주의했고 그 사본들은 안전한 곳에 두지 않고 가지고 다녔으며 작가로서 그의 인생을 전혀 이해하지 못했다는 사실은 그들의 결혼 생활에 처음으로 심각한 타격을 주었다. 그 원고 분실은 헤밍웨이의 마음속에 돌이킬 수 없는 성적 배신과 연결되었으며 그는 잃어버린 원고를 잃어버린 사랑과 동일시했다. 그는 그녀를 용서하려고 했지만 할 수 없었으며 결국 다른 이와 사랑에 빠진 사람은 해들리가 아니라 헤밍웨이 자신이었다.

헤밍웨이의 전기 작가 제프리 메이어스는 헤밍웨이 작품에 대한 스타인의 질투를 다음과 같이 기술한다.

When Hemingway went well beyond what she had achieved and created fiction that was entirely his own, she became intensely jealous of his literary success. Hemingway foreshadowed his own destructive tendency when he wrote of Stein : she had or Alice had, a sort of necessity to break off friendship and she only gave real royalty to people who were inferior to her. She had to attack me because she learnd to write dialogue from me just as I learned the wonderful rhythm in prose from her.

Hemingway : A Biography by Jeffrey Meyers (p. 78-79)

헤밍웨이가 그녀의 성취를 훨씬 능가하는 완전히 독자적인 소설을 내놓았을 때 그녀는 그의 문학적 성공을 매우 질투하였고 헤밍웨이는 스타인에 대해 쓰면서 자신의 파괴적인 성향을 미리 암시했다. 그녀 혹은 앨리스는 우정을 깨뜨릴 필요가 있었으며, 그녀는 자기보다 열등한 사람들에게만 진심으로 충실했다. 내가 그녀에게 산문의 멋진 리듬을 배웠듯이 그녀가 내게서 대화문을 쓰는 법을 배웠기 때문에 그녀는 나를 공격해야 했다.

헤밍웨이는 파리에 도착한 직후 문학적 교두보를 성공적으로 공격했으며 실제로 소설을 출판하기도 전에 최고의 작가들 사이에서 명성을 얻었다. 결혼 생활도 굳어지고 여행에서 자극받은 그는 유럽에서 두 해 동안 기자로 활동하면서 언론에서 예술로의 힘든 전환을 시도했다. ≪토론토 스타 위클리≫지를 위해 일하면서 그는 자유롭게 여행하고 흥미 있는 기사를 쓸 수 있었다. 그는 매일 뉴스를 보도해야 하는 해외 특파원이 아니라 사건을 해설하고 자신의 기사를 우편으로 보내주는 특집 기사 기자였다.

직접 보지 않은 것에 대해 진실한 것을 얻기란 매우 어렵다(It's very hard to get anything true on anything you haven't seen yourself.)고 믿은 헤밍웨이는 유럽에서 첫 해에 기차로 거의 1만 마일을 여행하였다. 그는 1922년 4월의 제노바 회담, 10월의 그리스-터키 전쟁 11월의 로잔 회담 1923년 4~5월의 프랑스령 루르의 상황을 취재하는 등 바쁜 기자 생활을 하였다. 헤밍웨이는 늘 새로운 경험을 찾아 나섰다. 새로운 나라의 문화, 스포츠와 투우에서의 새로운 자극 사냥과 낚시의 새로운 장소 새로운 아내들과 새로운 전쟁들.

헤밍웨이는 운동능력과 문학적 재능을 겸비한 세계 최초의 일류 작가였다.

　작가 생활을 처음 시작할 때부터 헤밍웨이는 사실에 토대를 둔 소설을 쓰려 했지만 자기가 만들어 내는 것이 기억보다 더 진실한 것이 되도록 하기 위해 경험의 본질을 정제하려고 했다.

　The vignettes from ≪In Our Time≫ illustrated his new aesthetic theory ; If a writer of prose knows enough about what he is writing about he may omit things that he knows and the reader, if the writer is writing truly enough, will have a feeling of those things as strongly as though the writer had stated them. The dignity of movement of an ice-berg is due to only one-eighth of it being above water. He deliberately excluded all the political background of the Greco-Turkis War and objectively reported only the immediate events in order to achieve a concentration and intensity of focus-a spotlight rather than a stage.

　Hemingway : A Biography by Jeffrey Meyers (p.98)

　≪우리 시대에≫ 소품문집의 소품들은 그의 새로운 미학이론을 설명했다. 산문작가가 스스로 무엇에 대해 쓰고 있는지 충분히 알고 있다면 그는 자신이 알고 있는 것을 생략해도 좋을 것이고, 작가가 매우 진실하게 쓴다면, 독자는 그런 것들에 대해 작가가 진실하게 말한 것만큼 강하게 느낄 것이다. 빙산의 움직임이 위엄 있어 보이는 것은 그것의 8분지 1만이 물 위로 나와 있기 때문이다. 그래서 그리스-터키 전쟁의 모든 정치적 배경을 일부러 배제하고 초점

의 집중과 강렬함―무대보다는 조명―을 얻기 위해 즉각적인 사건들만을 객관적으로 보도하였다.

헤밍웨이는 키플링에게서 문학적 숙련과 기교, 그리고 키플링이 함축의 경제(economy of implication)라고 부르는 것을 달성하기 위해 작품을 자르는 방법에 대한 매우 중요한 교훈을 배웠다. ≪나 자신의 어떤 것≫에 나타난 문학적 창조에 대한 기술(description)은 ≪움직이는 향연≫에서 헤밍웨이가 표명한 미학 이론과 경이로운 유사성을 지니고 있다. 둘 다 무의식적 마음이 상상력에 미치는 중요한 극단적인 압축의 필요성을 강조한다.

≪오후의 죽음≫에서 그는 처음 글을 쓰기 시작했을 때 실제 사람들과 감정들에 집중하려고 노력했었다고 설명했다.

"내가 무엇을 느껴야 하며 느끼도록 배웠는지보다 내가 실제로 무엇을 느끼는지를 진정으로 아는 것은 물론이고 가장 큰 어려움은 실제로 일어난 것을 글로 적는 것임을 나는 깨달았다. 소설은 아니 산문은 모든 글쓰기 중에서 가장 힘든 작업일 것이다. 백지와 연필을 가지고서 사물들이 진실할 수 있는 것보다 더 진실한 것을 만들어내야 한다. 만질 수 없는 것을 가지고 완벽하게 만질 수 있는 것으로 만들어야 할 뿐만 아니라 그것이 읽는 사람의 경험의 일부가 될 수 있도록 정상적으로 보이게 해야 한다."

두 번째 원칙은 소설은 강렬한 인상을 주기 위해 압축되어야 하며, 작품을 견고하고 강하게 하는 구조와 의미의 토대들을 이야기 표면 아래 감추어져야 한다는 것이었다. 그는 작품은 작가가 제거하는 소재의 질에 의해 판단될 수 있으며 훌륭한 작가의 필수적 재능은 마음속에 새겨진 내진성 탐지기이다,라고 믿었다.

"나는 빙산원리에 따라 글을 쓰려고 노력한다. 밖으로 드러나는 부분은 8분지 1이고 나머지 8분지 7은 물속에 잠겨 있다. 내가 알고 있는 것은 어떤 것이든 제거할 수 있으며, 그것만이 빙산을 강화해준다. 그것은 드러나지 않은 물에 잠긴 부분(submerged part)이다."

헤밍웨이의 상상력은 사실 그대로 설명들을 그가 실제로 본 사건들에 대한 묘사만큼이나 생생한 산문으로 바꾸었다.

1925년 3월 헤밍웨이는 그의 초기 작품을 좋아하지 않는 아버지에게 그의 소설의 기법(technique), 목적, 도덕성을 설명하고 옹호하는 장문의 편지를 올렸다.

I'm trying in all my stories to get the feeling of the actual life across—not to just depict life—or criticize it—but to actually make it alive. So that when you have read something by me you actually experience the thing. You can't do this without putting in the bad and the ugly as well as what is beautiful. Because if it is all beautiful you can't believe in it. Things aren't that way. It is only by showing both sides-3 dimensions and if possible 4 that you can write the way I want to.

So when you see anything of mine that you don't like remember that I'm sincere on doing it and that I'm working toward something. If I write an ugly story that might be hateful to you or to mother the next one might be the one you would like exceedingly.

164

Hemingway : A Biography by Jeffrey Meyers (p. 138)

저는 저의 모든 글에서 실제 삶의 느낌이 나게 하려고 노력하고 있습니다. 인생을 단순히 묘사—비판하는 것이 아니라 진정으로 그것이 살아 있게 만드는 것입니다. 그래서 제가 쓴 글을 읽는 사람은 실제로 그것을 체험하는 것입니다. 아름다운 것뿐만 아니라, 나쁜 것과 추한 것도 넣지 않고서는 불가능한 일입니다. 아름답기만 하면 믿을 수 없지 않습니까? 세상 일이 다 그렇지는 않으니까요. 양면, 3차원과 가능하다면 4차원까지도 보여 줌으로써 제가 원하는 대로 쓸 수 있습니다. 그러니까 제 글에서 마음에 들지 않는 점을 보시더라도 제가 그 글을 진지하게 썼으며 제가 무엇인가를 향해 노력하고 있다는 것을 기억해 주십시오. 제가 아버지와 어머니께 혐오스러울 수도 있는 추한 이야기를 썼다면 다음 글은 아버지께서 매우 좋아하실지도 모르겠습니다.

헤밍웨이는 예술과 행동을, 작가적 감수성 및 인식과 육체적 용기와 운동 기술을, 개인적 고독과 대중적 명성을 통합하려고 애썼다. 그는 핸리 제임스, 플로베르, 조이스처럼 자기 인생을 작품에 예속시킨 것이 아니라 단눈치오, T. E. 로렌스, 앙드레 말로처럼 자신의 인생으로 예술을 향상시켰다. 헤밍웨이는 자신의 인생이 다양하고 때로는 모순되는 양상을 잡으려고 애썼다. 자기 자신에 대해 다음과 같이 서술했다.

He wrote of himself, with unusual optimism; I am naturally a happy guy so I have a good time and I love my wife and the ocean and my kids and writing and reading and all good painting along with mixed

165

pleasures.

Hemingway : A Biography by Jeffrey Meyers (p. 238)

나는 당연히 행복한 사람으로 삶을 즐기고, 아내와 바다와 자식들과 글쓰기와 독서와 모든 훌륭한 그림을 섞어보는 즐거움으로 좋아한다.

그는 유별나게 낙천적으로 썼다. 그는 돈을 갖고도 순수할 수 있으며 사치를 즐기면서도 글을 잘 쓸 수 있다고 믿었다. 19세기 마크 트웨인처럼, 위대한 작가이면서 상업적으로 성공을 거둔 가장 유명한 인간 헤밍웨이는 문인-영웅이었다. 그 자신이 만든 공적 이미지 덕분에 그의 책이 팔리고 할리우드가 관심을 갖고 그의 사생활이 대중 소비의 원인이 되었다.

헤밍웨이는 항상 자신의 인생에서 일어난 사건들을 윤색(embellishing)하였다. 과장, 거짓말, 영웅적 이미지는 그의 젊은 시절의 작품에 영감을 주었던 변경 유머의 전통과 신화와 관계가 있었다. 하지만 그는 자기 자신의 신화 창조에 기여했을 뿐만 아니라 그것을 믿는 것 같았다. 그는 자신이 실제로 경험한 것만 쓸 수 있다고 여겼으며 문학적 신조는 있는 그대로 쓰는 것이었다.(I only know what have seen.)

그러나 그는 소설 상의 빈틈없는 정직함과 자신의 인생 이야기를 바르게 다시 쓰는 경향으로 조화시켰다. 자신의 인생에 대한 어떤 사실들을 논박하고 입증하는 데 어려움을 겪었고 평범한 현실을 신나고 상상적인 대체물로 바꾸어야 한다고 느꼈다.

헤밍웨이는 대가이다. 실존주의 작가이고 사실주의와 자연주의를 겸비한 희대의 천재 작가이다.

제3부
문체(literary style)

We need a new prose to handle our own time or that of it I've seen.

-Hemingway to Charles Poore

우리는 우리 시대나 내가 본 부분을 다룰 새로운 산문이 필요하다

-헤밍웨이가 찰스 푸어에게

The true center of Hemingway's literary style—like that of his heroe's life style—is discipline.

-Arthur Waldhorn

헤밍웨이 문체의 진실한 중심은 그의 주인공들의 생활방식 그것처럼 수련에 있다.

-아더 왈드혼

문체(literary style)

　인간은 언어를 통하여 사유하고 활동하는 언어적 존재이다. 인간의 오랜 유산인 말과 글은 인간 세계를 살아가는 수단이다. 문체는 작가의 사상과 개성이 문장 어구에 묻어 있는 전체적 특색이라는 점을 고려할 때 헤밍웨이 문체는 그의 철학과 예술적 가치가 담긴 헤밍웨이 자신으로 볼 수 있다.

　20세기 문예사조는 새로운 변화를 모색하는 문체를 요구하였다. 헤밍웨이는 문체 개발에 심혈을 기울여 처음에는 단순하고 진실한 평서문으로 시작하였으나 그가 만족할 수 있는 높은 차원의 소설을 쓰기에는 매우 거리가 멀었다는 것을 폴 세잔느의 그림 공부를 하면서 깨달았다.

　고도의 혁신적인 문체, 20세기의 가장 영향력 있는 산문을 창작하기 위하여 피나는 각고를 거듭한 헤밍웨이는 짧은 단어, 제한된 어휘, 서술적인 문장, 정제된 표현과 암시적인 간소함에 자부심을 느꼈다. 명료한 문체는 힘 있게 하고 개별 단어의 기능을 강조하였다. 복잡한 하나의 문장을 단순한 문장(simple sentence)으로 바꾸어 여러 개로 만들었다. 단어와 구를 반복하고 서술보다는 대화문을 즐겨 썼다. 강렬한 주제들을 명쾌하고 집중적이고 완벽하게 통제된 산문으로 표현했다. 문체는 정밀하고 정확하면서도 매우 함축적이고 시적 감흥으로 충만해 있다. 형용사와 부사 사용을 절제하고 보통명사(appellative)와 서술동사(descriptive verb)의 절묘한 결합에 그의 영혼이 담겨 있다. 군더더기 없는 발가벗긴 문장으로 짧고 강한 이미지 전달에 그 효과가 극대화되어 있다. 이와 같은 그의 문체에는 그의 철학과 예술적 가치가 깊숙이 묻어 있음을 알 수 있다.

20세기 미국의 작가 존 업다이크는 자기의 저서 ≪The Early Stories≫의 서문에 헤밍웨이에게 많은 빚을 졌다고 썼다.

그는 지식에 늘 목말라 했다. 뿐만 아니라 자연의 세계에서 인간의 가치를 발견하려는 갈망, 역경과 패배를 딛고 일어서게 하는 용기와 지혜를 추구하려는 갈망이 있다. 무엇보다 지식에 대한 갈망은 비평가 말콤 카울리가 언급했듯이 헤밍웨이는 프랑스어, 스페인어, 이태리어의 실제적 지식을 독학하여 그 나라 사람들과 막힘없이 자유롭게 의사소통을 하였다. 그는 또 항해술도 완벽하게 독학하였다.

헤밍웨이 작품이 그의 인생이고, 그의 인생이 곧 작품이라는 견지에서 그의 문학편력사는 내용에 있어서나 배경에 있어서나 그의 실제 여행에서 얻은 경험을 바탕으로 창작된 것이라고 말해도 좋을 것 같다.

여행지에서 얻은 직접체험(firsthand experience)과 정보를 작중 사실로 사용했다는 사실이 인정된다. 헤밍웨이의 독특한 창작법은 한 장소를 두 번 사용하지 않았다는 점에 있다. 서우드 앤더슨(Sherwood Anderson)이나 윌리엄 포크너(William Faulkner)의 경우처럼 묘사되어 있는 자연은 일반화되어 아무데서나 통용될 수 있는 것이 아니라 실제의 장소에 고유한 자연을 구체적으로 정확하게 포착하여 묘사한다는 것이다.

170

이런 측면에서 그는 독창성이 강한 문체구조의 신비스러운 영역에서 자유롭게 미를 창조하는 탁월한 언어 예술가였다.

그의 문학에 담겨 있는 사랑, 신뢰, 인류애, 상호 존경, 상호 의존 등의 주제들은 보편적 가치로서 인간에게 자긍심을 주며 삶을 순화시킨다.

헤밍웨이는 생략이론(theory of omission)를 창안 개발하여 문체에 힘을 실었다. 헤밍웨이는 1958년 조지 프림프턴(George Plimton)과의 회견에서 생략이론 즉 빙산원리(principle of iceberg)를 이렇게 설명했다.

> I always try to write on the principle of the iceberg. There is seven eights of it under water for every part that shows. Anything you know you can eliminate and it only strengthens your iceberg. It is the part that doesn't show. If a writer omits something because he does not know it them there is a hole in the story.
>
> *A Case Book edited by Linda Wagner-Martin (p.24)*

나는 언제나 빙산원리로 글을 쓰려고 노력한다. 보이는 모든 부분 물 아래 8분지 7이 존재한다. 알고 있는 것을 제거할 수 있으면 빙산을 활기차게 한다. 그것은 보이지 않는 부분이다. 만약에 작가가 모르고 있기 때문에 무엇을 생략한다면 소설에 구멍이 있게 된다.

헤밍웨이의 갈망은 위대한 작가가 되겠다는 높은 차원의 갈망이며, 좋은 작품을 생산하겠다는 또 다른 갈망(hunger)으로 보인다.

헤밍웨이는 에즈라 파운드에게서 압축적이고 정교한 이미지 문체를 구사하는 법을 많이 배웠다. 자신의 문학적 부채를 흐릿하게 인정했다. 파운드가 어떻게 써야 하고 어떻게 쓰지 말아야 하는지 세상 누구보다 더 많이 가르쳐주었다고 헤밍웨이는 말했다. "산문은 건축이지 내부 장식이 아니며 바로크 양식은 끝났다.(Prose is architecture, not interior decoration, and the baroque is over.)"라는 헤밍웨이의 미학적 주장은 파운드의 유익한 영향을 확실하게 보여준다.

파운드는 헤밍웨이가 초기 작품을 출판하는 데 크게 도움을 주었다.

헤밍웨이는 곧 문학계에서 파운드의 명성과 힘을 능가했다지만 시인 파운드는 성 엘리자베스 병원에서 고난과 참회의 나날을 보내는 동안 그에게 계속 충실했다. 매클리시, 프루스트, 엘리엇와 함께 그는 1958년 파운드 석방을 성사시키는 데 힘썼다. 파운드가 석방되기 2년 전에 1,000달러 수표를 보냈는데 감읍한 시인 파운드는 그것을 "당신의 관대한 영광"이라 표시했다.

헤밍웨이는 돈이 부족하고 가족을 부양해야 했지만 상업주의의 위험을 깨닫고 예술적 청렴을 고수했다. 대부분의 작가들이 그랬듯이 그는 글을 쓴다는 것이 극도로 어렵고 소모적인 과정이며 결코 완벽하게 맞설 수 없는 영원한 도전이라는 것을 알았다. 그는 창작을 배울 수 있는 것은 장기간의 고된 노력을 통해서만 배울 수 있다고 생각했다.

헤밍웨이는 창작은 동시대 사람들이 서로 경쟁하고 기존의 대가들과도 경쟁하면서 이미 성취된 것을 뛰어 넘으려고 애쓰는 아주 격렬한 문학상 프로 권투 같은 것으로 생각했다.

172

키플링, 파운드, 스타인, 조이스, 포드뿐만 아니라 톨스토이, 스티븐, 크레인, 콘라드, 로렌스도 그의 초기 작품에 영향을 준 것은 사실이다. 톨스토이와 헤밍웨이는 둘 다 참전했고 전쟁에 대해 썼으며 톨스토이는 헤밍웨이 문학적 영웅이었다. 헤밍웨이가 톨스토이에 대해 언급한 것은 러시아인을 미학적 기준으로 삼으면서도 후기 작품의 독단주의를 피하기 위하여 충분한 비판적 판단을 유지했음을 보여준다.

1920년대에는 시각적(visual) 대가임을 주장하는 것이 유행이던 당시로는 스타인도 세잔느에게서 배웠다고 말하는 그 회화 기법을 사용해서 신문을 더 깊고 차원 높게 하는 법을 배웠다고 헤밍웨이는 자랑했다. 비평가들은 헤밍웨이 주장에 대해 독창적인(original) 설명을 내놓았지만 그가 폴 세잔느에게서 무엇인가를 배웠다는 명확한 증거는 없다고 한다. 하지만 필자는 헤밍웨이가 폴 세잔느에게서 무엇인가를 배웠다는 그 "무엇"을 미국의 헤밍웨이 연구자 마크 피. 오트(Mark P. OTT)의 말에 주목할 필요가 있다고 생각한다.

헤밍웨이는 젊은 시절에 자신의 천부적 문학적 재능을 발견하고 글을 잘 쓰는 것에 큰 기쁨을 느꼈다. 그는 소설의 기교에 대해서 많이 알고 있었고 자신의 건전하고 실제적 생각들을 편지와 인터뷰, 작품의 서문들에서 ≪창작에 관하여≫, ≪노기자가 쓴다≫ 같은 예리한 글들에서 그리고 ≪오후의 죽음≫, ≪아프리카의 푸른 언덕≫, ≪움직이는 향연≫ 같은 논픽션에서도 빈번하게 표현했다.

기자로서 헤밍웨이는 언제나 열심히 들었으며, 들은 것을 정확하게 기억하는 훈련을 쌓았다. 하나의 완벽한 단락(paragraph)을 쓰는데 때로는 아침 시간을 온전히 바치기도 했다.

헤밍웨이 미학은 두 가지 기본적인 원칙에 근거하고 있다. 첫째, 직접 목격한 것만을 보도하도록 훈련 받은 신문기자 생활에서 유래한 것으로 소설은 정서적이고 지적인 실제 경험에 토대를 두어야 하고 사실에 충실해야 하지만 그것이 단순한 실제 사실보다 더 진실해질 때까지 상상력으로 그것을 변형시키고 강화해야 한다는 것이다. 식견 있는 작가라면 항상 사실에서 시작하지만 결국에는 원래의 경험보다 더 흥미 있고 의미심장한 어떤 것을 낳는다고 그는 생각했다.

로버트 조던이나 키플링처럼, 헤밍웨이는 그것이 어떠해야 하는가 보다는 그것이 실제로 어떠한가를 알고 싶어 했다. ≪오후의 죽음≫에서 그는 처음 글을 쓰기 시작했을 때 실제 사람들과 감정들에 집중하려고 노력했다고 설명했다. 내가 무엇을 느껴야 하며 느끼도록 배웠는지보다 내가 실제로 무엇을 느끼는지를 진정으로 아는 것은 물론이고 가장 큰 어려움은 실제로 일어난 것을 글로 적는 것임을 깨달았다고 술회하였다.

소설, 즉 산문은 아마 모든 글쓰기 중에서 가장 힘든 작업일 것이다. 백지와 연필을 가지고 사물들이 진실할 수 있는 것보다 더 진실한 것을 만들어야 한다. 만질 수 없는 것을 가지고 완벽하게 만질 수 있는 것으로 만들어야 할 뿐만 아니라 그것이 읽는 사람의 경험의 일부가 될 수 있도록 정상적으로 보이게 해야 한다.

두 번째 원칙은 소설은 강렬한 인상을 주기 위해 압축되어야 하며 작품을 견고하게, 강하게 하는 구조와 의미의 토대를 이야기 표현 아래 감추어야 한다는 것이다. 그는 소설 작품은 작가가 제기하는 소재의 질에 의해 판단될 수 있으며 훌륭한 작가의 필수적인 재능은 마음속에 새겨진 내진성이라고 생각했다. 그것이 헤밍웨이에게는 빙산원리(principles of the iceberg)이다. "나는 항상 빙산원리의 원칙에 따라 글을 쓰려고 노력한다. 밖으로 드러나는 부분이 8분지 1이고 나머지 8분지 7은 물속에 잠겨 있다. 내가 알고 있는 것은 어떤 것이든 생략할 수 있으며 그것만이 작품을 강하게 해준다. 이것이 드러나지 않는 부분이다"고 설명했다.

이 생략기법은 헤밍웨이에게는 탁월하게 발휘되어 작품을 뛰어나게 하였으나 생략이 너무 지나쳐서 그 의미가 빙산에 가리어 이해하기 힘든 경우도 있다.

빙산원리 기법은 1920년대 초에 형성되어 그의 작가 생활이 일관되게 유지되게 하였다.

헤밍웨이 문체는 명료함, 정확함, 신선함, 간결함이 특징이다. 그는 개별 단어 기능을 강조하였다. 그는 강렬한 주제들을 명쾌하고 집중적이고 완벽하게 통제된 산문으로 만들어 냈다. 감각에 집중하고 미학적 효과를 낳을 구체적인 묘사를 추구했다. 그의 문체는 정밀하고 긴장되면서도 정확하고 매우 함축적인 시적 감흥(a poetic inspiration)이 충만해 있다.

독자들은 헤밍웨이 작품에서 논픽션과 픽션의 차이점을 말하기 어렵다는 것을 느낄 것이다. 그의 소설에서 많은 사건들은 실제로 겪은 체험에서 빌려온 것들이다. 그리고 실제로 많은 체험들이 소설화되었다. 한 예를 들면 《무기여 잘 있거라》의 주인공 프레드릭 헨리의 부상은 1918년 7월 8일 저녁 이태리 포쌀타 근처 피아브 강변에서 헤밍웨이 자신의 부상을 생생하게 재현한 것이다. 1차 세계 대전 때 이태리군의 자원 앰불런스 운전장교로 근무한 헤밍웨이 자신이 부상당한 그 순간을 독자의 경험의 한 부분으로 체험토록 한 실물 설명이다.

헤밍웨이 문체는 그의 주인공들의 실제 생활 방식처럼 고도의 수련에 있다 하겠다. 아더 왈드혼도 이 점을 인정하고 이렇게 쓰고 있다.

The true center of Hemingway's literary style—like that of his heroe's life style— is discipline.

A Reader's Guide to Ernest Hemingway by Arthur Waldhorn (p.30)

훌륭한 작가가 되겠다는 야망은 오크파크 고교시절에서부터 가슴에 품고 있었다. 영어 과목을 가장 좋아하는 헤밍웨이에게 하늘이 준 귀중한 두 여선생이 있었으니 마가렛 딕슨과 패니 비그즈였다. 딕슨 여선생은 헤밍웨이의 인격 함양에 영향을 주었다. 앞으로 위대한 작가가 되는 최초의 초석을 다진 시기였다. 영어 5반과 6반은 비그즈 여선생 담당 클래스였고 에드거 앨런 포, 오 헨리, 링 라드너 등을 모델로 글 쓰는 습작이 이루어졌다.

영어 6반은 저널리즘 코스로 신문기자 훈련에 필요한 수업을 하였다. 비그즈 여선생의 지도 요령은 다음과 같다.

전체 이야기 윤곽을 처음 단락에 담도록 하라. 그다음 중요한 것만 선택해서 그 세부에까지 취급하라. 중요하지 않은 것일수록 끝부분으로 돌려라. 편집장은 기사를 줄이되 끝에서부터 둘이고 처음 단락만 남아 있으면 전체 이야기의 내용을 알아낼 수 있도록 써라. 되도록 사건 하나를 문장 하나로 커버하라.

이 두 여선생이야말로 헤밍웨이 작가 수업시대 기초를 장식하는 훌륭한 스승들이었다. 후일 그는 성숙한 작가가 되어 이때의 사정을 회고하면서 두 여선생의 은혜에 감사했다.

오크파크 고교를 졸업하고 신문기자가 되고 싶은 열망에 좁은 환경의 고향을 떠나 보다 넓고 탁 트인 세상으로 탈출하고 싶었던 헤밍웨이는 그의 삼촌 타일러 헤밍웨이의 도움으로 ≪캔자스 시티 스타≫지 수습기자로 입사했다. 이 신문사는 미국 중서부 제1의 신문사라고 정평이 난 언론사로 특히 신인 기자를 길러내는 솜씨가 그야말로 대단했다. 헤밍웨이는 순수하게 객관적으로 글을 쓴다고 하는 것이야말로 작품을 쓰는 유일하고 참된 형식으로 생각했다. 모든 참된 작가와 마찬가지로 헤밍웨이가 당연히 받아야 할 가치 있는 탁월성과 진실성은 그 어떤 영향에 의한 것이 아니라 많은 영향에서 선택해 낼 수 있는 그의 천재성이었다.

찰스 올리버(Charles M. Oliver)는 헤밍웨이의 이때 사정을 이렇게 말한다.

Hemingway's mature style of writing short, declarative sentences developed at the Star. ……
The most influential rule for the novice Hemingway, however, was Rule No. 1

Use short sentences.

Use short first paragraphs.

Use vigorous English.

Be positive, not negative.

Hemingway refered to this style rule in his maturity as a writer, stating
that it was the most important lesson he had learned in Kansas City
Critical Companion to Ernest Hemingway by Charles M. Oliver (p.6)

헤밍웨이의 짧은 평서문의 성숙한 문체가 ≪캔자스 시티 스타≫지에서
개발되었다. 수습기자 헤밍웨이에게 가장 영향 있는 문체 규칙 제 1은 다
음이었다.

짧은 문장을 사용하라.
처음 단락을 짧게 사용하라.
활기찬 영어를 사용하라.
부정적이지 말고 긍정적이어라.

헤밍웨이는 작가로서 그의 성숙기에 이 문체 규칙을 언급하면서 ≪캔자
스 시티 스타≫에서 배웠던 가장 중요한 교훈은 문체규칙이었다고 말했다.
헤밍웨이 문체가 무미건조(cut and dried)하고 거칠고 단호하지만 언어예
술로서 가지고 있는 상징주의와 비유의 다양한 형태의 기교와 언어 사용의
경제성을 지적할 수 있다.
헤밍웨이 문체에 대한 특징을 지적한다면 압축의 효과와 억제는 문체

창조에 필요한 것들이다. 그는 신문 수습기자에서 배웠던 것과 선배 작가들에게서 많은 것을 흡수했다. 셔우드 앤더슨의 느슨한 구조와 자유로이 흐르는 언어는 그에게 영향을 주었지만 앤더슨의 부주의함과 감상적 언어는 그에게 크게 감동을 주지는 못했다. 에즈라 파운드 언어의 단순함, 정직함, 신선함의 충고를 헤밍웨이는 놓칠 수 없었다. 무엇보다 파운드는 그에게 형용사와 부사의 불신을 가르쳐 준 사람이었다. 당장 《해는 또 다시 뜬다》에서 헤밍웨이는 파운드의 가르침 즉 형용사를 아끼고 동사와 술어를 신비로울 정도로 구사했다. 거투르드 스타인은 그에게 리듬의 많은 진실과 타당하고 가치 있는 언어의 반복기법을 발견하게 해 준 훌륭한 스승이었다.

헤밍웨이가 시카고에서 일할 때 셔우드 앤더슨을 알게 되었다. 앤더슨은 작품 《와인즈버그, 오하이오(Winesburg, Ohio)》(1919)를 발표했는데 헤밍웨이는 그의 작품을 읽고 영향을 받았다. 헤밍웨이가 《토론토 스타》지의 자유기고 기자로 유럽으로 떠난다는 소식을 듣고 앤더슨의 여러 친구들 거트루드 스타인, 에즈라 파운드, 실비아 비치 등을 그의 소개장에 이름을 넣어 헤밍웨이에게 건네주었다.

헤밍웨이는 그의 첫째 부인 해들리와 함께 1921년 12월 20일 파리에 도착했다.

앤더슨이 써 준 소개장을 들고 이듬해 3월경 거투르드 스타인 여사를 만났다. 헤밍웨이는 스타인 여사의 권유로 헤밍웨이는 작가는 거짓말을 방지하기 위해 절대적 양심을 유지해야 한다는 원칙을 자기 원칙에 하나 더 보태었다.

실비아 비치가 운영하는 파리의 셰익스피어 앤 컴퍼니라는 이름의 서점에서 많은 책을 사서 읽기도 하고 돈이 없을 때는 비치 여사의 배려로 책을 빌려서 읽기도 하였다. 헤밍웨이의 성공은 의식적으로 단련된 문장가로서 그의 천재성에 의존한다. 문체의 기능이 변함이 없는 것은 경험에 근거한 통찰과 자신은 물론 주인공들의 정서적 반응을 억제하는 데 있다.

≪두 심장의 큰 강≫에서 늪이나 낚시가 비극일 수 있다는 설명을 주인공 닉은 하지 않는다. 하지만 헤밍웨이는 말한다. 닉은 오늘은 더 멀리 강 밑으로 가기 원치 않는다. 헤밍웨이 주인공들은 내부 갈등이나 투쟁을 고백하지 않을 것을 배운다. 자기 속을 드러내지 않는 그와 같은 문체의 인증이 된다. 따라서 풍부한 기교는 안으로 향하고 고통은 침묵을 통하여 소리 내지 않는다.

≪해는 또 다시 뜬다≫의 제이크 반스와 빌 고튼은 고기 잡는 곳으로 버스를 타고 여행한다. 이 대목에서 헤밍웨이는 제이크와 빌이 행복한 표정을 설명하지 않는다. 그 대신 리듬의 우아함으로 사내들이 공유하고 있는 즐거운 감정과 배경을 구체적으로 밝게 전달한다. 헤밍웨이는 말할 필요가 없는 것은 억제함에도 불구하고 그의 문체는 얼버무리지 않는다.

Hemingway avoids explaining that Jake and Bill are happy, relying instead upon the grace of rhythm and the bright concreteness of the setting to convey the pleasurable feeling the men share.

비평가들 가운데 마크 스필카(Mark Spilka)는 헤밍웨이 문체는 깊고 복잡한 내부갈등에는 적응이 되지 않는다고 주장하지만 헤밍웨이 문체의 힘은 집중될 때 더 강해진다. ≪우리들 시대에≫ 소품문집이나 ≪깨끗하고 밝은 곳≫은 시인의 통찰력을 영원한 순간으로 동결하는 능력을 보이고 있는 중거다.

　문체를 개성 표현의 특성이라는 의미로 이해할진대, 그것은 문학적 문체론에 중점을 둔 미학적 가치의 발견이라고 해야 하겠다. 헤밍웨이가 그의 문체를 완성하는 데에 있어서 선배 작가들의 영향을 시인하지 않는 비평가는 거의 없는 것 같다. 서우드 앤더슨의 선은 그에게 있어서 문체에 연결되는 점에서 그 성질을 달리하고는 있지만 문체의 완성이라는 코스에는 화음적 역할을 했다고 하겠다.

　문체의 객관성의 문제는 감정어의 과다에 달려 있다고 할 수 있다. 헤밍웨이에게는 감정어가 극소하다고 한다. 그것은 절제(understatement)와 객관적 상관관계(objective correlative)의 기법에 의하여 서술동사(descriptive verb)로 설명하고 있다. T. S. 엘리엇에게서 배운 이 객관적 상관관계로 만들어 사용했다. 그의 문체가 간결하면서도 현란하게 간결(deceively simple)하다는 평도 이를 두고 하는 말이다. 크레인이 추상명사의 삽입으로 해서 평이함을 극복했다면 헤밍웨이는 이 수법이 주는 암시의 힘에 의한 음영과 입체감으로 해서 루이스(Wyndham Lewis)가 걱정한 무미건조한 문체에 빠질 것을 건져내고 있다 하겠다.

　간결한 반복어는 단순한 문장을 넘어 문학적 미학으로 견고한 자리를 만든다. 헤밍웨이 표현기법에서는 억제법(restraint), 단축법(compression), 비유법(metaphor) 등으로 나눌 수 있다.

　헤밍웨이에게서 자주 나타나는 절제의 문체는 감정을 노골적으로 말하지 않고 그 대신 사실만을 나열하여 독자로 하여금 보다 중요한 감정과 다양한 견해를 가지도록 한다.

객관적 상관관계(objective correlative), 이 말은 T. S. 엘리엇에서 나온 상징기법이다. 엘리엇에 의하면 상징주의 시인들은 시의 결과나 목적을 예상하고서 시를 쓰는 것이 아니고 어떤 감정 상태에 알맞은 말을 찾아가면서 시를 창작하는 과정에 흥미를 느끼는 것이다. 거기에 쓰는 언어는 무슨 이론이나 뜻을 전달하는 기호가 아니라 어떤 상태를 암시하는 상징이다. 시인은 자기의 감정을 그대로 전달할 길이 없으니 그 감정의 상태와 동일한 하나의 이미지를 암시하는 수밖에 없다는 것이 객관적 상관관계 이론이다. 이 객관적 상관관계는 상징과 마찬가지로 독자에게 어떤 감정의 상태를 암시해 주고 독자의 감정을 유발하는 작용을 한다.

헤밍웨이는 창작을 같은 시대에 사람들이 서로 경쟁할 뿐만 아니라 기존의 대가들과도 경쟁하면서 이미 성취된 것을 뛰어넘으려고 애쓰는 매우 격렬한 문학상의 프로 권투 같은 것으로 생각했다. "우리 시대의 작가가 해야 할 일은 이전에 쓰인 적이 없는 것을 쓰거나 죽은 사람들이 쓴 것에서 그들을 능가하는 것이다." 기술을 향상시키고 우월성을 성취하기 위해 그는 위대한 선배들을 주의 깊게 연구하고 그들에게서 배웠다.

헤밍웨이는 주제(subject)보다 문체에 심혈을 기울였다. 아침 6시에 일어나 12시까지는 글 쓰는 데 시간을 보냈으며 때로는 한 단락을 완성하는 데 오전 시간을 온전히 보냈다.

그는 살아 있는 동안에는 어느 누구도 전기 쓰기를 원치 않았으며 죽고 나서도 1세기 이전에는 아무도 그의 전기를 쓰지 않기 바랐다. 눈길을 끄는 것은 그의 생활방식이 그의 산문처럼 극적인 면이 있으며 때로는 상징적 의미도 있다는 점이다. 유명한 작가로서 40년간, 사냥꾼, 어부, 스키어, 권투선수, 칼럼니스트의 한담으로 기록된 인물이다. 아프리카에서 사냥을, 스페인에서 투우사, 파리에서 술집 지배인, 아바나에서 어부, 만능 스포츠맨 등 화려한 경륜이 그의 예술세계를 빛나게 한다. 헤밍웨이 전기 작가로서 카를로스는 이렇게 쓰고 있다.

If the preparation of a biography had been put off for a century, much valuable evidence would inevitably have been lost or destroyed.

Ernest Hemingway : A Life Story by Carlos Baker (P. vii)

만일 전기 쓸 준비가 1세기로 연기되었다면 많은 귀중한 증거가 불가피하게 손실되거나 파괴되었을 것이다.

문우 에즈라 파운드는 "make it new"라는 말로 헤밍웨이에게 충고했다. 헤밍웨이는 전통과 인습의 기법을 깨고 독창적 문체 개발에 부심했다. 셔우드 앤더슨은 그에게 D. H. 로렌스와 이반 투르게네프를 읽으라 했고, 하지만 앤더슨 역시 스타인의 영향을 받았다. 스타인은 플로베르의 어휘 사용의 정확성에 찬사를 보낸 사람이다. 헤밍웨이는 스타인의 리듬과 잠재능력의 효과를 성취하기 위해 반복기법(repetition technique) 공부를 했다. 그는 이중방법으로 언어 사용 기법을 알았고 스타인의 근본주제는 언어 그 자체였다. 주의 깊은 독자가 단순한 문장 뒤에 숨어 있는 보통명사와 서술동사의 감추어진 의미를 문체상 식별한다 할지라도 헤밍웨이 언어는 언제나 투명하고 근거가 확실하며 감각적이다. 어떤 비평가들은 세잔느와 피카소 등 화가들에게서 영향을 받지 않았다고 주장하지만 그는 폴 세잔느 그림의 영향을 고의적으로 언어로 표현하는 시도를 했다. 말하자면 세잔느 시각 예술(visual art)을 그의 언어 예술에 접목시킨 독창적 기법을 시도했다. 론 버만(Ron Berman)은 자기 논문 〈Recurrence in Hemingway and Cezanne〉에서 다음과 같이 쓰고 있다.

Hemingway acknowleged connections between his own work and visual art, especially the painting of Cezanne. Critical Insight Ernest *Hemingway by Ron Berman (p.139)*

헤밍웨이는 그의 작품과 특히 세잔느의 그림, 즉 시각 예술과의 관계를 인정하였다.

Hemingway spent several minutes looking at Cezanne's "Rocks-Forest of Fontainebleau."···he said, Cezanne is my painter, after the early painters··· I can make a landscape like Mr.Paul Cezanne. I learned how to make a landscape from Mr. Paul Cezanne by walking through the Luxembourg Museum a thousand times.

Critical Insights Ernest Hemingway by Ron Berman (p.140)

헤밍웨이는 세잔느 그림 "바위"에 주목하면서 몇 분간 시간을 보냈다. 초기 화가들 이후 세잔느는 나의 화가라고 그는 말했다. "나는 폴 세잔느

선생처럼 풍경화를 그릴 수 있다. 나는 수없이 룩셈부르크 박물관을 통과하여 걸으면서 폴 세잔느 선생에게서 풍경화 그리는 법을 배웠다."

헤밍웨이는 문체 개발을 위하여 세잔느에게서 많은 것을 배우려고 노력하였다. 그의 회고록 ≪움직이는 향연≫ 12페이지를 보면 더 확실하게 세잔느에게 배웠던 것을 알 수 있다.

I went nearly everyday for Cezanne and to see the Manets and the Monets and the other Impressionists that I had first come to know about in the Art Institute of Chicago. I was learning something from the painting of Cezanne that made writing simple true sentences far from enough to make the stories have the dimensions that I was trying to put in them.
A Moveable Feast by Ernest Hemingway (p.12)

나는 거의 매일 거기에 세잔느를 보러 갔다. 그리고 시카고의 미술관에서 처음 알았던 마네, 모네와 다른 인상주의 화가들을 만났다. 나는 작품을 단순하고 진실한 문장으로는 내가 애써 담아 높은 차원을 가진 소설을 창작하는 데는 매우 거리가 멀다는 것을, 세잔느 그림에서 "무엇"을 배웠다.

여기서 주목되는 것은 헤밍웨이가 세잔느 그림 공부하면서 "무엇"을 배웠다고 하는 부분인데 과연 "무엇"이 무엇이란 말인가?
미국의 헤밍웨이 연구자 마크 피. 오트의 설명을 여기에 소개한다.

"C'ezanne principles of flat-depth" seems to have enthralled Hemingway, as he, like C'ezanne, is trying to simultaneously create a sense of deep space within flatness.

A Sea of Change by Mark P. OTT (p.67)

"세잔느의 평면깊이 원리"가 세잔느처럼 평면 안에 존재하는 깊은 공간의 의미를 동시에 창조하려고 노력한 헤밍웨이 마음을 사로잡은 것으로 보인다.

필자는 "무엇"이 바로 이 평면깊이 원리(Principle of flat-depth)라 생각한다. 헤밍웨이는 이 평면깊이 원리에서 착안하여 그의 혁신적인 문체기법의 하나인 빙산원리(principle of iceberg)를 독창 개발하였다.

헤밍웨이는 또한 거트루드 스타인의 리듬과 반복기법을 어떻게 배웠고, 셔우드 앤더슨은 그의 작중 인물 관리를 어떻게 하는지를, 그리고 에즈라 파운드는 정확한 언어를 선택하여 구사하는 방법을 어떻게 가르쳐주었는지를 술회하였다.

언어, 문체에서 가장 돋보이는 요소는 관련 정보를 생략시키는 고의적 전략이며, 빙산 운동과 작품을 비교하여 묘사하였으며 8분의 7이 물 아래 묻혀 있게 함으로써 독자의 다양한 견해를 문체 가운데서 발견하도록 독자의 참여를 권유했다.

1918년 7월 8일 저녁 헤밍웨이가 느낀 외상성 쇼크는 아이러니컬하게도 헤밍웨이 문학 인생의 전환점이 되었고 한평생을 고통으로 살게 했다. 그의 몸에 박힌 227개의 박격포탄 파편은 제거 수술로 줄어들었지만, 남아 있는 제거 수술할 수 없는 파편은 상징적으로 그의 마음에 스며 있다. 따라서 신체적, 정신적, 심리적 상처는 그를 불면의 고통으로 몰아넣었다. 5년 후 그의 첫째 부인 엘리자베스 해들리와 함께 파리에 살 때 헤밍웨이는 밝은 곳이 아닌 장소에서는 잠을 이룰 수 없었다. 그의 소설 곳곳에 잠 못 자는 사람(sleeplessman)이 등장한다. ≪해는 또 다시 뜬다≫의 제이크 반스, ≪무기여 잘 있거라≫의 프레드릭 헨리, ≪킬리만자로의 눈≫의 해리, ≪깨끗하고 밝은 곳≫의 늙은 웨이터 등이 모두 '잠 못 드는 사람'으로 불면증에 시달리고 어둠 속에서는 공포를 느끼는 인물들이다. 결국 불면증은 헤밍웨이를 고문하였고 그의 주인공들이 겪었던 증후군이었다.

전쟁으로 인한 외상(trauma)은 이성적으로 억제할 수 있지만 정서적으로 훨씬 더 큰 고통으로 시달리게 한다. 전쟁의 상처는 신체적, 정서적으로 헤밍웨이를 시달리게 하고 고문하여 이로 인하여 인간과 작품을 하나 되게 만든다. 이러한 요인이 그의 언어 예술 세계를 창조하는 특별한 의미를 부여한다. 헤밍웨이의 전쟁에서 얻은 치명적 상처가 그에게는 오히려 귀중한 경험으로 사회적, 정서적, 윤리적 의미는 비단 그의 작품 ≪무기여 잘 있거라≫에서뿐만 아니고 그가 쓴 모든 작품에서 인간의 운명으로 새겨졌다. 박격포탄의 파편은 폭력세계의 파괴력을 제유법(synecdochism)으로 표현되기도 했다.

1924년 1월 헤밍웨이 부부는 생활이 어려워 헤밍웨이는 시간제 일로 생계를 유지해야 했다. 당시의 심경을 ≪움직이는 향연≫에서 이렇게 회고하였다.

Discipline, imaged as hunger, spur him competitively and pitilessly success but also toward mastry of a literary style. Disaster is the nightmare reality that follows on the heels of success, shattering the dream and crumbling the discipline, leaving only just lust, surfeit, and disillusion.

갈망의 이미지를 가진 수련은 그를 경쟁적으로, 무자비하게 채찍질 하지만 문체 통달의 길로 가게 한다. 재앙은 성공 이후에 오는 악몽의 현실이고 꿈과 수련을 부서지게 하고 갈망과 과식과 환멸만을 남긴다.

헤밍웨이 작품은 시대에 대한 단순한 표현이나 정서적 분위기를 나타내지는 않는다. 그의 작품은 지극히 자서전적 의미가 담겨 있다. 그의 감정, 경험, 실패 등이 담겨 있다. 그의 작품 대부분이 더 분명하고 더 강박관념으로 세계 여행체험을 자기 자신 속으로 뿌리내리게 했다. 그의 문체는 단순한 문장과 한 음절로 포함될 수 있지만 평범하거나 부족한 것은 아니다. 헤밍웨이 문체의 진실한 중심은 작중 인물이 살아가는 모습과도 같다. 헤밍웨이 문체의 모방자들은 간결하고 단순하고 정확하고 명료함에 기울인다. 모방자들은 그의 작품 전체의 흐름을 볼 때 문체와 내용을 상호작용으로 간주한다. 헤밍웨이 문체의 단순함, 정확함, 신선함이 그의 언어에서 옹호되는 것은 형용사의 불신을 가르쳐 준 파운드의 은혜로 본다. 헤밍웨이 문체 기능의 일관성은 경험의 비전을 표현하고 다음에는 체험에 대한 주인공들의 정서적 반응을 억제하는 데 있다.

헤밍웨이의 영향은 그의 문체를 모방하고자 시도했던 수많은 작가들에게서 증거가 된다. 블룸은 다시 말한다. "헤밍웨이는 지금 신화다. 그리고 그것은 미국의 영웅주의가 그랬던 것처럼 영원하다. 그의 전설은 확고하면서도 진실을 밝히는 여정만이 있을 뿐이다."

무엇보다 헤밍웨이 문학은 그의 문체로 말한다. 메마르고 깨끗하고 발가벗겨진 문체는 있는 그대로 보다 더 단순하게 보인다. 분명한 것은 ≪캔자스 시티 스타≫ 신문사에서 6개월 조금 넘게 수습기자 경험에서 배웠던 문체규칙 4가지가 크게 교훈이 되었고 작가로서 초기에 파운드의 상징적 이미지의 영향도 빼놓을 수 없는 또 하나의 문체 수업이라 하겠다. 1924년에 출판한 ≪우리의 시대에≫에서 짧고 단순하고 진실한 문체는 전형적인 헤밍웨이 산문의 많은 특성을 예증하고 있다. 이 아름다운 소품문집(vignettes)에서 헤밍웨이 어법의 가장 특성적 측면을 집약하고 있다. 어휘의 단순함, 그리고 불필요한 형용사와 부사를 피하고 우회하지 않는 명사와 서술동사에 초점을 맞춘다. 진술방식보다 대화체 문장은 비정서적이다. 강조하는 부분은 정교하면서도 추상적 설명보다 반복하여 설득력 있게 한다. 문체는 깔끔하고 함축성이 충만하게 한다.

헤밍웨이는 전쟁 체험을 주제로 삼았으며 그의 지식의 폭을 넓게 하였다.

실제로 많은 독자들은 젊고 용기 있는 투우사 페드로 로메로(Pedro Romero)를 그의 소설의 다른 인물들이 평가되는 행동과 가치에 의해 기준이 되게 하였다고 의견을 함께 했다. 로버트 콘은 전직이 권투선수로서 힘세고 제이크 반스나 마이크, 로메로까지도 주먹으로 날릴 수 있는 사람이고 헤밍웨이가 존경하는 용기의 미덕을 겸비한 사람이다. ≪해는 또 다시 뜬다≫는 효과적이고 재치 있는 대화문체로 파리에서 국외이주자로서의 신용,

팜플로나의 투우 축제, 스페인의 시골 풍경과 고기 잡는 즐거움 등을 묘사하여 독자의 칭찬을 받았다. ≪해는 또 다시 뜬다≫는 1차 대전의 소모적이고 의미 없는 학살로 영원한 상처만을 남긴 젊은 "길 잃은 세대(a lost generation)"로 묘사되고 있다. 그의 첫 장편소설에는 찬사와 비난이 한꺼번에 쏟아졌다. 헤밍웨이 부모님은 지극히 실망스러워 했으며 오랜 전통의 기독교 집안의 명예와 자존심을 상하게 한 도덕적으로 용인할 수 없는 소설로 간주한 그의 부모님은 헤밍웨이를 크게 원망했다.

하지만 헤밍웨이는 반론을 제기하였다. 이 소설에는 인생의 가장 추악한 측면이 그려져 있긴 하여도, 인생에는 아름답고 좋은 측면도 있을 뿐만 아니라 사실을 알아야 할 진실한 측면도 있다고 항변하였다. 예술가로서 작가의 주제 선택은 자유이며 오직 비평의 대상이 되는 것은 그 주제를 다루는 수법이 문제라고 하는 것을 이해해 달라고 어머니에게 항변하였다. 자기가 묘사한 인물들은 기진맥진하고 불성실한 인생의 패배자들이긴 하지만 그의 의도는 그러한 인물들을 제시하려고 하는 데에 있었다고 주장하였다. 작가가 제시하려고 노력한 인물들을 정확하게 묘사해내지 못한다면 오로지 그것만이 수치일 거라고 주장하였다. 앞으로 쓸 작품에도 주제는 다르겠지만 모두가 인간을 그린 작품을 쓰겠다는 것이 그의 신념이라고 했다.

1958년 조지 프림프턴과 회견에서 헤밍웨이 자신의 정치성향에 대하여 다음과 같이 피력하였다.

Plimpton : Could I ask you to what extent you think the writer should concern himself with the sociopolitical of his times?

190

작가가 사회정치적 문제에 대하여 어떻게 관심을 가져야 하는지 물어도 되겠습니까?

Hemingway : Everyone has his own conscience and there should be no rules about how a conscience should function. All you can be sure about in a political-minded writer is that of his work should last you will have to skip the politics when you read it. Many of the so-called politically enlisted writers change their political literary reviews. Sometimes they even have to rewrite their viewpoints···and in a hurry. Perhaps it can be respected as a form of the persuit of happiness.
A Case Book edited by Linda Wagner-Martin (p.31)

　모든 사람은 자기 양심이 있으며 양심이 어떻게 작용해야 하는지에 대한 규칙은 없습니다. 정치 성향을 가진 작가에 대한 확인할 수 있는 것은 그의 작품이 계속 읽혀진다면 작품을 읽을 때 정치문제를 말하지 않고 넘어가야 할 것입니다.
소위 정치적으로 협력한 많은 작가들은 자주 자기들의 정치적 문학적 견해를 바꾸고 있습니다. 때로는 그들은 서둘러서 자기들의 견해를 다시 쓰기까지 해야 합니다. 아마 그것은 행복 추구의 한 형태로써 존경될 수 있습니다.

≪무기여 잘 있거라≫ 이 소설은 전쟁 체험에 초점을 맞추고 젊은 구급차 운전병 프레드릭 헨리와 간호사 캐서린 버클리의 사랑 이야기다. 프레드릭은 전쟁 때문에 상처받고 캐서린은 프레드릭을 사랑하고 임신한다. 프

레드릭은 이태리 군대가 총퇴각을 할 때 스위스로 탈출할 것을 결심한다. 이후 캐서린은 산고 끝에 아이를 사산한다. 프레드릭에게 심한 상처와 외로움을 남겨준다. 많은 비평가들 사이에 이 두 주인공들에 대한 논쟁이 있었고 어느 비평가들은 프레드릭을 미숙한 인물로 이기적이고 자기 연민의 대상으로 보는가 하면 또 다른 비평가들은 캐서린과의 관계를 통하여 정서적으로 성장과 심리적으로 안정되고 성숙한 인물로 평가한다. 이 소설의 마지막 부분에는 애인 캐서린의 죽음과 사산이 순박한 젊은 청년 프레드릭의 가슴이 찢어지는 슬픔과 실패한 사랑에 대한 실망을 극복해야 하는 문제를 남겨 놓는다. 하지만 캐서린이라는 한 여인을 통하여 삶에 대한 깊고 성숙한 인물로 된 것으로 보인다. 캐서린은 이 소설의 진정한 영웅이고, 지혜, 우아함, 상식, 그리고 용기를 갖춘 여인으로 헤밍웨이가 숭배하는 이상적 여인상으로 부각되고 있다. 다른 독자들은 캐서린을 측은한 여인으로 보지만 그녀는 헤밍웨이의 극기적 용기를 나타내는 행동규범에 합당한 진정한 영웅으로 성숙되고 너그러운 여인으로 평가된다. 이 소설 끝 단락은 이 작품 전체를 상징하는 것이라 하겠다.

> But after I had got them out and shut the door and turned off the light it wasn't any good. It was like saying good-by to a statue. After a while I went out and left the hospital and walked back to the hotel in the rain.
> *A Farewell to Arms by Ernest Hemingway (p.332)*

그러나 그들을 내보내고 문을 닫고 전등을 끄고 나서도 아무 소용없었다. 그것은 조상(조각한 상)에게 작별인사를 하는 것 같았다. 잠시 후 나는 밖으로 나와 병원을 떠나 빗속에서 호텔로 걸어서 돌아갔다.

헤밍웨이가 이 마지막 단락을 39번이나 다시 썼다고 한 비평가 스패이너의 말을 들어본다.

Handwritten and typewritten drafts offer a glimpse into the writing process of an author known to have rewritten the ending of "A Farewell to Arms" 39 times, said Spanier.

손으로 쓰고 타자기로 친 초고가 ≪무기여 잘 있거라≫의 끝 부분을 39번 다시 쓴 것으로 알려진 작가의 창작 과정을 엿보게 한다고 비평가 스패이너는 말했다.

이 페이지는 헤밍웨이 특유의 빙산원리(principles of the ice-berg)을 사용한 기법이다. 프레드릭은 애인 캐서린이 출산 도중에 많은 출혈로 사산(still birth)하고 산모로 죽었다. 이 말을 듣고 난 프레드릭의 단장의 슬픈 심정을 헤밍웨이는 조금도 이 사정을 설명하지 않는다. 헤밍웨이가 고의적 전략으로 설명을 생략한 것이다. 독자들의 다양한 견해와 정서를 느끼게 하기 위함으로 보인다. 여기서 비는 슬픔, 죽음, 비극을 상징한다. 비(rain)는 객관적 상관물(objective correlative)로 사용한 것이다. 무엇보다 이 단락에서 "in the rain"의 구절이 프레드릭의 가슴이 찢어지는 듯한 깊은 의미가 함축되어 있다. 말하자면 (so that might feel something more than they understood) 빙산원리가 절묘하게 사용되어 문체에 힘을 주고 강하게 한다.

≪무기여 잘 있거라≫ 첫 장은 거트루드 스타인과 폴 세잔느의 실제 결합의 모델이다. 헤밍웨이는 때로는 세잔느를 지켜봄으로써 성취한 효과를 독자에게 투여하고 있다.

헤밍웨이는 독일과 영국에서 베스트셀러가 되었던 레마르크(Remargue)의 반전 소설 ≪All quiet on the western front(서부전선 이상 없다)≫를 정독하였다. 그런데 헤밍웨이는 찰스 스크리브너스 선스 사의 편집장 맥스웰 퍼킨스(Maxwell Perkins)에 대한 한 가지 불만이 있었다. 레마르크가 쓴 소설 ≪서부 전선 이상 없다≫에 나오는 단어들 balls, shit, fuck, cocksucker 등이 소설에 들어 있음에도 불구하고 출판이 허용되면서 자기 소설 ≪무기여 잘 있거라≫는 왜 출판이 되지 않는지 항의했다. 헤밍웨이는 퍼킨스의 해명에 수긍하고 그의 소설 출판을 허락받았다. ≪무기여 잘 있어라≫에 비평가들은 많은 문제를 제기해 왔다. 이 소설이 전쟁소설인가 아니면 연애소설인가에 초점이 모아졌다. 프레드릭이 자기 목숨을 구하려고 탈리아멘토(Tagliamento) 강에 투신한 것이 배신인가? 전쟁이 악화되어 단독강화(a separate peace)의 내면화된 수용으로 보아야 할 것인가이다. 이 작품을 흥미 있는 몇 가지 문제들을 열거하면, 첫째 ≪무기여 잘 있거라≫와 전쟁이다.

가장 절박한 문제는 헤밍웨이 소설을 반전소설로 받아들어야 하느냐이다.

≪뉴욕타임즈≫ 기자가 허버트 미트강(Herbert Mitgang)은 2005년 새로 나온 스티븐 크레인(Stephen Crane)의 전기를 논평하면서 어느 나라 문학을 불문하고 진실한 전쟁소설은 반전소설(antiwar novel)을 강제로 쓰게 한다

고 말했다. 이 비평에 의하면 소설에서 전쟁에 대한 거짓 없이 정직하고 진지하게 쓰기 위해 긍정적 가치관을 가지고 있지 않다는 것이다. 1차 세계 대전에 참전한 10대의 군인은 삶과 죽음 사이에서 환멸이 가득한 상황에서 헤밍웨이는 그의 소설을 자화상으로 그렸다.

헤밍웨이는 ≪무기여 잘 있거라≫를 집필하면서 톨스토이 소설 ≪전쟁과 평화≫를 마음속에 그리고 크게 영향을 받았다고 한다. ≪전쟁과 평화≫는 일부분은 공포(terror) 그 자체였다. 1812년 모스크바는 전쟁의 화염에 쌓여 불타는 장면이 생생하게 그려져 있다. 프레드릭이 탈리아멘토 강물에 입수한 것은 전쟁에서 해방을 찾고 애인 캐서린에게 돌아가는 길을 모색하는 것이 목적이다. 많은 비평가들이 말한 것처럼 프레드릭이 강물 속으로 뛰어든 것은 세례의 구원으로 보고 있으며 다른 비평가들은 탈영으로 말한다.

또 다른 관심은 캐서린 버클리라는 여주인공인데, 어떤 비평가들은 캐서린은 프레드릭의 성적 도구에 불과하다고 하지만 다른 비평가들은 그녀는 프레드릭보다 더 위대한 힘을 소유한 진정한 다차원의 인물로 평가한다. 이들은 또 캐서린은 프레드릭의 성숙에 크게 기여한 인물로 보고 있다.

캐서린만이 강하고 완전히 깨어 있는 인물이며 그녀만이 이 소설에서 넓은 범위에서 명예와 용기의 억제를 예증하는 여성으로 보인다. 프레드릭 자신에 대한 역할과 의식에 성실한 집착을 통하여 호전적이고 혼돈된 세계에서 제한된 자율을 한 개인이 획득할 수 있는 생존의 한 방법으로 보인다. 그녀는 프레드릭에게 교육 담당자로 남아 있는 여인이다. 그녀는 사랑이 기분전환용이 아닌 생존의 역할을 한다고 한다.

비극으로서 ≪무기여 잘 있거라≫

비평가 로버트 메릴은 이 소설이 암시하는 비극은 전통적 장면에서가 아니고 프레드릭이라는 인물에서 비극적 결함을 요구한다고 한다. 메릴은 헤밍웨이가 새로운 형태의 비극을 만들었다고 한다. 그리고 프레드릭을 행위에서 원인이 되지 않는 운명의 고통을 가진 인물로 보고 있다. 삶 그 자체를 비극으로 믿는 새로운 문학구조상의 문제로 보고 있다. 메릴에 의하면 비극적 효과는 주인공의 운명이 불가피하기 때문이다. 맥베스는 정조가 굳은 코딜리아와 함께 그 시대에 살기 위하여 허용되어야 한다.

헤밍웨이는 이와 같은 방법으로 캐서린의 죽음이 불가피하다는 것을 독자가 알게 되기 바란다.

이 소설 끝이 가까이 오면서 프레드릭이 캐서린이 죽기를 기다릴 때 이렇게 말했다. "You don't know what life was about. You never had time to learn.(당신은 인생이 무엇인지 모른다. 당신은 배울 시간이 없었다.)"

전쟁에 대한 불가피한 파괴가 이 소설 전편을 통하여 그 이미지를 묘사한다. 이태리 군대가 행군하는 이미지로 시작하여 삶이 아닌 임신, 6.5m/m 탄약통 가지고 행군하는 이태리 군대. 시작 페이지의 이미지는 캐서린의 임신이고 마지막 페이지 이미지는 죽음이다. 비평가 가이듀섹(Gajdusek)

은 이 소설의 결과를 다음과 같이 말한다.

The tragic outcome of the novel comes from the "loss of Catherine after renunciation of the army in order to then, naturally, have her."
Critical Companion to Ernest Hemingway by Charles M. Oliver (p.117)

이 소설의 비극적 결과는 자연히 그녀를 가지기 위하여 군대를 포기한 이후에 캐서린의 죽음에서 나온다.

프레드릭은 전쟁을 증오하는 그의 몇 마디 비꼬는 말로 표현한다.

But it was checked and in the end seven thousand died of it in the army. (idem p.4)

결국에는 군대에서 콜레라로 죽은 사람이 7,000명만으로 확인되었다.

필자는 이 소설을 사랑에 대한 낭만적 비극으로 본다. 반전사상이 단독강화(separate peace)의 결의로 우여곡절 끝에 스위스 탈출에는 성공하지만 결국에는 캐서린의 사산과 죽음은 프레드릭을 운명론자가 되게 한다.

≪뉴욕타임스≫의 헤밍웨이 학자 퍼시 허치스(Percy Hutchis)는 영국인 간호사 캐서린 버클리와 미국의 구급차 장교 사이의 연애 이야기는 셰익스피어의 ≪로미오와 줄리엣≫의 그것처럼 비극적이었다고 했다. 말콤 카울

리도 이 소설은 도덕적으로 퇴폐하지 않고 평론가들의 좋은 반응이 헤밍웨이 명성을 높이는 긍정적 작용을 했다고 했다.

카로스 베이커는 헤밍웨이 주인공들이 신체적, 정신적으로 자신들은 이분법(dichotomy)으로 간주한다. Home과 Not Home, The Mountain과 the Plain처럼 상반되는 개념으로 나눈다. 그 예를 열거하면 다음과 같다.

Symbol	meaning
day 낮	light, life, good 빛, 생명, 선
night 밤	death, darkness evil 죽음, 어둠
spring 봄	birth, renewal 탄생, 재생
summer 여름	life, maturity, vitality 생명, 성숙
fall 가을	appoaching death 죽음이 가까움
winter 겨울	death 죽음
cross 십자가	Christ, Christanity, resurrection 그리스도, 기독교, 부활

헤밍웨이 상징의 중심개념에는 객관적 상관물(objective correlative)이 존재한다. T. S. 엘리엇의 시 이론에서 나온 이 상징론은 상징주의 시인들이 쓰는 상징과 같은 개념이다. 시인은 자기 감정을 그대로 전달할 방법이 없으니 그 감정 상태와 동일한 이미지와 일련의 이미지군이나 어떤 장면을 통해서 암시하는 수밖에 없다는 것이 객관적 상관물의 이론이다. 이 객관적 상관물은 상징(symbol)과 마찬가지로 독자에게 어떤 감정의 상태를 암시해 주고 독자의 감정을 유발하는 작용을 한다. 재앙에 대한 객관적 상관

물의 역할을 넘어 비(rain)는 1차 세계대전 이후 인간의 운명적 실체를 실감나게 하는 기능을 한다.

문체론적으로 분석하면 작가 헤밍웨이는 일관되게 그의 산문 표면 바로 밑에 깊이 파묻혀 있는 보물을 발굴하게끔 독자를 참여하게 하여 비유와 상징기법으로 그의 예술적 가치의 효과를 극대화한다. 물에 잠긴 8분지 7은 독자의 몫이고 다양한 견해를 기다리는 전략적 기법이다.

헤밍웨이는 조이스와 파운드처럼 가까운 문인들 내에서 성공하는 것에 만족하지 못하고 독자들에게 그가 파리에서 성공했음을 알리기 위해 미국으로 돌아왔다. 창조적 작업에 따르는 일상의 긴장에서 벗어나기 위해 그는 유혈 운동(sports)에 몰두하고픈 절실한 욕구를 갖고 있었다. 그는 권투, 투우, 낚시, 사냥에 대해 쓰는 것을 매우 좋아했지만 그런 것들이 일반적으로 진지한 문학의 주제로 받아들여지지 않는다는 사실을 알고 있었다. 그의 소설은 프롤레타리아 문학이라는 유행 양식에 굽히지 않고서도 수많은 독자들을 끌었다. 하지만 그는 때때로 문학적 위대성을 좋은 서평, 많은 판매 부수, 엄청난 인세와 혼동했다. 그는 피츠제럴드와 자신의 경험에서 그의 직업상 고독과 통속적인 잡지들의 유혹, 높은 보수, 사치스러운 생활 사이의 갈등을 의식했다. 무엇보다 글을 잘 쓰고 싶고 진실하게 쓰고 싶은 심리적 욕구를 갖고 있었으며 자신의 예술적 위엄을 유지했다.

문체의 독창성과 간결하고 정확한 문체는 투명하게 흐르는 시적 감흥(a poetic inspiration)에 충만해 있다. 헤밍웨이는 희대의 천재 작가이다. 미국 문학사에 길이 남을 신화를 창조하였다.

헨리 제임스나 T. S. 엘리엇과는 달리 헤밍웨이는 미국의 문화적 진공상태 때문에 국외이주자가 된 것은 아니었다. 그는 제임스와 엘리엇처럼 영국 사회와 문학에 심취한 것이 아니라 이태리, 스페인, 프랑스와 라틴 문명에 끌렸다. 그는 유럽에서 전쟁 모험의 흥분을 되찾고 새로운 경험을 갖고 싶었다. 초기에는 미국 작가들에게서 배웠다. 그는 파리에서 좋은 일자리를 얻었는데, 1920년대 초의 파리는 적은 비용으로도 생활할 수 있고 일할 수 있고 좋은 곳이었다. 파리는 문학 실험에 적합한 환경을 제공하여 주었다. 영어를 사용하는 많은 일류 작가들이 파리에 살면서 신진 작가들의 작품을 실어주는 소잡지들이 파리에서 발행되었다.

늘 새로운 목적지를 찾아다니는 D. H. 로렌스와는 달리 헤밍웨이는 여행에서 발견한 것들을 감상했고 그가 사는 곳에서 최대한의 육체적인 쾌락을 찾았다. 그는 뿌리 뽑힌 추방자가 아니었으며 낯선 문화에 자극적으로 노출됨으로써 엄청나게 많은 것을 얻어냈다. 헤밍웨이는 1921년 12월부터 1928년 3월까지 간헐적으로 파리에 살았지만 그 기간의 절반을 파리 밖에서 보냈다. 그는 스페인어와 이태리어, 프랑스어를 습득하여 유창하게 했다. 그는 다른 사람의 말을 이해하고 자신의 의사를 분명하게 표현할 수 있었으며, 운동, 투우, 전쟁처럼 특별히 관심 있는 주제를(themes)에 대해서는 광범위한 전문 어휘를 구사했다. 그는 특정한 장소들, 1920년대의 파리와 스페인, 1930년대의 키웨스트와 케냐, 1940년대의 아바나와 베네치아에 특히 애정을 쏟았고, 그 곳을 독자들의 상상력에 각인시켰다.

헤밍웨이는 열정에서 영감을 얻었고 최고의 창작은 사랑에 빠졌을 때 확실히 이루어진다고 믿었지만 글을 쓰기 위해서는 어느 정도의 정서적,

정신적인 보호물이 필요하다고 느꼈다. 그는 아내를 작가의 직업적 위험요소인 외로움을 치유해주는 사람으로 보았지만 사랑이 오히려 자신을 약하게 만든다고 생각했다. 창작의 이상적인 조건은 더할 나위 없이 좋은 내조의 아내였다.

키플링은 헤밍웨이가 특징적인 세밀한 관찰, 정확한 세부묘사, 감각의 즉각성을 달성하는 데 도움을 주었다. ≪두 심장의 큰 강≫에서 이야기의 표면 아래 감추어진 필수적 요소들이 지나치게 생략되어 오히려 의미가 불분명해지는 것으로 보이기도 했다.

키플링은 전쟁의 심리적 영향을 묘사한 최초의 현대작가였고 헤밍웨이는 그것을 몸소 체험하였다. 키플링에게서 문학적 차원뿐만 아니라 새로운 정서적 차원을 보도록 그에게 가르쳐 준 그 자신의 부상이 ≪두 심장의 큰 강≫, ≪병사의 고향≫, ≪이제 나는 눕는다≫, ≪당신 가지 않을 길≫ 같은 그의 최고의 단편소설에 영감을 주었다. 헤밍웨이의 규범이 무엇인지를 더 구체적으로 메이어스(Meyers)의 견해를 들어본다.

In Hemingway the code is compacted in the ritual of the bullfight. which specifies exactly what the matador must do and how he must act when confronted by danger, pain and death, Delmore Schwartz offered a useful synthesis of Hemingway's beliefs : Courage, honesty, and skill are important rule of the code …… To be admirable, from the standpoint of this morality, is to admit defeat, to be a good sportsman, to accept pain

without an outcry, to adhere strictly to the rules of the game and to play
the game with great skill.

Hemingway: A Biography by Jeffrey Meyers (p. 116)

헤밍웨이 규범은 투우사가 위험, 고통, 죽음에 직면했을 때 무엇을 해야
하며 어떻게 행동해야 하는지를 정확하게 상술하는 투우 의식에 집약된다.
델모어 슈워츠는 헤밍웨이 신념을 이렇게 요약했다.

"용기, 정직, 기술은 그 규범의 중요한 규칙들이다. ……이 도덕의 관점
에서 존경받기 위해서는 패배를 받아들이고 훌륭한 운동선수가 되고 고통
을 묵묵히 받아들어 게임의 규칙을 엄수하고 게임을 매우 노련하게 수행해
야 한다."

헤밍웨이는 작가가 살아가는 방법에 대해서 이렇게 술회했다.

He thought the writer, like the matador, must create and live his own style
: that this style, expressed in art and action, was the man
Hemingway was naturally drawn to the ritual that emphasized strict rules,
extreme compression, skillful technique, pagan drama and high courage.

작가는 투우사처럼 자기 자신의 스타일을 만들어 그것대로 살아야 하고, 예
술과 행동 속에 표현되는 이 스타일이 바로 인간이라고 생각했다. 그는 엄격
한 규칙, 극단적인 압축, 노련한 기교, 이교도 드라마, 높은 용기를 강조하는
그 같은 의식에 매료되었다.

포드 매독스 포드(Ford Madox Ford)는 문체의 혁신자로 나중에 파운드와 조이스가 채택한 플로베르의 기교를 영문학에 도입했다. 파운드는 조이스의 가르침을 적절한 단어를 지향하는 자연스러운 언어의 투명성으로 정의하고 다른 어떤 사람보다 포드에게서 더 많은 것을 배웠다고 고백했다.

포드는 출판물에서 시종일관 헤밍웨이를 칭찬했으며 미국에서 기금 모금 여행을 하는 도중에 헤밍웨이의 오크파크의 그의 가족들은 그의 초기 소설을 매우 싫어했지만, 1927년 1월 헤밍웨이 아버지 클래런스는 아들에게 "오늘 정오에 너를 지극히 칭찬하는 포드 매독스 포드 씨를 만나 함께 아주 즐거운 오찬을 가졌는데 그 사람이 너의 작품에 대해 그토록 좋게 말해주어서 매우 기뻤다."고 했다.

"헤밍웨이는 지극히 섬세한 산문을 쓰고 있으며 아마 오늘날 쓰고 있는 것 중에서 가장 섬세한 산문일 것이다."라고 포드는 헤밍웨이를 격찬했다. 또 포드는 "헤밍웨이를 내가 50여 년의 독서를 통해 만나게 된 세 명의 나무랄 데 없는 영어 산문 작가들 중 한 사람으로서 콘래드와 W. H. 허드슨과 나란히 놓고 그 소설의 두 번째 문장을 그대로 흉내 내어 헤밍웨이는 어휘 사용에 탁월한 재능이 있으며 그래서 그의 책 지면 한 장 한 장은 흐르는 물 아래로 들여다보이는 개울 바닥 같다. 단어들은 모자이크 식 포장을 만들어내며 질서정연하게 배열되어 있다."고 말했다.

헤밍웨이는 스티븐 크레인처럼 이십대 초반에 자신의 진짜 목소리를 발견한 조숙한 작가였다. 단순하고 분명하고 간결하고 압축된 그러면서도 초연한 산문 문체를 지녔다. 아이러니컬하면서도 초도덕적인 어조를 선택했다.

자연스러움과 신선함을 유지 증가시키기 위해 그는 일기를 쓰거나 소설에 써 먹을 기록을 따로 해 두거나 하지는 않았다. 그리고 단편이든 장편이든 좀처럼 초안을 잡지 않았다. 그의 창작의 기본 원칙들은 이제까지 큰 영향을 미쳤다. 다음은 창작 원칙들이다.

최고의 문학적 모범을 연구하라.

경험과 독서를 통해 주제에 숙달하라.

규율 잡힌 고립 속에서 작업하라.

아침 일찍 시작하고 매일 몇 시간씩 집중하라.

시작하기 전에 앞서 써놓은 것을 전부 처음부터 혹은 긴 책을 쓰고 있다면 바로 앞장부터 읽어라.

천천히 신중하게 쓰라.

일이 잘 풀리고 그 다음을 어떻게 쓸지 알고 있을 때 다음날 계속할 충분한 힘을 가질 수 있도록 쓰기를 멈추라.

쓰고 있는 소재에 대해 토론하지 말라.

그날의 몫을 마쳤을 때는 글쓰기에 대해 생각하지 말고 무의식적인 마음이 그것에 대해 생각하도록 내버려두라.

일단 시작한 한 가지 계획에 따라 계속 작업하라.

매일의 진척 상황을 기록하라.

작품을 완성한 후에 제목의 목록을 만들어라.

생략이론(theory of omission)
빙산원리(presence-as-absence)

Omission, then, is a kind of hunger too, a corner of emptiness that staves off the dullness of surfeit.

-Ernest Hemingway

그다음 생략은 역시 갈망의 한 종류이고, 과식의 우둔함을 저지하는 공복(갈망)의 한 부분이다

-어니스트 헤밍웨이

생략의 종교(religion of omission)
빙산원리(the element of an iceberg)

가장 이채를 띄는 기교의 원리는 정서적 표현을 억제하는 데 있다. 즉 극단적 언어의 축소에 있다. 관련 정보를 생략하는 고의적 전략은 생략하는 문맥에서 독자의 역할을 요구하는 보통명사(appellative)의 기능을 작품 표면에 공백으로 하는 것이다.

헤밍웨이는 빙산운동을 상징적 기교로 사용한다. 헤밍웨이 빙산이론(생략이론)은 작가가 알고 있고, 독자도 알고 있는 부분을 무엇이든 생략할 수 있으며 생략된 부분은 독자가 이해한 것보다 다양한 견해와 정서를 표현할 수 있게 하기 위함이다.

헤밍웨이의 초기 단편집(소품문집)은 문체가 압축되고 표현을 삼가는 것으로 단순하고 신실한 평서문으로 시작되었다.

작품에서 자기 속을 드러내지 않는 그의 특유의 문체에서 빙산의 기교는 중요한 정보를 생략할 뿐만 아니라 독자 참여를 이끌어 내고 있다. 예를 들면 ≪해는 또 다시 뜬다≫ 주인공 제이크 반스의 성 불능에 대한 명확한 설명을 생략한다. 이것은 빙산원리를 사용한 것이다.

헤밍웨이는 간략한 문장(simple sentence)에서 형용사와 부사 사용을 절제하고 그의 문체에 많은 수식어를 제거하였다. 이것은 1920년대의 모더니즘 문예사조에 걸맞는 빠른 보조의 세계에 잘 어울리는 문체로 만들었다. 제이크 반스의 정서적 장애를 묘사하지 않고 생략하고 있는 부분은 독자의 다양한 견해와 정서를 고려한 전략으로 볼 수 있다.

로버트 플레밍(Robert Fleming)은 빙산원리(생략이론)를 다음과 같이 설명한다.

What we remove is as potent as what remains. This is Hemingway's religion of omission. Less is more, he economized the page, with all his unbridled passion, perhaps the only thing he could control were his sentences. This was his survival, his mask, his secret. Hemingway and the Natural World edited by Robert Fleming

제거하는 것이 남아 있는 것만큼 힘이 있다. 이것이 헤밍웨이의 생략의 종교다. 보다 적은 양이 더 중요하다. 그는 작품의 페이지 수를 절약하였다. 그의 모든 자유로운 열정으로 아마도 그가 억제할 수 있는 유일한 것은 문장이었다. 이것이 그의 생존이고, 변장이며, 비밀이었다.

We speculate on Hemingway's statement and wonder if the secret is the gaps that are often left in Hemingway's prose or dialogue for the reader to fill in just as Cezanne asked the viewer to complete the painting in his or own mind.

우리는 헤밍웨이의 설명과 세잔느가 자기 그림 관람자에게 마음속으로 그림을 완성시켜 주기를 요구한 것처럼 비밀은 헤밍웨이 산문이나 대화에서 남겨 둔 것을 독자가 채워 줄 공백이 아닌가로 추측한다.

≪해는 또 다시 뜬다≫에서 성경의 전도서 인용은 제1장 1절의 생략은 빙산원리의 물에 잠기는 부분(submerged portion)으로 해석할 수 있다. 8분 지 7은 헤밍웨이 철학과 예술적 가치를 상징할 수도 있다. 제이크 반스의 성기불능은 전쟁으로 인하여 타의적 상처이지만 이 소설 어디에도 명쾌하게 설명을 하지 않고 있다.

존재하지 않은 것처럼 존재하는 것(presence-as-absence) 이것이 빙산원리다.

Jake's wound is the absence or lack at the center of the book, a blackhole that pulls everything into the vortex. It is the classic example of Hemingway's iceberg principle—his idea that seventh—eighths of the meaning lurked, somehow know but unstated, beneath the surface of his texts, a principle that obviously mirros Freud's most basic insight into the nature of dreams.

Teaching Hemingway's The Sun also Rises edited by Peter L. Hays (p.300)

제이크의 상처에 대한 설명은 이 책의 중심부에 나타나지도 않고 있다. 모든 것을 소용돌이로 몰고 가는 블랙홀과 같은 것이 헤밍웨이 빙산원리의 전형적인 예이다. 숨겨진 의미의 8분지 7이 그의 생각이다. 아무튼 알고 있으나 말하지 않은 것, 원문의 표면 아래 존재하는 것이 분명하게 프로이트 심리학의 가장 기본적인 통찰을 꿈의 본질로 반영하는 원리다.

헤밍웨이는 그의 논픽션 ≪오후의 죽음≫에서 빙산원리를 명쾌하게 설명한다.

If a writer of prose knows enough about what he is writing about he may omit things that he knows and the reader, if the writer is writing truly enough, will have a feeling of those things as strongly as though the writer had stated them. The dignity of movement of an ice-berg is due to only one-eighths it being above water. A writer who omits things because he does not know them only makes hollow places in his writings. A writer who appreciates the seriousness of writing so little that he is anxious to make people see he is formally educated, cultured of well-bred is merely a popinjay. And this too remember; a serious writer is not to be confounded or buzzard or even a popinjay, but a solemn writer is always a bloody owl.

Death in the Afternoon by Ernest Hemingway (p. 192)

만일에 산문작가가 자기가 쓰고 있는 것에 대하여 충분히 알고 있다면, 자기도 알고 독자도 알고 있는 사정을 생략할 수 있다. 만일 작가가 매우 진실하게 쓰고 있다면, 마치 작가가 말한 것처럼 강하게 그 사정에 대한 감정을 가질 것이다. 빙산운동의 위엄은 물 위에 존재하는 8분지 1 때문이다. 스스로 잘 모르므로 무엇인가를 자꾸 빠뜨리는 작가는 자신의 글에서 허점을 드러내고 만다. 또한 좋은 교육을 받은 사람들을 보여주는 데에만 골몰하여 자신의 예술적 엄숙함을 경시하는 작가는 수다쟁이에 불과하다. 진지한 작가는 매나 말똥가리새 또는 심지어 앵무새일 수도 있다. 그러나 점잔 빼는 작가는 언제나 야비한 올빼미이다.

헤밍웨이는 "배고픔은 훌륭한 수련이다(Hunger was a good discipline)"에서 예술가들이 필요하는 또 다른 마음의 허기가 있음을 말했다. 그는 리용에서 그의 초기의 모든 원고가 들어 있던 여행용 가방을 부인 해들리가 도난당했을 때 얼마나 큰 공허함(emptiness)을 느꼈는지를 회고했다. 미학적 갈망(aesthetic hunger)은 역시 건강한 것이고 그의 예술을 통제하는 요소로 생각했다. 따라서 갈망은 헤밍웨이의 높은 차원의 예술적 가치를 창조하기 위한 동경으로 보인다.(yearning for his aesthetic value and creating stories) 인간은 풍요로운 물질적 생활에서 행복을 느끼는 것이 당연한 일이지만, 배고플 때는 가치를 추구하는 정신세계는 더 한층 역동적 삶이 될 수 있다. 헤밍웨이의 갈망의 미학은 계속된다.

그의 회고록 ≪움직이는 향연≫에 갈망이 더 한층 고조되어 있다.

There you could always go into the Luxembourg museum and all the paintings were sharpened and clearer and more beautiful if you were belly-empty, hollow-hungry. I learned to understand Cezanne much better

and to see truly how he made landscapes when I was hungry. I used to
wonder if he were hungry too when he painted. A moveable Feast by
Ernest Hemingway.

(p. 69)

거기에서 당신은 룩셈버그 박물관에 언제나 갈 수 있었다. 그리고 모든 그림
은 공복이나 허기질 때 더 깨끗하고 더 아름답고 강하게 해 주었다. 나는 세
잔느에게서 더 좋은 것을 이해하여 배웠다. 그리고 내가 배고팠을 때 그가
풍경화를 어떻게 그렸는가를 알았다. 나는 그가 그림을 그렸을 때 배가 많이
고팠지 않았나를 생각했다.

그의 주요 단편소설 ≪두 심장의 큰 강≫의 주인공 닉은 과거에 대한
구체적 사실을 밝히지 않고 큰 정신적 상처에 대한 피하기 위해 캠핑과
낚시에 부심한다. 작가 헤밍웨이는 닉의 과거 체험을 설명하지 않는다. 이
것은 작가가 알고 있고 독자도 알고 있는 사정을 생략하는 생략 원칙에
근거하여 내용을 독자와 함께 공유하고자 하는 헤밍웨이 창작 기법이다.
또 다른 단편소설 ≪병사의 고향≫에서도 1차 세계 대전이 치열했던 장
소 수아쏭, 샴파뉴, 벨류 우드, 세인트 미하엘, 아르곤 등 다섯 장소의 전투
내용과 상황 설명을 생략했다. 주인공 해롤드 크레브스(Harold Krebs)는
미국 해병대원으로 이 다섯 곳의 격전지에 참전했던 병사였다. 크레브스는
전쟁 경험과 공포로 오클라호마 고향에 돌아온 후에 무기력과 우울증으로
정신적, 심리적, 정서적으로 시달리고 있다.
또 다른 단편소설 ≪인디언 부락≫에서도 이런 장면이 있다.

Nick, however, is full of questions; about the difficulty of women having babies, about why the father killed himself, about where Uncle George disappeared to (he has evidently gone off to get drunk), and most important, about whether dying is easy. Nick`s gather tells him that he thinks dying is pretty easy. ......

닉은 그러나 많은 의문이 있다. 즉 아기 밴 여자들은 왜 어렵고, 아기 아빠는 왜 자살을 했으며 조지 삼촌은 어디로 사라졌으며, (그는 분명히 술 마시러 도망쳤다) 가장 중요한 것은 죽음이 쉽다는 등에 대하여.

닉은 의문이 들었다. 하지만 헤밍웨이는 닉이 가지고 있는 많은 의문에 대한 설명을 하지 않는다. 이 부분도 빙산원리가 사용되었다. 헤밍웨이의 첫 장편 소설 ≪해는 또 다시 뜬다≫는 제2제사로 사용한 기독교 성경 전도서 제1장 전부를 8분지 7이 물에 잠긴 빙산원리로 사용했다. 즉 말하지 않은 것이 말한 것보다 더 중요하다(What is not said is more important what is)는 이 원리이다.

Later Jake will attend mass, Hemingway presents the ritual of mass as ellipsis. Jake reports only that going down the street in the morning on the way to mass in the cathedral, I heard them singing. ...... They were warming up. There were many people at the eleven o`clock mass. San Fermin is also religious festival.

The Sun also Rises by Ernest Hemingway (p. 156)

이 페이지 역시 빙산원리를 사용한 부분이다. 주인공 제이크 반스가 미사에 참례하여 그의 죄를 낱낱이 고백하고 신부님으로부터 면죄 받는 사실 등이 모두 생략되었다.

Bless me, father, for I have sinned, confessed his sins in details, and has been counseled and absolved by the priest.

이 페이지를 헤밍웨이는 모두 생략했다. 그리고 주인공 제이크 반스가 무엇 때문에 성기가 불능이라는 것을 조금도 설명하지 않았다.

헤밍웨이의 전쟁과 사랑을 다룬 소설 ≪무기여 잘 있거라≫의 제일 끝 페이지를 깊은 뜻으로 읽을 필요 있다.

But after I had got them out and shut the door and turned off the light it was not any good. It was like saying good by to a statue. After a while I went out and left the hospital and walked back to the hotel in the rain.
A Farewell to Arms by Ernest Hemingway (p. 332)

그러나 나는 그들을 내보내고 문을 닫고 등불을 껐으나 아무 소용이 없었다. 그것은 서 있는 조상(조각한 상)에게 작별인사를 하는 것과 같았다. 잠시 후 나는 밖으로 나와 병원을 떠나 빗속에서 호텔로 걸어 돌아왔다.

이 페이지도 헤밍웨이는 "나"라는 주인공 프레드릭의 가슴 찢어지는 듯한 심정을 조금도 설명하지 않는다. 요점은 "in the rain"이라는 어구(phrase)에 깊은 의미를 주고 있다 하겠다. "rain"은 슬픔, 고독, 죽음을 상징하는 어휘로써 객관적 상관관계(objective correlative)가 사용되었다. 객관적 상관관계는 시인들이 쓰는 상징과 같은 개념이다. 시인은 자기 감정을 그대로 전달할 방법이 없으니 그 감정 상태와 동일한 이미지를 어떤 장면을 통해서 암시하는 수밖에 없다고 하는 것이 객관적 상관관계 이론이다. 이 객관적 상관관계는 상징(symbol)과 마찬가지로 독자에게 어떤 감정의 상태를 암시해 주고 독자의 감정을 유발하는 작용을 한다. 재앙에 대한 객관적 상관관계의 역할을 넘어 비(rain)는 1차 세계 대전 이후 인간의 운명적 실체를 실감나게 하는 기능(function)을 한다.

문체론적으로 분석할 때 헤밍웨이는 일관되게 그의 산문 표면 바로 밑에 깊이 파묻혀 있는 보물을 발굴하게 하는 독자 참여와 비유와 상징기법으로 그의 예술적 가치의 효과를 극대화한다. 빙산원리는 물에 잠긴 8분지 7은 독자의 몫이고 다양한 견해를 기다리는 전략적 기법이다.

헤밍웨이는 세잔느의 그림공부에서 "무엇"을 배웠다 했다. 과연 이 무엇은 무슨 뜻인가 누구도 설명하는 사람이 없다. 하지만 미국의 헤밍웨이 학자 마크 피. 오트(Mark P. Ott)는 이렇게 설명한다.

> Cezanne's principle of "flat-dept" seems to have enthralled Hemingway, as he, like Cezanne, is trying to simultaneously create a sense of deep space within flatness.
>
> *A Sea of Change by Mark P. OTT (p. 67)*

세잔느의 "평면깊이"의 원리가 세잔느처럼 평면 안에 깊은 공간의 의미를 헤밍웨이 자신이 동시에 창조하려고 노력할 때 그의 마음을 사로잡은 것으로 보인다.

마크 피. 오트의 평면깊이의 의미를 헤밍웨이가 이해하려고 노력한 것으로 보인다. 평면 안에 있는 깊은 공간의 의미가 헤밍웨이의 생략이론, 즉 빙산원리를 창안하게 된 것으로 볼 수 있다.

≪노인과 바다, The Old Man and the Sea≫를 통하여 본 빙산원리의 예증

헤밍웨이는 자연의 높은 차원을 알기 위해 멕시코 만류(Gulf Stream)를 주의 깊게 관찰하였다. 그리고 그 관찰한 내용은 해양일지(log)에 적었다. 산티아고의 세계를 건설하기 위하여 청새치(marlin)에 관해서도 연구하였다.

≪노인과 바다≫ 첫 페이지는 이 소설의 내용을 짐작하게 한다.

He was an old man who fished alone in a skiff in the Gulf Stream and he had gone eighty-four days now without taking a fish.

그는 멕시코 만류에서 작은 고기잡이배로 혼자서 고기 잡는 노인이었다. 그리고 그는 지금 고기 한 마리 잡지 못하고 84일을 보냈다.

고독한 노인은 자연세계와 함께하면서 생계를 위해 고기를 잡아야 하는 어부다. 한 어부가 바다를 건너 조용히 움직일 때는 멕시코 만류는 조화의 공간으로 변모한다. 헤밍웨이에게 멕시코 만류는 언제나 비유적으로 아프라카와 연결된다. 아프리카는 아직도 그의 인식에는 자연의 순환이 평온한 나라로 각인되어 있다.

헤밍웨이는 멕시코 만류의 공부는 평생토록 했다고 할 수 있으며 그는 바다 표면과 바다 밑과 위를 보는 인물 산티아고를 창조할 수 있었다.

자연 질서 안에서 그의 역할과 함께 평화로운 인물로서 산티아고의 독학(self-education)은 정통한 대화문체로 이어진다. 주인공 산티아고는 보이는 현실세계 뿐만 아니라 알지만 볼 수 없는 세계도 안다. 헤밍웨이는 공을 들일 만큼 들인 멕시코 만류를 공부하였고 멕시코 해양 생물과 환경에 익숙해 있다. 그래서 산티아고는 헤밍웨이가 창조해 낸 가장 이상적인 인물이다.

> Santiago is also aware of the high sun, the great blue prisms of the water and the depth of the Stream. His is an informed vision; he knows what exists below the sea, below the visible part of the iceberg.

> 산티아고는 높이 솟은 태양, 바다의 크고 푸른 분광 그리고 멕시코 만류를 또한 알고 있다. 그의 지식은 정통한 통찰력이다. 그는 바다 밑과 빙산의 보이는 부분 (물 아래 8분 7)이 존재함을 알고 있다.

멕시코 만류(the Gulf Stream)는 더 이상 변방은 아니고 통합되고 질서 있는 자연세계다. 멕시코 만류에서 20년을 연구한 헤밍웨이는 지금 멕시코 만류의 모든 높은 차원과 자기와의 완전히 연결되는 지식을 가지고 있다. 1928년 이후로 헤밍웨이 작품의 표현방식이 변했고 그는 더 이상 세잔느가 그렸던 그림처럼 자기의 글을 쓰기 원치 않았다.

It was essential that one have hard-earned knowledge gained from firsthand experience.

사람은 직접체험으로 애써 얻은 지식을 가지는 것이 필수적이다.

헤밍웨이는 자기에게 의미가 되었던 세잔느의 추상적 그림에서 빠져 나오는 변화를 추구하였다. 1930년대 초에 그는 멕시코 만류에 대하여 많은 것을 배우려고 노력하였다.

1941년에서 1951년까지 10년 사이에 그의 문체의 성격과 주제 변화는 작품창작에서 찾을 수 있다.

《노인과 바다》 이 작품이 탄생된 근거를 잠깐 짚고 넘어가겠다. 카로스 베이커에 의하면 《노인과 바다》가 발표되기 12년 전에 작가 헤밍웨이는 이 소재를 찾는데 큰 흥미를 가졌다고 한다. 이 작품을 쓰기 위하여 12년간 구상을 해 왔다는 것이 베이커의 주장이다. 싱거는 헤밍웨이에게 주인공 산티아고라는 인물이 창조되게 한 원형을 제공한 한 노어부를 만나서 그 원형의 정체를 다음과 같이 감격적으로 전한다. 산티아고의 실제 인물이 마누엘 울리바리 몬테스판(Manuel Ulioarri Montespan)이라는 것(1955년 11월에 플로리다 주로 망명)이 그와의 회견담에서 전래하고 있다.

다음은 《노인과 바다》는 《라이프》지에 게재하여 500만 부가 팔려 헤밍웨이는 5만 달러를 받았다는 소문이 있었다.

즉 헤밍웨이는 12년간 ≪노인과 바다≫를 탄생시키기 위해 그가 가진 모든 것, 경험과 철학을 바쳤다.

1958년 조지 프림프턴(Greoge Plimpton)과 회견에서 헤밍웨이는 ≪노인과 바다≫에 사용된 빙산원리(생략이론)를 상세하게 설명하였다.

The Old Man and the Sea could have been over a thousand pages long and had every character in the village in it and all the processes of how they made their living, were born, educated, bore children, etc. That is done excellently and well by other writers. In writing you are limited by what has already been satisfactorily. So I have tried to learn to do something else. First I have tried to eliminate everything unnecessary to conveying experience to the reader so that after he or she has read something it will become a part of his or her experience and seem actually to have happened. This is very hard to do and I've worked at it very hard. ⋯⋯ Then the ocean is worth writing about just as man is. So I was lucky there. I've seen the marlin mate and know about that. So I leave that out. ⋯⋯ All the stories I know from the fishing village I leave out. But the knowledge is what makes the underwater part of the ice-berg.

A Case Book edited by Linda Wagner-Martin (p. 29-30)

≪노인과 바다≫는 어촌의 모든 인물과 그 사람들이 살아온 모든 과정,

어떻게 태어났고, 교육받고, 아이들 양육 등에 대하여 긴 천 페이지 넘을 수 있었다. 그것은 다른 작가들에 의하여 훌륭하고 잘 써진다. 그래서 이 작품에는 이미 만족하게 되었으므로 제한되었다. 나는 무엇을 하려고 배우기 노력하였다. 첫째, 나는 실제로 일어난 것으로 보이고 나중에 남녀의 경험의 한 부분이 될 무엇을 읽기 위해 독자에게 경험을 전달하는 불필요한 모든 것을 제거하려고 노력했다. 그다음에 바다는 사람에 대하여처럼 쓸 가치가 있다. 그래서 나는 그 점에서 행운이었다. 나는 청새치가 짝짓는 장면을 목격하였으며 그것에 대해서 알고 있다. 그래서 나는 그것을 생략했다. 내가 어촌에서 알고 있는 모든 이야기는 빼버렸다. 그러나 내가 가지고 있는 모든 지식은 물 밑(submerged part)에 있는 빙산의 한 부분으로 만드는 것이다.

헤밍웨이는 산티아고라는 창조된 인물을 통하여 축적했던 많은 배경지식을 이야기했기 때문에 그 전체장면이 희생되게 하였다.

노어부 산티아고는 이루어질 수 없는 동경(yearning for the unattainable)을 절규한다. 소년 마놀린을 찾고 부르짖는 산티아고의 마음을 헤밍웨이는 조금도 설명하지 않는다. 본문에 사용된 산티아고의 동경의 절규를 보면 다음과 같다.

I wish I had the boy. (p.45)
I wish I had the boy. (p. 48)
I wish the boy was here. (p. 50)

I wish I had the boy. (p. 51)

I wish the boy were here. (p. 56)

If the boy were here he could rub for me and loosen it down from the forearm. (p. 62)

If the boy was here he would wet the coils of line. (p. 83)

If the boy were here. (p. 83)

If the boy were here (p. 83)

모두 9번 반복하여 실현할 수 없는 소망을 독백한다.

처음 5번(p.45, 48, 50, 51, 56)은 소년이 산티아고와 함께 있어 주기를 소망하는가 하면 후반 4번(p.62, 83, 83, 83)은 함께 있어 주어 어렵고 힘든 상황에서 자기를 도와주기 바라는 협력자로서 소망하고 있다.

"I wish I had the boy"는 3번을 똑같은 말로 절규한다.(p.45, 48, 57) 이 독백은 노인 산티아고가 자기에게는 없는 아들 하나 갖기 소망하는 말로 생각된다. "the boy"를 아들로 해석하고 싶다. 소년 마놀린은 노인 산티아고에게는 친아들 이상으로 가깝고 소중한 존재로 생각되는 협력자이다.

헤밍웨이는 소년 마놀린의 존재가 배경지식처럼 산티아고의 마음을 어떻게 편안하게 했는지 명확하게 설명하지 않는다. 이것 역시 빙산원리가 사용된 한 예가 된다. 이와 같이 헤밍웨이는 빙산이 보이는 부분 8분지 1과 물 아래 잠긴 부분(submerged part) 8분지 7의 원리를 높은 차원의 생략기법으로 치밀하고 심도 있게 구사하고 있다.

산티아고는 여러 가지로 빙산원리를 설명해 주는 완벽한 인물이다. 이 9번의 독백은 주인공 산티아고가 외롭고 쓸쓸하게 살아왔기 때문에 인간의 연대(solidarity)의식이나 상호의존(interdependency) 필요성을 간절히 느꼈으리라. 고독은 Santiago가 인간의 연대의식이나 상호의존의 가치를 깨닫게 하는 중요한 촉매가 되었을 것이다.

헤밍웨이 초기 장편소설 ≪해는 또 다시 뜬다≫와 ≪무기는 잘 있거라≫에 나타난 개인주의(individualism)는 ≪빈부≫와 ≪누구를 위하여 좋은 울리나≫에 나타난 공동체 의식으로 발전하였고 ≪노인과 바다≫는 자연에서 찾는 헤밍웨이의 높은 질서의 우주관을 엿보게 한다.

산티아고는 관찰의 기술을 말할 때 문학의 공교육을 받은 일이 없는 사람이지만 그는 과학적 지식을 말하고 있다.

≪노인과 바다≫ 이 소설 끝 부분에서 헤밍웨이 문학의 높은 예술적 가치를 빼놓을 수 없다.

> The boy saw that the old man was breathing and then he saw the old man`s hands and he started to cry.
> He went out very quietly to go to bring some coffee and all the way down the road he was crying. He did not care that they saw him crying. Let no one disturb him (idem p. 122)
>
> Damn my fish, the boy said and he started to cry again. (idem p. 123)
> As the boy went out the door and down the worn coral rock road he was crying again. (idem p. 126)

"Cry"라는 단어는 슬픔, 고통의 의미로써 헤밍웨이는 상황 전달만 하고 설명을 생략하고 있다. 여기서도 객관적 상관관계가 사용되었다. 감정의 상태를 암시해 주고 독자의 감정을 유발하려는 작용을 하고 있다.

헤밍웨이의 범애사상이 드러나는 부분은 그의 원숙한 인격과 인간으로서 가지는 자긍심 그리고 자연에서 찾는 인간의 가치를 엿보게 한다.

When the fish had been hit it was as though he himself were hit. (idem p. 102)

고기가 얻어맞을 때 자기 자신이 얻어맞는 것 같았다.

《노인과 바다》에서 독자들은 설명되지 않은 많은 이야기에 의문을 제기한다. 어촌의 모든 인물에 대한 더 자세하고 구체적인 묘사가 필요하다는 것인데 예를 들면 고기배의 모양은 어떠하고 항해는 어떠하였고 멕시코 만류에서 잡는 청새치(marlin)는 어떠하고 잡은 고기는 어떻게 거래되는지 등에 궁금해 하고 있다. 하지만 이런 것이 중요하지 않다는 것을 결정한 후에 헤밍웨이는 그가 열심히 축적했던 배경지식(background information)을 생략했다. 이미 창조된 산티아고를 통하여 말했기 때문에 그러한 것은 제거되었다.

He noticed how pleasant it was to have someone to talk to instead of speaking only to himself and to the sea. I missed you, he said. (idem p.

그는 바다에서 자기 자신에게만 말을 하는 대신 어떤 사람(the boy)과 이야기하는 것이 얼마나 즐거운지를 알아차렸다.

나는 네가 없어서 섭섭했다고 그는 말했다.

"I missed you." 이 짧게 압축된 간략한 문장에 노어부 산티아고의 소망, 동경, 그리움 등이 함축되어 있다. 헤밍웨이는 이 짧은 문장 하나로 함축된 많은 의미를 설명하지 않고 있다. 천재 작가 헤밍웨이 특유의 빙산원리가 사용된 좋은 예문이다. 그의 높은 차원의 언어 예술적 가치가 깊숙이 파묻혀 있는 독창적 기법이다.

≪노인과 바다≫는 많은 비평가들이 이 소설이 비극인가 아닌가에 관심을 두고 있다. 산티아고는 현대 비극적 인물로는 몇 가지 특이한 점을 가지고 있다. 낚시를 좋아하고 바다를 좋아하고 야구를 좋아한다. 산티아고의 투쟁을 삶 그 자체의 투쟁으로 보는 사람이 많다. 산티아고는 파멸하지만 결코 패배하지 않는다.(A man can be destroyed but not defeated.) 산티아고는 바다에 너무 멀리 나갔기 때문에 파멸될 수 있지만 패배하지는 않는다. 중요한 것은 승리와 패배에 있는 것이 아니고 어떠한 방법으로 게임을 하는가에 달려있다.

헤밍웨이는 멕시코 만류의 해양생물과 영적 교섭을 묘사함으로써 산티아고 세계를 계속 창조한다. 영적 교섭은 거북이와 상어와의 영적 교섭에서도 존재한다. 산티아고의 거북이에 대한 사랑은 존경어와 동일하다. 만약 거북이에게 경의를 표한다면 그 대가로 축복을 받을 것이다. 헤밍웨이는 이 내용을 원문 36페이지와 37페이지에 잘 묘사하고 있다. 역겨운 상어 기름을 먹는 것이 한 어부로서 산티아고에게는 의무적 일이다. 관찰자로서 그는 시력을 보강해야 하기 때문에 상어기름을 매일 마신다.

헤밍웨이는 날마다 멕시코 만류와 함께 살아야 했다. 주의 깊게 관찰한 것을 해양일지에 적었으며 그 차원을 면밀하게 알았던 것도 일지에 썼다. 헤밍웨이는 산티아고 세계를 완전히 건설할 수 있었다. 멕시코 만류에서 다른 생물의 생태 이상으로 청새치(marlin)는 산티아고에게는 정신적으로 일치하는 의미를 갖고 있다. 청새치는 형제요, 협력자로 생각하고 있기 때문이다. 산티아고는 그의 부인의 죽음으로 인하여 여전히 애도하는 홀아비로 있다. 짝짓는 청새치가 자기 자신의 헌신적 사랑을 반영한다. 이 장면은 외로운 노어부 산티아고에게 위로가 되고 고독을 완화시켜 주는 것이라 생각된다. 야생 오리 떼가 비상하면서 바다 위 하늘을 보고 울부짖는 모습은 그 의미가 무엇인지를 그는 알고 있으리라. 산티아고는 그 관찰을 완전하게 해석하기 위하여 멕시코 만류를 연구해야 하고 근본 지식을 갖추어야 한다고 생각한다.

산티아고는 말한다.

I love and respect you very much. But I will kill you dead before this day ends. (idem p.54)

나는 너를 매우 사랑하고 존경한다. 그러나 이 날이 끝나기 전에 너를 죽이겠다.

    종교가 없는 사람 해리 모건은 변화에 눈을 감지만 산티아고는 아직도 그의 인간적 도리에 힘을 주고 있다. 청새치는 그를 변화시키는 힘이다.

    산티아고의 형제애는 멕시코 만류의 세계 안에 존재한다. 훌륭한 작가는 가능한 한 거의 모든 것을 알아야 한다. 매우 훌륭한 작가는 지식을 가지고 태어난 것으로 보이지만 사실은 그렇지 않다. 그는 의식적 응용을 시간의 추이에 따라 적응하는 능력을 가지고 태어난 사람이다. 그에게는 이미 지식이 제시한 것을 수용하느냐 아니면 거절하느냐를 판단하는 지성(intelligence)이 요구된다.

    무엇보다 헤밍웨이 빙산원리는 이 소설의 인기와 힘을 설명하는 데 사용되었다. 독자의 참여가 이 방법에 성공에 필수적이었다. 독자의 반응이 물에 잠긴 8분지 7(submerged part)의 의미를 이해하는 데 필요했다. 독자는 작가가 관찰의 자극을 주었던 만큼 반응해야 했다. 하지만 그에게 오는 자극은 경험의 세계보다 창조된 세계에서 왔다. 미국의 헤밍웨이 학자 마크 피. 오트는 빙산원리를 이렇게 설명한다.

Santiago repeatedly states that he missed the boy, Manolin. Hemingway never explains explicitly how his presence would have eased things for Santiago, as this information does. It is an element of the ice-berg that is submerged.

A Sea of Change by Mark P.Ott (p.100)

산티아고는 소년 마놀린이 없어서 섭섭했다는 말을 되풀이했다. 이 정보가 말하듯이, 헤밍웨이는 소년이 함께해서 어떻게 산티아고의 마음을 편안하게 해주었는지를 명백하게 설명하지 않는다. 그것이 물에 잠긴 빙산원리이다.

1923년에 헤밍웨이는 멕시코 만류에 대한 소재를 모으는 풋내기였다. 그러나 1934년에 그는 청새치 행동에 대한 연구로 해양과학자가 되었고 1947년에는 이 소설을 구성하는 소재에 정통했다.

산티아고는 기후에 대하여서도 일가견을 가지고 있다. 대기의 조짐을 읽을 줄 알았고, 이것을 자신의 목적에 합당하게 그 의미를 찾았다.

산티아고는 자기가 알고 있는 모든 지식을 독자와 공유하지 않는다. 관찰자로서 산티아고는 멕시코 만류를 연구하고 그 중요한 발견물을 일기에 적고 해석한다. 헤밍웨이는 작가의 진실을 이렇게 기술한다.

"존재의 사실이 나쁘게 관찰될 수 있지만 훌륭한 작가는 무엇을 창작할 때 그는 절대적 진실을 나타내기 위해 시간과 여유를 가진다."

헤밍웨이는 그의 사실주의로 호머를 평가한다. 산티아고처럼 그는 실제로 본 것을 가지고 호머를 판단한다. 바로 세잔느가 헤밍웨이에게 작품방법의 모델을 제공했듯이 호머도 역시 그러했다. 헤밍웨이 문체는 호머 그림을 보는 시간이 많지 않기 때문에 변하지 않았다. 그것은 멕시코 만류에 접촉하여 연구한 결과로 정통했기 때문이었다. 호머는 그의 작품이 몰두했던 세계를 정확하게 그렸기 때문에 헤밍웨이 찬사를 받았다.

호머의 유화 ≪멕시코 만류≫(1899)와 그의 수채화 ≪카리브해≫는 헤밍웨이에게 두 가지 모델로 작용했다. 전자는 주제로 후자는 방법으로 받아들여졌다.

헤밍웨이는 다른 어부들처럼 별을 점치고, 조수의 간만과 해양생태에 관해서 많은 의문을 가졌다.

월컷(Derek Walcott)이 말했듯이 헤밍웨이 문체는 기후와 근거를 이루는 관찰에 대한 정통한 경험에 바탕을 둔 사실주의 문학이다.

헤밍웨이는 산티아고를 약탈자와 희생물의 혼합하는 통합된 환경을 창조한다. 그는 1930년 ≪에스콰이어≫지에 보내는 편지에 자기에게 괴롭게 따라다니는 자연에 대한 잔인함과 존경의 모순은 사라졌다고 썼다.

여러 가지로 빙산원리는 호머 작품에 대한 헤밍웨이의 평가를 확실하게 하는 것으로 볼 수 있다. 호머의 꾸밈없는 화포(canvas)에서 헤밍웨이는 그의 서술적 구문을 생략하는 구체적 방법을 배웠다. 그는 상상적 풍경화에 사용하는 언어기법은 호머의 시각언어(visual language)와 유사점을 공유하고 있다. 헤밍웨이는 호머의 교훈을 응용하여 자연세계의 원리를 통합하려고 노력했다. 이 모든 구체적 사실에 근거하여 보이는 세계, 물에 잠긴 부분, 빙산의 높은 차원을 건설할 때 헤밍웨이는 산티아고의 창조된 세계를 생략하기로 결정했다.

1929년에는 비, 먼지, 바람, 나뭇잎의 이미지 반복의 세잔느식 감동적 구문을 그의 작품에 사용했지만, 지금은 세잔느의 추상적 이미지 기법을 벗어나려 한다.

헤밍웨이는 그가 축적한 모든 지식을 ≪노인과 바다≫에 전부 쏟아 부었다.

The dignity of movement of an ice-berg is due to only one-eighth of it being above water.

Death in the Afternoon by Ernest Hemingway (p.192)

빙산운동의 위엄은 물 위에 존재하는 8분지 1만이 있기 때문이다.
생략이론 즉 빙산원리는 헤밍웨이 문학의 소중한 자산이다.

제4부
미국 고교생들과 대담 및
조지 프럼프턴과 회견

헤밍웨이의 미국 고교생들과 대담(1959년 A. E. 홋츠너 편집)

10년 후 늦은 겨울 헤밍웨이는 잠시 동안 살려고 미국에 왔다. 그의 집은 쿠바이지만 1년 전 선밸리에서 1마일 떨어진 작은 도시 아이다호에 통나무집 한 채 임대하였다.

거기서 그는 옛 친구들과 새 사냥을 즐기며 새 소설을 구상하고 있었다. 상처 난 올빼미 한 마리를 발견한 어느 날 그는 그의 집 부속 주차장에 보호하고 정성들여 관리하였다. 겨울이 지나고 봄이 오면서 올빼미는 건강하게 자랐고 그는 새 소설 구상에도 좋은 예감이 들었다.

헤밍웨이와 나는 그날 저녁을 하고 우리는 이웃 읍 헤일리로 드라이브 했다. 헤밍웨이는 교구 성당의 10대 소년들과 만날 것을 교구 신부 오코너에게 약속했다.

우리는 30여 명의 고교생들이 모인 교구 거실에서 만났다. 한 시간 넘게 헤밍웨이는 오늘날의 10대 소년들이 당면하고 있는 문제와 문학적 관심사에 뿐만 아니라 미래에 관해서 질문에 답을 했다. 오고 가는 질문과 대답을 들으면서 질문의 진정성과 답변의 지혜에 감명 받지 않을 수 없었다.

Q : 선생님 글쓰기를 어떻게 시작했습니까?

A : 나는 언제나 글쓰기 원했지. 나는 고교 때 학교 신문을 편집하였고 글도 써서 발표했지. 고교 졸업 후에는 《캔자스 시티 스타》지에 수습 기자로 일을 했지.

Q : 《누구를 위하여 종은 울리나》에 관해서 묻겠습니다. 선생님은 스페인에 계셨던 것으로 알고 있는데 그곳에서 무엇을 하셨습니까?

A : 나는 북미신문연합(NANA) 기자로서 스페인 내전을 취재하기 위해 그곳에 갔지.

Q : 왜 공화당 편에 있었습니까?

A : 나는 공화당이 출발하는 것을 보았고, 국민들이 그들의 헌법을 제정하는 것도 지켜보았다. 공화당이 내전을 이길 수 있다고 생각하였고 오늘날 스페인 공화당이 허용된 시초라고 생각한다. 모든 사람들이 전쟁에 대하여 엇갈리게 보지만 내가 생각하고 있는 스페인 공화당은 전쟁이 끝나고서는 스페인 사람이 아닌 사람들이 모두 제거되었지. 그들은 다른 사람이 스페인을 통치하는 것을 원치 않았다.

Q : 얼마나 많은 공교육을 받았습니까?

A : 나는 일리노이주의 오크파크 고교를 졸업하였으며 대학을 가지 않고 전쟁터로 갔지. 1차 세계 대전 중에 나는 이태리 전선에서 임무 마치고 돌아왔을 때 대학에 가기가 너무 늦었어. 그 당시에 미국에는 재대군인 원호법이 없었기 때문이었어.

Q : ≪노인과 바다≫ 이 소설은 어떤 생각으로 쓰게 되었습니까?

A : 나는 고기 한 마리와 함께 하는 상황에서 한 인간의 삶과 지혜를 알았지. 그래서 나는 20년 동안 알았던 한 인간을 생각했고 어려운 처지에서 그를 상상했다.

Q : 문체 개발은 어떻게 하였으며 상업적이 되게 국민의 요구를 받아들인 것입니까?

A : 사정이 아주 어려웠고 난처했다. 1920년대의 문예사조가 옛 방식을 버리고 새로운 변화를 가지는 문체를 요구하였지. 그래서 나는 처음에는 단순하고 진실한 평서문으로 시작했으나 내가 원하는 높은 차원의 소설을 쓰기에는 매우 거리가 멀다는 것을 세잔느 그림 공부를 하면서 깨달았어. 폴 세잔느에게서 많은 것을 배웠지만 결국에는 정제된 표현과 암시적인 간소한 문체를 만들게 되었고 정밀하고 청징하고, 압축되고 시적 감흥이 나게 하였지.

Q : 책 한 권 쓰는 데는 얼마나 걸립니까?

A : 책에 따라서 다르지. 좋은 책은 아마도 1년이나 1년 반은 걸리지.

Q : 하루에 몇 시간 글을 쓰십니까?

A : 나는 아침 6시에 일어나 12시까지 쓴다.

Q : 저녁 12시 말입니까?

A : 아니야 낮 12시야.

Q : 실패해 본 일이 있습니까?

A : 실패하지 않은 사람이 어디 있나. 실패하지 않고 글쓰기 시작할 때는 참 좋다는 생각과 쓰기가 쉽고 그것을 즐긴다고 생각한다. 나중에 독자를 위해 글쓰기 배웠을 때 글쓰기가 더 이상 쉽지만 않다는 생각이 들었지. 글쓰기가 얼마나 어려운가를 알게 되었다.

Q : 젊었을 때 첫 작품이 비평 때문에 두려워했을 텐데요.

A : 두려움은 없었고, 처음에는 돈을 벌지 못했어. 그리고 나는 할 수 있었던 것을 썼다. 나는 비평에 관심이 없었다. 처음 글을 쓰기 시작할 때 알지 못했고 그것은 출발의 축복이었다.

Q : 글쓰기 전에 책 내용의 윤곽을 그립니까? 아니면 많은 노트를 만들어 가집니까?

A : 아니야. 나는 곧 시작하지. 소설은 기억하고 있는 지식에서 나온 창작물이다. 창작에 성공한다면, 기억해 둔 것보다 더 진실한 것이다. 큰 거짓말은 진실보다 더 설득력이 있다. 쓰는 사람을 질책하지 않는다면 매우 성공적인 거짓말쟁이가 될지 모른다.

Q : (오코너 신부가 이번에 질문했다) 아이들에게 지식에 근거로 하여 소년들은 어른처럼 사회에 마주할 자격이 있습니까?

A : 자격이 있는 한, 직면해야 합니다. 확실히 학교 수업은 유럽에서 훨씬 어렵고, 내 아이들은 외국에서 학교를 다닙니다. 아이들은 미국이나 러시아보다 프랑스나 독일에서 어렵게 공부해야 한다고 생각합니다.

236

나는 학교 수업이 어렵다는 것을 이해하지요. 그러나 나는 오랫동안 학교에 다니지 않았으니 아이들이 어른처럼 미래에 직면하는 일은 있을 수 있다고 봅니다.

Q : 얼마나 많은 책을 썼습니까?

A : 13권이다. 그리 많지 않지만, 책 한 권을 쓰는 데는 긴 시간이 걸린다. 나는 그 책들이 재미있기를 바란다.

Q : 《무기여 잘 있거라》 이 책 쓰는 데는 시간이 얼마나 걸렸습니까?

A : 나는 겨울에 파리에서 시작해서 처가가 있는 피고(Piggott)에 잠시 있으면서 글을 계속 쓰다가 내 아이 하나가 태어난 곳 캔자스 시티로 와서 탈고하였지. 초고는 8개월 걸렸고, 5개월 후에 다시 썼다. 모두 13개월 걸린 셈이지.

Q : 방해가 된 일이 있었습니까? 책 쓰기를 그만 두어야 했습니까?

A : 방해는 받았지만 그만둘 수 없었다. 가야 할 곳이 없고 숨을 수는 더욱 없었지.

Q : (신부) 학생들이 교과 과정을 떠나 자신들이 보완할 수는 없는지요? 충고는 어떻게 받아 들여야 합니까?

A : 나는 고교생 여러분들에게 좋은 힘을 줄 수 있습니다. 자신의 어려운 고통은 스포츠를 통하여 털어버리고 내 자신을 바로 찾으려고 했지요. 고교 때 나는 축구도 하고 농구, 탁구 등 여러 구기 운동을 했습니다.

나는 공부에 지쳐 있을 때에 모든 스포츠 게임에 힘을 쏟았지요. 나는 학교 밖에서 많은 것을 배웠고, 라틴어 공부는 개인 지도를 1년 받은 적도 있어요.

Q : 라틴어 공부가 도움이 되었습니까?
A : 나는 후회하지 않는다. 그것은 모든 언어(이태리어, 프랑스어, 스페인어, 포르투갈어, 루마니아어)에 좋은 토대가 되었다. 라틴어 공부는 내가 프랑스어, 이태리어, 스페인어를 잘 할 수 있게 해 주었지.

Q : 선생님은 ≪무기여 잘 있거라≫는 어떻게 시작했습니까?
A : 내가 1차 세계 대전에 참전했던 나이가 18세였고 그곳에서 전쟁터로 갔지.

Q : 영화에도 참여했습니까?
A : 그렇다.

Q : 얼마나 많은 외국어를 하십니까?
A : 이태리에 살면서 학교에서 배웠던 라틴어 실력이 좀 있어서 그 곳 나라말에 쉽게 익힐 수 있었지. 나는 이태리어 배우기 쉽다고 생각했다. 이런 경우에 이태리어 문법 공부에 시간을 들어야겠다는 생각을 했지. 나는 모든 로망스어(라틴어에서 발전한 언어로써 이태리어 프랑스어, 스페인어, 포르투갈어, 루마니아어 등)를 배우는 좋은 방법으로는 신문을 읽으면서 배우는 거라 여겼지. 조간신문은 영자지이고 석간신문은 외국어

신문이 나오기 때문에 배우기 쉬웠다. 신문에 나오는 뉴스는 같은 내용의 기사이기 때문에 이태리어로 나오는 석간신문은 내가 이해하는 데 도움이 되었다.

Q : 책 쓰기 끝내고 그것을 다시 읽습니까?
A : 그렇다. 나는 오늘도 4장의 내용을 다시 읽고 다시 쓰고 했다. 침착하게 읽고 논리적 문장이 되도록 교정하지.

Q : 보통 글 쓰는 시간은 얼마나 됩니까?
A : 6시간 넘지 않는다. 나는 책을 계속 쓸 때 일요일은 쓰지 않는다. 일요일에 글 쓰는 것은 운이 좋지 않기 때문이다.

조지 프림프턴과 회견(1954년 스페인 마드리드 어느 카페에서)

헤밍웨이는 아바나 교외에 있는 그의 집 침실에서 글을 쓴다. 집 남서쪽 한구석에 있는 특별히 꾸민 작업실이 있다. 그러나 그는 침실에서 글쓰기를 더 좋아한다. 침실은 안방과 연결되어 있고 건물 1층에 있다. 침실은 햇볕이 잘 드는 곳이며 동쪽으로 향하는 창문과 흰 벽은 낮 동안에는 더 밝고 환하다. 크고 낮은 이인용 침대는 한쪽 구석에 있고, 7칸의 책꽂이에 쌓인 책 옆에는 표범 껍데기가 걸려 있다. 두 개의 책상 위에는 옛날 신문과 투우 잡지는 고무줄로 묶어 두었다. 원고들, 팸플릿은 신문지에 덮여 있다. 처음부터 그의 글쓰기 습관은 언제나 서서 쓰는 것이었다. 반대편에는 가슴 높이의 넓은 독서대와 타자기가 놓여 있다.

헤밍웨이는 언제나 연필로 시작한다. 글을 쓸 때는 빠르게 잘 쓰고 단순한 대화체 문장을 즐겨 쓴다. 멋진 이야기꾼이지만 유머감각이 풍부한 헤밍웨이는 자기에게 관련된 주제에 대하여 놀라운 지식을 소유하고 있다.

프림프턴(이하 P) : 글 쓰는 동안에 즐거움이 있는지요?
헤밍웨이(이하 H) : 매우 즐겁습니다.

240

P : 언제 글을 쓰고, 글 쓰는 엄격한 규칙이 있는지요?

H : 나는 책이나 소설을 쓸 때 가능하면 날이 밝은 이른 아침에 글을 쓰지
요. 그때는 방해하는 사람이 없고 신선하고 좀 추운 공기에 글을 쓰는
분위기만큼은 따뜻하지요. 썼던 글을 검토하고 다음 차례는 무엇인지
를 알아야 하지요. 보통 아침 6시에 글쓰기 시작합니다. 정오까지 일
은 계속되지요. 사랑하는 어떤 사람을 사랑해야 하는 것처럼 허기지
면 식사를 해야지요. 다시 작업을 하는 다음날까지 방해하거나 무슨
일이 일어나거나 하는 일은 없습니다. 끝내기가 어려우면 다음날까지
기다리지요.

P : 무슨 계획을 할 때는 마음을 비울 수 있습니까?

H : 물론입니다. 그렇게 하는 수련을 쌓아야 합니다. 수련이 요구되지요.

P : 전날에 생략했던 곳을 다시 씁니까? 아니면 나중에 씁니까? 언제 전부
를 끝내게 됩니까?

H : 나는 언제나 중지시켰던 부분을 매일 다시 씁니다. 모두가 끝날 때는
자연히 반복하여 읽습니다. 어떤 사람이 그 원고를 타자기로 칠 때는
교정하고 다시 쓰는 또 다른 기회를 가집니다.

P : 얼마나 많이 다시 씁니까?

H : ≪무기여 잘 있거라≫ 이 소설 마지막 페이지를 내가 만족할 때까지
39번을 다시 썼습니다.

P : 거기에 무슨 기교(technique)가 문제 되었습니까? 선생을 곤란하게 하는
　　무엇이 있었습니까?

H : 낱말을 똑바로 정리했지요.

P : 힘을 얻기 위해 읽습니까?

H : 계속해야 할 곳을 다시 읽는 것이지요. 거기에 다가갈 수 있을 만큼
　　알아야 하니까요.

P : 영감이 전혀 없을 때가 몇 번이 있었나요?

H : 일을 안다면 계속할 수 있습니다. 시작하고 있는 한 잘된 일이고 힘이
　　솟아납니다.

P : 글쓰기에 가장 좋은 곳은 어디이며 주위 환경이 작품에 영향을 줍니까?

H : 아바나의 암보스 문도스 호텔은 글쓰기 매우 좋은 곳이지요. 이 전망
　　좋은 호텔은 훌륭한 장소입니다. 그러나 나는 모든 장소에서 글을 썼
　　습니다. 나는 어떠한 경우에도 글 쓸 수 있는 힘을 가지고 있습니다.
　　그런데, 전화와 방문객은 나의 작업을 망가뜨립니다.

P : 글을 잘 쓰려면 정서적 안정이 있어야 합니까? 언젠가 저에게 글을 잘
　　쓸 수 있는 점은 사랑에 빠져 있을 때라고 말씀하셨는데요.

H : 사람들이 나 혼자 두고 방해하지 않을 때가 가장 좋지요.

P : 금융적 안정이 도움이 됩니까? 좋은 글을 쓰는 데 필요합니까?

242

H : 금융적 안정이 걱정을 하지 않게 도와줍니다. 건강이 안 좋다면 근심을 낳을 수 있고 비축되어 있는 힘을 파멸시키게 합니다.

P : 선생께서는 작가가 되겠다고 결심한 순간을 회상할 수 있습니까?

H : 예. 나는 언제나 작가가 되기 원했습니다.

P : 필립 영은 선생에 관하여 그의 책에서 1918년 7월 8일 밤 박격포의 격심한 외상의 충격이 작가로서 선생에게 큰 영향을 주었다고 언급했습니다. 나는 그의 논문에 대하여 선생이 마드리드에서 간단히 말씀하신 것을 기억합니다. 선생은 예술가의 능력은 그 특성을 습득하는 데 있지 않고 멘델의 유전법칙의 의미에서 선천적인 것이라 하신 말씀을 기억합니다.

H : 마드리드에서 한 말이 매우 건전하게 들리지 않을 수 있지만, 한 가지 권장할 만한 것은 필립 영 책에 대하여 그의 문학에 대한 외상적 이론을 간단히 말했을 뿐이라 생각됩니다. 뼈를 다치지 않은 단순한 상처는 설명이 필요치 않습니다. 광범위한 뼈 상처와 신경 손상은 작가에게는 크게 좋지 않습니다. 누구에게도 마찬가지입니다.

P : 작가에게 가장 좋은 지적 훈련을 생각해 본 일이 있습니까?

H : 글을 잘 쓰는 것은 가장 어려운 일입니다. 그다음 작가는 문장에서 불필요한 말을 없애야 하고 남은 생애에 할 수 있는 글을 써야 합니다.

P : 학력을 가진 자에 대하여 어떻게 생각하는지요?

H : 지식은 작가에게 더 많은 책임을 요구합니다. 글을 쓰는 데 어려움을 줍니다. 영원한 가치에 대하여 무엇을 쓰는 노력은 하루에 불과 몇 시간을 보낸다 하더라도 그것은 하루 종일 노동에 해당됩니다. 작가를 우물에 비유할 수 있지요. 여러 작가들처럼 우물에는 여러 종류의 우물이 있는데 중요한 것은 우물 안에 좋은 물이 있어야 합니다.
우물이 마를 때까지 퍼내기보다 적당량의 물을 퍼내는 것이 더 좋은 것이고, 그 우물물이 다시 채워질 때까지 기다리는 것입니다.

P : 젊은 작가로서 신문 일을 제의할 의사가 있습니까? ≪캔자스 시티 스타≫지에서 받은 교훈이 얼마나 도움이 되었다고 생각합니까?

H : 나는 ≪캔자스 시티 스타≫지에서 단순한 평서문 쓰기를 배웠습니다. 이것은 누구에게나 도움이 됩니다. 신문 일은 젊은 작가에 많은 도움을 줍니다.

P : 다른 작가들에게도 지적 자극이 가치가 있다고 봅니까?

H : 그렇습니다.

P : 1920년대 파리 시절에 다른 작가와 예술가들과 집단 감정을 가져 본 일이 있습니까?

H : 아닙니다. 집단 감정은 없었습니다. 우리는 서로가 존경했습니다. 나는 화가들을 존경하였고 그 당시 생존했던 그리스 피카소, 브라크, 제임스 조이스, 에즈라 파운드, 거투르드 스타인 같은 문인들도 존경했

244

습니다.

P : 글 쓸 때 당시에 읽었던 작가들의 작품에서 영향을 받았습니까?

H : 있었다고 봅니다.

P : 제임스 조이스에 대하여 말씀하신다면?

H : 조이스는 위대한 작가입니다.

P : 말년에 동료 작가들을 회피하셨는데 왜 그러하셨는지요?

H : 좀 복잡합니다. 글을 쓴다는 것은 외롭습니다. 가장 좋아했던 그때 친
구들은 죽었습니다. 용서 받을 수 없는 죄를 지었다고 생각합니다.

P : 동시대 사람들이 선생의 작품에 영향을 주었습니까?

H : 특히 거트루드 스타인, 제임스 조이스, 막스 퍼킨스 같은 사람의 영향
을 받았습니다. 이들이 죽은 후에 후회한들 소용이 없습니다. 나는 스
타인 그녀를 좋아했습니다. 그녀에게서 리듬과 반복기법을 배웠고 그
녀는 나의 대화체를 배웠지요. 파운드는 실제로 알고 있었던 주제들
에 대하여 지극히 총명했습니다. 막스 퍼킨스에게 많은 관심을 가졌
던 것은 편집자로서도 좋은 친구였지만 현명하고 아주 훌륭한 동료였
기 때문이지요.

P : 선생이 말한 사람들 중에 가장 많이 배웠던 문학 선배는 누구입니까?

H : 막트윈, 플로베르, 스탕달, 바하, 트르게네프, 톨스토이, 체홉, 토스토

옙스키, 앙드레 마르셀, 존 돈, 모파상, 키플링, 셰익스피어, 모차르트, 단테, 세잔느, 반 고흐, 고갱 등 모든 사람들을 기억하기에는 하루가 걸립니다.

그다음은 나의 삶과 작품에 영향을 주었던 모든 사람들을 기억하기에 벅찹니다. 나는 화가들에게 관심이 높았으며 작가들에게서처럼 화가들에게 어떻게 쓰는가를 많이 배울 수 있었기 때문입니다.

P : 악기를 연주할 수 있습니까?

H : 나는 첼로를 연주했습니다. 나의 어머니가 음악과 대위법을 공부하라고 권유했지요. 어머니는 내가 할 수 있다고 생각했지요. 그러나 나는 재능이 없었습니다. 우리는 실내 음악을 연주했으며 어떤 사람이 바이올린 연주하러 왔고 누이는 비올라를 연주했고 어머니는 피아노를 연주했지요. 첼로는 이 세상 어느 누구도 연주하기가 아주 어려운 것이었습니다.

P: 막트윈 작품을 다시 읽은 일이 있습니까?

H : 막트윈과 함께하려면 2년이나 3년이 걸립니다. 나는 셰익스피어를 매년 읽었습니다. ≪리어왕≫을 읽으면 언제나 힘이 나지요.

P : 선생의 작품에서 상징이 존재하는 것을 인정하십니까?

H : 작품에 대하여 말하기 싫어하지 않는다면 비평가들이 찾고 있는 상징은 있을 거라고 생각합니다. 작품을 설명하라는 요구를 받지 않는다면 책을 쓴다는 것은 매우 어렵습니다.

P : 얼마나 많은 용의주도한 노력이 선생의 독특한 문체 개발에 도움이 되었는지요?

H : 그것은 아주 지루하게 하는 질문입니다. 답변을 하자면 몇 날을 보내야 합니다. 이전의 고전에 공통점이 있는 새로운 고전은 없지요. 첫째로 사람들은 매우 난처한 것만 볼 수 있습니다. 그들은 알아차리지 못합니다. 매우 난처한 것만 본다면 이 난처한 것이 문체라는 것을 알고 난 다음 모방합니다.

P : 선생 자신이 다른 작가들과 경쟁이 있다고 생각하십니까?

H : 아닙니다. 내가 확신했던 가치 있는 죽은 작가들보다 더 잘 쓰도록 노력했습니다. 오랫동안 나는 최선을 다해 노력했으며 그때는 행운도 있었고 내가 할 수 있는 것 보다 더 좋은 작품을 쓰기도 했습니다,

P : 선생의 작품 속 인물들은 실제 삶에서 나옵니까?

H : 물론입니다. 더러는 실제 생활에서 오기도 하고 대부분은 지식과 이해와 체험에서 나온 사람들을 창조합니다.

P : 실재 인물이 소설의 인물로 바뀌는 과정을 말씀하실 수 있습니까?

H : 내가 어떻게 했나를 설명한다면 그것은 명예훼손 변호사의 참고서가 될 것입니다.

P : 선생의 작품을 읽을 때 즐거움을 가집니까?

H : 내가 작품을 어렵게 썼을 때 그것을 읽으면 함나게 해 주지요. 그다음

어떻게 어려웠고 거의 불가능했는지 회상합니다.

P : 인물들의 이름은 어떻게 짓습니까?
H : 최선을 다해 짓지요.

P : 책 제목은 쓰는 과정에서 오는 것입니까?
H : 아닙니다. 소설이나 책을 다 쓰고 나서 제목 목록를 만들지요. 제목이
100개나 나올 때도 있고 나는 제거하기 시작합니다. 때로는 그 전부를
없애기도 합니다.

P : 글 쓰지 않을 때는 유용한 무엇을 찾는 관찰자가 됩니까?
H : 그렇습니다. 작가가 관찰을 멈추면 그는 끝입니다. 하지만 의식적으로
관찰을 하지 않거나 그것이 어떻게 유용한 것인지를 생각합니다. 처
음에는 의심스러웠으나 나중에는 모든 것이 알고 있거나 보았던 사물
을 뒤집어 보기도 합니다. 효용이 있다면, 나는 언제나 빙산원리로 글
쓰기 노력합니다. 보이는 부분 밑에 8분지 7이 있다는 사실을 깨닫고
알고 있는 모든 것이 제거될 수 있으며 그것은 빙산원리를 강하게 해
줍니다. 만일 작가가 모르기 때문에 무엇을 빠뜨리게 된다면 그의 소
설에서 구멍이 있을 뿐입니다. 그다음은 사람에 대하여 쓰는 것처럼
바다에 대하여 쓸 가치가 있습니다. 그래서 나는 운이 좋은 사람입니
다. 나는 청새치가 짝짓는 것을 보았으며 그것에 대하여 알고 있습니
다. 그리고 바다 물이 솟아오르면서 50마리 고래 떼를 보았어도 나는
이 부분을 모두 생략했습니다. 그리고 어촌에서 생겨진 모든 이야기

를 생략하였고 하지만 알고 있는 물 밑 부분(submerged part)을 빙산으로 만드는 것입니다.

P : 작가가 사회정치적 문제에 대하여 어떻게 관심을 가져야 하는지 물어도 되겠습니까?

H : 모든 사람은 자기 양심을 가지고 있으며, 그 양심이 어떻게 작용해야 하는지에 대하여 규칙은 없습니다. 확실히 할 수 있는 것은 그의 작품에서 정치 성향을 빼야 합니다. 소위 정치 성향을 가진 작가들은 자주 자기들의 정치 성향을 바꿉니다. 때로는 다급하게 그들은 자기들의 견해를 다시 쓰기까지 합니다. 아마도 그것은 행복 추구의 한 형태로서 존경받을 수 있습니다.

P : 선생의 작품에 어떤 교육적 의도가 있습니까?

H : ≪오후의 죽음≫은 교육상 도움이 되는 책입니다.

P : 선생의 작품이 한두 개의 사상에 반영한다고 말할 수 있습니까?

H : 누가 그런 말을 했습니까? 매우 단순한 소리입니다. 그렇게 말하는 사람은 한두 개의 사상만을 가진 사람입니다.

P : 마지막으로 근본적인 질문인데 창의적 작가로서 선생이 생각하는 것이 선생의 예술에 역할을 한다고 보십니까?

H : 창작을 통하여 진실하고 살아 있는 그 어느 것보다 더 진실한 새로운 전부를 만들어야 합니다. 그것을 살아 있게 하고 그것을 매우 훌륭하

게 창작을 한다면 영혼 불멸을 설명하는 것입니다. 왜 써야 하는지에 대한 해답이 될 것입니다.

헤밍웨이 가계도(Hemingway's Family)

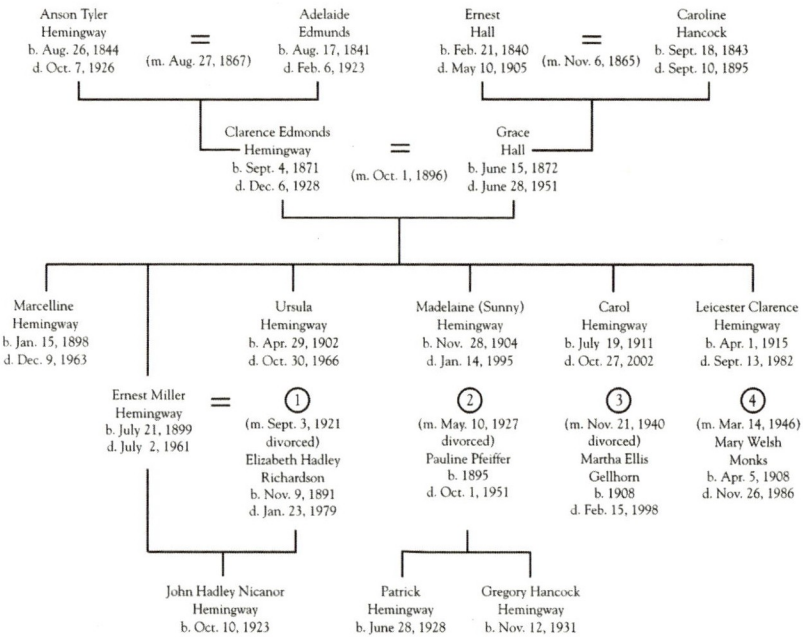

Anson Tyler
Hemingway
b. Aug. 26, 1844
d. Oct. 7, 1926

= (m. Aug. 27, 1867)

Adelaide
Edmunds
b. Aug. 17, 1841
d. Feb. 6, 1923

Ernest
Hall
b. Feb. 21, 1840
d. May 10, 1905

= (m. Nov. 6, 1865)

Caroline
Hancock
b. Sept. 18, 1843
d. Sept. 10, 1895

Clarence Edmonds
Hemingway
b. Sept. 4, 1871
d. Dec. 6, 1928

= (m. Oct. 1, 1896)

Grace
Hall
b. June 15, 1872
d. June 28, 1951

Marcelline
Hemingway
b. Jan. 15, 1898
d. Dec. 9, 1963

Ernest Miller
Hemingway
b. July 21, 1899
d. July 2, 1961

=

① (m. Sept. 3, 1921
divorced)
Elizabeth Hadley
Richardson
b. Nov. 9, 1891
d. Jan. 23, 1979

② (m. May. 10, 1927
divorced)
Pauline Pfeiffer
b. 1895
d. Oct. 1, 1951

③ (m. Nov. 21, 1940
divorced)
Martha Ellis
Gellhorn
b. 1908
d. Feb. 15, 1998

④ (m. Mar. 14, 1946)
Mary Welsh
Monks
b. Apr. 5, 1908
d. Nov. 26, 1986

Ursula
Hemingway
b. Apr. 29, 1902
d. Oct. 30, 1966

Madelaine (Sunny)
Hemingway
b. Nov. 28, 1904
d. Jan. 14, 1995

Carol
Hemingway
b. July 19, 1911
d. Oct. 27, 2002

Leicester Clarence
Hemingway
b. Apr. 1, 1915
d. Sept. 13, 1982

John Hadley Nicanor
Hemingway
b. Oct. 10, 1923

Patrick
Hemingway
b. June 28, 1928

Gregory Hancock
Hemingway
b. Nov. 12, 1931

헤밍웨이 아버지 클러렌스 박사.
1911년 6월 오크파크에서

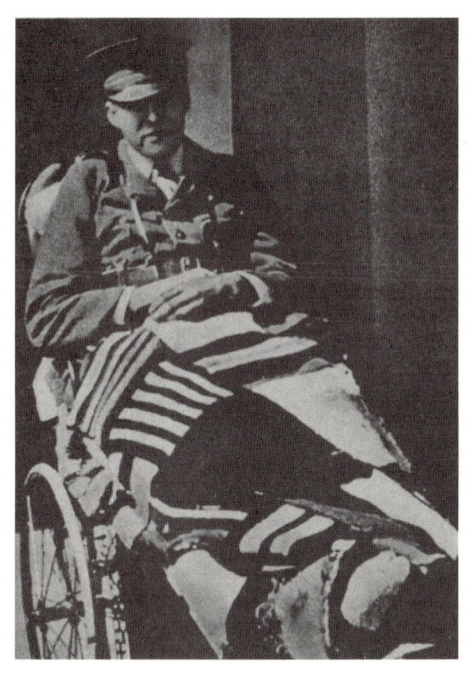

1918년, 밀란 병원에서 수술 후 회복 중의 헤밍웨이

1919년 후, 몽마르트는 미국 국외 이주자들의 회합장소가 되었다

소설 율리시즈 산실. 파리의 실비어 비치의 서점 "섹스피어 앤 컴퍼니". 왼쪽이 제임스 조이스, 오른쪽이 실피아 비치.

헤밍웨이가 젊었을 때 가장 좋아했던 이반 트르게네프

헤밍웨이가 가장 존경했던 톨스토이

재즈시대의성공한 작가 스캇 피츠제럴드

윌리엄 포크너. 1949년의 모습.

헤밍웨이 문학선배 셔우드 앤더슨

핑카비히아의 정원을 걷고 있는 헤밍웨이

영화 〈누구를 위하여 종은 울리나〉에서 이상적인 배우 게리 쿠퍼와 잉그릿 버그먼

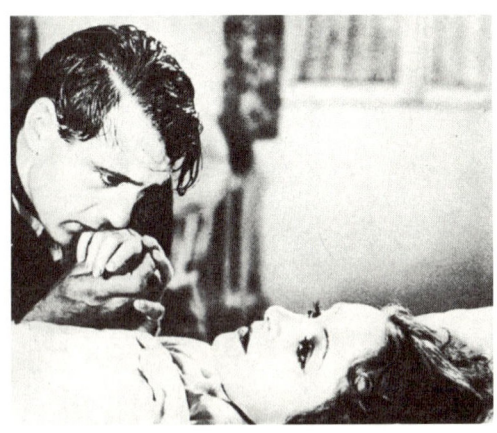

영화 〈무기여 잘 있거라〉에서 주연배우 게리 쿠퍼와 헬렌 헤이즈

1954년 베니스에서 헤밍웨이

1924년 파리에서 헤밍웨이 성공 직전의 모습

핑카비하에서 평화롭고 행복한 한 때 헤밍웨이.

혼란과 어둠의 스페인 내전의 한 장면

2차 세계대전 당시의 헤밍웨이(왼쪽)

만년설로 덮힌 킬리만자로

침실과 통하는 서재, 핑카비하

쿠바의 헤밍웨이의 집 핑카비하

제5부
문학 연보

Hemingway code is a set of rigid principle of conduct made up of integrity, humor, courage and discipline.

헤밍웨이 코드는 도덕적 청렴성, 유머, 용기, 그리고 수련으로 구성된 엄격한 행동원칙이다.

헤밍웨이 문학연보

1899 ~ 1925

1899년 7월 21일
미국 일리노이주 오크파크에서 아버지 클래런스와 어머니 그레이스 홀의 장남으로 태어남

1905년 9월 초등학교 입학

1914년 7월 28일, 1차 세계 대전으로 오스트리아와 헝가리 연합국이 세르비아와 전쟁을 선포

1915년 9월 오크파크 고교 신문 ≪트라페제≫에 기고

1916년 2월 고교 문예지 ≪타뷸라(The Tavula)≫에 첫 단편소설을 발표

1917년 4월 6일 미국이 독일과 전쟁을 선포
1917년 6월 헤밍웨이 고교를 졸업

1917년 10월 ≪캔자스 시티 스타≫지에 수습기자로 취업

1918년 봄, 시력이 나빠서 군 입대에 실격, 대신 미국 적십자 구급차 운전병으로 입영

1918년 5월 23일. 이태리 군에 근무하기 위해 뉴욕에서 배를 탔음

1918년 6월 4일 이태리 도착. Schio에 주둔

1918년 7월 8일 이태리 군에게 초콜릿과 담배를 나누어주다가 오스트리아군의 박격포탄에 맞아 심한 상처를 받음. 그해 여름과 가을까지 밀란에 있는 적십자 병원에서 치료받고 회복 중에 담당 간호사 아그네스와 사랑에 빠짐

1918년 11월 11일 휴전이 선언되고 1차 세계대전 종전

1919년 1월 4일 적십자에서 제대하고 뉴욕으로 떠남

1920년 1월 8일 집에서 1년 보낸 후 ≪토론토 스타≫지와 자유계약 기자로 시작.

1920, 10월. 시카고로 이동. 셔우드 앤더슨을 만남.

1920년 12월. ≪코아퍼러티브 커먼웰스(Cooperative Commonwealth)≫에서 편집과 글을 씀

1921년 9월 3일 헤밍웨이와 해들리가 그의 가족 여름 휴양지 미시간에 있는 호튼 만에서 결혼식을 올림

1921년 12월 8일 셔우드 앤더슨의 소개장을 들고 부인 해들리와 함께 프랑스로 떠남. 거투르트 스타인, 헤밍웨이는 부인 해들리의 신탁 자금으로 ≪토론토 스타≫지의 자유기고기자로 활약

1922년 1월 4일 실비아 비치 여사 만남

1922년 2월 2일 제임스 조이스의 ≪율리시스≫가 셰익스피어 앤 컴퍼니 서점에 의하여 출판됨

1922년 2월 말 에즈라 파운드를 만남

1922년 3월 8일 헤밍웨이 부부는 거트루트 스타인과 애리스 토크라스 집에 차 마시러 감.

1922년 4월 6일~27일까지 ≪토론토 스타≫지의 자유기고 기자로서 제네바 경제회의를 취재.

1922년 10월 18일 터키와 희랍 전쟁을 보도하기 위해 콘스탄티노플로 감.

1922년 11월 21일 로잔느 세계평화회의 취재 차 스위스로 감.

1922년 12월 2일 헤밍웨이는 해들리와 합류하여 그의 일을 진척시키기 위해 로잔느에서 만나기로 하였는데 파리 리옹역에서 아내 해들리가 그의 원고가 들어 있는 여행용 가방을 도난당함

1923년 1월 시 6편을 발표.

1923년 2월 7일~10일 헤밍웨이 부부는 라팔로에 있는 파운드를 방문함.

1923년 봄 ≪우리 시대에≫에 수록된 6편의 소품문을 출판함

1923년 6월 1일 맥알몬과 버드와 함께 투우 관람을 하기 위해 스페인으로 처음 여행을 함.

1923년 7월 6일 헤밍웨이 부부는 스페인의 팜플로나에서 거행되는 산 페르민 축제를 관람

1923년 10월 10일 존 해들리 니카노어 헤밍웨이. 별명 밤비가 탄생

1923년 12월 30일 헤밍웨이는 ≪토론토 스타≫지에서 사직

1924년 1월 30일 헤밍웨이 부부는 프랑스로 돌아 옴

1924년 2월 영국 소설가 포드 매독스 포드가 편집하는 ≪더 트랜시틀란틱 리뷰(The Transatlantic Review)≫사의 부주필로 근무함

1924년 3월 16일 거트루트와 토크라스가 큰 아들 존의 대모가 되어 천주교 영세를 받음

1924년 4월 버드의 ≪쓰리 마운틴스 프레스(Three Mountains Press)≫가 헤밍웨이 소품문 ≪우리 시대에≫를 출판함

1924년 6월 13일~7월 헤밍웨이 부부는 소설가 존 도스 패소스(John Dos Passos)와 Donald Ogden Stewart와 함께 Pamplona에 감.

1925년 3월 헤밍웨이는 둘째 부인이 될 사람 폴라인 페이퍼를 만남.

1925년 4월 피츠제럴드의 소설 ≪위대한 갯츠비≫가 스크리브너스사에서 출판.

1925년 6월~7월 13일 헤밍웨이 부부는 빌 스미스, 해럴드 로드, 더프(Duff Twysden) 그리고 팻(Pat Gutheric)과 함께 스페인을 여행함. 첫 장편

소설 ≪해는 또 다시 뜬다≫에 그의 스페인 여행을 이용함

1925년 7월 21~9월 15일 ≪해는 또 다시 뜬다≫ 초고를 쓰기 시작

1925년 10월 5일 ≪우리 시대에≫ 뉴욕에서 출판

1917년 고교를 졸업한 후 헤밍웨이는 미저리주의 ≪캔자스 시티 스타≫지에서 수습기자로 일을 시작했다. 그는 나중에 이 신문사에서 배운 교훈이 작가 수업에 큰 도움이 되었다고 술회했다. 1918년 7월 8일 밤 헤밍웨이는 이태리 전선에서 이태리 군에게 초콜릿과 담배를 나누어주다가 오스트리아군이 쏜 박격포탄에 맞아서 큰 부상을 당했다. 227개 파편 제거 수술을 받고 밀라노에 있는 적십자 병원에서 회복을 기다리는 중에 담당 간호사 아그네스와 사랑하게 된다. 헤밍웨이는 아그네스 간호사와 결혼하기를 원했지만 아그네스 간호사는 끝내 사랑을 받아들이지 않았다. 헤밍웨이는 나중에 그의 소설 ≪무기여 잘 있거라≫에서 이 전쟁 체험을 구체화했다.

1920년에 ≪토론토 스타≫지의 기자로 일을 했으며 시카고 있을 때 같은 해에 해들리 리처드슨(Hadley Richardson)을 만났다. 주로 편지를 통하여 구애가 전달되었고 헤밍웨이는 1921년에 정식으로 청혼하였다. 1921년 9월 3일 두 사람은 결혼을 하고 시카고로 이동하였다. 그해 헤밍웨이는 선배 작가 셔우드 앤더슨을 만났다. 앤더슨은 그에게 글을 쓰게끔 좋은 격려를 하였으며 프랑스 파리로 가서 작품을 쓰라고 충고하였다. 헤밍웨이는 부인 해들리와 함께 1921년 12월 20일 파리에 도착하였다. 1922년 1월에 파리에 정착한 헤밍웨이부부는 작가와 예술가들이 살기 좋고 쾌적한 분위기와 물가가 저렴하고 파리라는 도시가 그들에게 끌리는 곳임을 알았다. 헤밍웨이는 곧 파리에 있는 두 미국 작가 에즈라 파운드와 거트루드 스

타인을 친구로 사귀었다. 이 두 작가는 헤밍웨이의 작품을 읽고 비평도 하였다. 이 두 작가를 통하여 헤밍웨이는 다른 작가들과 편집장들 자그마한 잡지사와 출판사가 파리에 근거지를 두고 있기 때문에 만나서 친교하였다. 1922년과 1923년 사이에 헤밍웨이 부부는 오스트리아, 독일, 이태리, 스페인등지로 여행하였으며 특히 스페인에서 투우를 관람하였다. 이 부부는 장남 존을 출생을 위하여 그해 토론토로 갔다.

헤밍웨이는 《토론토 스타》지에 사표를 내고 그해 말에 파리로 부인과 함께 장남 존을 데리고 왔다. 1924년 헤밍웨이는 그의 최고의 단편 소설 《인디언 부락》과 《병사의 고향》 그리고 《두 심장의 큰 강》을 썼다. 헤밍웨이는 그의 친구 해럴드 롭와 셔우드 앤더슨을 통하여 그의 단편소설을 출판할 미국 출판업자를 찾고 있었다. 그는 1925년 3월에 보니 앤 리버라이트(Boni and Liveright)사와 계약하고 서명하였다.

1925년 5월에 헤밍웨이는 피츠제럴드를 만났다. 이 두 작가는 친구가 되었고 피츠제럴드는 헤밍웨이의 출세를 위하여 노력하였다. 1925년 7월에 파리에서 다른 친구들과 스페인 팜플로나를 방문을 근거로 하여 소설을 쓰기 시작했다. 헤밍웨이는 보니 앤 리버라이트에 그의 원고를 제출하기를 주저하였다. 까닭은 《우리 시대에》를 출판할 때 실망을 느꼈기 때문에 보니 앤 리버라이트사와 계약을 파기하고 다른 출판사를 찾기로 하였다.

1926~1929

1926년 2월 9일 뉴욕에 도착, 출판업자 리버라이트와 만나서 공식적으

로 관계를 끊고 2월 11일 찰스 스크리브너스 선스사의 편집장 맥스웰 퍼킨
tm에게 조언을 구함

1926년 2월 17일 ≪봄의 급류≫와 ≪해는 또 다시 뜬다≫를 스크리브너
스사와 출판 계약을 맺음

1926년 2월 20일 헤밍웨이 프랑스로 떠남.

1926년 4월 12일 헤밍웨이는 ≪우리 시대에≫를 영국에서 출판하기 위
해 조나단 케이프(Jonathan Cape)의 제의를 받아들임. 케이프는 나중에
헤밍웨이의 영국에서의 출판을 담당하게 됨

1926년 5월 28일 ≪봄의 급류≫가 뉴욕에서 출판. 피츠제럴드는 ≪해는
또 다시 뜬다≫를 타이프로 친 원고를 읽고 헤밍웨이에게 10페이지 비평
문을 보냄

1926년 8월 12일 헤밍웨이가 폴라인 페이퍼와 연애 후 해들리와는 별거
에 들어감

1926년 10월 22일 ≪해는 또 다시 뜬다≫가 출판됨

1926년 11월 18일 헤밍웨이는 해들리에게 ≪해는 또 다시 뜬다≫에서
나오는 모든 인세를 주겠다는 약속을 함. 그리고 그녀가 이혼 소송 절차에
들어가라고 권유함

1927년 4월 14일 헤밍웨이 부부의 이혼이 결정됨

5월 10일 헤밍웨이와 폴라인이 파리에서 결혼함

7월 헤밍웨이의 첫 단편소설이 주요 미국 잡지에 나옴

10월 14일 스크리브너스사가 헤밍웨이의 두 번째 단편집 ≪여자 없는 남자≫를 출판

1928년 3월 헤밍웨이는 1차 세계 대전에 대하여 소설을 쓰기 시작

4월 헤밍웨이 부부는 프로리다주 키웨스트에 휴가

6월 28일 폴라인이 캔자스 시티에서 이들 부부에게는 첫 아이지만 헤밍웨이에게는 둘째 아들 패트릭을 출산

7월 30일 와이오밍에서 사냥 여행을 함. 이것이 미국 서부지역의 첫 여행이 됨

8월 20일~22일 헤밍웨이 ≪무기여 잘 있거라≫ 초고를 끝냄

11월 17일, 헤밍웨이 부부와 피츠제럴드 부부가 프린스톤대학과 예일대학 간의 경기를 참관

12월 헤밍웨이는 편집장 퍼킨스 사무실에서 링 라드너와 상견

12월 6일 헤밍웨이 아버지 클래런스 박사의 자살

1929년 1월 25일~2월, 퍼킨스는 헤밍웨이와 함께 키웨스트로 낚시 여행. 헤밍웨이 신작 소설 ≪무기여 잘 있거라≫를 읽음

2월 13일 스크리브너스 잡지사가 ≪무기여 잘 있거라≫ 연재작으로 1만 6천 달러를 제의함

4월 5일 헤밍웨이 부부는 프랑스로 건너감

6월 29일 스크리브너스사 잡지에 6월호 연재가 보스턴에서 금지됨

이유는 ≪무기여 잘 있거라≫가 뉴욕에서 출판, 베스트셀러가 됨

10월 29일 뉴욕 주식시장이 무너짐

12월 20일~31일 헤밍웨이 부부, 존과 존 도스 패소스, 도날드 스튜어트, 도로시 파커(Dorothy Parker) 등이 스위스의 몬타나 버날라의 제럴드와 사라 머피(Sara Murphy)를 방문함

1926년 2월 헤밍웨이는 보니 앤 리버라이트 출판사와 짧은 관계를 청산하려고 뉴욕으로 여행했다. 이 여행에서 헤밍웨이는 그의 작품 ≪봄의 급류≫와 ≪해는 또 다시 뜬다≫를 출판하기 위하여 스크리브너스사의 편집장 맥스웰 퍼킨스와 21년간의 교제가 시작되었다.

프랑스에 돌아온 헤밍웨이는 ≪해는 또 다시 뜬다≫를 수정하였으며 새 단편 소설에도 작업을 시작하였다. 스크리브너스사는 ≪봄의 급류≫를 출판하였고 이 계기로 거트루드 스타인과 새로운 우정이 시작되었다. 1월 이후로 헤밍웨이는 폴라인 페이퍼와 관계가 깊어졌고 그녀는 ≪유행≫잡지의 파리판을 편집했던 돈 많은 미국인이었다. 7월에 해들리와 헤밍웨이는 별거에 합의하였고 곧장 그녀는 헤밍웨이와 이혼 절차에 들어갔다. 그들의 이혼 해결의 한 방법으로 헤밍웨이는 ≪해는 또 다시 뜬다≫의 로열티를 해들리와 아들 패트릭에 주기로 했다. 1927년 5월 10일 헤밍웨이와 폴라인은 결혼했다.

≪해는 또 다시 뜬다≫는 1926년 10월 22일에 출간되어 좋은 비평을 받았다. 대부분의 비평가들은 헤밍웨이의 문체가 여위고 기력 왕성한 산문이라고 지적했다. 특별히 주목할 점은 이 소설이 파리에서 큰 물의를 일으켰으며 많은 독자들은 헤밍웨이의 작중 인물들의 모델이 되었던 사람들을 확인함으로써 자기 자신들을 즐겁게 하였다. 1927년까지 늘어나는 책 판매

가 매진되었고 신문기사를 쓰는 작가들은 행동방법에서 생활지도로 이 소설을 읽었던 대학생들에 대하여 보도하였다.

1928년 12월 6일 헤밍웨이 아버지 클래런스가 우울증, 고혈압, 불면증으로 자살했다. 어머니와 형제들에게 도움을 주려고 헤밍웨이는 스크리브너스 잡지사에 그의 소설 연재료로 1만 6천 달러 신탁자금을 설정하였다.

소설 연재가 5월부터 시작되었는데 많은 독자들의 호응이 헤밍웨이에게 격려가 되었다. 하지만 6월호에 그의 연재소설이 게재되지 않았는데 그 이유는 프레드릭 헨리와 캐서린 버클리의 관계가 외설이라는 이유로 게재 금지 되었다. 헤밍웨이는 불쾌하게 생각하였다.

≪무기여 잘 있거라≫가 1929년 9월 27일 출간된 이후 헤밍웨이는 처음으로 베스트셀러의 흡족한 마음이 들었다. 그해 말까지 6만 부가 팔렸으며 비평가들은 헤밍웨이 연애소설의 대화체 특히 카포레토의 후퇴에서 전쟁을 묘사하는 그의 훌륭한 능력을 높이 평가하였다.

1930~1935

1930년 11월 1일 헤밍웨이는 빌링스 근처에서 교통사고로 오른쪽 팔이 부러져 성 빈센트 병원에서 3번을 수술 받고 휴가를 내어 12월 21일까지 입원치료 받음 그는 나중에 ≪도박자와 수녀와 라디오≫ 단편소설에 병원 치료 받은 체험을 이용함

1931년 4월 헤밍웨이 부부는 키웨스트의 화이트 해드가 907번지 집을

임대하여 살았는데 헤밍웨이 두 번째 부인의 삼촌 거스 파이퍼가 그 집을 사게끔 돈을 주었다.

1931년 6월~9월 ≪오후의 죽음≫의 투우에 관한 소재를 수집하기 위하여 헤밍웨이는 여름을 스페인에서 보냄

1931년 11월 12일 폴라인이 헤밍웨이의 셋째 아들 그레고리를 낳음

1931년 12월 헤밍웨이 ≪오후의 죽음≫ 초고를 끝냄

1932년 4월~6월 헤밍웨이 아바나에서 낚시와 ≪오후의 죽음≫의 교정을 수정하기 위해 2개월을 보냄

1932년 9월 23일 스크리브너스사가 ≪오후의 죽음≫을 출간

1932년 12월 6일 아칸소주 피고트에 있는 폴라인의 부모님 집에 머무는 동안 헤밍웨이는 ≪무기여 잘 있거라≫ 영화 시사회 관람을 거절함

1933년 1월 7일 헤밍웨이는 퍼킨스 사무실에서 토마스 울프를 만남

1933년 1월 20일 헤밍웨이는 ≪에스콰이어≫사업 착수 준비 중인 잡지 편집장 아놀드 깅그리치를 만남

1933년 3월 스크리브너스 잡지사가 ≪깨끗하고 빛이 잘 드는 곳≫을 출판

4월 3일 ≪에스콰이어≫지에 연재 기고하기로 합의. 헤밍웨이는 25편의 기사와 6편이 단편소설을 이 잡지에 발표함

10월 27일 스크리브너스사가 ≪승자는 아무것도 갖지 않는다(Winner take Nothing)≫을 출판. 이것은 그의 세 번째 단편소설 전집

1933년 11월 22일 헤밍웨이 부부와 키웨스트의 친구 찰스 톰프슨(Charles Thompson)은 마르세유에서 아프리카로 항해

12월 20일~2월20일 필립 퍼시벌이 헤밍웨이 부부와 톰프슨을 사파리에로 데리고 안내함. 헤밍웨이는 이 여행체험을 3번 ≪에스콰이어≫지에 기고하고 ≪아프리카의 푸른 언덕≫과 2개의 단편소설에도 구체화 하였다. 또다른 단편소설 ≪프란시스 매곰버의 짧고 행복한 삶(The Short, Happy Life of Francis Macomber)≫와 ≪킬리만자로의 눈(The Snows of Kilimanjaro)≫에도 그 사파리 여행 체험을 구체화 하였다.

1934년 3월 27일 헤밍웨이 부부는 프랑스를 떠나 뉴욕으로 향함. 그들은 여배우 마들렌 디트리히(Marlene Dietrich)를 만남

1934년 4월 헤밍웨이는 제럴드 머피, 왈도 피어스, 스캇 피츠제럴드를

뉴욕에서 만남. 그는 브루클린의 휠러 조선소에서 자기가 사용할 고기 잡는 배를 주문함

1934년 5월 11일 주문했던 새 고기잡이배로 마이애미에서 키웨스트까지 항해함

1934년 5월 말 헤밍웨이는 그의 사파리 여행 이야기를 작품화하기 시작함.

1934년 11월 16일 ≪아프리카의 푸른 언덕≫의 초고를 끝냄

1935년 5월. 스크리브너스 잡지사가 ≪오후의 죽음≫ 연재를 시작함

1935년 9월 2일~3일 허리케인이 강타하여 민간인 하천관리 진영에서 일하고 있던 458명의 참전 제대 군인들이 죽음. 헤밍웨이는 허리케인이 쓸고 간 자리를 청소하고 시체들을 처리하는 데 봉사함

1935, 9월 17일. 좌익사상의 기관지 ≪새 대중(The New Masses)≫에 헤밍웨이의 ≪누가 퇴역군인들을 살해했는가?(Who Murdered the Vest)≫를 출판

1935년 10월 25일 ≪아프리카의 푸른 언덕≫이 뉴욕에서 출판

1930년대 초반에 헤밍웨이는 논픽션 2편을 썼으며 새 단편집을 출판하였다. ≪무기여 잘 있거라≫를 끝낸 후 그는 ≪오후의 죽음≫을 쓰기 시작하였고 이 작품은 예술과 작품에 대한 그의 견해를 포함한 투우에 대한 안내와 역사책이다. 키웨스트에서 1930년 전반부를 보낸 후 그는 투우 논문을 집필하면서, 낚시를 즐겼다. 헤밍웨이 부부는 쿡 시티(Cooke City) 근처 엘 바 티(L Bar T) 목장으로 여행하였고 그곳에서 송어 낚시와 사냥을 하였다. 새 책의 작업이 1930년 11월 1일에 중단되었는데 까닭은 빌링스 근처에서 교통사고로 그의 오른팔이 부러졌기 때문이었다. 그는 빈센트 병원에서 치료받아야 하기 때문에 7주일을 보내야 했다. 키웨스트에는 1931년 1월에 돌아갔다. 그러나 그는 4월까지는 글을 다시 쓸 수 없었다. 그해 봄에 헤밍웨이 부부는 폴라인의 삼촌이 사서 선물한 집 화이트 헤드가 907번로 이사했다. 헤밍웨이는 스페인에서 그의 책에 삽화로 사용할 사진을 수집하느라 온 여름을 보냈다. 그리고 나서 그들 부부는 셋째 아들 그레고리를 출산하러 캔자스 시티로 돌아왔다. 그때가 1931년 11월 12일이었다. 폴라인이 회복이 된 후 부부는 키웨스트로 돌아와서 1932년 1월에 그의 책을 완성하였다. 그는 ≪오후의 죽음≫을 교정쇄를 수정하였으며 그해 전반부를 새 작품 쓰는데 시간을 보냈다. 5월에서 6월까지 아바나에서 보내고 암도스 문도스 호텔에서 작업을 했다. 1932년 9월 23일 출판한 ≪오후의 죽음≫은 엇갈리는 평론을 받았다. 대부분의 비평가들은 헤밍웨이의 문체와 깊은 지식에 찬사를 보냈는가 하면 일부 평론가들은 거칠고 다른 작가들을 필요 없이 공격하려 했던 점을 불평했다.

그의 공격자들은 왈도 프랭크, 윌리엄 폴크너, T.S. 엘리엇 등이었다. 많은 부수가 팔리긴 해도 ≪무기여 잘 있거라≫에 비교되지가 않았다. 1부에

3달러 50센트인데 다가 논픽션이라는 이유 때문에 덜 팔린 것이다. 1932년 10월 키웨스트로 돌아온 후 헤밍웨이는 다음 단편집을 준비하기 시작했다. ≪승자는 아무것도 안 가진다≫가 1933년 10월 27일 출판되었다. 이 단편집에는 헤밍웨이의 최고의 단편 ≪깨끗하고 빛이 좋은 곳≫과 ≪세상의 빛≫ 그리고 ≪아버지와 아들≫이 포함되어 있었다.

1933년 11월에 헤밍웨이 부부와 찰스 톰프슨은 석 달간 사파리 여행을 하였다. 이 여행에 드는 비용은 부인의 삼촌이 되는 거스가 부담했다. 헤밍웨이는 동물들, 원주민들, 풍경에 매료되었다.

1934년 4월에 키웨스트로 돌아온 그는 사파리 여행에서 체험한 이야기를 쓰기 시작했다. ≪오후의 죽음≫과 함께 했기 때문에 작품과 작가에 대한 그의 생각을 작품에 구체화하였다. ≪아프리카의 푸른 언덕≫이 1933년 11월에 초고가 완성되었다. 스크리브너스 잡지사가 연속물 판권을 사서 1935년 5월에 이 책을 출판하였다. 단행본으로는 1935년 10월 25일 출판되었다. 평론은 또 다시 엇갈렸다. 일부 평론가들은 잘 써지고 흥미 있다고 하는가 하면 또 다른 비평들은 에드먼드 윌슨이나 버나드 데보토(Bernard Devoto) 같은 사람들은 이 책은 헤밍웨이가 가장 박력이 없고 표현력이 약하다고 했다. 대부분의 불만스러운 평론가들은 헤밍웨이가 사냥보다 더 중요한 무엇에 대하여 글을 써야 한다고 생각했다.

소설가, 작가로서 어니스트 헤밍웨이

헤밍웨이는 새로운 작가 중 한 사람으로 목록에 올랐다. 그의 문체는 간단명료하고 생기에 차 있다. 그는 삶에 대한 것을 보고 말하고 확실히 그는 사실주의자이고 때로는 자연주의자이다. 그의 소설은 평이한 이야기 이고 매우 주목을 받는다.

모든 사람은 산문을 서투르게 시작하지만 계속하여 쓰게 되면 산문은 잘 써진다. 정지하든 계속하든 내가 알고 있는 유일한 충고이다.

헤밍웨이는 다음과 같이 글을 쓰는 데 대한 충고한다.

I think it might take a lifetime to learn to write prose well : your own prose that is ; for if it is not your own it is of no value.
Ernest Hemingway : A Literary Reference edited by Robert W. Trogdon (p.112)

나는 산문을 잘 쓰고 잘 배우려면 평생 걸릴지 모른다고 생각한다. 그것이 당신 자신의 산문이다. 만약에 그것이 당신 자신의 것이 아니라는 이유라면 아무런 가치 없다.

≪우리 시대에≫는 헤밍웨이의 첫 작품이다. 거기에는 우리가 인정할 수 있는 잡문이나 단편소설이 함께 들어있는 소품문집이다. 하지만 ≪우리 시대에≫는 그 자체가 완전하고 만족하다. 거기에 헤밍웨이의 모든 것이 들어 있으며 전체를 우리가 이해할 수 있게 하는 매우 엇갈리는 단편적인 인물들이 있다. ≪우리 시대에≫는 엇갈리는 두 개의 연속물로 구성되어 있다. 하나는 미국의 북서부에서 한 소년이 성장을 주로 다루는 일련의 단편소설이고, 다른 하나는 주로 전쟁과 연관된 잔혹한 이야기가 실려 있다. 이 두 가지는 같은 세계를 표현한다. 우리를 당황하게 하는 반대되는 점은 헤밍웨이 견해의 중심에 있다. 그것은 나중에 그의 책이 매우 힘차게 창작될 수 있도록 하는 특이한 정서적 효과의 근원이다. 어쨌든 ≪우리 시대에≫는 헤밍웨이가 예술가다운 인격이 이미 성숙해 있음을 보여준다. 이 책은 헤밍웨이가 아마추어가 아닌 이미 자신의 직업을 발견한 예술가임을 보여준다.

≪아프리카의 푸른 언덕≫은 다시 군인이 되지 않는 전후 헤밍웨이 역사의 한 장이다. 예술가는 그에게 중요한 주제가 있어야 한다. 헤밍웨이는 그에게 가장 중요한 주제를 가지고 돌아왔다. 군인의 죽음, 링에서 황소의 죽음, 야생동물의 죽음이 ≪아프리카의 푸른 언덕≫에서 사냥에 대한 설명이 들어 있다. 사람들은 소설 속의 사람들이 실제의 인물인가 아니면 창조된 인물인가는 알지 못한다. 행동하고 말하고 느끼고 생각하는 사람들은 이야기가 자기 자신 것으로 착각할 때도 있다. 소설 속에서 나오는 인물처럼 말하는 사람이 곧 헤밍웨이 소설이다. ≪아프리카의 푸른 언덕≫을 소설이 아닌 역사나 자서전을 만드는 것을 헤밍웨이 자신을 주인공으로 하고

있기 때문이다. 논픽션이 아닌 픽션으로 사람들은 읽으려고 한다. 그는 그것을 감지하여 모든 감성을 사용하였으며 그것을 그의 독자들의 감성에 전달하였다. 다른 말로 표현하면 헤밍웨이가 사냥을 통하여 보여준 진실하게 보일 뿐만 아니라 진실하게 소리 나고, 진실하게 느끼고, 진실하게 냄새를 맡고, 맛보게 한다. 그것이 자기에게 존재했던 것처럼 실제로 존재하게 한다.

아프리카에 대한 그의 책은 아프리카의 어니스트 헤밍웨이에 대한 책이다. 그의 이야기를 말하는 사냥꾼은 자기 자신의 한 부분으로 생각나게 할 수 있다. 헤밍웨이를 일반 사냥꾼들과 다른 점은 자기의 감성을 보도하는 솔직함과 흥분, 패배, 분함에 대한 걷잡을 수 없는 순간적 질투 등이 그것이다. 헤밍웨이는 자기 자신의 예술을 상세히 설명하고 신문을 쉬지 않고 시처럼 노래하는 신문을 나타내는 예술가로서 성숙해 있다.

1936~1940

1936년 2월 20일 헤밍웨이는 키웨스트에서 휴가를 보내는 시인 월라스 스티븐스와 주먹싸움을 함

7월 11일 헤밍웨이는 키웨스트와 아바나를 배경으로 소설을 쓰고 있다고 맥스웰 퍼킨스에게 말함

7월 18일 스페인 프랑코 장군이 스페인 내란이 일어나서 정부에 반대하

는 스페인 군대와 싸운다.

8월 ≪에스콰이어≫ 잡지사가 ≪킬리만자로의 눈≫을 출판함

11월 말 헤밍웨이는 북미신문연합(NANA)과 스페인 내전을 취재하기로 합의함

12월 말 헤밍웨이는 키웨스트에서 작가 마서 겔혼을 만남

1937년 2월 17일 스페인 공화국의 대의 홍보를 위한 영화 제작을 목적으로 도스 해소스, 맥레이시(MacLeish), 릴란 헬멘(Lillian Hellman) 등을 뉴욕에서 만남

3월 14일 스페인 도착. 2개월 간 그는 전쟁 과정을 지켜보고 조리스 아이벤스 감독을 돕는다. 그리고 마서 겔혼과 함께 보낸다.

6월 4일 뉴욕에서 전 미국 작가 회의에서 "Fascism is a Lie(파시즘은 거짓말이다)"라는 주제로 연설을 함

8월 11일 퍼킨스 사무실에서 비평가 맥스 이스트맨과 붙들고 싸움

9월 6일 헤밍웨이와 겔혼이 스페인으로 돌아옴

10월 15일 스크리브너스사가 ≪가진 자와 못 가진 자≫ 출판

12월 28일 헤밍웨이 파리에서 그의 부인 폴라인과 합류

1938년 3월 31일 헤밍웨이와 겔혼이 스페인의 경계 근처 페르피냥(Perpi gnan)으로 감. 헤밍웨이 5월 3일 스페인을 떠남

11월 3일 헤밍웨이 4번째와 마지막으로 스페인 내전을 취재차 스페인으로 감. 11월 17일 파리로 돌아옴

1939년 2월 14일 아바나에서 헤밍웨이 전쟁에 대하여 소설을 쓰기 시작

3월 28일 스페인 내전이 끝나고 스페인 공화군이 항복

4월 헤밍웨이와 겔혼이 아바나 교외에 위치한 핑카비하로 이사함

9월 1일 2차 세계 대전이 독일이 폴란드 침략으로 시작됨

12월 19일 헤밍웨이 그의 소지품을 키웨스트에서 아바나로 옮김

1940년 5월 헤밍웨이의 두 번째 부인 폴라인이 이혼 신청

7월 헤밍웨이 ≪누구를 위하여 종은 울리나≫ 완성

10월 21일 스크리브너스사 ≪누구를 위하여 종은 울리나≫ 출판

이 작품은 다른 어느 것보다 많이 팔림

11월 21일 헤밍웨이와 겔혼이 결혼

12월 21일 스캇 피츠제럴드 할리우드에서 심장마비로 죽음

12월 28일 헤밍웨이 핑카비아를 매입

≪아프리카의 푸른 언덕≫이 출판된 이후 헤밍웨이는 소설 쓰기에 마음을 돌렸다. 1936년에 그는 아프리카의 경험을 바탕으로 두 개의 단편소설을 출간했다. 그것은 ≪짧고 행복한 프란시스 매콤버의 삶≫과 ≪킬리만자로의 눈≫ 두 편이었다. 헤밍웨이는 1937년의 많은 시간을 스페인에서 보냈다. 1936년 7월 발발한 스페인 내전은 스페인 공화당에 충성하는 군대와 파시스트 프란시스코 프랑코 장군과의 전투였다. 전쟁은 독일과 이태리가 파시스트 프랑코에게 군대와 장비를 제공하고 소련방은 스페인 정부군에게 군대 원조를 함으로써 국제전으로 확대되었다. 헤밍웨이는 정부군을 지지하였으며 1937년과 1938년 4번을 전쟁 상황을 취재 차 스페인을 여행하였다. 1937년 3월 첫 여행 때 그는 스페인 공화당의 대의를 위하여 모금하였다. 그리고 그는 1936년 12월 키웨스트에서 만났던 기자 마서 겔혼과 연애를 시작했다.

1937년 5월에 미국으로 돌아온 헤밍웨이는 스페인 정부군을 홍보 차 뉴욕, 워싱턴 D.C, 로스엔젤리스를 방문했다. 1937년 6월에 제 2차 전 미국작가 회의에서 처음으로 공식 연설을 하였다. 1937년 8월 11일 스크리브너스 사의 편집장 퍼킨스의 사무실에서 ≪오후의 황소(Bull in the Afternoon)≫ 작가 이스트맨과 서로 붙잡고 싸웠다. 까닭은 이스트맨이 헤밍웨이의 ≪오후의 죽음≫을 나쁘게 비평했다는 것이었다.

헤밍웨이 세 번째 소설 ≪가진 자와 못 가진 자≫가 1937년 10월 15일에 출간되었다. 대부분의 평론가들은 이 작품을 공정하게 보지 않았다. 그런가 하면 다른 사람들은 이 작품을 쓰기 위해 돌아온 헤밍웨이를 환영하였다. 좌익성향 평론가들은 매우 열정적이었으며 헤밍웨이가 사회 정치적

대의를 홍보하는 글쓰기에 헌신하였던 증조로 미국의 경제 공황상태 기간에 생계를 위하여 투쟁하는 해리 모건(Harry Morgan)의 이야기를 보면서 그를 칭찬하였다.

1939년 3월 파시스트가 승리한 후 헤밍웨이는 스페인 내전 때 생각했던 소설을 쓰기 시작했다. 다음 달 그는 폴라인을 남겨 두고 쿠바로 옮겼다. 그곳에서 아바나 교외에 있는 핑카비하에서 3번째 부인 겔혼과 정착하였다. 쿠바에서 헤밍웨이는 새 소설에 경주하였다. 1940년 7월에 초고가 끝났으며 작품 제목은 ≪누구를 위하여 좋은 울라나≫였다. 이 소설은 그해 10월에 선정한 "이 달의 책"으로 선정되었다. 스크리브너스사가 1940년 10월 21일에 출판하여 판매 성적이 매우 좋아서 성공적이었다. 평론가들은 좌익성향의 평론가들을 제외하고는 대부분이 크게 환영하였다. 러시아 지도자들은 이 소설을 무능하고 살인적인 것으로 평가하였다. 5년 안에 이 소설은 5십만 부가 매진되었으며, 헤밍웨이를 가장 부유하게 만든 작품으로 평가되었다. 1940년 마서 겔혼과 결혼하여 12월 28일 핑카 비하를 매입하였다.

38세의 헤밍웨이는 결혼하여 세 아들의 아버지며, 두 권의 장편소설, 세 권의 단편집, 스페인 투우장에 관한 논문, 아프리카 여행에서 얻은 체험으로 쓴 ≪아프리카의 푸른 언덕≫을 발표했다. 그는 16세부터 자신의 삶을 영위하였고 농장 노동자, 접시 닦는 사람, 웨이터, 신문기자, 외국 특파원 등 1926년부터 작가로서 가족을 부양하였다.

글을 잘 쓰는 것만큼 헤밍웨이를 행복하게 할 수 있는 것은 없다. 글을 쓴다는 것이 그의 삶에서 매우 행복한 것이었다.

기자 사무실에 도착한 작가 가운데 한 사람 어니스트 헤밍웨이. 검은 머리, 덥수룩한 콧수염, 털이 많이 난 팔뚝의 거인은 그의 소설에 나타날 수 있는 인상을 가진 주인공과 닮은 데가 있었다. 그의 행동의 한 측면은 헤밍웨이 주인공의 역할로 보이기도 했다. 겉의 행동에서 마음속의 감정을 조금도 나타내지 않는 감추어진 예술을 어떻게 알 수 있을까?

작가의 과제는 변하지 않는다. 작가 자신이 변하지만 그의 과제는 변하지 않고 그대로 있다. 그것은 진실하게 쓰는 방법이고 작품을 읽는 사람의 경험의 한 부분이 되는 것이고 그와 같은 방법으로 계획하여 진실한 것을 찾아야 한다.

≪가진 자와 못 가진 자(To Have and Have-Not)≫ 이 작품은 성공하지 못했지만 그런대로 의미 있는 소설이다.

가진 것이 없는 사람들(The have-nots)은 진실한 사람들이다.

헤밍웨이는 38피트 동력보트로 정직하게 생계를 꾸려가는 해리 모건에게 최선을 다한다. ≪가진 자와 못 가진 자≫의 사회적 의미는 무시된다. 자신을 불쌍히 여기지 않는다면 어느 누구도 불쌍히 여길 필요 없다.

≪누구를 위하여 종은 울리나≫의 주인공 로버트 조던은 스페인 내전에서 정부군에 서서 싸우는 미국의 자원봉사자이다. 파시스트와 맞섰던 매우 용감한 사람들 중 한 사람이다. 조던은 전략적 교량폭파 임무를 맡고 게릴라 부대와 함께 후방에서 정부군을 돕는 일에 힘쓴다. 교량폭파 신호는 스페인 정부가 세고비아 공격의 시작이다. 조던은 스페인 게릴라 그룹과 접촉하여 행동은 3일간의 시간에 일어난다. 파시스트들에게 강간당하여 포로가 된 스페인의 한 여인을 만난 조던은 그녀와 사랑에 빠진다. 그의 교량폭파는 자칫 그의 생명을 잃을 수 있다고 예상한다. 교량을 폭파하는 임

무 완수를 한 조던은 그 자리를 빠져나오려는 순간 그의 말이 파시스트 공격으로 부상을 당하여 조던이 말 위에서 떨어지게 되어 그의 다리가 부러진다. 조던은 역시 심한 상처를 입고 기관총을 가지고 쳐들어오는 파시스트들의 공격에 맞서지만 그는 끝내 죽는다. 하지만 이 소설의 끝 장면의 주인공 로버트 조던의 행동은 독자를 감동시킨다. 동료 게릴라 대원들을 후퇴시키려고 자신의 말에서 떨어져 다리가 부러졌는데도 기관총으로 적을 막으려는 그의 숭고하고 위대한 정신에 감탄하지 않을 수 없다.[Stay with what you believe in. Don't get cynical—each one does what he can. You can do nothing for yourself but perhaps you can do something for another. (idem)]

헤밍웨이는 이 순간을 인간이 가지는 미덕 중 하나로 용기(grace under pressure)로 암시한다. 로버트 조던이 72시간만 살아야 하는 것을 고려하여 그는 그 운명을 받아들인다.

1941~1952

1941년 2월 11일~5월 6일까지 헤밍웨이 부부는 중일전쟁을 취재하려 중국을 여행

12월 7일 일본 진주만 공격. 이것은 2차 세계 대전의 도화선이 됨

1942년 3월 전쟁에 대한 선집 ≪전쟁하는 사람들(Men at War)≫ 머리말을 쓰고 편집을 함

1942년 7월 헤밍웨이는 자기 소유의 고기 배 필라르를 이용하여 독일 잠수함을 사냥하기 시작함. 그는 1943년 9월까지 수색을 하였음에도 불구하고 독일 선박 한 척도 만나지 못함

1943년 10월 25일 셋째 부인 마서가 유럽 전쟁 취재 차 아바나를 떠남

1944년 3월 헤밍웨이는 콜리에 주간지의 특파원으로 유럽에 가기로 합의

5월 17일 런던으로 비행하여 특파원 메리 웰시를 만남

5월 28일 마서 겔혼이 헤밍웨이를 만나려 런던으로 옴. 이 만남의 끝으로 그녀는 또다시 헤밍웨이를 보는 일이 없을거라는 말을 함

6월 6일 D Day 작전을 취재하려 상육

6월 19일~20일 영국공군의 폭탄 투하 취재

7월 18일 프랑스로 감. 그곳에서 7월 28일 찰스 대령과 합류. 그와 랜햄(Lanham)과는 평생 친구가 됨

8월 18일~28일 정보수집 차 프랑스 게릴라 군과 합류

9월 18일 비킹(Viking)사가 말콤 카울리가 편집한 ≪더 포터블 헤밍웨이≫를 출판.

10월 전투원과 무기 운반 혐의로 헤밍웨이는 법원 조사를 위한 제3군에 보고 명령을 받음. 11월 말에 혐의가 풀렸음

1945년 3월 6일~8일. 헤밍웨이 뉴욕으로 비행

5월 2일 메리 웰시 핑카비하 도착

5월 7일 독일군 연합군에 항복으로 2차 세계 대전이 유럽에서 종전

8월 14일 미국이 일본 히로시마(8월 6일), 나가사키(8월 9일)에 원자폭탄 투하로 2차 세계 대전은 일본의 항복으로 종전

12월 21일 헤밍웨이와 마서 겔혼 두 사람 이혼

1946년 1월 헤밍웨이 1920년대 프랑스를 배경으로 소설을 쓰기 시작.

3월 14일 헤밍웨이와 메리 웰시와 결혼

1947년 6월 13일 헤밍웨이는 1944년 프랑스에서 봉사로 동상을 수상
7월 17일 맥스웰 퍼킨스가 뉴욕에서 죽음.

1948년 9월 헤밍웨이는 《봄의 급류》를 쓰기 시작
10월 말 헤밍웨이 부부 베니스로 여행

1949년 4월 병에서 회복 후 헤밍웨이 베니스에 대한 소설을 쓰기 시작. 이것은 결국 《강 건너 숲 속으로(Across the River and into Trees)》이라는 소설이 됨
9월 5일 헤밍웨이는 《코스모폴리탄》 편집장 A. E 훗츠너를 만남

11월 17일~18일 릴란 로스(Lillian Ross)가 ≪더 뉴요커≫ 기사 때문에 헤밍웨이를 회견함

12월 초 파리 리츠 호텔에 머무는 동안 헤밍웨이는 ≪강 건너 숲 속으로≫ 완성함

1950, 2월 ≪코스모폴리탄≫지 ≪강 건너 숲 속으로≫ 연재를 시작함

9월 7일 스크리브너스사 ≪강 건너 숲 속으로≫ 출판

12월 24일 헤밍웨이 ≪봄의 급류≫ 완성

1951년 2월 17일 헤밍웨이는 ≪노인과 바다(The Old Man and the Sea)≫ 초고를 끝냄

10월 2일 폴라인 페이퍼가 로스앤젤레스에서 죽음

1952년 2월 11일 찰스 스크리브너스 3세가 헤밍웨이 작품을 출판하고 편집한 사람, 뉴욕에서 죽음

9월 1일 라이프 ≪노인과 바다≫ 출판, 500만 부가 인쇄

9월 8일 스크리브너스사가 ≪노인과 바다≫를 출판

헤밍웨이는 1940년대 전반부는 작품을 쓰지 않았다. 1941년 2월에서 5월까지 그는 마서와 함께 중국을 여행하였다. 그 곳에서 일본 침략을 취재 보도하였다. 그와 셋째 부인 마서와 불화가 생겼는데 그녀는 유럽의 2차 세계 대전을 취재하려 하였고 헤밍웨이는 그녀와 함께 머물기를 원했다. 헤밍웨이는 ≪전쟁하는 사람들≫ 책 내용을 바꾸기로 하고 1942년 10월 출판하였다. 같은 해 헤밍웨이는 아바나의 미국 대사의 후원으로 자기의 고기잡이 배 필라르로 카리브 해안에서 독일 잠수함을 수색하였다. 1942년 6월에서 1943년 7월까지 그는 간헐적으로 순찰하였으니 적의 잠수함을 찾아내지 못했다.

마서가 1943년 11월 콜리에의 특파원으로 런던으로 떠날 때 헤밍웨이는 쿠바에서 낚시와 폭주로 지냈다. 1944년 5월 헤밍웨이도 역시 콜리에의 특파원으로 유럽으로 향했다. 런던에 도착한 후 그는 그의 운전사가 물탱크와 충돌하여 부상을 당했다. 그의 병원에서 그와 마서가 업무를 받고 떠나기 전에 헤밍웨이의 행동에 대하여 서로 싸웠다. 그러나 헤밍웨이는 메리 웰시와 연애하면서 스스로 위로 받았다. 마서는 1944년 11월 이혼 청구하였고, 1945년 5월 메리 웰시는 핑카비하에서 합류하였다. 마서와 이혼이 12월에 끝나고 헤밍웨이는 메리 웰시와 1946년 3월 14일 결혼하였다.

헤밍웨이는 1951년 2월에 ≪노인과 바다≫로 제목을 붙인 그의 작품을 완성하였다. 처음에 그는 육, 해, 공 소설의 제사로 사용할 것을 계획하였다. 그러나 그는 1925년 5월에 잡지 소설과 책으로써 동시에 출판하기로 결정하였다. ≪라이프≫지가 헤밍웨이에게 잡지 판권료로 4만 달러 지급하였다. 그래서 1952년 9월 1일 ≪노인과 바다≫를 출판하였다. 스크리브너스사와 이 달의 책 클럽은 1주일 후에 발표하였다. 이 소설에 대한 찬사가 쏟아졌다. 대부분의 비평가들은 그의 최근의 작품이 실망스럽다고 논평한 이후에 이 소설은 옛 헤밍웨이 문체가 돌아옴을 환영하였다. 스크리브너스사와 이 달의 책 클럽은 28만 부를 인쇄하였다. ≪라이프≫지는 수요에 부응하기 위하여 9월 1일에 500만 부를 더 인쇄해야 했다. 이것은 곧 헤밍웨이가 출판했던 최근의 새 책이었다.

대부분의 사람들은 어니스트 헤밍웨이를 미국의 최고 소설가로 알고 있다. 소설가로서 그의 명성은 실제로 매우 위대하기 때문에 다른 명성을 그늘지게 한다. 헤밍웨이가 소설가로 이름이 나기 오래 전에 종군 기자로 알려졌다. 그는 지중해의 최후 전쟁을 취재하였고, 그리고 스페인 내전과 2차 세계 대전을 취재하였다. 종군 기자로서 그의 명성에서 특징이라는 충분한 재능은 군사 전문가로서 그의 명성이다. 그는 전체적으로 전쟁에 대한 모든 면에서 전쟁을 연구하는 학생이다. 기관총 설치에서부터 전술까지와 군무원의 사기 진작과 전쟁을 위한 산업 조직까지도 배우는 학생이다. 이와 같은 일을 그는 20년간 연구하였다.

그래서 헤밍웨이가 중국을 갔을 때 우연한 방문객이 아니라 학생으로서 전문가로서 명성을 가지고 갔다. 지금까지 외국 기자들도 방문하지 못했던 전방지역을 헤밍웨이는 방문하게 되었다. 그리고 특별히 동양의 전략과 전술 전문가들과 대화를 나누었다.

헤밍웨이 부부는 중국으로 갔다. 셋째 부인 마서 겔혼은 콜리에사의 특파원 자격으로 함께했다. 그녀의 기사는 이미 지상을 통하여 일반 독자들에게 알려졌다. 두 사람은 범아메리카 항공기로 홍콩으로 갔다. 홍콩에 한 달 가량 머물면서 중국인들과 대화를 나누었으며 일본인들도 자유롭게 출입이 허용된 홍콩은 황제 생일을 축하연에 일본인들을 초대하였다.

헤밍웨이는 군, 군단, 사단, 여단, 연대에서 밑바닥 초병에 이르기까지 중국 전쟁 지역에 대한 완전한 조직을 연구하였다. 헤밍웨이가 방문한 군은 중국의 국민당 군대다. 즉, 그것은 중국 공산군이 아닌 중국의 정규군의 한 부대라 기자들을 환영하였다. 이것은 미국 기자들이 중국의 정규군과 함께 전선에서 광범위한 일을 하기는 처음이다. 이러한 상황에 대하여 헤밍웨이에게 물어보았다. 그는 말하기를 중국의 군에는 300개 사단이 있으며 그중 200개 사단은 1급 사단이다. 100개 사단은 2급이다. 각 사단에는 1만명의 정규군이 있고 3개 사단은 공산당 사단이다. 공산당이 장악하고 있는 지역은 지극히 중요한 곳이고 훌륭한 전투의 성과를 가지고 있다고 했다. 공산당은 특파원들을 환영은 했으나 정규군에 대한 엄격한 검열이 있었다. 그리고 종군기자들, 특파원들은 군의 하부 구조에까지 들어가는 것이 허용되지 않았다.

헤밍웨이는 군대와 함께 한 달을 보냈다. 그는 그들과 함께 어디에도 갔으며 처음에는 작은 목선으로 강을 따라 여행을 하였고 그 다음에는 말을 타고 혹은 걸으면서 여행을 했다. 헤밍웨이 부부는 뱀술과 새술(bird wine)과 같은 맛있는 음식을 발견을 하기도 하였다. 헤밍웨이는 병 밑바닥에 또아리를 튼 수많은 작은 뱀들로 만든 특별한 쌀 술이라고 설명했다. 이 뱀들은 죽었다. 그리고 이 뱀들은 의학적 용도로 사용되기도 하고 새 술은 역시 쌀 술이다. 그리고 술병의 바닥에는 몇 마리 죽은 뻐꾸기가 있었다. 헤밍웨이는 뱀술을 더 좋아했다. 그는 뱀술은 머리털이 빠지는 것을 막아준다고 했다. 그는 친구에게 주기 위해 뱀술 몇 병을 가지고 가겠다고 했다.

헤밍웨이는 8일간의 방문 마지막 날에 장개석 총통이 그의 장교들과 사관생도들을 교육시키는 중국군 사관학교를 찾았다. 여기서 또 다시 그는 사관학교의 손님으로서 모든 중국군 체제를 연구할 수 있는 기회를 가졌다. 중국군 사관학교는 한창 번창하고 있으며 이 학교는 독일 장군 알렉산더 폴켄 하우젠이 설립하였다. 학교의 교수들은 독일에서 교육받은 중국인들이다.

≪노인과 바다≫는 훌륭한 뱃사람 산티아고의 이야기다. 그의 이야기는 닉 아담스의 그것처럼 우리 시대에 많은 것을 시사해 주는 소설이다. 산티아고는 아무것도 얻지 못한 승리자 중의 한 사람이지만, 어느 면에서는 ≪누구를 위하여 종은 울리나≫의 로버트 조던의 한 사람이다. 이 소설 끝 부분으로 오면서 산티아고가 가지고 있는 모든 것이 헤밍웨이가 가지고 있는 자존심, 마코 상어와 싸우는 감투정신과 불패정신을 그대로 나타내고 있는 인물이다.

좋은 소설을 읽는 기쁨을 넘어 헤밍웨이 자신의 정신적 전기에 대한 더 깊은 사려의 측면이 자리하고 있는 공정한 수사법이 발견된다.

헤밍웨이는 그의 비극적 우화의 힘을 기독교적 상징의 힘으로 승화시켰다. 우화적인 것과 기독교적 의미가 우리들을 감동시키는 힘에 대한 중요한 설명이다. 대중들은 헤밍웨이 작품을 환영하는 갈채가 뜨거웠다. 그것은 위대한 작가를 칭송하는 대중의 욕망 때문이었다. 이 작품은 전체적으로 보아서 소외는 존재하지 않는다. 헤밍웨이는 천국이 우리 안에 있음을 보여 주고 도덕적 정력과 경험, 착각하거나, 지치지 않는 위대함을 주고 있다. 미국 작가 어니스트 헤밍웨이가 얼마나 순수하고 진실한 작가인가를 독자들이 인정해야 하는가를 생각할 필요가 있다. 존재의 의미가 무엇이고 선구자의 근본 조건이 무엇인가? 선구자에게 필수품은 사냥과 낚시가 단순히 스포츠이고 게임일 수 있지만 그것들은 존재의 다른 영역에서는 없는 정력과 열정으로 추구된다.

1953년 헤밍웨이는 세계에서 가장 유명한 작가가 되었다. ≪노인과 바다≫ 이 책이 출판되고 나서 소설 부분의 퓰리처 상을 수상하였고 다음 해에는 노벨 문학상을 수상하였다. 그의 소설 ≪노인과 바다≫가 영화로 제작되었다. 1950년대 후반에 그는 ≪에덴의 정원≫을 쓰기 시작했으나 완성하지 못했다. 건강 악화가 원인이었다. 고혈압과 당뇨, 뇌진탕의 악화가 심했다. 이 문제들이 그의 작품을 편집하는데 큰 장애가 되었다. 1960년 11월 헤밍웨이는 우울증, 편집병, 당뇨 등의 병을 치료하기 위해 마요 병원에 입원 치료 받았으나 결과는 좋지 않았다.

1953~1961

1953년 5월 4일 ≪노인과 바다≫가 소설 부문으로 퓰리처상 수상

7월 4일 헤밍웨이 1938년 이후 처음으로 스페인 여행. 그는 팜플로나에 도착

8월 6일 헤밍웨이 부부 마르세유를 거쳐 아프리카 향발

9월 "헤밍웨이 독자"를 찰스 푸어(Charles Poor)가 편집하고 스크리브너 스사가 출판함

1954년 1953년 9월 1일~1954년 8월 21일 둘째 아들 패트릭과 함께 아프리카 사파리 여행

1월 23일~24일 두 번의 비행기 추락사고 이후 헤밍웨이는 두 번째 사고에서 머리에 크게 상처 받음. 세계 신문과 언론들은 그가 사망했다는 보도를 냄.

3월 24일 헤밍웨이는 미국 문학 예술원으로부터 공로상으로 1000달러 받음

10월 28일 헤밍웨이 노벨문학상 수상. 그는 신병 때문에 상을 받으러 스톡홀름에 가지 못한다고 말함

1955년 4월 헤밍웨이는 1953년~1954년 사파리 여행을 책으로 씀

1955년 9월 헤밍웨이는 그의 소설 《노인과 바다》가 영화화 하는 데 도움을 줌

1956년 4월 헤밍웨이 그의 아프리카 책이 끝남

11월 17일 헤밍웨이는 20년 전에 파리 리츠 호텔에 두었던 여행용 큰 가방을 발견함. 이 트렁크 속에 있는 많은 소재들이 그의 자서전으로 알려진 《움직이는 향연》에 수록됨

1957년 9월 헤밍웨이 1920년의 파리 회고록을 집필

12월 헤밍웨이 ≪에덴의 정원≫을 수정하기 시작

1958년 4월 ≪더 파리 리뷰≫가 조지 프림프턴과 헤밍웨이의 회견을 발표

1959,년1월 1일~2일 피델 카스트로 쿠바 집권, 헤밍웨이는 아이다호의 케첨에 있는 집을 사기로 결정
11월 3일 헤밍웨이는 파리 회고록을 스크리브너스사로 배송

1960년 9월 5일 ≪위험한 여름≫의 3회 연재분 중 1회분을 ≪라이프≫ 지에 발표
11월 30일 편집병(paranoia), 우울증, 다른 질병을 치료 받기 위하여 마요 (Mayo) 병원에 입원, 전기 치료 후 그는 1961년 1월 22일 퇴원

1961년 4월 21일 헤밍웨이 첫 자살기도 함. 4월 23일 다시 자살을 시도함.

1961년 4월 25일 마요 병원에 재입원함. 6월 26일 퇴원함

1961년 7월 2일 케첨(Ketchum) 그의 집에서 자살함. 가족은 그의 죽음을 우연한 사고로 발표함

1964~1999

1964년 5월 5일. 스크리브너스사가 ≪움직이는 향연≫을 출판

1967년 5월 8일. 헤밍웨이의 논픽션 전집이 스크리브너스사에 의해 출판

1969년 8월 13일. 스페인 내전에 대한 단편들이 뉴욕에서 출판

1970년 10월 6일 스크리브너스사가 ≪Islands in the Stream≫ 출판

1972년 4월 17일 필립 영이 편집한 닉 아담스 이야기가 스크리브너스사가 출판

1980년 7월 18일 헤밍웨이 방이 보스턴의 존 F.케네디에 공개됨

1985년 6월 24일 스크리브너스사가 ≪위험한 여름≫ 출판

11월 18일 헤밍웨이가 쓴 ≪토론토 스타≫지와 주관지 ≪스타≫지에 실린 기사 전집을 스크리브너스사가 출판

1986년 5월 28일 ≪에덴의 정원≫이 스크리브너스사에 의해 출판

1987년 12월 2일 헤밍웨이 단편 수집과 핑카비히가 세 아들 존, 패트릭, 그레고리의 서문으로 스크리브너스가 출판

1999년 7월 21일 헤밍웨이 출생 100년을 기념으로, 헤밍웨이 두 번째 아프리카 사파리 여행을 스크리브너스사가 출판

헤밍웨이가 죽고 나서 케네디(John F. Kennedy) 대통령은 메리 부인이 남편 헤밍웨이의 서류를 회수하기 위해 쿠바 여행을 계획하였다. 케네디 대통령이 1963년 암살되고 나서 메리 여사는 헤밍웨이 문서가 케네디 대통령 도서관에 안전하게 보관되도록 약속하였다. 1980년에 헤밍웨이 수집품이 보스턴에 있는 케네디 도서관에 공개되었다. 1963년에 스크리브너스사는 헤밍웨이가 1950년 말에 썼던 파리 회고록을 출판하겠다고 발표했다. 1964년 5월 5일 ≪움직이는 향연≫이 선을 보였다. 거트루드 스타인, 에즈라 파운드, 피츠제럴드 등 파리에 사는 헤밍웨이 친구들과 동료들의 이야기가 포함된 소품문이었다. 책은 매우 환영 받았고 일부 비평가들은 비열하고 잔인하다는 논평을 내 놓았다.

헤밍웨이 탄생 100주년을 기념하기 위해 스크리브너스사는 ≪첫 빛의 진실(True at first Light)≫을 출판했는데 헤밍웨이가 1953년~1954년까지 아프리카 사파리 여행을 내용하는 작품이다. 이 작품은 그의 둘째 아들 패트릭이 편집한 것으로 알려졌다.

제6부
주요 작품 분석과 의미

Books should be about the people you know,
That you love and hate, not about the people
you study up about. If you write them truly
they will have all the economic implication a book can hold.

-Ernest Hemingway

책은 사람에 대한 연구가 아닌
당신이 사랑하고 미워하고 알고 있는 사람에 대한 것이어야 한다.
만약에 책을 진실하게 쓴다면
책이 담을 수 있는 모든 경제적 의미가 함축될 것이다.

-어니스트 헤밍웨이

해는 또 다시 뜬다(The Sun also Raise)

I did not care what the world was all about.

All I wanted to know was how to live in it.

Mayebe if you found out how to live in it you learned from that what

it was all about.

-Jake Barnes

나는 세상에 대한 모든 것에 관심이 없었다.

내가 알고자 원했던 것은

세상에서 어떻게 살아야 하느냐는 것이었다.

만약 세상에서 사는 방법을 찾아냈다면

세상에 대한 모든 것을 배운 것이다.

-제이크 반스

해는 또 다시 뜬다(The Sun also Rises)

　헤밍웨이는 1925년 7월 21일 그의 26번 째 생일에 스페인의 발렌시아에서 이 작품을 집필하기 시작해 1925년 9월 6일 파리에서 탈고했다. 그는 창작 과정에서 많은 것을 배웠다고 술회하였다. 이 소설은 두 개의 제사(epigraph)를 두고 있는데 하나는 거투르드 스타인(Gertrude Stein)이 말한 "lost generation"이고 다른 하나는 구약성경의 전도서에서 발췌한 "The Sun also Rises"이다.

　헤밍웨이는 1920년대 파리에서 살면서 국외이주자로서 어떻게 살았는가를 정의하고 있다. 미국의 국외이주자들은 1차 세계대전 이후에 미국 생활에 적응할 수 없어서 파리가 예술의 자유천지라는 것을 알고 창작활동을 위하여 미국을 떠나 유럽으로 왔다.

　거투르드 스타인이 말하는 "You are all a lost generation"은 1차 대전에 참전했던 미국의 젊은 사람 모두를 말하는 것이다. 이 말은 미국의 국외이주자들이 하루빨리 정상적인 생활로 돌아올 것을 함축하고 있다. "lost generation"은 희망 없이 편협하고 정서적, 심리적으로 불모를 가진 미국 출생 작가들을 지칭하는 말이다.

　미국은 유럽보다 예술적으로 자유가 없는 나라로 작가, 예술가들은 자

302

주 그들의 작품을 검열 받아야 했다. 가장 좋은 예로 제임스 조이스의 소설 ≪율리시스(Ulysses)≫는 1922년 파리에서는 출판이 되었다. 그리고 미국에 상륙을 시도했지만 뉴욕 우체국 당국에 의하여 불태워졌고 1933년까지 미국에 이 작품이 들어오지 못했다.

≪해는 또 다시 뜬다≫의 주요 인물인 제이크 반스(Jake Barnes)는 20대 후반이나 30대 초반으로 보이는 미국 기자다. 그는 전쟁으로 인하여 신체적, 심리적으로 상처를 받았다. 제이크는 전쟁이 끝나고 7년 후에 파리로 왔으며 더 이상 의미를 찾을 수 없는 세상에 잘 대처하기 위하여 애를 쓴다.

제이크는 브렛 애쉴리(Brett Ashley)를 사랑하고 있지만 전쟁의 상처로 생식기가 불능이 되어 그녀와 사랑의 정점에 도달할 수 없다. 전쟁이 끝난 지 7년이 되어도 여전히 상처가 곪아서 정상적인 성생활을 유지할 수 없다.

하지만 제이크는 자기가 성불능자가 아니라고 한다. 두 장면에서 브렛과의 성적 만족을 얻은 것으로 보이지만, 제이크의 상처와 그의 성불능에 대한 성격이 분명하게 설명되지 않고 있다.

한편, 브렛 애쉴리는 전쟁 이후와 몇 번의 연애를 거쳐 두 번의 결혼을 경험했다. 그녀와 제이크는 헤밍웨이가 말하는 '극기적 용기(Grace under Pressure)'를 발견하게 된다. "이것이 의미 없는 세상에 가장 좋은 해독제가 된다(the best antidotes to a world that makes so little sense)"고 생각한다.

이 소설의 제2의 제시는 구약성경 전도서 1장 1절에서 7절까지다. 제5절 "The Sun also ariseth"가 이 작품의 제목이 된다.

전도서는 지금까지 쓰인 책 가운데 가장 신비적이고 가장 시적인 표현으로 된 책이다. 헛되고 헛되도다. 모든 것이 헛되도다.(Vanity of Vanities, all is vanity.)

이 작품에서 특히 주목해 볼 것은 헤밍웨이의 힘차고 간결하고 정확한 문체이다. 이 소설은 파리의 감동을 그대로 사로잡아 영원으로 존속하게 하는 감동이 독자를 매료한다. 독자들은 헤밍웨이 소설의 등장인물들의 모델이었던 사람들을 확인함으로써 즐거움을 느낀다. 1926년 10월 22일 출판 이후 이 소설은 인기리에 팔려나갔으며 신문기사를 쓰는 기자들은 행동의 지침으로 이 소설을 읽는 대학생들에게 보도 경쟁을 하였다. 찰스 올리버(Charles M. Oliver)는 ≪해는 또 다시 뜬다≫를 다음과 같이 언급한다.

The Sun also Rises attempt to show how one might cope with such a world.

Critical Companion to Ernest Hemingway by Charles M. Oliver (p.347)

≪해는 또 다시 뜬다≫는 그러한 세상과 잘 대처할 수 있는 방법을 보여주는 시도이다.

헤밍웨이는 자신은 길 잃은 세대가 아닌 것으로 생각했다. "You are all a lost generation"라고 하는 거트루드 스타인의 말에 헤밍웨이는 다음과 같이 반박한다.

We were a very solid generation though without education (some of us). But you could always get it.

The Writer as Artist by Carlos Baker (p.81)

우리 중에 몇 사람은 교육을 받지 못했지만 매우 실속 있고 알찬 세대였다. 그러나 교육은 언제든지 받을 수 있다.

이 책은 도덕적 기준이 건전하고 거의 소년 같은 순진무구한 정신이 있다. 그것은 제이크, 빌 고튼(Bill Gorton), 그리고 페드로 로메로(Pedro Romero)가 전하고 있다. 이 기준에는 애쉴리-캠벨-콘(Ashley-Campbell- Cohn)의 삼각관계의 병든 허영도 있다.

주인공 제이크 반스는 종교인이다. 신앙을 고백할 때 그는 축제기간을 전후하여 성당 미사에 참례한다. 축제가 열리기 전 토요일에 브렛 애쉴리가 그의 뒤를 따른다. 그녀는 제이크가 신앙 고백 하는 것을 듣기 원했지만 아무것도 들을 수 없었다고 했다. 브렛 애쉴리가 알아들을 수 없는 말은 라틴어와 스페인어였다. 하지만 기독교 언어의 특별한 것으로 알고 있었다.

"You are all a lost generation", 여기서 "lost"라는 어휘에 특히 주목된다. 그것은 유대교 전설에 종교적 울림을 의미하는 것이다. 어리석음과 지혜, 잃어버린 것과 발견, 밤과 낮을 언급하는 말로 이해할 수 있을 것이다.

이 소설의 시대적 배경에는 1920년대 문예사조의 모더니즘이 헤밍웨이의 문체 창조(style-making)를 자극하여 그의 언어예술을 완성하게 하였다. 이 소설의 내용을 보면, 미국과 영국의 파리 이주자들의 아름답고 가슴 사무치는 이야기가 이 소설의 기본 테마이고, 1920년대의 스페인 투우의 사실주의적 묘사, 화려한 브렛 애쉴리와 불행한 제이크 반스에 대한 이야기,

도덕적 파탄과 실현되지 않는 사랑, 사라지는 환영 등이 이 소설의 내용이고 곧 "길 잃은 세대(lost generation)"이다.

남자 주인공 제이크 반스 외에 여자 주인공 브렛 애쉴리, 제이크의 유대인 친구이자 복싱 챔피언 로버트 콘, 그리고 브렛의 약혼자 마이클 캠벨(Michael Campbell, 혹은 Mike), 제이크의 친구 빌 고튼(Bill Gorton), 그리고 스페인의 투우사 페드로 로메로 등이 등장한다.

전쟁의 상처가 원인이 되는 제이크의 성불능 역시 전체적으로 볼 때 독자가 이 소설을 이해하는 데 중요한 대목이다. 그의 신체적 무능력은 전쟁 이후 다른 미국의 이주자들의 전반적인 성불능을 상징한다. 그들은 문화적 불모와 전쟁에서 비롯되는 세계의 황폐한 결과에 무관심함을 인식하고 고국을 떠나 유럽으로 갔다.

제이크 반스의 생식기 상처에 대한 분명한 설명이 없어서 일반적으로 성적 무능력자로 고려된다.(이 대목은 헤밍웨이가 독창적으로 개발한 빙산이론이 사용되어 설명이 생략된 것이다.)

제이크의 성적 무능력은 삶의 의미에서 상실, 허무, 좌절, 무기력 등을 상징한다. 이러한 상황에 있는 제이크는 그의 삶에 충실하려고 노력한다. 제이크는 세상 모든 것에는 관심이 없고 그가 처한 부조리하고 무의미한 세상을 어떻게 살아야 할 것인가에 그 길을 열심히 찾고 있다. 그의 성적 불구는 불모(barrenness)의 신비적 상징이다.

이 소설은 엘리엇(T. S. Eliot)의 시 ≪황무지(The Waste Land)≫의 변종으로 읽을 수 있고, 제이크는 성기에 상처 입은 어부왕(fisher king)의 일종이다. 다르게는, 전쟁으로 황폐된 세상에서 살아가는 길을 찾는 제이크의 긴 여정이다. 제이크와 길 잃은 세대의 다른 사람들이 세상을 살아가는 방법을 배우는 데 있으며 그들은 가치관에 어울리는 시도보다 오히려 자기 자신들의 도덕적 가치관을 다시 정의하지 않으면 안 된다.

많은 비평가들은 이 소설의 투우 장면을 면밀히 검토하였다. 투우는 삶 그 자체와 닮은 것으로 묘사되고 있다. 투우는 스포츠 행사가 아니다. 헤밍웨이는 《오후의 죽음》에서 비극으로 표현한다. 황소는 언제나 죽음으로 끝난다. 훌륭한 투우에서는 황소의 용감성도 중요하지만 투우사(matador)의 용기도 중요하다. 이 소설을 도덕 중심으로 투우를 읽는 비평가는 한 개인의 삶의 도덕적 핵심을 용기와 명예로 판단한다.

34세의 여주인공 브렛 애쉴리는 영국 여자이다. 진정으로 사랑했던 첫 남자가 이질로 죽은 후 영국 해군 소속의 로드 애쉴리와 재혼했다. 애쉴리 경은 그녀의 두 번째 남편이다. 두 사람이 결혼 생활에 만족을 느끼지 않아 그녀는 파리에서 애쉴리와 이혼하기를 기다리며 마이클 캠벨과 재혼하려고 한다.

그러나 브렛은 파리에서 지금 결혼하려고 하는 마이크와 제이크와 로메로 등 세 남자를 바꾸어 가면서 잠자리를 같이 하고 있다. 결코 정숙한 여인으로 보기 어렵다. 제이크는 성불구자임에도 불구하고 브렛 애쉴리와 사랑할 수도 결혼할 수도 없는 고민에 빠져 있다. 그는 자신의 고민과 괴로움을 극복하기 위해 친구들과 술을 많이 마신다. 또 고민을 잊으려고 바스크로 낚시 여행이나 스페인의 팜플로나의 투우 축제에 구경하러 떠난다.

길 잃은 세대(lost generation)가 세상 살아가는 방법은 필사적으로 어려움을 극복하며 살려고 애쓰는 데 있다. 가치관에 어울리는 시도보다 그들 자신들의 도덕적 가치관을 다시 정의해야 함에 있다.

1980년대 말에는 보수주의 영향을 받은 독자들은 브렛의 혼음(promiscuity), 그리고 제이크의 술 폭음을 문제 삼아 이 작품을 많이 비판했다.

제이크와 그의 친구들은 도덕적 파산자들이며 마이크 캠벨은 자기가 어떻게 도덕적 파산자가 되었는지를 재미있게 들려주기도 한다. 제이크처럼 길 잃은 세대는 전쟁이 끝나고 7년이 지나서도 세상을 어떻게 살아야 하는가에 길을 찾으려고 애쓰고 있다.

피츠제럴드(Scott Fitzgerald)와 링 라드너(Ring Lardner)는 투우를 이미 미국인 삶의 비유로 스포츠를 사용하였으며 부패한 운동선수들은 부패한 미국을 시사하기도 했다.

제이크 반스에게 투우는 가톨릭이 할 수 없는 정서적 방법으로 만족을 주는 유사종교가 되었다. 투우장 안에 있는 모든 일은 이 책 안에 있으며 투우사의 싸움이 있었던 그대로다. 투우장 밖에 일어난 사건은 허구이고 상상으로 쓰인 것이다. 헤밍웨이는 이 사실을 항상 알고 있었으며 이 소설에 대한 어떠한 항의도 하지 않았다. 그는 좀 늦기는 했어도 직관적으로 투우사는 신성한 시간의 중심이었고 여전히 영원한 현재의 한 부분이라는 사실을 똑똑히 이해했다.

신화와 축제, 그것은 세속이든 종교적이든 인간을 고독에서 나오게 하며 새롭게 태어나게 한다. 헤밍웨이는 투우를 도덕적 향상의식으로 이끄는 삶과 희랍적 의미의 비극과 마지막에는 죽음과 함께한 발레로 묘사했다. 투우사 로메로의 고상한 행위는 죽음의 땅과 성 불능의 어부왕(fisher King)에게 질서와 불임을 회복시켜주는 역할을 하며 제이크 반스는 투우로 상징되는 스페인 사람들에게서 삶과 죽음의 비극적 의미에 대한 원시적 환경을 발견한다.

말하자면 제이크는 빠져 나오지 못하는 현실에서 고통과 죽음을 받아들여야 하고 불구자가 된 군인처럼 공포와 죽음으로 살아야 하는 사람, 특별히 투우사와 비유되기도 한다. 제이크는 또한 해리 모건(Harry Morgan), 로버트 조던(Robert Jordan), 리처드 캔트웰(Richard Cantwell)처럼 똑똑히 눈에 잘 보이는 용기와 침착함을 소유한 인물이다. 그리고 패배는 죽음 그 자체에 대한 승리로 보인다. 투우의 마지막 순간에서 마지막 칼을 꽂는 순간에 투우사는 황소의 죽음에서 궁극적 탁월한 공연으로 증명해 보인다. 그리고 그의 의지는 개인적 인격의 권위를 가장 생생하게 희곡화하는 임무를 수행한다. 투우장 안에서 로메로는 기술과 용기로 폭력과 죽음에 직면한다. 그런 가운데서도 그의 직업적인 가장 높은 기준에 맞게 항상 좋은 공연을 관객에게 제공한다.

종교라는 말은 교회와 하느님과의 관계, 그리고 무엇을 믿는 사람들과 대화하고 그들과 관계하는 것을 의미한다. 제이크 반스는 종교인이다. 이 소설의 종교적 논의의 중심이 기도다. 기도는 제이크에게 매우 중요한 의미가 있고 또한 중요한 의식(rituals)이다. 그리고 다른 인물들로부터 문제를 일으키고 논평을 받기도 한다. 기도가 매우 중요하기 때문에 헤밍웨이는 팜플로나의 성당에서 기도를 길게 묘사한다.

At the end of the street I saw the cathedral and walked up toward it. The first time I ever saw it I thought the facade was ugly but I liked it now. I went inside. It was dim and dark and the pillars went high up, and there were people praying, and it smelt of incense, and there were some wonderful big windows. I knelt and started to pray and prayed for everybody I thought of. Brett and Mike and Bill and Robert Cohn and myself, and all the bullfighters, separately for the ones I liked, and lumping all the rest, then I prayed for myself again, and while I was praying for myself I found I was getting sleepy, so I prayed that the bull-fighters would be good, and that it would be a fine fiesta, and that we would get some fishing.……

I was a little ashamed, and regretted that I was such a rotten Catholic. (idem p.102-103)

이 거리 끝에서 나는 성당을 보았고, 그쪽으로 걸어갔다. 처음 나는 성당을 보고 정문이 추하게 보였으나 지금은 좋게 보였다. 나는 성당 안으로 들어갔다. 안쪽은 어둡고 침침했다. 기둥은 높이 솟았고, 기도하는 사람들이 있었다. 향의 냄새가 났고 좀 멋지고 큰 창문들도 있었다. 나는 무릎 꿇고 기도하기 시작했다. 내가 생각하고 있던 모든 사람들을 위해 기도했다. 브렛, 마이크, 빌, 로버트 콘, 그리고 내 자신, 그리고 내가 좋아하는 모든 투우사들을 따로 기도했다. 나머지는 모두 총괄하여 기도했다.

그다음 다시 내 자신을 위하여 기도했으며, 기도하는 동안 졸고 있는 내 모습을 발견했다. 그리고 나서 우리는 낚시하러 갈 것이다. 나는 좀 부끄러웠으며 내가 타락한 가톨릭 신자임을 후회했다.

제이크는 타락한 가톨릭 신자이기 때문에 양심고백을 했다. 효과적인 기도는 고백과 참회로 시작하며 하느님의 넘치는 사랑이기에 인간은 아무 것도 없는 무의 존재로 받아들여져야 한다. 기도하는 순간에는 천국 문이 열려 있으며 신성한 것과 세속적인 것과의 사이에 존재하는 벽은 허물어진다. 제이크를 성불구자로 만들었던 무(nada)의 세계에서 목적과 자존심으로 사는 법을 알려고 한 그의 결심은 긍정적으로 보인다. 20세기 진실하고 위대한 비극 작가 중의 한 사람인 헤밍웨이는 제이크와 브렛이라는 인물을 창조하여 어려운 상황임에도 불구하고 그들을 가치 있는 사람으로 만들어 삶에 참여하게 하였다.

1차 세계 대전의 전쟁터와 스페인의 불 링, 그리고 프랑스와 스페인, 그리고 콘, 로메로의 대조되는 패턴은 이 작품의 예술성을 높여준다. 비극적 삶의 체험과 극기적인 삶에서 제이크와 브렛은 엄격한 행동원칙의 정직, 유머, 용기와 자기 단련을 형성하고 있는 헤밍웨이 코드의 인물이다. 사회 역사가로서 헤밍웨이 역할은 1차 대전 후에 실망에 빠져 있는 젊은 예술가들과 지식인들의 전체 세대를 대변하고 있다.

헤밍웨이는 가톨릭의 위대함에서 제이크의 종교적 빙산원리의 근거가 되게 했다. 그것은 다른 소설에서 어느 빙산원리 소재 못지않게 ≪해는 또 다시 뜬다≫의 독서에 중요하다.

이 소설은 엘리엇(T. S. Eliot)의 시 ≪황무지(The Waste Land)≫의 주제 중 하나로 읽히고 있다. 제이크는 생식기에 상처 받은 또 다른 어부왕이다. 여기서 어부왕에 대한 말을 잠깐 하고 넘어가겠다.

엘리엇의 ≪황무지≫는 고대 성배전설에서 연유한 것인데 전설에 의하면 어부왕(fisher king)에게 내린 저주로 말미암아 그는 병들어 성적 불구의

몸이 된다. 그 결과 그가 다스리는 나라에는 강에 물이 마르고 들에는 곡
식의 생산이 끊어지고 나라는 황폐국이 된다. 이 왕의 병을 치료하고 나라
에 생명을 소생시키기 위하여 기사 페르세바(Perceva)는 성배 탐색의 모험
을 수행한다.

　제이크 반스의 성적 불구와 어부왕의 성적 불구는 객관적 상관관계(obje
ctive Correlative)로 생각할 수 있다.

　엘리엇의 시론의 핵심인 객관적 상관관계는 바로 상징주의 시인들이 쓰
는 상징과 같은 것이다. 시인은 자기의 감정을 그대로 전달할 길이 없으니
그 감정의 상태와 맞먹는 하나의 이미지(image)나 일련의 이미지군이나 어
떤 장면을 통하여 그것을 암시할 수밖에 없다는 것이 객관적 상관관계(the
objective Correlative)의 이론이다. 이 객관적 상관관계는 상징(symbolism)과
마찬가지로 독자에게 어떤 감정의 상태를 암시해 주고 독자의 감정을 유발
하는 작용을 한다.

　≪해는 또 다시 뜬다≫만큼 다양한 견해와 많은 해석을 가진 현대문학
의 고전은 없다고 생각한다. 희극, 비극, 단테의 신곡까지도 함께 생각할
수 있는 작품으로 본다. 득히 투우에 대한 상징적 의미는 알 필요가 있다.
공유한 경험으로서 투우시는 이 소설의 도덕적 성격을 보여준다. 투우시는
이 소설의 모든 인물들의 도덕적 척도로 간주된다. 투우시는 도덕적 행동
의 상징을 수행한다. 도덕적 행동은 용기, 명예, 정열에 근거해야 하고 고
통 가운데서도 우아한 모습(grace under pressure)을 보여야 한다. 이와 같은
엄격한 기준에 의한 비교는 로메로를 제외한 모든 중요한 인물들의 행동에
는 존재하지 않음을 알게 된다.

312

제이크 반스만이 'lost generation'의 신성모독의 세계와 투우사의 자유롭고 민첩하게 움직이는 신성한 세계를 누구보다 잘 이해하고 있다. 투우축제의 큰 목적은 신성모독을 멈추게 하는 시계의 시간, 역사적인 시간을 멈추게 하는 데 있다.

헤밍웨이는 에즈라 파운드(Ezra Pound)에게 투우사는 모든 사람 가운데서 가장 칭찬 받는 예술가라고 말했다.

35년 후에 헤밍웨이는 ≪위험한 여름(The Dangerous Summer)≫의 둘째 문장에서 스페인을 가장 좋아하는 나라로 묘사했다. 스페인의 중심에는 손상되지 않은 태고의 낚시터가 있고 투우 예술가들이 있다.

많은 비평가들은 ≪해는 또 다시 뜬다≫에서 물의 비유에 주목한다. 그것은 기독교 성경의 전도서에서 발췌한 제2제사로서 "모든 강물은 바다로 흐르되 바다를 채우지 못하며 어느 곳으로 흐르든지 그리로 연하여 흐르느니라," —여기서 물은 영적 비유로 불모의 땅에 필요한 물의 소중함을 설명하는 부분이고, 제이크의 성적 불능은 불모의 상징일진데, 황무지(Waste land)에 적시어 줄 물이 요구된다. 또 전도서 인용은 물이 제공하는 꾸준한 부활을 암시하고 제이크와 빌은 낚시 여행에서 부활을 느낀다. 물이 주는 비유는 제이크의 심리적 상처와 황무지에서 벗어나는 길을 상징한다.

그러나 제이크의 성기 상처의 정확한 본질과 성격이 명확하게 설명되지 않고 있는 가운데 가톨릭 교회는 이에 대처하는 좋은 방법을 제시하지만 제이크는 좋은 충고로만 이해하고 더 이상 생각하기를 거절한다. 한편 제이크와 브렛은 헤밍웨이가 용기(grace under pressure)를 어떤 가치로 삼고

313

삶을 통한 노력과 극기는 의미 없는 세상에 대처하는 가장 좋은 해독제가 됨을 발견한다.

≪해는 또 다시 뜬다≫의 두 개의 제사(epigraph) 'lost generation'과 성경의 전도서 제1장은 제목과 제사와의 깊은 관계가 된다. 제사는 흔히 고전에서 인용문으로 대치시킨다. 책 제목과 제사는 작품 이해에 절대 불가결한 요소이고 작품을 구성하는 또 하나의 중요한 단편이다. 헤밍웨이 소설에서 제목과 제사는 암시성이 풍부하고 포괄적이어서 그것을 통하여 작품에 내포된 작가의 사상과 철학이 확산되어 객관적이고, 보편적인 목소리로까지 들린다. 말하자면 작가가 독자의 관심을 작가로부터 이탈시키기 위한 전략적인 포석으로 해석할 수 있다.

이 소설의 제2제사는 기독교 성경 전도서 제1장 2절부터 7절까지다. 제이크가 아무런 의미 없는 세상에서 살기 위한 몸부림은 제2제사에서 그 의미를 찾을 수 있다.

"Of particular importance to the reader as they reflect on the epigraph from Ecclesiastes are the things left out, the deleted verses of Ecclesiastes I, the submerged portion of the Hemingway iceberg. Those verses are all cynical and negative in tone, emphasizing the theme of the chapter set forth in verse 2 : Vanity of vanities, saith the preacher, vanity of vanities, all of vanity."

Teaching Hemingway's The Sun also Rises (p.154)

특별히 중요한 것은 진도서에서 제사에 반영된 것처럼 사물 외관의 실재가 생략되어 있다. 전도서의 지워진 절은 헤밍웨이 빙산 원리에서 물에 잠긴 부분이다. 이 절들은 모두가 냉소적이고 어조에서 부정적이다. 전도서 제1장의 주제를 강조하는 것은 2절에서 설명한다. 전도사(preacher)가 말하기를, "헛되고 헛되며 헛되고 헛되니 모든 것이 헛되도다" 했다.

전도서는 책 가운데서 최고로 시적이고 신비적이다. 그러나 인생관에는 염세적 의미를 내포하고 있다. 전도서의 헛되다는 말은 아무도 중요하게 생각지 않는 세상을 깨닫게 한다. ≪해는 또 다시 뜬다≫는 그와 같은 세상에 대처하는 방법을 제시하는 시도로 보인다.

파리는 헤밍웨이 교육에서 실제 필요한 역할을 했다. 1920년대 이 도시는 헤밍웨이 인생과 문학을 배양한 곳이며 무명의 작가에서 유명한 작가로 만들었던 곳이기도 하다. 파리는 헤밍웨이에게는 사랑과 연민과 영광과 신화의 씨앗을 주었던 예술의 도시로 기억된다. 이 도시에서 독창적 문체 창조와 문학 선배 거트루드 스타인(Gertrude Stein), 실비아 비치(Sylvia Beach), 에즈라 파운드(Ezra Pound), 에드워드 오브라이언(Edward O'Brien), 로버트 맥알몬(Robert McAlMon), 존 도스 패서스(John Dos Passos), 해롤드 롭(Harold Loeb), 그리고 제임 조이스(Jame Joyce) 등과의 만남은 그의 문학적 자산을 이루게 했다. 또 레프트 뱅크(Left Bank, 세느강 왼쪽, 지식인과 예술인이 모여 사는 곳)에서 헤밍웨이는 포드 매독스 포드(Ford Madox Ford), 어니스트 월시(Ernest Walsh), 그리고 나중에 기고했던 잡지사의 여러 편집장들과도 만났다.

≪토론도 스타(Toronto Star)≫지의 파리 특파원으로서 그에게 할당된 임무는 희랍, 터키, 이태리, 독일, 스페인 등으로 취재 활동이었고 이러한 체

험은 그의 초기 작품들의 질을 높이는 폭 넓은 시각을 가지게 했다. 파리는 헤밍웨이 부모님과 청교도 정신의 구속과 인습에서 완전히 해방되게 하였고 그의 예술 활동과 작품 생산의 모태가 되었다.

파리는 거트루드의 표현처럼 현대주의 문예사조가 구현되는 문학과 예술의 수도였다. 헤밍웨이는 파리를 옛 정부(mistress)로 생각했으며, 그녀에게서 큰 빚을 졌다고 술회하였다.

거트루드 스타인의 아틀리에에서 충실한 학생의 역할을 벗어난 그는 자기 수련과 대화에 집중된 새로운 독창적 문체를 창조했다. 그의 문체의 좋은 예가 인디언 부락(Indian Camp), 병사의 고향(Soldier's Home), 두 개의 심장을 가진 큰 강(Big Two-Hearted River), 그것이다. 이 아름다운 비네트(vignette)는 인간답게 사유하는 모더니즘 문학의 전형이라 하겠다.

40년 파리에서 창작활동을 한 헤밍웨이는 네 사람의 아내와 그곳에서 체류하였고, 2차 대전 때는 파리가 해방되는 순간을 목격하였으며 파리는 욕망의 지속성과 지칠 줄 모르는 영원한 갈망의 도시로 기억되었다.

헤밍웨이는 1922년 2월 4일 80편의 기사를 《토론도 스타(Toronto Star)》 지로 송고하여 출판했다. 4월에 또 스위스 제네바 경제 회의를 취재했고 참가자들과 회의 내용과 함께 20여 편의 기사를 송고했다.

헤밍웨이는 부인 해들리(Hadley)와 로잔느 평화 회의 취재 현장에서 만나자고 약속했는데, 도중에 해들리가 여행용 가방을 도난당하여 이들 부부는 큰 실망과 아쉬움을 느꼈다. 그 여행용 가방 속에는 헤밍웨이가 파리에 도착한 이후로 많은 단편 소설 원고와 먹지(Carbon)로 복사한 편지, 서류 등이 들어 있었으며, 이 가방의 손실로 헤밍웨이는 마음에 큰 공백을 남겨

316

두었다. 그의 회고록 ≪움직이는 향연≫에 극심한 허탈감을 피력했다. 192
3년 6월 헤밍웨이 부부는 그들의 첫 여행지를 스페인으로 정하여 처음으
로 투우 구경을 하였다. 7월에 팜플로나로 돌아와서 산 페르민(San Fermin)
축제를 즐겼다. 이 축제에서 헤밍웨이의 상상력이 자극되어 창작 영감(insp
iration)을 얻은 것이 그의 첫 장편 ≪해는 또 다시 뜬다≫다.

1925년 7월 21일(헤밍웨이 26번째 생일), 스페인의 발렌시아에서 집필하여
1925년 9월 6일 Paris에서 탈고했다. 1926년 10월 22일 찰스 스크리브너스
선스사가 출판했다. 처음 한 권의 값이 2불이었고 5090부가 시판되었다.

전투신경증(shell shock)이라는 말이 1차 대전 후에 처음으로 사용되었고,
제이크 반스의 성적 불능은 정신적, 정서적으로 끈질긴 질환을 의미한다.
그의 상처에 대한 심리적 반응은 그의 성행위를 방해하며 거트루트 스타인
시사한 것처럼 전쟁 후나 혹은 침체된 사회에서 길 잃은 사람들의 상징으
로 의미된다. 베트남 전쟁에 참전했던 사람도 역시 "길 잃은 세대"에 해당
된다. 그들은 전투에서 열심히 싸웠으나 자기 나라 미국인들로부터 아무런
지지를 받지 못했다. 이들 참전자 중 20퍼센트가 심리적으로 상처받은 사
람으로 통계에 잡혀 있다.

그리고 그는 다시 거트루드 스타인이 그에게 리듬과 반복기법에 대하여
어떻게 가르쳐 주었는지를 말한다. 셔우드 앤더슨(Sherwood Anderson)은
그의 작중 인물들에 대하여 관리해 주고 에라즈 파운드(Ezra Pound)는 정확
한 언어를 처리하는 방법을 가르쳐 주었다.
그러나 가장 중요한 교훈은 독자가 이해했던 것보다 더 중요한 것을 느

끼게 하기 위하여 그의 작품에서 생략할 수 있는 것은 무엇이나 다 생략하는 기법을 자기 스스로 배웠다. 그다음 생략은 역시 배고픔의 한 종류이고 과식의 우둔함을 막아 주는 공백(갈망)의 한 종류이다.

거기서 언제나 룩셈버그 박물관에 들어갈 수 있었고 공복이나 허기졌을 때 모든 그림들이 더 깨끗하고 더 아름답게 보였다. 나는 세잔느를 더 좋게 이해하여 배웠고 내가 굶주렸을 때 그가 풍경화를 어떻게 그렸는가를 진실하게 보았다. 그가 그림을 그렸을 때 역시 굶주렸는지 알고 싶었다. 나중에 나는 세잔느가 다른 방법으로 굶주렸는지를 생각했다.

"There you could always go into the Luxembourg museum and all the painting were heightened and clearer and more beautiful if you were belly-empty, hollow-hungry.

I learned to understand C'ezanne much better and to see truly how he made landscape when I was hungry, I used to wounder if he were hungry too when he painted. Later I thought C'ezanne was probably hungry in a different way."

A Moveable Feast by Ernest Hemingway (p.69)

문학적 의사소통은 실제로 작품에서 설명된 것과 설명되지 않은 것 사이에, 그리고 말한 것과 생략된 것 사이의 긴장으로 분명해진다. 그것은 독자의 자극을 결정하는 설명되지 않은 높은 차원이다. 언어, 문체, 허구의 세계에서 기법상 돋보이는 요소는 관련 정보를 생략시키는 고의적 전략이며 있어야 할 것이 빠진 정황을 제공하는 보통명사의 기능을 하는 작품 표면에 공백을 주는 것이다. 헤밍웨이는 비유기법을 빙산운동과 작품을 비교하여 묘사했으며 그중에서 가장 적은 부분을 표면에서 볼 수 있게 했다.

작품과 삶을 함께한 헤밍웨이는 바이런, 휘트먼, 오스카 와일드 못지않게 신화적 존재다. 미국의 영웅주의 이미지처럼 그 신화도 영원하다. 헤밍웨이 최고 작품과 단편 소설들, 그리고 ≪해는 또 다시 뜬다≫ 역시 영원한 부분이고 미국의 신화다. 포크너(Faulkner), 스티븐스(Stevens), 프루스트(Frost), 엘리엇(Eliot), 하트 크레인(Hart Crane) 등은 헤밍웨이보다 더 유명한 작가들이긴 해도 20세기 미국 문학에서 헤밍웨이만이 영원한 신화창조의 높은 자리를 성취했다.

≪해는 또 다시 떠오른다≫의 주인공 제이크 반스는 빌 고튼과 페드로 로메로의 긍정적 행동과 사상의 패턴을 부분적으로 본받는 데서 삶의 의미를 찾는 데 실제적 성공을 했다고 본다.

결론은 제이크가 이제는 자기 일터로 돌아가야 하는 때이고 브렛 애쉴리를 사랑할 수 없다는 자신을 인정해야 할 때이고 의미 없는 세상에 조차도 의미를 부여하는 자기 초월을 실행할 때이다. 제이크에게는 시간이 걸리겠지만 좋은 결과가 올 것이다. 그는 무엇보다 자기 직업 신문기자(journalist)에 충실할 것이다. 그리고 서로 자기 초월을 제공하는 새로운 좋은 친구들을 모색할 것이다.

≪해는 또 다시 뜬다≫, 이 작품은 의미 없는 세상과 대처할 수 있는 방법을 시도하는 소설이고 도덕기준이 건전하고 순진무구한 정신이 담겨 있다. 이러한 이면에는 1차 세계 대전 이후 무너진 도덕적 가치관을 고발

하는 엘리엇의 ≪황무지≫와 닮은 점이 부분적으로 있다. 또 이 작품은 모더니스트 문체의 모범을 보여준다.

≪해는 또 다시 뜬다≫는 사르트르와 카뮈 이전에 실존주의 철학의 구현으로(as an embodiment of existential philosophy) 시사한다.

헤밍웨이는 이 소설이 끝나는 부분에 1926년 3월 처음으로 공개한 용기(grace under pressure) 용어를 사용했다. 그리고 제이크 반스의 가톨릭 교회에 대한 논평에서 가톨릭교(Catholicism)는 아직도 제이크의 종교적 신념의 가운데 있다고 했다.

제이크는 다음과 같이 말했다. "I did not care what the world was all about. All I wanted to know was how to live in it."

헤밍웨이는 제이크 반스의 상처를 설명하지 않는다. 보이지 않게 묻어두는 일은 자주 논의되는 헤밍웨이의 빙산 기교의 한 예이다. 특별한 상처를 사용함으로써 헤밍웨이는 성적 불능, 그것을 이 소설을 통하여 주요한 비유로 도입한다고 피터 해이즈(Peter L. Hays)는 말한다.

> After all, even Jake's wound is not made explicit. Such concealment is an example of Hemingway 's often-discussed "ice-berg technique". ⋯⋯ By using this particular wound, Hemingway introduces a major metaphor throughout the novel, that of impotence.
>
> *Teaching Hemingway 's The Sun also Rises edited by Peter L. Hays (p. 15)*

결국 제이크의 상처가 설명이 되지 않는다. 그와 같이 숨겨지는 것이 자주 토론되는 헤밍웨이 "빙산기법"의 좋은 예이다. 이와 같은 특별한 상처를 이용하는 헤밍웨이는 소설을 통하여 성적 불능을 주요한 비유로 도입하고 있다.

제이크는 천주교와도 관계가 모호해진다. 브렛과의 사랑에서도 교회가 가르치는 것에 전혀 위안을 찾지 못하고 있다. 독자는 자연히 이 소설의 가치관에 관심을 갖게 된다. 세속적 관심이 영원을 쫓는 구약 성경 전도서와 균형을 이룬다. 제이크의 행동 규범의 추구는 그의 부조리한 상처와 부조리한 세계에서 존엄하게 존재하기 위하여 삶을 찾는 데 있다.

투우는 의식(rituals)의 드라마이고, 삶과 죽음의 투쟁에서 관객이 대리만족을 공유할 수 있는 비극이다.

피터 해이즈는 헤밍웨이가 자주 사용하는 용기(grace under pressure)의미를 다음과 같이 설명한다.

If death ends all activity, if death ends all knowledge and consciousness, man must seek his reward here, now, immediately. Consequently, the Hemingway man exists in a large part for the gratification of his sensual desires; he will devote himself to all types of physical pleasures because these are the rewards of this life … From this we derive then the idea of grace under pressure. This concept is one according to which the character must act in a way that is acceptable when he is faced with the fact of death. One might express it in other terms by saying that the Hemingway man must have fear of death, but he must not be afraid to die.

Teaching Hemingway 's The Sun also Rises edited by Peter L,Hays (p.32)

죽음이 모든 활동을 끝낸다면, 죽음이 모든 지식과 의식을 끝낸다면, 사람은 지금 즉시 그의 보상을 찾아야 한다. 그러므로 헤밍웨이 인물은 그의 관능적 욕망에 대한 만족의 큰 부분으로 존재한다. 그는 자기 자신의 신체적 쾌락의 모든 형태에 전념할 것이고, 이것은 삶에 대한 보상이다. 이것에서 우리는 용기라는 개념을 도출한다. 이 개념은 작중 인물이 죽음에 직면할 때 받아들일 수 있는 방법으로 행동해야 한다. 헤밍웨이의 주인공들은 죽음의 공포를 가져야 하지만 죽음을 두려워해서는 안 된다.

이 소설은 참 좋은 작품으로 볼 수 있다. 등장인물들은 시카고, 영국, 스코틀랜드, 뉴욕, 프랑스, 스페인, 희랍 등의 출신들이다.

제이크는 프랑스어, 스페인어, 영어, 이태리어를 유창하게 한다. 그는 브렛이 이해할 수 없는 언어로 성당에서 자기 자신의 죄를 고백한다. 언어가 지니고 있는 이점을 훌륭하게 이용하고 자기의 견해를 유감없이 표현하는 제이크의 탁월한 능력을 브렛은 부러워한다.

이 소설이 미국의 고교생에게 모범 교재로 사용된다는 점에 주목한다. 헤밍웨이의 미국 영어가 실제적이고 보편적으로 이해되고 있는 점과 소설의 내용이 고교생이 알아야 할 요소를 갖추고 있기 때문이다. 왜 제이크가 성적 무능력자이고, 천주교 신자이며 미국의 국외 이주자들을 대표하는 상징적인 인물로 그려져 있는가에 대한 연구 과제이다. 다음 주제에 대해 생각해 본다.

322

1. conflicting personal values(가치관의 갈등)

2. loss(상실)

3. rituals that lend meaning to our lives(삶에 의미를 주는 의식)

4. learning how to live in the world(세상을 사는 방법을 배움)

5. rejection or resistance to religion(종교에 대한 거절이나 저항)

6. impossible love and the relationship between sex and love(성과 사랑의 관계, 불가능한 사랑)

7. role of women(여자들의 역할)

이 작품은 매우 건전하고 예술적 가치가 있다. 특히 빙산 이론의 실제 사용, 상징 기법과 비유 등은 작가 헤밍웨이에게서만 배울 수 있는 가치 있는 문학 수업이다. 무엇보다 독창적 문체에서 즐거움과 보물을 발굴하는 헤밍웨이의 철학이 묻어 있기 때문이다.

이 소설을 통하여 카를로스 윌리엄스, 에즈라 파운드, 엘리엇, 거트루드 스타인, 파블로 피카소, 아폴리네르(Guillaume Apllinaire) 등을 만날 수 있어 즐겁다. 동시에 헤밍웨이가 파리 수업 시대에 이미 통달한 상징주의, 미니멀리즘, 반복기법 같은 문체의 원리를 배운다. 또 다른 발견은 헤밍웨이의 창작 기법으로 objective correlative, 즉 객관적 상관관계이다.

헤밍웨이 창작 기법 중 또 다른 중요한 것은 빙산원리(principle of the ice-berg)이다. "There is seven-eighths of it under water for every part that shows." 수면 아래 8분지 7의 보물이 숨겨져 있다.

빙산 원리에 대한 헤밍웨이의 설명은 다음과 같다.

"First I have tried to eliminate everything unnecessary to conveying the experience to the reader so that after he or she has read something it will become a part of his or her experience and seem actually to have happened. This is very hard to do and I've worked at it very hard."
Teaching Hemingway's The Sun also Rises edited by Peter L.Hays (p.109)

첫째로 나는 실제로 일어났던 것으로 보이고 경험의 한 부분이 될 것을 나중에 독자가 중요한 것으로 읽게 하기 위하여 독자에게 경험을 전달할 모든 불필요한 것을 모두 제거하려고 노력했다. 이렇게 하기가 매우 어렵다. 그리고 나는 그것을 매우 열심히 공부하였다.

주요한 개념은 보물 사냥을 위하여 소설에서 비유와 의미의 연결을 찾는데 있다. 투우사의 헌신과 자전거 경주자의 부패의 차이점을 안다면 이 소설에서 묘사된 가치관을 이해할 수 있다.

마지막으로 세잔느(Cezanne)에 대한 헤밍웨이의 말을 눈여겨 볼 만하다.

"I was learning something from the painting of Cezanne that made writing simple true sentence far from enough to make the stories have the dimensions that I was trying put in them. I was learning very much from him but I was not articulate enough to explain it to anyone. Besides it was secret."

나는 작품을 단순하고 진실한 문장으로 써서 애써 담아 높은 차원을 가진 소설을 쓰기는 매우 거리가 있다는 것을 세잔느 그림에서 배웠다. 나는 세잔느에게서 많은 것을 배웠지만 그것을 누구에게도 충분히 설명하지 않았다. 더구나 그것은 비밀이었다.

세잔느 예술과 헤밍웨이 작품과 일치점을 알 수 있는데, 세잔느 그림의 여러 점에서 특별한 관점과 견해에 초점을 맞춘 화포(canvas)에 남겨 둔 텅 빈 공간을 이해해야 한다. 세잔느가 관람자의 마음속에서 그의 그림을 완성시켜 줄 것을 요청한 것처럼 헤밍웨이의 "비밀(secret)"을 헤밍웨이 산문에 남겨 둔 것은 독자가 채워 줄 공백으로 추측된다.

현재 미국의 소설 주인공들은 유럽의 작가들의 주인공들처럼 전형적으로 부패하고 사랑이 없고, 물질주의적이며 정서적으로 불모에 직면한 삶을 산다. 말하자면 황무지 같은 삶이다. 유럽의 작가들의 주인공들도 일반적으로 더 환멸과 불모의 상태로 묘사되어 있다.(예를 들면 카프카, 헤세, 셀린느, 버지니아 울프, 토마스 만, 카뮈 등이다) 반면에 미국의 소설에서 우리의 주의를 끄는 것은 억제할 수 없는 낙관주의, 열린 마음들이 황무지적 절망과 새로운 자기 창조의 가치관과 정신적 재생을 나타내는 점이다.

≪해는 또 다시 뜬다≫는 1차 대전 후에 미몽에서 깨어난 젊은 예술가들과 지식인들의 전체 세대를 대변하고 있다. 여기에서 헤밍웨이는 사회 역사가로서 그의 역할을 하고 있다.

'lost generation'은 기성 가치관에서 혼돈된 변화기를 맞은 세대라고 생각할 수 있다.

제이크 반스의 상처는 엘리엇의 시의 불모의 어부왕(Fisher King)과 성적 불능의 이미지를 가진 운명의 관계로 보인다.

우리는 제이크를 불구자로 만들었던 'nada(nothingness)'의 세계에서 목적과 존엄으로 살아갈 방법을 배우게 하는 그의 결의에 찬 노력에 찬사를 보낸다.

천재 작가 헤밍웨이는 인간에게 애쓸 가치가 있게 하는(worthwhile) 주인공들 제이크와 브렛을 창조하였다.

1차 세계 대전의 전쟁터와 투우장의 스페인과 프랑스 콘과 로메로의 대조되는 이 책의 기능을 생각해 보게 한다면, 제이크 반스는 닉 아듬스에서 산티아고에 이르는 헤밍웨이가 발전시킨 주인공의 중요한 인물로서 의미를 재고하게 된다. 투우의 정신적 목적을 이해함으로써 제이크는 그의 도덕성과 성적 불능을 부분적으로 극복하고 팜플로나의 축제 기간에서 페드로 로메로의 용기와 우아함의 과시에서 남성적 행위의 모델을 알게 한다.

소설과 인식론과의 관계에서 핵심은 소설의 사실적 관계가 무엇이며, 사건의 이야기 관계는 무엇이고, 이 작품을 읽을 때 우리가 아는 것이 무엇인가? 또 그것을 어떻게 알게 되었으며 진실이라는 단어가 소설에 적용될 때 그 의미는 무엇인가? 신학적, 본질적 문제는 소설에 구성되는 진실(truth)을 탐구함으로써 자연히 떠오른다.

이 작품에서 종교의 연구는 작품과 관련해서 종교의 의미를 정의할 필요가 있다. 헤밍웨이는 표제와 제사(epigraph)의 선택을 통하여 이 작품에서 종교에 천착할 필요성을 갖게 한다.

나중에 제이크는 천주교 미사에 참례하는데, 헤밍웨이는 생략기법으로써 미사 참례 의식을 생략한다.

> Going down the streets in the morning on the way to mass in the cathedral. I heard them singing through the open doors of the shops. They were many people at the eleven o'clock mass. San Fermin is also a religious festival.
>
> *The Sun also Rises by Ernest Hemingway (p.156)*

아침에 성당 미사 참례 하러 가는 길을 내려가면서 나는 가게에 열린 문을 통하여 사람들이 노래 부르는 소리를 들었다. 그들은 성가 연습 중이었고, 11시 미사에는 사람들이 많이 참례한다. 산 페르민은 역시 종교축제다.

여기서 분명히 알아야 할 것은 헤밍웨이 특유의 빙산원리(principle of an ice-berg)가 사용된 점이다. 미사에 참례했던 제이크가 신부님께 신앙을 고백하고 면죄 받는 장면의 묘사가 없다는 것이다. 헤밍웨이는 이 중요한 부분을 생략한다.(so that might feel something more than they understood.)

> 'Bless me, father, for I have sinned', confessed his sins in detail, and has been counseled and absolved by the priest.

위와 같은 설명이 있어야 하는데 헤밍웨이는 생략했다.

도덕적 축으로서 투우사(toreo)

　의식화(ritualized)된 예술의 한 형태로서 투우에 대한 설명이 필요하다. 투우는 하나의 스포츠로 볼 수 있으며 이 소설에서는 다른 스포츠와 반대되는 것으로 볼 수 있다. 미국의 소설가 스콧 피츠제럴드(Scott Fitzgerald)나 링 라드너(Ring Lardner)는 이미 미국인의 생활방식에 하나의 비유로 스포츠를 사용했다. 부패한 운동선수는 부패한 미국을 시사하는 것이란 것은 알려진 사실이다. 투우(bullfighting)는 소설에서 하나의 예술 형태로 중심적 비유가 된다. 제이크에게는 투우가 유사한 종교가 되고, 천주교가 하지 않는 방법에서 정서적으로 그에게 만족하게 한다. 헤밍웨이는 투우를 끝에 가서 죽음을 함께한 발레(ballet)로 묘사했다. 희랍적 의미로는 비극이고 도덕적 향상의 뜻을 가지는 삶의 모방으로 서술한다.

　이러한 의식(rituals)은 이성이 없어 보이는 부조리한 세상에 질서를 주는 상징적 의미가 있다.

　투우사는 이 세상에서 가장 존경받는 예술가라고 헤밍웨이는 에즈라 파운드에게 말했다. 스페인은 가장 좋은 나라다. 35년 지나서 헤밍웨이는 그의 작품 《위험한 여름》의 두 번째 문장에서 "나를 제외한 어느 것보다 내가 가장 사랑했던 나라가 스페인이었다"라고 묘사했다. 스페인이라는 나라의 중심에는 그가 가장 사랑했던 두 개의 것이 있으니, 하나는 손상되지 않은 낚시터이고, 다른 하나는 투우사이다.

≪해는 또 다시 뜬다≫같이 다양한 해석을 가져오게 하는 현대문학이 없다고 생각한다. 비극과 희극, 단테의 신곡까지도 함께할 수 있는 위대한 작품이다. 이 작품이 도덕적 가치가 높다고 맥코믹(McCormick)은 다음과 같이 말한다.

> McCormick has also understood that The Sun also Rises is a novel of manners : "Although morality as such is almost never on the surface of the page, conduct, whether moral or immoral, is Hemingway's exclusive subject. The moral problems of an immoral world occupy his fullest attention."
>
> *Teaching Hemingway's The Sun also Rises edited by Peter L.Hays (p.192)*

맥코믹은 ≪해는 또 다시 뜬다≫를 예절의 소설로 이해했다. 그와 같은 것이 소설 행간에는 없다 하더라도 도덕이든 부도덕이든 행위 그 자체가 헤밍웨이의 독점적 주제이다. 부도덕한 세상에 대한 도덕 문제가 그의 최대의 관심을 차지하고 있다.

> The fiesta at Pamplona occupies the center of the novel, just as the Character's response to toreo is a measure of their human Value in the eyes of Jake Barnes. (idem p.192)

투우사에 대한 인물들의 반응처럼 이 소설의 중심을 차지하고 있는 팜플로나 축제가 제이크 반스의 눈에는 인간 가치의 척도이다.

비평가 맥코믹이나 스톤백, 두 사람 모두가 투우사는 세속적인 것과 영적인 것 모두를 간직하고 있는 인물로서 이 소설의 등장인물들의 척도이다.

투우는 도덕적 행위의 상징을 전달하는 의미가 있으며 도덕적 행위는 용기, 명예, 정열에 근거해야 한다. 또한 이것에는 극기적 용기(grace under pressure)를 보여주어야 한다. 이 엄격한 기준에 의한 측정은 로메로를 제외한 모든 중요한 인물들에게는 찾아보기 힘들다.

브렛이 추구하는 즐거운 시간은 창조적이고 경험의 가치를 발견하는 일이다. 제이크는 본능적으로 그 가치들을 알고 있으며, 그가 맡은 일에 잘 수행하고 감성적 즐거움을 체험함으로써 그러한 가치에 도달하려고 노력한다. 제이크의 삶은 우울증, 중독, 신경 쇠약에 효과적으로 대처하는 데 의미를 두고 있다.

많은 비평가들은 이 소설의 투우 장면을 면밀히 검토했다. 투우를 삶그 자체와 닮은 것으로 묘사하고, 투우는 스포츠 행사가 아니고 비극이라고 말한다. 이 소설에서 투우를 도덕적 중심으로 읽는 비평가들은 한 인간의 삶의 도덕적 핵심을 용기와 명예로 보고 있다. 황소가 운명으로 정하여지는 것처럼 한 인간도 그와 같다고 헤밍웨이는 설명한다.

무엇보다 이 작품에서 영적 비유(spiritual Imagery)를 빼놓을 수 없다.

몇 명의 비평가들은 《해는 또 다시 뜬다》의 제2제사에서 나오는 물의 비유에 대하여 광범위하게 주의를 하고 있다. 제이크와 빌이 부르게테(Burguete)산 근처로 고기잡이를 갈 때 팜플로나의 혼돈이 바로 전에 일어난 것을 상기시킨다.

이들은 찬 시냇물을 건너는 기분이 매우 좋았다고 한다. 전도서의 인용문은 물이 제공하는 변함없는 재생을 의미한다. 제이크와 빌은 고기잡이 여행에서 재생을 느낀다. 부르게테에서 낚시는 제이크가 의미하는 세상을 멈추게 하는 의미일 수 있다. 물의 비유는 심리적 상처에 대한, 불모지에서 제이크의 삶의 길을 모색하는 것이다.

《해는 또 다시 뜬다》가 출판된 이후 이 작품에 대한 찬사와 비난이 한꺼번에 쏟아져 나왔다. 극찬하는 쪽이 우세였지만, 그의 부모님께서는 지극히 실망스럽게 생각할 뿐만 아니라, 망측하고 패륜적인 졸작으로 간주하고 대노하셨다. 그러나 헤밍웨이는 이에 대하여 반론을 제기하였다. 다음은 그의 부모님께 보낸 서신 내용이다.

I'm trying in all my stories to get the feeling of the actual life across—not to just depict life—or criticize it—but to actually make it alive. So that when you have read something by me you actually experience the thing. You can't do this without putting in the bad and the ugly as well as what is beautiful. Because if it is all beautiful you can't believe in it. Things are not that way. It is only by showing both sides-3 dimensions and if possible 4 that you can write the way I want to.

So when you see anything of mine that you don't like remember that I'm sincere on doing it and that I'm working toward something. If I write an ugly story that might be hateful to you or to mother the next one might be the one you would like exceedingly.

저는 저의 모든 글에서 실제 삶의 느낌이 나게 하려고 노력하고 있습니다. 인생을 단순히 묘사, 비판하는 것이 아니라 진정으로 그것이 살아 있게 만드는 것입니다. 그래서 제가 쓴 글을 읽는 사람은 실제로 그것을 체험하는 것입니다. 아름다운 것뿐 만 아니라, 나쁜 것과 추한 것도 넣지 않고서는 불가능한 일입니다. 아름답기만 하면 믿을 수 없지 않습니까? 세상 일이 다 그렇지는 않으니까요. 양면, 3차원과 가능하다면 4차원까지도 보여 줌으로써 제가 원하는 대로 쓸 수 있습니다. 그러니까 제 글에서 마음에 들지 않는 점을 보시더라도 제가 그 글을 진지하게 썼으며 제가 무엇인가를 향해 노력하고 있다는 것을 기억해 주십시오. 제가 아버지와 어머니께 혐오스러울 수도 있는 추한 이야기를 썼다면 다음 글은 아버지께서 매우 좋아하실지도 모르겠습니다.

헤밍웨이 미학은 두 가지 기본적인 원칙에 바탕을 두고 있다.

첫째, 직접 목격한 것만을 보도하도록 훈련받은 신문기자(journalist) 생활에서 유래한 것으로, 소설은 정서적이고 지적인 실제 경험에 토대를 두어야 하며 사실에 충실해야 하고, 그것이 단순한 실제 사건들보다 더 진실해질 때까지 상상력으로 그것을 변형하고 강화해야 한다는 것이다. 작가라면 항상 사실에서 시작하지만 결국에는 원래의 경험보다 더 흥미 있고 의미심장한 어떤 것을 낳는다고 그는 생각했다.

둘째, 소설은 강력한 인상을 주기 위해 압축(compressed)되어야 하며, 작품을 견고하고 강하게 하는 구조와 의미의 토대들은 이야기의 표면 아래 감추어져야 한다는 것이다.

무기여 잘 있거라(A Farewell to Arms)

The world breaks everyone and afterward many are strong at the broken places.

-Ernest Hemingway

세상은 모든 사람을 부러뜨리고 그 후에 많은 사람들이 그 부러진 자리에 강해진다.

-어니스트 헤밍웨이

무기여 잘 있거라(A Farewell to Arms) 연대기

1914년 8월, 유럽의 세계 1차 대전 발발

1917년 4월 6일, 미국의 참전

1917년 6월, 어니스트 헤밍웨이, 오크파크 고교 졸업

1917년 10월,

≪캔사스 시티 스타(Kansas City Star)≫지에서 헤밍웨이 수습기자

1917년 10월 24일,

이태리 군대 카포레토에서 퇴각, ≪캔사스 시티 스타≫ 신문 첫 지면에 카포레토 퇴각에 관한 기사 연일 게재

1918년 3월 23일,

헤밍웨이와 그의 친구 테드 브럼백(Ted Brumback)은 미국 적십자 자원병으로 입대

1918년 6월 4일,

헤밍웨이, 스키오(Schio), 이탈리(Italy), 적십자 부대에 배속됨

1918년 7월 8일,

피아브 강 따라 주둔한 이태리군 부대에 담배, 초콜릿, 엽서를 나누어 주다가 오스트리아군의 박격포탄 파편에 맞고 심한 부상을 당함

1918년 여름~가을,

밀라노에 있는 미국인 병원에서 227개의 파편 제거 수술을 받고 회
복 중

1919년 1월 4일, 미국 적십자에서 제대하여 미국으로 귀향

1928년 3월, ≪무기여 잘 있거라≫ 집필

1929년 1월 22일, 탈고

1929년 2월 13일,

헤밍웨이 대리인 맥스웰 퍼킨스(Maxwell Perkins)가 이 작품을 게재하는
조건으로 1만 6000달러를 헤밍웨이에게 송금

1929년 5월~10일,

≪무기여 잘 있거라≫ 출간 (보스턴에서는 출판이 금지되었음)

1929년 9월 27일,

뉴욕의 찰스 스크리브너스 선스(Charles Scribner's Sons)사에서 책으로 출
판함

무기여 잘 있거라(A Farewell to Arms)

《무기여 잘 있거라》 이 소설은 1928년 3월에 집필하여 그해 8월 20일에 탈고했다. 약 8만 7000단어가 사용된 헤밍웨이의 세 번째 장편소설로서, 1929년 9월 27일 찰스 스크리브너스 선스사에서 단권으로 출판했다.

이 소설의 남주인공이며 서술자(narrator)인 프레드릭 헨리(Frederic Henry)는 20대 초반의 미국인 자원봉사자이다. 이태리 구급차 운전부대에서 근무하는 중위 계급을 달고 있다. 프레드릭 군부대는 슬로베니아와 접경하고 있는 이태리 고르지아 남쪽 작은 마을 근처에 주둔하고 있다. 오스트리아, 헝가리군과 주요 전투를 하고 있는 그곳은 언제나 전투가 일어날 것이 예상된다. 영국 여자 캐서린은 처음으로 고르지아 근처 이태리 군을 돕는 영국 의무 부대에 배속된 자원 간호보조원이다. 그곳에서 프레드릭은 그녀를 만나게 되고 전투가 심하게 벌어질 때는 밀라노의 미국 병원에서 근무한다. 소설 첫 장 시작은 이렇게 시작한다.

In the late summer of that year we lived in a house in a village that looked across the river and the plain to mountains. In the bed of the river there were pebbles and boulders, dry and white in the sun, and the water was clear and swiftly moving and blue in the channels. Troops went by the house and down the road. (idem p.3)

그해 늦은 여름에 우리는 강이 건너 보이고 산으로 통하는 마을의 어느 집에 살았다. 강바닥에는 햇볕에 말라 흰빛을 내는 자갈과 조약돌이 있었다. 그리고 물은 깨끗하고 물살은 빨랐고 수로는 푸른색을 띠었다. 군대는 집 옆을 지나서 길 아래로 내려갔다.

첫 장 마지막 단락은 이렇다.

At the start of the winter came the permanent rain and with the rain came the cholera. But it was checked and in the end only seven thousand died of it in the army.

겨울의 시작은 끊임없는 비를 몰고 왔으며 비와 함께 콜레라가 왔다. 그러나 군대에서는 콜레라로 죽은 사람이 최종적으로 7000명이었음이 확인되었다.

이 풍자적 어조에서 프레드릭의 전쟁에 대한 견해를 변화시킬 것임을 암시하고 있다.

이 소설의 첫 장(chapter 1)은 작품 전체 내용의 의미가 함축되어 있다. 비(rain)는 여주인공 캐서린 버클리에게는 무엇일까?

그녀는 비에 대하여 다음과 같이 말한다.

"Why? I was sleeps. Outside the rain was falling steadily. I don't know, darling, I've always been afraid of the rain."

"I like it."

"I like to walk in it. But it's very hard on loving."

"I will love you always."

"I will love you in the rain and in the snow and in the hail and what else is there?"

......

"All right. I am afraid of the rain because sometimes I see me dead in it."

"No."

"And sometimes I see you dead in it."

"That's mere likely."

"No, it's not, darling. Because I can keep you safe. I know I can. But nobody can help themselves."

(idem p.126)

"그야 물론, 나는 자고 있었지요. 밖에는 비가 꾸준히 내리고 있었어요."

"나는 몰라요, 여보. 나는 항상 비를 두려워했지요."

"나는 비를 좋아하는데."

"나는 빗속에서 걷고 싶어. 그러나 그것은 사랑으로 하기에는 어렵거든."

"나는 언제나 당신을 사랑할거야."

"나는 빗속에서도 눈 속에서도 우박 속에서도 당신을 사랑할거야. 그리고 그

밖에 무엇이냐."

……

"좋아요. 나는 가끔은 빗속에서 내가 죽어 보이기 때문에 비를 두려워해요."

"아니."

"그래서 가끔 나는 당신이 빗속에서 죽어 보이거든."

"그럴 수도 있겠지."

"아니. 아니에요, 여보. 나는 당신을 안전하게 지켜줄 수 있기 때문에. 나는 알고, 할 수 있어. 하지만 그들 자신을 도울 사람은 아무도 없어요."

All right. I am afraid of the rain because sometimes I see me dead in it.

이 말에서 캐서린 자신이 죽음을 예견하고 있다. 비는 죽음, 슬픔, 비극을 상징하는 의미가 있다.

캐서린은 그녀의 약혼남이 프랑스의 솜(Somme) 전투에서 죽은 사실을 프레드릭 헨리에게 말한다. 우리는 전쟁으로 인하여 이미 사랑하던 사람을 빼앗긴 큰 상처를 입은 캐서린을 알게 된다. 그리고 프레드릭은 솜 전투에서 일어났던 일조차 모르고 있으며, 전쟁이 몰고 온 인간의 파멸을 완전히 이해하지 못하고 있다. 1916년 여름에만 75만 명의 생명이 목숨을 잃었다. 프레드릭은 캐서린의 옛 애인이 전사했다는 사실에도 무감각했다.

이 소설의 9장에서 프레드릭이 크게 부상을 당한다. 야전 응급 치료소로 실려 온 프레드릭은 영국 사람으로부터 특별 치료를 받는다. 그다음 야전 병원으로 이송되어 그의 좋은 친구 리날디(Rinaldi)와 부대 종군 신부의 방문을 받는다. 신부는 전쟁에 대한 증오심과 상처를 받은 프레드릭에게 전쟁의 실상을 설명한다. 하루 이틀이 지나서 프레드릭은 밀라노에 있는 미군 병원으로 이송된다.

제2권에서 프레드릭은 왼쪽 다리에 박혀 있는 파편 제거 수술을 받는다. 회복이 빠르지 않아서 캐서린과 함께 있는 날이 5개월이나 지나서 휠체어를 타거나, 목발을 짚고 돌아다닐 수 있게 되었다. 캐서린의 비번 날에는 좋은 음식점에 가서 음식을 먹고 시간을 보낸다. 어느 날 저녁 그녀의 당번 날 임신을 하게 된다. 19장 끝에 캐서린은 그녀가 빗속에서 그녀 자신이 죽어 보이기 때문에 비를 두려워한다고 프레드릭에게 고백을 한다. 그것이 이 소설의 끝 부분에서 그녀의 죽음을 암시한다.

제3권에서는 프레드릭이 전쟁터로 돌아오게 되고, 마침내 그는 전쟁터에서 탈출을 시도하게 되어 단독강화(separate peace)를 맺는다.

퇴각은 우디네 마을 근처에서 실패하기 시작한다. 프레드릭은 그가 이끄는 운전병들과 3대의 차량을 길 옆으로 인도하고 결국은 진흙 속에 빠져 움직일 수 없게 된다. 두 사람의 운전병이 총 맞아 죽고 남은 사람들로 행방이 묘연하게 된다. 타글리아멘토(Tagliamento) 강에 다다른 페드릭은 이태리군 헌병들이 퇴각 중인 군인들에게 총을 쏘아 탈영을 막게 하는 것을 보고서는 타글리아멘토 강으로 뛰어들어 입수한다. 그는 산 비토(San Vito) 마을을 볼 수 있다고 생각한 곳에서 물속을 나왔다. 그런 다음 그는 라티자나(Latisana) 쪽으로 약 12마일 반을 걸어간다. 그리고 나서 트리에스테-밀라노(Trieste-Milan) 정기선 화물 열차에 뛰어 올라, 다음 날 아침 일찍이 밀라노에 도착하여 탈출에 성공한다.

프레드릭이 반전 감정을 확인하는 순간이 그때다. 프레드릭이 타글리아 멘토 강물 속으로 뛰어든 것은 하나는 신체적 탈출이고, 다른 하나는 죄에서 벗어나기 위한 상징적 탈출이다.

제4권은 프레드릭이 밀라노에 있는 미군 병원으로 가서 캐서린과 그녀 친구 헬렌이 있는 곳을 알아내기 위함이다. 그는 그녀들을 철도역 부근 조그마한 호텔에서 발견하게 된다. 그리고 프레드릭과 캐서린은 스위스로 탈출할 계획을 세운다. 호텔 주인 에밀리오(Emilio)는 그들에게 보트까지 빌려준다. 그래서 그들은 스트레사(Stresa) 북쪽에서 스위스의 맛지오레(Maggiore) 호수까지 21마일을 안전하게 노를 저어 다음 날 아침에 도착한다. 스위스 당국은 그들의 보트를 압수하지만 그들이 스위스에 머무는 조건으로 허락한다. 프레드릭과 캐서린은 제네바 호수 동쪽 끝에 몽트뢰(Montreux)에 가서 이 마을 산 중턱에 있는 집 이층에 여장을 푼다.

이 소설 제5권에서는 프레드릭과 캐서린은 겨울 스키와 눈 속에서 기차 여행을 즐긴다. 이 마을 음식점 산장의 전원적인 휴양지에서 즐거운 시간을 보낸다. 프레드릭은 변장을 목적으로 턱수염을 기른다. 3월에 그들은 호수에서 18마일이나 떨어진 더 큰 도시 로잔느로 간다. 거기에는 큰 병원이 있고 캐서린은 3주일 건강 검진을 받는다. 많은 출혈로 인하여 산통을 겪은 후에 마침내 제왕절개 수술로, 아이는 사산이고 산모 캐서린도 죽는다. 그것을 말하는 것은 조상에게 작별 인사를 하는 것 같다.("Say it was like saying good-by to a statue.") 그리고 빗속에서 호텔로 돌아온다. 프레드릭은 가슴이 찢어지는 듯한 애통함과 불행과 외로움을 나타내는 슬픔에 전율한다.

But after I had got them out and shut the door and turned off the light it wasn't any good. It was like saying good-by to a statue. After a while I went out and left the hospital and walked back to the hotel in the rain.

A Farewell to Arms by Ernest Hemingway (p.332)

그러나 그들을 내보내고 문을 닫고 전등을 끄고 나서도 아무 소용없었다. 그렇게 하는 것이 조상(조각한 상)에게 작별인사를 하는 것 같았다. 잠시 후 나는 밖으로 나와 병원을 떠나서 빗속에서 호텔로 걸어갔다.

헤밍웨이는 ≪무기여 잘 있거라≫ 끝 부분을 만족할 때까지 39번을 다시 썼다고 조지 플림튼(George Plimpton)과 회견에서 술회하였다.

I rewrote the ending to A Farewell to Arms, the last page of it, thirty-nine times before I was satisfied.

나는 ≪무기여 잘 있거라≫ 이 작품의 끝 페이지를 내가 만족할 때까지 39번을 다시 썼다.

이 소설 마지막 단락은 헤밍웨이 특유의 생략이론, 즉 빙산원리(principle of an ice-berg)가 사용된 부분이다.

프레드릭은 애인 캐서린이 출산 도중에 많은 출혈로 사산(stillbirth)하고 산모도 죽는다. 이것을 아는 프레드릭의 단장의 슬픈 심정을 헤밍웨이는 조금도 설명하지 않는다. 독자의 다양한 견해와 정서를 느끼게 하기 위해 설명을 생략(ellipsis)한 것이다.

여기서 비는 슬픔, 죽음, 비극을 상징한다. 비를 객관적 상관물(objective correlative)로 상징기법을 사용한 것이다. '빗속에서(in the rain)'라는 구절에 프레드릭 헨리의 찢어지는 가슴을 설명하는 의미가 함축되어 있다.

"What is not said is more important than what is."

즉, 말하지 않은 것이 말하는 것보다 더 중요하다는 빙산원리가 사용된 좋은 예문이다. 이 기법은 문체를 강하고 힘 있게 하는 헤밍웨이 언어예술의 본령(本領)을 말해준다.

헤밍웨이 미학이 어떻게 변한 것인가를 이해하는 데 가장 중요한 부분은 표면에 있는 8분지 1을 독자에게 보이고 남은 8분지 7을 표면 아래 묻히게 하여 그 묻혀 있는(submerged part) 부분을 독자가 발굴하여 다양한 견해를 갖도록 유도한다는 데 있다.

≪무기여 잘 있거라≫의 시작 부분은 거트루드 스타인과 폴 세잔느의 실제 결합의 모델로 보아야 한다. 때로는 헤밍웨이는 세잔느를 지켜봄으로써 성취한 어떤 효과를 독자에게 투여한다. 프레드릭의 마지막 환멸은 이 소설 끝 부분에서 보듯이 죽음은 전쟁에서나 전쟁 밖에서도 누구에게나 아무런 의미가 없다는 것을 알게 한다. 그는 일찍이 캐서린의 죽음을 예견하고 있었으며 다만 인생이 무엇인 것을 배울 시간이 없었다고 캐서린과 대화에서 언급한다.

헤밍웨이는 독일과 영국에서 베스트셀러가 되었던 레마르크(Remarque)의 반전소설 ≪서부전선 이상 없다(All quiet on the western front)≫를 정독하였다고 술회하였다. 이 소설은 미국에서도 판매되었다.

헤밍웨이는 찰스 스크리브너스 선스사의 편집장 퍼킨스에게 한 가지 불만이 있었는데 레마르크가 쓴 소설 ≪서부전선 이상 없다(All quiet on the western front)≫에는 "balls", "shit", "fuck", "cocksucker" 등의 단어들이 들어 있음에도 불구하고 출판이 허용되면서 자기 소설 ≪무기여 잘 있거라≫는 왜 출판되지 않는지 따졌다. 결국에는 무릎을 꿇고 출판된 ≪무기여 잘 있거라≫는 군인들의 용어라는 것으로 잘 정리되었다. 헤밍웨이는 많은 우려 속에서 스크리브너스사는 그의 소설을 해치지는 않았다는 사실을 알았으며 나중에 그의 소설이 절찬리에 팔렸다.

≪무기여 잘 있거라≫에 대해 비평가들은 많은 문제를 제기해 왔다. 이 소설이 연애소설인가 아니면 전쟁소설인가? 프레드릭이 자기 목숨을 구하려고 타글리아멘토 강에 투신한 것이 배신인가, 아니면 전쟁이 악화되어 단독강화의 내면화된 수용으로 보아야 할 것인가?

또 다른 하나는 프레드릭이 캐서린보다 강한가, 아니면 약한가이다. 다음은 ≪무기여 잘 있거라≫에서 매우 흥미 있는 몇 가지 문제들을 열거해 본다.

첫째, ≪무기여 잘 있거라≫와 전쟁.

가장 절박한 문제는 헤밍웨이 소설을 반전 소설로 받아 들여야 하느냐, 하는 것이다.

≪뉴욕 타임즈≫ 선임 기자 허버트 미트강(Herbert Mitgang)은 2005년 새로 나온 스티븐 크레인(Stephen Crane)의 전기를 논평하면서 어느 나라 문학을 불문하고 어떠한 진실된 전쟁소설은 반전소설(antiwar novel)을 강제

로 쓰게 한다고 말했다. 이 비평에 의하면 소설에서 전쟁에 대하여 거짓 없이 정직하게 쓰기 위하여 긍정적 가치관을 가지고 있지 않다. 1차 세계 대전에 참전한 십대의 군인은 삶과 죽음 사이에서 환멸이 가득 차 있으며, 그것이 독자를 위해 쓴 헤밍웨이의 자화상일 거라고, 많은 학자와 비평가들은 보고 있다. 프레드릭은 북이태리의 아름다움을 마음껏 즐긴다. 군인들은 정부가 제공한 매춘굴에서 성적 자유도 누린다. 매춘굴 하나는 장교용이고 다른 하나는 사병용이다. 그는 또 막사 안에서 친구들, 종군신부와 함께 전쟁, 성, 그리고 종교에 관해서도 토론을 즐긴다. 그리고 그는 미국 적십자에서 활발하게 일을 하면서 전선에 근무하는 이태리 군인들에게 초콜릿과 청량음료를 배달한다.

제1장의 첫 단락에서 헤밍웨이는 예술적 효과를 극대화하여 통제된 언어를 채택한다. 그리고 주제의 원형을 재빨리 확립하고 정서적, 언어적으로 꾸밈없는 구문은 지나친 묘사나 해설을 삼가고 정돈되게 만든다.

심한 다리 부상으로 프레드릭은 야전병원에서 밀라노에서 일하고 있는 캐서린을 만난다. 그는 다리 부상과 전쟁을 잊으려고 한다. 28에서 30장까지는 카포레토(Caporetto) 퇴각이 마침내 프레드릭을 전쟁의 공포에서 깨어나게 한다. 이 장에서는 전쟁이 무엇인지를 생생하게 묘사하고 있다.

헤밍웨이는 ≪무기여 잘 있거라≫를 집필하면서 톨스토이의 소설 ≪전쟁과 평화≫를 마음속에 그리고 크게 영향을 받았다고 한다. 톨스토이의 소설 ≪전쟁과 평화≫의 일부분은 공포(terror) 그 자체였다. 1812년 모스크바가 전쟁의 화염에 쌓여 불타는 장면이 생생하게 그려져 있다.

프레드릭은 타글리아멘토 강물에 잠수함으로써 전쟁에서 해방되고 애인 캐서린에게 돌아가는 길을 찾는다.

많은 비평가들은 프레드릭이 강물로 뛰어든 것을 세례의 구원으로 보고 있으며, 다른 비평가들은 탈영으로 말한다. 다른 사람들은 바보만이 그와 같은 혼돈에 충성한다고 말한다. 그는 전쟁에서 탈출하기 위하여 물속으로 물장구를 치면서 강물 아래 멀리까지 헤엄쳐 간다. 이 점을 고려한다면 반전의 메시지가 분명하게 설명된다.

둘째, 캐서린 버클리라는 여주인공.

또 다른 큰 관심은 캐서린 버클리라는 여주인공이다. 몇몇 비평가들은 캐서린이 프레드릭의 성적 도구에 불과하다고 하지만 다른 비평가들은 그녀는 프레드릭보다 더 위대한 힘을 소유한, 진실로 다차원적인 인물로 평가하고 있다.

산드라 스페니어(Sandra Whipple Spanier)는 1987년 '캐서린 버클리와 헤밍웨이 코드'라는 제목의 에세이에서 한쪽은 프레드릭의 흡혈과 같은 그림자로 보고 있으며, 다른 한쪽은 부전 성욕에 유용한 부푼 고무인형과도 같다고 한다.

캐서린은 프레드릭의 성숙에 크게 기여한 여성이라고 스페니어는 주장한다. 그는 또 그녀만을 이 소설의 한 인물로서 넓은 범위에서 명예와 용기를 억제하는 여성으로 보고 있다. 그녀의 역할은 프레드릭 자신이 고안한 역할과 의식에 성실한 집착을 통하여 호전적이고 혼돈된 세계에서 제한된 자율을 획득할 수 있는 생존의 한 방법의 예로써 프레드릭에게 가르쳐 준다.

또 스페이너은 캐서린을 프레드릭 헨리의 교육 담당자로 남아 있는 인물로 보고 있다. 스페이너는 캐서린을 리날디 같은 냉소주의와 종군신부

같은 사랑과 봉사의 복합적 인물로 생각한다. 그래서 캐서린 자신도 사랑은 기분전환용이 아니고 생존의 역할을 한다고 역설한다.

셋째, 비극으로서 ≪무기여 잘 있거라≫.

이 소설이 암시하는 비극은 전통적 장면에서가 아니고 프레드릭이라는 인물의 비극적 결함에서 나타난다. 메릴은 헤밍웨이가 새로운 형태의 비극을 만들었다고 한다.

삶 그 자체가 비극으로 믿는 새로운 문학 구조상의 근본이 된다.

메릴에 의하면 비극적 효과는 주인공의 운명이 불가피하기 때문이다.

맥베스는 그의 죄를 용서 받아야 하고 미덕에로 돌아가야 한다. 리어왕은 정조가 굳은 코델리아와 함께 그 시대에 사는 일이 허용되어야 한다.

헤밍웨이는 이와 같은 방법으로 캐서린의 죽음이 불가피하다는 것을 독자가 알게 되기를 바란다.

전쟁에 대한 불가피한 파괴가 이 소설 전편을 통하여 그 이미지를 묘사하고 있다. 이태리 군대가 행군하는 이미지로 시작하여 삶이 아닌 임신, 6.5mm 탄약통을 가지고 행군하는 이태리 군대, 소설 첫 쪽의 이미지는 임신이고 마지막 쪽 이미지는 죽음이다.

비평가 가이듀섹(Gajdusek)은 이 소설의 결과를 다음과 같이 말한다.

The tragic outcome of the novel comes from the "loss of Catherine after renunciation of the army in order to then, naturally, have her."
Critical Compaion to Ernest Hemingway by Charles M.Oliver (p.117)

이 소설의 비극적 결과는 "자연히 그녀를 가지기 위하여 군대를 포기한 이후에 캐서린을 잃은 것으로부터" 나온다.

캐서린 버클리는 1차 세계 대전 때 북이태리에 주둔하고 있는 영국군의 영국 보조 간호사이다. 그녀의 약혼남이 영국 군인이었으며 북프랑스의 솜 전투에서 전사했다. 그녀는 약혼남이 전사한 후에 거의 미칠 지경의 날을 보내고 있다. 캐서린의 약혼남은 프레드릭이 캐서린을 만나기 전에 이미 전사했다.

캐서린의 첫인상은 키가 크고 갈색 피부에 회색 눈을 가진 미인이다. 그녀는 간호사 제복이 어울리고 프레드릭은 그녀를 아름답게 보았다. 그녀는 8년간이나 약혼 기간을 가졌던 약혼남 소유의 등나무 지팡이를 가지고 다닌다. 캐서린은 약혼남과 결혼하지 않았던 것이 바보 같은 일이었다고 프레드릭에게 말한다.

전쟁이 막 시작했다 하더라도 그녀는 전쟁이 가져오는 공포를 이미 알고 있었다. 두 남녀는 애인이 되었으며, 프레드릭은 상처가 회복이 되어 밀라노에 있는 임신부 캐서린을 두고 부대로 복귀한다.

캐서린 버클리는 그들의 연애 기간에 프레드릭보다 훨씬 성숙한 여인이었고 그녀의 약혼남이 전사했음에도 불구하고 그녀는 힘이 왕성했으며 이태리군 부대에서 간호사로서 임무를 성실히 수행하고 있다. 프레드릭이 카포레토에서 퇴각의 혼돈에서 탈출할 때 스트레사에 있는 캐서린을 찾아간다. 그는 악몽의 도가니에서 생존하였다.

헤밍웨이 소설에서 여성에 대한 학구적 비판은 캐서린을 포함해서 여자를 인격적 인물로 보지 않고 성적 대상으로 보았다는 점이다. 주요 역할은 남성 주인공들을 만족시켜 주는 데 있다. 최근의 비평은 헤밍웨이 소설에서 주요 여성 인물들은 다차원적일 뿐만 아니라 자기들 혼자서도 강인하다는 것이다.

남주인공 프레드릭 헨리

프레드릭은 ≪무기여 잘 있거라≫의 남주인공이며 20대 초반의 건축가가 되기 원하는 미국인이다. 그는 전쟁터로 가서 목격하는 것이 점차 환멸적이 된다. 1차 세계 대전 초기에 프레드릭은 이태리 제2군에서 자원 봉사하는 구급차를 운전한다. 그에게 중위계급이 주어지고 가을에 북이태리군에 합류한다. 이듬해 1916년 8월 심한 부상을 입고 회복한 후에 그가 배속된 부대로 돌아간다.

1916년 8월 6일 15개월간의 전투에서 이태리군이 14만 7,000명의 사상자를 내고 승리한 고르지아로 갔다. 그는 전쟁이 가져온 공포를 이해하는 시간이 그리 오래되지 않았다. 다른 구급차 운전병과 함께 부상자와 전사자를 운반하는 것은 그의 책임이다.

프레드릭은 전쟁을 몇 마디 비꼬는 말로 증오스럽게 표현한다.

But it was checked and in the end only seven thousand died of it in the army. (idem p.4)

결국에는 군대에서 콜레라로 죽은 사람이 7000명만으로 확인되었다.

프레드릭은 전선에 근무 중인 병사들에게 담배와 초콜릿을 배달하던 중 오스트리아군이 발포한 박격포 파편에 맞아 심한 부상을 당한다. 그때가 1918년 7월 8일 저녁의 일로, 이때 받은 정신적 외상의 의미는 아이러니컬하게도 헤밍웨이 문학 인생을 새롭게 하는 중대한 사건으로 정리된다.

많은 비평가들은 이 소설을 연애소설이다, 아니다,로 견해가 엇갈리게 해석하지만 필자는 이 소설을 사랑에 대한 낭만적 비극(romantic tragedy of love)으로 보고 싶다. 프레드릭은 반전사상으로 단독강화(a separate peace)의 결의로 우여곡절 끝에 스위스로 탈출에 성공하지만 애인 캐서린의 사산(stillbirth)과 그녀의 죽음은 프레드릭을 운명론자로 만든다. 캐서린은 죽기 전까지만 해도 프레드릭의 후원자이고 교육담당자로서 강인한 여성이지만 사랑에는 프레드릭에게 "당신은 나의 종교(You are my religion.)"라고 선언한다.

"We are really married. I couldn't be any more married. There isn't any me. I'm you.

……You know I don't love any one but you. You shouldn't mind because some else loved me.

……You're my religion. You're all I've got.

A Farewell to Arms by Ernest Hemingway (p. 115-116)

"우리는 실제로 결혼했어요. 나는 더 이상 결혼할 수 없어요. 거기에는 어떤 내가 없고 나는 곧 당신입니다. 당신밖에 어느 누구도 사랑할 수 없다는 것을 당신은 알고 있습니다. 어떤 사람(Frederic)이 나를 사랑하기 때문에 염려해서는 안 됩니다. 당신은 나의 종교입니다. 당신은 내가 가지고 있는 전부입니다."

《뉴욕 타임스》의 헤밍웨이 학자 퍼시 허치슨(Percy Hutchison)은 영국인 간호사 캐서린 버클리와 미국 구급차 장교 사이의 연애 이야기는 셰익스피어의 《로미오와 줄리엣》의 이야기처럼 불행하다고 했다.

비평가 말콤 카울리(Malcolm Cowley)는 이 소설은 도덕적으로 퇴폐하지 않고 평론가들 사이에서 좋은 반응이 헤밍웨이 출세에 긍정적 작용을 했다고 논평했다.

이 소설이 가지고 있는 반복기법과 의식의 흐름의 미학을 살펴보면,

I wanted to go to Austria without war. I wanted to go the Black Forest. I wanted to go to the Hartz Mountains. Where were the Hartz Mountains anyway?

They were fighting in the Carpathians. I did not want to go there anyway. It might be good though. I could go to Spain if there was no war. The sun was going down and the day was cooling off. After supper I would go and see Catherine Barkley. I wish she were now. I wished I were in Milan with her. I would like to eat at the Cova and then walk down the Via Manzoni in the hot evening and cross over and turn off along canal and go to the hotel with Catherine Barkley. May be she would. Maybe she would go in the front door and the porter would take off his cap and

I would stop at the concierge's desk and ask for the key and she would stand by the elevator and it would go up very slowly clicking at all the floors and then our floors and the boy would open the door and stand there and she would step out and I would step out and we would walk down the hall and I would put the key in the door and open it and go in and then take down the telephone and ask them to send a bottle of capri bianca in a silver bucket full of ice and you would hear the ice against the pail coming down the coridor and the boy would knock and I would say leave it outside the door please.

A Farewell to Arms by Ernest Hemingway (p.37-38)

우선 이 페이지에서 "and" 접속사가 25번이나 사용되었고, 이 기법은 거트루드 스타인의 집중론 가운데 반복기법(repetition technique)의 미학을 효과적으로 사용한 예문이다. 스타인의 반복기법이 주는 리듬과 역동성이 돋보인다.

이 페이지에서 또 다른 테크닉은 제임스 조이스의 의식의 흐름(stream of consciousness)이다.

의식의 흐름이란 작중의 한 인물의 사상, 감정, 그리고 반응이 객관적 묘사나 상투적 대화에 의해 쉬지 않고 끊임없이 흐르는 묘사 기법을 말한다. 제임스 조이스를 포함해서 버지니아 울프, 프루스트가 이 기법을 사용한다.

이 소설 제1장에서 구체적 설명을 통하여 꾸밈없는 서술적 요점만을 두고 나머지는 모두 생략하는 헤밍웨이의 빙산원리(principle of an ice-berg)를 확인할 수 있다. 시작 페이지의 검토와 무대 설정은 문체와 주제의 또 다른 기본원리(bedrock)를 이해하는 데 중요하다. 카를로스(Carlos Baker)는 헤밍웨이의 주인공들이 신체적, 정신적으로 자신들을 이분(dichotomy)한다고 한다. 즉, "Home"과 "Not-Home", "The Mountain"과 "the Plain"처럼 상반되는 개념으로 나눈다고 한다.

실제로 그 예를 열거하면 다음과 같다.

Symbol (상징)	Meaning (의미)
day (낮)	light, life, good (빛, 삶, 선)
night (밤)	death, darkness, evil (죽음, 어둠, 악마)
spring (봄)	birth, renewal (탄생, 재생)
summer (여름)	life, maturity, vitality (삶, 성숙, 활력)
fall (가을)	approaching death, old age (죽음이 다가옴)
winter (겨울)	death (죽음)
cross (십자가)	Christ, Christianity, resurrection (그리스도, 기독교, 부활)

헤밍웨이 상징의 중심 개념에는 객관적 상관물(objective Correlative)이 존

재한다. 엘리엇 시 이론에서 나온 이 상징론은 상징주의 시인들이 쓰는 상징과 같은 것이다. 시인은 자기의 감정을 그대로 전달할 방법이 없으니 그 감정의 상태와 맞먹는 하나의 이미지나 일련의 이미지군이나 어떤 장면을 통하여 그것을 암시하는 수밖에 없다는 것이 객관적 상관물(objective Correlative)의 이론이다. 이 객관적 상관물은 상징(symbol)과 마찬가지로 독자에게 어떤 감정의 상태를 암시해 주고 독자의 감정을 유발하는 작용을 한다.

재앙에 대한 객관적 상관물의 역할을 넘어 비(rain)는 1차 세계 대전 이후 인간의 운명적 실체를 실감나게 하는 기능을 한다. 제1장의 마지막 단락의 전경은 비(rain), 죽음(death), 그리고 자연에 대한 인간의 쓸모없음을 상징적으로 나타낸다.

문체론적으로 분석하면 의식의 작가 헤밍웨이는 일관되게 그의 산문 표면 바로 밑에 깊이 파묻혀 있는 보물을 발굴하게끔 독자를 끌어들여 비유와 상징기법으로 효과를 더하게 한다. 물에 잠긴 8분지 7을 발견하도록 독자의 몫으로 두고 있다. 즉 빙산원리를 절묘하게 사용한다.

≪무기여 잘 있거라≫에 나타난 기교와 주제

1. 헤밍웨이 문체

A. 산문체의 접근
① 짧은 문장
② 단순어 선택
③ 표현의 평이함
④ 속어 사용을 하지 않음
⑤ 지나친 형용사 사용 기피
⑥ 빠른 대화법
⑦ 반복기법

B. 빙산이론
① 작품의 표면은 8분지 1만 나타낸다.
② 물에 잠긴 부분(submerged portion)은 8분지 7로 나타낸다.(이 부분은
독자가 채워야 한다.)

C. 이분법적 대조

① 안전/위험

② 탈출/함정

③ 좋은 장소/나쁜 장소

④ 질서/혼돈

⑤ 빛/어둠

⑥ Home/Not-Home(신체적, 심리적, 정신적)

D. 객관적 상관물(objective Correlative)

산 - 가정의 분위기와 안전성

평원 - 함정과 위험

비 - 공포와 다가오는 운명의식

2. 헤밍웨이 주제

A. 자연주의(naturalism)

① 자연에 대한 무관심

② 인간의 무의미

B. 인간주의(humanism)

① 개인의 중요성

② 자기 보존을 위한 욕망

③ 자기 자신에게 의지함 - 신의 개입을 기대하지 않음

C. 반낭만주의

① 전쟁의 교훈을 털어냄

② 애국주의 사상을 털어냄

D. 실존주의

① 하느님 믿음을 잃음

② 상징적 아버지로서 믿음의 상실

③ 인간 실존을 강조함 - 죽음을 초월하는 삶은 없음

E. 주인공 패러다임

① 신이 없고 혼돈의 세계에서 사는 방법을 모델로 함(Code hero)

② 간소한 생활(simplistic life)

③ 비지성적임

④ 자연에 더 가까이 함

⑤ 고통 가운데 우아함을 나타내는 용기

F. 반운명주의(nihilism)

① 남과 하나가 됨

② 세속적 가치의 찬사

헤밍웨이는 고도의 혁신적인 문체(literary style), 20세기 가장 영향력을 가진 산문과 어우러지는 짧은 단어, 제한된 어휘, 서술적 문장보다는 대화문 쓰기를 그는 좋아했다. 지식인뿐만 아니라 일반 독자들에게 호소력을 발휘하였다. 자신의 정제된 표현과 암시적 간소함에 자부심을 느꼈다. 그는 이태리어 번역자의 증언에 따르면, 그에게 어떤 사투리에 대한 설명을 부탁하면서 무심코 "속어(slang)"라는 표현을 사용했더니 그는 노발대발했다. 자신은 속어를 사용한 적이 없으며, 자신의 책에 있는 단어는 사전에 나와 있고 셰익스피어라도 사용할 수 있을 거라는 것이었다. 그 번역자가 그의 산문에 대해 "형이상학적"이라고 말하자 그는 몹시 화가 나서 몇 시간 동안이나 그 번역자와 말을 하지 않았으며, 그리고 나서 그의 작품의 이런 양상을 부인하는 편지를 썼다.

헤밍웨이 문체는 명료하고 힘이 있다. 그는 개별 단어의 기능을 강조했고, 복잡한 하나의 문장 대신 간단한 여러 문장을 썼고, 직유를 거의 사용하지 않았으며, 단어와 구(phrase)를 반복했고, 서술보다는 대화문을 즐겨 사용했다. 그는 강렬한 주제들을 명쾌하고 집중적이고 완벽하게 통제된 산문으로 표현했다. 그는 감각에 집중하고 미학적 효과를 낳을 구체적인 묘사를 찾았다. 그의 문체는 정밀하고 정확하고 함축적이면서 시적 감흥(a poetic inspiration)으로 충만해 있다.

누구를 위하여 종은 울리나(For Whom the Bell Tolls)

It's very hard to get anything true on anything you haven't seen yours elf.

-ErnestHemingway

직접 보지 않은 것에 대해 진실한 것을 얻기란 매우 어렵다.

-어니스트 헤밍웨이

누구를 위하여 종은 울리나(For Whom the Bell Tolls)

어니스트 헤밍웨이는 1937년 6월 4일 뉴욕의 무더운 밤 카네기 홀에 전미작가 연맹이 후원하는 작가 회의에 참석한 3,500명의 청중 앞에서 담담하고 조용한 어조로 다음과 같이 연설한다.

작가의 과제는 변하지 않는다. 작가 자신이 변하지만 작가에게 주어진 과제는 변치 않고 있다. 진실을 발견하고 언제나 진실하게 쓰고 그것을 읽는 사람의 경험의 일부분이 되게 하는 방법으로 계획하는 것이다.

헤밍웨이는 그날 저녁 연설을 계속하였다. "현 제도의 정부에서 훌륭한 작가들은 정당한 보상을 받았다. 하지만 훌륭한 작가를 배출할 수 없는 정부 형태가 바로 파시스트 정부다. 파시스트 정부는 약한 사람을 못살게 하는 거짓말 하는 정부다. 거짓말 하지 않는 작가는 파시스트 정부 하에서는 살 수도 없고 글을 쓰지도 못한다." 그의 연설은 좌익분자들을 감동시켰으며 기립박수까지 나오게 하였다. 헤밍웨이는 북미신문연맹(the North American Newspaper Alliance, NANA)의 스페인 종군기자로 활동하였기 때문에 공개적으로 반파시즘을 선언하고, 민주주의 옹호자들과 함께 했다. 여기서 그는 ≪누구를 위하여 종을 울리나(For Whom the Bell Tolls)≫를 쓰게 된

결정적 요인을 찾았다.

  1929년 미국의 경제공황(the Depression)은 헤밍웨이에게도 중압감을 주었다. 좌경적 문학, 프롤레타리아 문학을 옹호하는 분위기가 더욱 힘들게 하였다. 특히 동년배에 가까운 작가와 비평가들, 도스 패서스, 에드먼드 윌슨, 말콤 카울리 등에게서 갑자기 좌경적 색채를 느끼게 하는 미묘한 영향을 받게 하였다. 하지만 헤밍웨이는 문학적으로 좌경사상을 반박하는 글을 ≪오후의 죽음(Death in the Afternoon)≫에서 설득력 있게 전개하였다.

> We've seen it all go and we'll watch it go again. The great thing is to last and get your work done and see and hear and learn and understand; and write when there is something that you know; and not before; and not too damned much after. Let those who want to save the world if you can get to see it clear and as a whole. Then any part you make will represent the whole if it's made truly. The thing to do is work and learn to make it. No. It is to be said. There were a few practical things to be said.
>
> *Death in the Afternoon by Ernest Hemingway (p. 278)*

  우리는 그것이 모두 사라지는 것을 지켜보았고, 다시 그것을 지켜 볼 것이다. 중대한 일은 계속하고 있는 일을 완수하고 보고 듣고 배우고 이해하는 일이다. 그리고 알고 있는 일이 있을 때는 써야 하고, 너무 빨라도 안되고 너무 늦어도 안 된다. 전체를 분명히 볼 수 있게 된다면, 세계를 구하기 원하는 사람들에게 하게 하라. 그리하여 세계의 어느 부분이든지 참되게 그린다면 그것은 전체를 의미하게 된다.(synecdoche, 제유법을 사용했음) 해야 할 것은 일하고 배워야 하고 그것이 한 권의 책이 되기에 충분치 않지만 몇 가지 할 말은 하였다. 몇 개의 실용적인 말이다.

헤밍웨이는 소신과 원칙을 가진 작가로서 세계를 구한다는 의지에 불타 있는 사람들의 모습이 그의 시야에 들어와 있으므로 그들을 보면서 헤밍웨이 자기 자신의 굳은 의지가 있고 좌익 문학 융성에 대항하여 투우와 사냥이라고 하는 반시대적 주제를 강하게 고집하는 패기가 돋보인다.

1930년대에 미국의 경제가 붕괴되고 미국의 많은 작가들은 정치적으로 좌익 성향으로 기울어졌다. 수많은 작가들은 사회적, 경제적 어려움의 해결 수단으로 공산주의를 받아들였다.

하지만 헤밍웨이는 좌익도 아니었고, 거기에 합류하는 사람도 아니었다. 1930년대 초부터 플로리다의 키웨스트에 살면서 낚시로 시간을 보냈다. 스페인으로 투우 여행을 떠났으며, 아프리카의 사파리 여행도 즐겼다. 스페인에 대한 논문도 발표하였고, 1932년 ≪오후의 죽음≫이라는 논픽션을 발표하였다. 1935년에는 아프리카의 사파리 설명을 담은 ≪아프리카의 푸른 언덕≫을 출판하였다. 1936년에는 ≪에스콰이어지≫에 ≪킬리만자로의 눈≫을 출판하였다. 이 같은 작품 활동으로 저명인사로서 혹은 스포츠맨으로서 크게 명성을 얻었다. 하지만 많은 문학 서클은 헤밍웨이를 가리켜 무정한 반지식인 혹은 사회적 무관심한 인사로 칭하였다(a callous anti-intellectual, impervious to social concerns). 이러한 사정인데도 헤밍웨이는 1936년 7월 스페인 내전이 터졌을 때 스페인에 대한 각별한 애착으로 크게 관심을 보였다. 당연히 스페인의 공화정부에 물심양면으로 봉사활동에 들어갔다. 특히 앰뷸런스를 기증하기 위하여 모금활동도 하였다.

헤밍웨이는 1920년대 초에 ≪토론토 스타≫지의 유럽 특파원으로 근무하였기 때문에 유럽 정치에 대한 예리한 관찰자가 되어 그의 정치적 통찰력이 작품 활동에 크게 도움이 되었다.

스페인 내전은 ≪누구를 위하여 종을 울리나≫의 직접적인 배경이기 때문에 이 작품을 읽는 모든 독자들은 어떤 점에서는 스페인 내전에 대한 복잡한 문제에 봉착해야만 한다. 헤밍웨이가 실제의 전쟁에서 소설의 많은 부분을 제거했지만, 결국 이 소설은 실제로 전쟁의 본질을 이해하지 않고서는 말할 수 없다. 스페인의 더 중요한 문제는 헤밍웨이가 처음부터 충분히 이해했기 때문에 우익과 좌익의 세계적인 싸움이 유럽인에게는 더 크게 문제가 되었다고 생각했다.

헤밍웨이는 공화당 쪽으로 미국이 개입해 주기를 촉구하였다. 만약 스페인에서 파시스트가 멈추지 않는다면 우리가 그들과 싸우지 않으면 안 된다고 ≪켄(Ken)≫ 잡지에 연속으로 기고했다. 헤밍웨이는 1939년 봄에 ≪누구를 위하여 종을 울리나≫를 쓰기 시작했다.

스페인 공화당이 파시스트에 함락되었고 히틀러는 오스트리아와 합병하였고 체코를 해체하여 삼켜버렸다. 무솔리니는 알바니아를 침략하였고 에티오피아를 1936년 이미 합병하였다. 독일은 폴란드를 침략하였다. 그것이 ≪누구를 위하여 종을 울리나≫의 창작배경이다.

미국의 좌익성향의 작가들의 압력에도 굴복하지 않는 헤밍웨이의 단호하고도 분명한 입장이 감동적 논박으로 대응하였다.

The hardest thing to do, said he, is to write straight honest prose on human beings. First you have to know the subject; then you have to know how to write. Both take a lifetime to learn, and anybody is cheating who takes politics as a way out ⋯ If a book was written "truly", it would contain "all the economic implication."

Ernest Hemingway; A Life Story by Carlos Baker (p.276)

가장 어려운 일은 인간에 대한 솔직하고 정직한 산문을 쓰는 것이다. 첫째, 주제를 알아야 하고, 다음은 어떻게 쓸 것인가를 알아야 한다. 이 두 가지를 알기에는 평생 시간이 걸린다. 해결 방법으로서 정치를 선택하는 사람은 기만한다. 만일에 진실하게 쓴 책이 있다면 그것은 경제의 모든 의미를 함축할 것이다.

누구를 위하여 종은 울리나(For Whom the Bell Tolls) 이 작품의 중요성

러시아 프라우다(Pravda) 신문이 1988년에 ≪누구를 위하여 종은 울리나≫를 출판하였는데 단번에 60만 부가 팔렸다. 그때 러시아 중고생들이 ≪노인과 바다≫와 ≪누구를 위하여 종은 울리나≫를 읽었다.

헤밍웨이의 친구 스톤백(H. R. Stoneback)은 중국에서 풀브라이트(Fulbright) 교환 교수로 있으면서 헤밍웨이와 포크너(Faulkner)를 가르치고 있었는데, 헤밍웨이가 외국 작가 중에서 훨씬 더 인기가 있다고 하였다.

1987년 멕시코, 엘 살바도르, 베네수엘라, 콜롬비아, 그리고 칠레에서 헤밍웨이에 관하여 강의하면서 5주일을 보냈다.

스톤백은 라틴 아메리카를 통하여 학생, 교수, 그리고 작가들과 대화하면서 헤밍웨이가 스페인 언어를 사용하지 않는 작가 중에서 가장 많이 읽히고 있다는 것을 알았다고 했다. 쿠바를 배경으로 한 ≪노인과 바다(The Old Man and the Sea)≫와 스페인을 배경으로 한 ≪누구를 위하여 종을 울리나(For Whom the Bell Tolls)≫가 가장 잘 팔리는 작품들이라고 했다.

쿠바에서 헤밍웨이는 실질적으로 존경을 받고 있다. 아바나의 교외의 그의 집은 사원 같은 대접을 받고 있으며 ≪노인과 바다≫의 작은 어촌의

368

코지마르(Cojimar) 광장에는 구리로 만든 헤밍웨이 흉상이 있다. 거리에서 연이은 투우가 있는 스페인의 팜플로나에서는 ≪해는 또 다시 뜬다≫에 있는 것같이 매년 7월이면 축제가 있고, 투우장 바깥 우측에 또 하나의 구리로 만든 헤밍웨이 흉상이 있다. 그것은 결코 과장이 아니라 전 세계를 통하여 어니스트 헤밍웨이는 가장 잘 알려진 위대한 소설가이기 때문이다.

1975년 프랑코가 죽고 스페인에서 민주주의는 회복되었다. 스페인 내전은 사실상 끝났다. 파시즘의 패배와 함께 프랑코의 죽음 그리고 공산주의의 분명한 몰락은 우익과 좌익 사이에서 맹렬한 이념적, 군사적 갈등이 매우 상징적으로 시작했다.

스페인 그곳에서 시작했던 싸움이 20세기를 갈기갈기 찢어놓았고, 이념대결로 스페인에서만 50만 명이 죽었다.

알렌 조셉(Allen Josephs)은 ≪누구를 위하여 종을 울리나≫의 중요성을 다음과 같이 적고 있다.

The two most important works of art are almost indisputably Picasso's starkly great painting, Guernica, and Hemingway's novel, For Whom the Bell Tolls, virtually the only Spanish Civil War novel to achieve lasting recognition in English. Both Picasso's canvas and Hemingway 's text continue to be important today, and continue to be studied as masterpieces, partly because in each case the individual artistry outweighed the ideological concerns.

Ernest Hemingway 's Undiscovered Country by Allen Josephs (p.11)

가장 중요한 두 개의 예술작품은 거의 토론의 여지가 없는 피카소의 위대한 그림 게르니카이고 다른 하나는 영어로 쓴 스페인 내전을 소설화한 ≪누구를 위하여 종을 울리나≫이다. 피카소의 그림과 헤밍웨이의 소설은 오늘날 계속 중요시되고 있다. 그리고 부분적으로 각자의 경우에 개인의 예술품이 이념의 관심보다 더 큰 의미가 있기 때문에 걸작으로서 계속 연구되고 있다.

≪누구를 위하여 종을 울리나≫에 대한 날카로운 비판이 링컨 대대에서 근무했던 한 퇴역 장교로부터 나왔는데, 이 사람은 스페인 내전에서 공화당을 위하여 싸웠던 미국의 자원대원 3,000명 중 한 사람이었다. 앨버 베시에(Alvah Bessie)라는 이 사람은 1940년 11월 5일 ≪뉴 메시스(New Masses)≫지에 비판적 글을 썼다. 베시에는 헤밍웨이가 삶에 있어서 개인의 죽음, 개인의 행복, 개인의 고민, 개인의 중요성을 병적으로 집약하여 전쟁을 왜곡하였다고 했다. 또한 베시에는 인터내셔널 브리게이드(International Brigade, 스페인 내전에서 공화당을 위해 투쟁했던 외국 공산당의 자원 그룹) 주최자 앙드레 메리(Andr'e Marry)를 중상하였다.

전쟁에 대한 모든 소재는 전쟁 때 써졌으며, 헤밍웨이는 스페인 내전이 1939년 3월에 끝났을 때 ≪누구를 위하여 종을 울리나≫를 쓰기 시작했다.
흥미 있는 부분은 전쟁 때 있었던 모든 소재는 다소 정치적 성격이 있지만 비정치적인 것으로 자주 대조되고 있다. 진실이 무엇인지에 대해서, 전쟁의 이유와 방법을 이해하지 않고서는 ≪누구를 위하여 종을 울리나≫에 대한 문학적 가치를 완전히 이해할 수 없다.

헤밍웨이가 ≪누구를 위하여 종을 울리나≫를 왜 썼는가를 이해하는 것과 그것이 그에게 어떤 의미가 있느냐는 헤밍웨이의 스페인과의 관계에서 중요한 것을 알아야 하기 때문이다. 그는 비평가 말콤 카울리(Malcolm Cowley)에게 다음과 같이 말했다.

> As he told Malcolm Cowley years later, "But it wasn't just the Civil War I put into it. ······ it was everything I had learned about Spain for eighteen years."
>
> *Ernest Hemingway's Undiscovered Country by Allen Josephs (p.22)*

그는 몇 년 후에 말콤 카울리에게 말했다. "내가 말한 내전이 아니었고 그것은 18년간 스페인에 대하여 배웠던 나의 모든 것이었다."

우리가 보는 로버트 조던은 헤밍웨이 자신의 속성이 묻혀 있으며, 10년간의 여행에서 스페인을 발견하였고 발로 뛰고 3급 마차로 혹은 버스로 혹은 말을 타고 노새 등에 앉아서 스페인을 찾아 여행한 것을 책에 담았다. 스페인은 단순한 좋은 나라가 아니고 작품 소재로는 더 없이 좋은 나라이다. 조던과 헤밍웨이의 스페인에 대한 사랑은 동일하다.

예술의 참된 작품은 영원히 간다. 정치가 어떠한 것이든 쓰는 기술, 즉 예술은 실제로 헤밍웨이의 종교다.(A true work of art endures forever; no matter what its politics. Art, the art of writing is virtually Hemingway's religion.)

같은 범위 내에서 배경, 줄거리, 인물, 이 모든 기능을 카로스 베이커는 큰 바퀴라 불렀다. 이 소설에서 인물을 보는 또 다른 순환 방법이 있다. 헤밍웨이 소설은 사실 동심원(concentric circles)의 연속으로 구성된 스페인 투우와 비교되는 건축학적 계획이 따른다. 바깥 원은 실제의 사람들이고 역사적 인물들이다. 중간 원은 감추어진 실제의 사람들이고 제일 안쪽의 원은 창조된 사람들이다. 즉 경험과 현실에서 나온 인물들이다. 그 중심에는 로버트와 마리아가 있다. 로버트와 마리아 이외 이 소설에서 가장 중요한 인물은 우리의 주의를 강하게 끄는 여인 필라르(Pilar)이다. 그녀는 게릴라 지도자이고, 헤밍웨이는 그녀를 좋아하고 격찬하고 존경한다. 필라르의 가장 인간적 매력은 마리아가 파시스트에게 강간당하여 정신적, 심리적으로 불안한 상태에 빠져 괴로운 나날을 보내는 가운데 마리아를 위로하고 심리적, 정서적 안정을 되찾게 하여 주는 점에서 드러난다.

바퀴 비유(Wheel metaphor)

≪누구를 위하여 종을 울리나≫ 18장에서 로버트 조던은 파리 메인주 대로에 있는 행운의 바퀴를 보았던 기억을 한다. 이 행운의 바퀴(a wheel of fortune)는 인생 그 자체를 의미하는 것으로 그는 생각한다. 하지만 인생의 바퀴는 단 한 번만 오고, 큰 타원형으로 오르고 내리고 한다. 출발했던 그 자리에 다시 돌아온다. 조던에 의하면 행운의 바퀴는 일생 동안 몇 번 돌아온다. 예를 들면 파블로이다. 파블로가 게릴라 전투원들과 합류할 것인지, 그리고 조던이 교량을 폭파할 것인지이다. 그는 행운의 바퀴를 갖는 것이 두렵다. 그 행운의 바퀴를 통제할 수 없는 일에 근심하고 또 다시 내려올 수 없다는 불안감에서 걱정한다. 그는 또 통제할 수 있다는 생각조차 않는다. 자신의 운명이 더 좋은 방향으로 가기 위하여 조던은 행운의 바퀴가 상징하는 운명과 싸우기 좋아한다. 이 바퀴 비유는 ≪킬리만자로의 눈 (The Snows of Kilimanjaro)≫에도 사용되고 있다. 주인공 해리의 죽음이 자전거 바퀴와 새들이 원을 그리면서 나는 모양에서 상징된다.

There is only turn : one large, elliptical, rising and falling turn and you are back where you have started.

For Whom the Bell Tolls by Ernest Hemingway (p.225)

한 번만의 회전이 있다. 큰 타원형이 오르고 내려오는 회전, 그리고 출발했던 곳으로 돌아온다.

로버트 조던은 그 행운의 바퀴를 인간 갈등의 바퀴로 부른다. 바퀴의 회전은 비극적 의미를 나타낸다. 바퀴의 회전이 끝났을 때 바퀴를 타고 있는 사람은 출발했던 그 자리로 돌아온다. 인간관계의 이 거대한 시계 장치는 파블로의 논리처럼 적을 수도 있고 아니면 타원형의 거대한 바퀴는 오르고 내리는 인생의 부침을 상징한다.

스페인은 아직도 3일, 아니 3년의 세월에서 시작했던 곳으로 돌아오는데 아직도 아무것도 해결되지 않고 있다. 그러나 스페인은 시작했던 그곳으로 돌아와야 한다. 마음속에 이러한 생각을 품는 것이 3일 낮과 밤, 그리고 4일의 아침은 위대한 바퀴에서 찾는 이 소설 내용이 허송세월하게 한다. 하지만 바퀴에 얽힌 본질적 의미에 대한 로버트 조던의 말이 생각나게 한다.

이와 같은 바퀴는 많은 것을 시사한다. 지구 자체 타원형의 자전운동의 법칙, 로버트 조던에게는 큰 타원형의 바퀴에 대한 논리는 3일 낮, 밤, 그리고 4일 아침이 짧지만 그의 삶의 전부가 담겨 있다. 스페인에 탄 바퀴가 스페인 땅으로 돌아오게 한다. 한 번의 영광스러운 순간, 혹은 두 번의 큰 바퀴를 탈 가치가 있게 한다.

최고의 정상(the zenith), 그것은 헤밍웨이 삶에 대한 특별한 통찰력에 대한 상징적 의미가 있다.

"Nay", she said. "It is that I am thankful too to have been another time in la gloria." …… Maria said, "We have had much good fortune."

"Yes." he[Robert], "we are people of much luck. There is not time to sleep."

For Whom the Bell Tolls by Ernest Hemingway (p.379-380)

"글쎄요, 그것은 내가 천국에 있는 또 다른 시간을 가졌던 것에 기뻐해요."라고 마리아는 말했고, "우리는 매우 즐거운 시간을 가졌다."고 그녀는 말했다. "그래." 그[로버트]는 말했다. "우리는 많은 행운을 가진 사람들이야. 잠 잘 시간이 없어."

La gloria does not mean glory—it means heaven. Maria tells Jordan that she is thankful too to have another time in la gloria. (idem p.379)

대영광송(La gloria)은 영광을 의미하지 않는다. 그것은 천국을 의미한다. 마리아는 천국에서 또 다른 시간을 가졌던 것에 감사한다고 조던에게 말한다.

로버트와 마리아는 4번 연애한다. 두 번 사랑의 장면이 구체적으로 묘사되고 있으며 그것은 둘째 날 오후였다. 넷째 날 아침 몇 시간 동안 마리아와 로버트는 완벽하고 독특한 스페인어로 천국(heaven)이라 부르는 절정의 시간을 두 사람이 하나 되는 것이다.

I suppose it is possible to live as full a life in seventy hours as in seventy years; granted that your life has been full up to the time that the seventy hours start and that you have reached a certain age. (idem p.166)

나는 70년같이 70시간의 충분한 삶을 사는 것이 가능하다고 생각한다. 당신의 삶이 70시간이 시작한 그 시간에 꽉 차 있었다고 가정하면 당신은 어떤 연령에 도달했다.

이 단락이 이 작품 전체의 내용을 함축한다. 3일 낮과 밤, 그리고 4일의 아침에서 위대한 바퀴(wheel)가 로버트 조던에게는 인생을 압축하여 사는 의미가 있다고 하겠다.

다음 단락은 거트루드 스타인을 패러디하여 썼다.

An onion is an onion is an onion, Robert Jordan said cheerily and, he thought, a stone is a stein is a rock is a boulder is a pebble. (idem p.289)

양파는 양파이고 양파는 양파다. 로버트 조던은 힘차게 말했다. 또 그는 돌멩이는 맥주잔이고, 맥주잔은 바위이고, 바위는 호박돌이고, 호박돌은 조약돌이다.

반복이론에 있어서 스타인의 교훈은 오히려 초보적인 것이다. 보다 차원 높은 수법으로써 헤밍웨이에게 교시한 것은 사실주의와 확실성과 직접성에 대한 존경이었다. 진실성에 대한 작가의 책임이었다. 그것은 관념의 배제이며 전망과 형이하학적인 경험의 중시이다. 자기가 경험하고 있는 정서를 산출케 한 실제적인 사물이 무엇이냐 하는 것을 포착하라는 것이었다.

스타인의 집중론 중 요점은 반복론이다. 이 이론은 작가가 표상하는 어느 사상(phenomenon)을 거듭 반복 묘사함으로써 설명이 아니라 독자에게 작가가 의도한 동일한 이미지를 전달하는 것이다.

실제로 헤밍웨이는 《누구를 위하여 종을 울리나》 38페이지에서 39페이지까지 "and" 접속사 반복의 미학을 보여주고 있다.

소설의 개요

스페인 내전(1936~1939)에서 공화당(Loyalist)에 자원 봉사했던 몬타나 출신의 미국 대학 교수. 주인공의 3일간의 삶을 묘사한 헤밍웨이의 4번째 소설이다. 당시 공화당은 프란시스코 프랑코 장군의 반역 군에 대항하여 싸우고 있다.

로버트 조던은 공화당(스페인 정부군)편에서 싸우는 러시아 공산당의 골즈(Golz) 장군 예하의 배속되어 있다. 조던은 세고비아 동남쪽의 과다라마(Guadarrama) 산악지대에 있는 동굴 속에 임시로 살고 있는 게릴라 전투대에 합류한다. 이야기는 1937년 "the moon of May"에 시작된다.

파블로와 그의 부인 필라르가 이끄는 소규모의 게릴라 부대는 조던이 그들과 합류하기 전 이미 열차를 폭파하고 산악지대로 도망했다. 파시스트 일당이 마리아의 마을로 침입하여 마리아의 부모를 학살하고 그녀도 파시스트 일당에게 강간을 당하여 정신적, 심리적 상처로 게릴라 지도자 필라르의 도움으로 정서적 회복 중에 있다가 로버트 조던을 만난다. 마리아 친구들도 파시스트들이 윤간하여 정신을 잃고 있다. 파블로 게릴라 부대원들이 마리아를 구출하여 산악지대 동굴로 데리고 와서 안정시키고 있다. 조던이 게릴라 부대에 합류할 때 그녀는 그의 애인이 된다. 게릴라 지도자 필라르는 조던과 함께 지내는 것이 마리아가 정신적 상처를 치유하는 데 도움이 되겠다고 생각한다.

조던은 7명의 남자와 2명의 여자의 게릴라 부대원으로 구성된 팀에 합류하여 적절한 때 교량 폭파에 부심한다. 교량을 폭파하고서 동료들을 퇴각시키는 사이에 조던은 파시스트들의 공격으로 부상을 입는다. 그럼에도 불구하고 파시스트를 저지하기 위해 기관총을 집총한다. 그리고 그의 친구들이 도망갈 시간을 준다.

미국의 작가 싱클레어 루이스(Sinclair Lewis)는 ≪누구를 위하여 종은 울리나≫, 이 소설은 위대한 연애 소설이라고 썼다.

이 소설은 찰스 스크리브너스 선스사에서 1940년 10월 21일 출판하였다. 첫 판이 75,000부에 한 권은 2달러 75센트였다.

연말에는 19만 부가 팔려 나갔으며 다음 해 4월까지 50만 부 가까이 매진되었다. 헤밍웨이 소설 중 가장 많이 팔린 셈이다. 그의 주머니를 두툼하게 했다.

헤밍웨이는 이 소설을 43장으로 나누어 썼다. 각 날짜의 줄거리 묘사는 조던이 산악에 도착한 오후부터 시작해서 4일 아침까지로 전체 72시간에 대한 이야기다.

처음 7장까지는 조던의 첫 날로 그의 옆에 안젤모(Anselmo)와 함께 숲속의 소나무 갈색 잎이 깔린 데 누워 있다. 노인 파블로 팀은 교량이 위치한 계곡으로 이어지는 도로를 내려다보고 있다. 조던은 지도를 펴서 보고 있고 예비적으로 노트하고 있다. 조던은 교량 폭파에 대한 골즈 장군의 지시를 회상한다. 제2장에서 그를 동굴에서 다른 게릴라 전투원들과 만난 후 무거운 폭발물 두 개의 주머니를 맡기고 조던과 안젤모는 더 가깝게 살펴

보기 위하여 교량이 있는 지역으로 간다. 두 사람은 동굴로 돌아와서 저녁 식사하고 나서 필라르가 조던의 손금에서 죽음을 읽는다. 그녀는 죽음을 본다는 말은 않지만 조던은 지금 그에게 일어나고 있는 일에 대한 집중의 중요성에 그의 감정은 필라르의 영향을 느낀다. 그날 저녁 마리아는 조던의 침낭(sleeping bag)에서 함께 지낸다.(7장) 8장에서 20장까지는 게릴라와 함께 있는 첫 날의 일정이 꽉 잡혀 있다. 게릴라들은 엘 소르도(El Sordo)를 만날 계획을 세운다. 필라르는 조던에게 공화당 운동의 시작에 대한 말을 한다. 그녀가 그들의 고향에서 20명의 파시스트의 더러운 죽음을 목격했을 때 필라르는 마리아와 함께 조던을 도와 줄 계획으로 엘 사도르의 진영으로 데리고 간다. 그 이유는 교량 폭파의 과업을 돕기 위한 것이다. 그들이 동굴로 돌아오는 도중에 필라르는 조던과 마리아에게 두 번째 연애 장소에 자유로운 분위기를 제공하고 그들을 두고 떠난다.

16장에서는 필라르는 파블로에게 교량 폭파에 도움이 되지 않는 사람이라고 말한다. 19장에서는 둘째 날 저녁에 세 번째 연애가 조던과 마리아 사이에 이루어진다.

셋째 날(21장에서 37장까지)은 아침 일찍이 조던의 진영으로 말을 타고 들어오는 파시스트 한 명을 조던이 죽이는 것으로 시작한다. 또 다른 4명의 기병이 눈 속으로 선두 기병을 따라서 오는 장면을 보았으나 대결은 피한다. 오후 3시에 엘 소드로는 산꼭대기에 발이 빠져 다른 5명과 함께 비행기 폭탄 투하로 죽는다. 조던과 프리미티보(Primitivo)는 먼 거리에서 비행기를 보고 폭탄이 폭발하는 소리를 듣는다. 헤밍웨이는 1942년 10월에 ≪전쟁하는 사람들(Men at War)≫이라는 책 제목으로 편집한 책에서 이 부분을 나중에 다시 인쇄하였다.(The Best War Stories of All Time 1942)

그날 저녁 (31장) 마리아는 조던과 다시 침낭 안에서 함께 지낸다. 새벽 2시에 파블로가 조던의 폭발물을 가지고 도망쳤다고 조던을 깨워 일러준다. 하지만 그의 침낭으로 돌아와 파블로가 훔쳐간 폭발물의 위험에 자기가 본능적으로 대처하지 않은 것에 분노를 느낀다.

37장에서는 조던과 마리아가 함께 하는 마지막 잠자리가 있다. 3일째 날에 파블로가 아침 일찍이 동굴로 돌아온다.(38장~43장) 게릴라 팀은 산악에서 교량으로 내려온다. 조던과 그의 동료들은 교량을 공격하기 위해 날이 밝기를 기다린다. 드디어 조던은 폭발물을 교량에 설치하게 된다. 앙드레가 마지막으로 골즈 장군에게 상황의 메시지를 전달하지만 파시스트의 공격을 조치하기에는 너무 늦은 것이다. 마지막 43장에는 교량에 폭발물을 설치하고 조던이 탄 말이 다리 아래쪽에 총을 맞아 조던은 다리 아래로 쓰러진다. 그는 다른 사람과 함께 떠나야 된다는 마리아를 설득하고 조던은 홀로 남는다. 숲속의 솔잎이 깔린 바닥에 누워 심장 고동을 들으면서 파시스트가 도로 위로 올라오기를 기다리고 있다. 이 끝 부분은 이 소설의 시작하는 문장(opening sentence)을 생각나게 한다.

프레드릭 카펜터(Frederic Carpenter)는 ≪누구를 위하여 좋은 울리나≫를 원(circle), 반복(repetition), 순환(recurrence)운동으로 판단할 때 5차원의 소설로 정리했다.

많은 비평가들은 이 소설에서 로버트 조던이 시작과 끝에 소나무 잎이 깔린 숲에 누웠던 가장 큰 원으로 시작한 주기적 시간을 토론하였다. 예를 들면 조던이 태어나고 죽고 하는 것, 그것이 원(circle)인가, 직선운동(straight line)인가? 우리는 먼지로 시작하여 먼지로 끝난다. 그것은 삶의 과정에서 아무것도 알지 못한다면 순환일 뿐이다.

많은 사람, 아니 대부분의 사람들은 70년을 살아도 아무것도 알지 못하지만, 로버트 조던은 그들과는 다른 사람이다. 그는 3일 동안 많은 것을 배우고 체험한다. 그리고 조던은 죽음이 가까워질 때 어떻게 열심히 살아야 하는가, 바로 그것을 가장 잘 알고 있다.(He learns a great deal in the three days of the story and is most aware of just how intensely he is alive the closer he gets to death.)

헤밍웨이는 시간과 죽음에 대한 주제와 관련된 문제를 이 소설에 사용한다. 이런 의미에서 장편과 단편 소설을 막론하고 헤밍웨이의 모든 작품들은 궁극적 손실, 즉 시간 소진(time running out)개념을 주제로 선택한다. ≪노인과 바다(The Old Man and the Sea)≫에서 주인공 산티아고는 불패(not defeated)의 정신을 배운다. 그는 자기 자신에게 "A man can be destroyed but not defeated.(사람은 파멸될 수 있어도 패배하지 않는다.)"고 말한다.

어떤 비평가들은 모든 훌륭한 문학은 임박한 죽음에 대한 것을 매우 효과적으로 다룬 작품들이라고 말한다. 불가피하게도 할당된 시간에 어떻게 사느냐에 관한 매우 중대한 문제가 대두된다. 사람이 어떻게 패배하지 않고 살아남는지 용기와 지혜를 보여준다. 로버트 조던에게 시간이 없다. 하지만 중요한 것은 그가 남겨 놓은 시간을 어떻게 사용하는가에 있다.

삶의 요인으로써 시간은 사건의 추이인가, 아니면 시간의 본질에서 상대성인가? 로버트 조던은 그의 삶의 전부가 3일간의 시간에 꽉 차 있다. ≪누구를 위하여 종은 울리나≫와 관련된 최근의 시간에 대한 철학적 개념은 엘리엇의 시 "Burnt Norton"에서 찾을 수 있다. 엘리엇은 현재라는 순간(카펜터가 관심을 두었던 5차원의 한 부분)을 삶의 중요성으로 인식하고 시간을 영원과 일치시키려고 노력한다.

영원한 현재가 아니라 현재의 순간에 초점을 맞추고 집중해야 한다. 시간이 되살릴 수 있는 완전한 삶을 살 수 있다면 우리의 관심을 집중해야 한다. 현재의 순간에 집중하기가 어렵지만 미래나 현재나 어쩌면 일어났을지도 모르는 것에 우리가 주의를 집중하고 있기 때문이다. 엘리엇은 그의 에세이 ≪전통과 개인의 능력≫에서 과거와 현재의 차이점을 의식하고 있는 현재가 어떤 점에서 과거를 의식하고 있다고 주장한다. 우리는 현재의 순간에 대한 경험을 할 수 있지만 그 의미를 놓치고 있다.

로버트 조던은 지금(now), 현재에 집중한다면 3일 동안의 완전한 삶을 살 수 있다고 깨닫는다.

마리아와 마지막 침낭 속에 함께한 이후 37장에서 나온 이 소설 절정의 장면은 이 작품 전체를 이해하는데 매우 중요하다.

로버트 조던의 성적 대상으로써 마리아에 대한 비판을 부정하는 부분이라 조던의 의지대로 이용된 마리아에 대한 비판이 사라진다.

Seventy years in and of itself is not enough, and three days may be sufficient of they are lived well.

70년 그 자체에 대한 것이 충분치 않다. 그러나 3일간은 만족하게 산다면 충분할지 모른다.

헤밍웨이는 314 단어로 구성된 단락에서 "now"를 42번이나 사용한다. 이 반복기법은 독자에게 강력한 이미지 효과를 주기 위한 시도이다. 또 다른 의미에서 이 반복기법은 성행위의 감각적 반응을 독자에게 제공한다. "now"의 순간에 조던과 마리아는 서로의 사랑에서 하나가 된다. "one"의 단어가 같은 단락에서 22번이나 사용되고 이 반복의 미학은 두 개의 자아(self)가 하나로 통합되는 것으로 독자는 이해할 수 있다. 조던은 나중에 우리들의 "now"(지금)를 성취하는 한 방법이라고 주장한다.

1922년 헤밍웨이는 그의 파리 수업 시절에 사숙한 거트루드 스타인의 가르침, 집중론 중에서 반복기법(repetition technique)은 ≪누구를 위하여 종은 울리나≫에서 그의 미학을 강하게 만든다. 전장에서도 기술했듯이 이 반복기법은 작가가 표상하는 어느 사상(事象) [phenomenon]을 거듭 반복 묘사함으로써 설명이 아니라 독자에게 작가가 의도한 동일한 이미지를 전달하는 데 있다.

주요 인물들

마리아(Maria)

이 소설에 주요 인물 중에서 여주인공이다. 마리아는 아버지가 그 도시의 시장으로 재직하다가 파시스트(Falangist)에 의해 총살당하였고, 마리아는 죽음 직전에 파블로에 의해 구출되었고 그녀가 남쪽으로 소개되어 가다가 열차가 폭파될 때 미국인 로버트 조던이 교량 폭파를 위하여 그의 할당된 업무 수행으로 파블로가 이끄는 게릴라 대원과 합류하면서 마리아를 알게 되어 사랑에 빠진다.

마리아는 그녀의 마을에 파시스트가 침입하여 부모들을 살해하고 그녀도 강간당했다는 말을 로버트 조던에게 하였다.

조던이 교량 폭파 이후에 상처를 받고 죽기로 하고 홀로 남는다.

마리아는 게릴라 대원 중 한 사람에 의해 끌려가야 했다. 그것은 안전한 산악지대에 있는 게릴라 부대의 피난처, 동굴로 가야하기 때문이었다. 필라르의 도움으로 마리아는 정신적, 신체적 고통에서 벗어날 수 있는 시간을 얻게 되었다. 로버트 조던과 사랑에 빠지는 것은 그녀의 자존심을 되찾는 시도이다.

파블로(Pablo)

　이 소설에서 로버트 조던이 파시스트 반격을 저지하여 교량 폭파하기 위하여 합류한 공화당(Loyalist)의 게릴라 부대의 공동 지도자이다. 파블로는 수많은 파시스트들을 사살했고 콜레라로 죽은 사람보다 훨씬 많은 사람을 죽였다. 파블로는 처음에는 그의 부대원들이 목숨을 잃는 위험을 원치 않기 때문에 로버트 조던의 도움을 주저한다. 조던의 명령에 반대하는 또 다른 이유는 파블로와 그의 동료들이 숨어있는 동굴에 매우 가깝게 교량이 설치되어 있기 때문이다. 한때 파블로는 교량 폭파를 선수 치기 위하여 조던의 가방에서 폭발물 상자를 훔쳐 도망갔다. 마지막 순간에 그는 그가 모집한 사람들을 데리고 돌아왔다. 결국에는 교량 폭파를 계획한 조던을 돕는다. 교량이 파괴된 이후에 혼란에서 파블로는 자기가 모집한 사람들 중 네 사람을 죽인다. 탈출에 필요한 여분의 말이 필요해서 함께하지 못할 사정 때문으로 조던에게 설명한다. 1936년 여름부터 파블로는 전쟁에 참가하여 왔으며 처음부터 그와 그의 부인 필라르와 함께 필라르의 마을의 공화당(Loyalist) 운동을 도왔다.

필라르(Pilar)

　파블로의 아내인 그녀는 로버트 조던을 돕는 게릴라 전투대원의 지도자이다. 48세의 필라르는 남편 파블로만큼이나 키가 크고 몸집도 거의 비슷했다. 그녀는 화강암 기념물의 모델처럼 갈색 얼굴이었다. 몸집은 크지만 손이 예쁘고 굵고 검은 머리카락은 그녀 목 뒤로 굵게 땋은 머리를 하고 있었다. 그녀는 조던이 3일 동안에 교량 폭파의 임무를 받고 이를 수행할 준비를 하는 중에 공화당원들(Loyalists)과 함께 조던의 정신적 지지자였다. 그녀는 또한 게릴라 전투원들이 열차를 폭파하였을 때 파시스트로부터 구출된 마리아를 3개월간이나 돌보아 주고 정신적 혹은 정서적인 치료에 헌신하였다. 마리아는 파시스트에 의하여 윤간을 당하였고 필라르는 마리아의 회복을 위하여 정서적 도움을 주었다. 라파엘(Rafael)이 조던에게 경고를 함에도 불구하고 필라르는 마리아에게 어느 누구도 접근을 못하게 하였다. 필라르는 마리아와 조던이 사랑에 빠지기 시작할 때 전혀 간섭을 하지 않았다.

사실 그녀는 오히려 두 사람이 사랑하는 것이 마리아의 정서적 치료에 도움이 된다고 생각해서 관계를 격려했다.

로버트 조던은 이 소설 마지막 부분에서 이 세상은 살기 좋은 곳이고 투쟁할 가치가 있다고 생각하면서 많은 행운을 가졌고 행복한 삶을 살았다고 스스로에게 말했다.

I have fought for what I believed in for a year now. If we win here we will win everywhere. The world is a fine place and worth the fighting for and I hate very much to leave it. And you had a lot of luck, he told himself, to have had such a good life. …… You do not want to complain when you have been so lucky. (idem p.467)

1년 동안 지금 내가 믿었던 것을 위해 싸웠다. 만일 우리가 여기서 승리한다면 어디에서도 승리할 것이다. 세상은 좋은 곳이고 투쟁할 가치가 있다. 두고 가기가 매우 싫다. 그리고 당신은 행운이 많은 사람이고 그와 같은 좋은 삶을 가졌다고 자기 자신에게 말했다. 운이 좋았을 때 불평을 원치 않는다.

로버트 조던은 후회 없이 마리아에게 작별인사하고 영적으로 하나 되는 비법으로 현실의 쓰라림을 은폐한다. 마리아를 떠나게 권유하고 그는 "내가 아니고 우리 두 사람, 지금 당신은 우리 두 사람을 위해 가야 한다(Not me but us both. Now you go for us both)."고 한다. 사랑과 전쟁 이 모두가 끝이 아닌 오히려 시작이다.

3일간, 즉 72시간 조던은 삶을 충분히 사는 삶, 사랑 그리고 죽음을 알 수 있을 거라고 깨닫는다. 오랜 시간이 아닌, 살고 남은 삶이 아닌 지금 이 시간을 축복해야 하고 매우 행복한 순간이다. 조던은 마리아와 하나 됨을 이룬다.

사랑이라는 언어가 오랫동안 헤밍웨이의 삶에서 지속되었다. 해들리는 헤밍웨이에게 신체적인 것을 넘어 영적으로 하나가 되었다고 썼다. 그리고 그의 둘째 부인 폴라인 페이퍼도 "우리는 하나이고 별개가 아니고 똑같다."고 했다. 마서 겔혼 역시 "당신은 나이기 때문에 당신의 작품은 나의 것이다(As you are me your work is mine)."라고 썼다.

마리아에 대한 로버트 조던의 사랑은 355페이지에 다음과 같이 묘사된다.

In English he(Jordan) whispered very quietly,

388

"I'd like to marry you, rabbit. I'm very proud of your family."

영어로 그는 매우 조용하게 속삭였다. "토끼야! 너와 결혼하고 싶어. 너의 가족이 매우 자랑스럽다."

로버트와 마리아가 만났을 때 그녀는 로버트에게 식사 시중을 한다. 양파와 푸른 고추로 요리하고 토끼 고기는 뼈를 발라내고 맛있는 소스로 맛을 낸다. 이것은 이 지방에서는 매우 흔한 조리법이다.

토끼는 자연 세계에서 연약한 부분이다. 집토끼, 산토끼, 다른 동물들, 그리고 밭에서 생산되는 곡물, 산, 이 모든 것은 자연의 한 부분들이다.

순결하고 순진한 마리아의 자연세계, 그 이름은 순결과 순수를 의미한다. 영어로 토끼는 매우 건강함을 의미한다.

연인들이 헤어진다면, 그것은 죽음 같은 것이지만 서로가 일치한다면 죽음은 존재하지 않는다. 어떤 의미로는 사랑은 육체적 죽음을 정복할 수 있다. 사랑에 대한 영광스러운 사람들, 하나 더하기 하나는 하나가 된다면, 둘 빼기 하나는 여전히 둘이다. 조던은 마리아에게 말한다.

"나는 지금 그대와 함께 있소. 우리는 거기서 함께해요. 그리고 가시오!(I am with thee now. We are both there. Go!)"

조던은 낡은 교량을 파괴하여 강물 밑으로 그 낡은 것을 씻어내려 버리고 새로운 영적인 것을 건설하여 영원히 살게 될 것을 생각하고 있다.

헤밍웨이는 실제의 사람, 위장된 사람, 창조된 인물, 이들을 상호작용하게 하여 그들이 비록 희미하게 보일지라도 창조된 인물들의 현실성을 설명한다. 실제보다 더 실제로, 진실보다 더 진실하게 상상의 차원으로 써진다. 사실에 근거한 상상으로 써진 작품, 사실상 이 소설의 주요한 매력이다. 그런 의미에서 헤밍웨이의 창작물은 전쟁에 대한 사실에 근거한 이야기보다 더 진실하고 탁월한 작품이다.

노인과 바다(The Old Man and the Sea)

But man is not made for defeat, he said, A man can be destroyed but not defeated.

하지만 사람은 패배하게 되어 있지 않다고 그는 말했다. 어떤 사람은 파멸될 수 있어도 패배하지 않는다.

노인과 바다(The Old Man and the Sea)

이 작품은 어니스트 헤밍웨이가 술회한 것처럼 12년간 준비하여 쓴 시를 산문으로 옮긴 책이다.(The secret of that book was that it was poetry written into prose.)

이 소설은 모두 26,571개 단어로 구성된 헤밍웨이 문학의 본령과 그의 철학과 언어 예술적 가치가 깊숙이 묻어 있다. 먼저 헤밍웨이 자신이 이 작품에 대하여 다음과 같이 공언하였다.

> This is the prose I have been working for all my life that should read
> easily and simply and seem short and yet have all the dimensions of the
> visible world and the world of a man's spirit. It is as good as I can write
> now.
>
> *A Sea of Change by Mark P. Ott (p. 89)*

이것은 쉽고 단순하게 읽어야 할 내 삶의 모든 것을 위해 공부해 온 산문이다. 짧게 보이지만 한 남자의 보이는 세계와 정신세계의 모든 높은 차원이 담긴 것이다. 그것은 지금 내가 쓸 수 있을 만큼 좋은 산문이다.

392

시작 페이지는 이 소설 전체 내용을 압축하여 묘사한 것으로 보인다. 멕시코 만류에서 혼자서 84일이나 고기 한 마리 잡지 못한 노어부는 밀가루 포대를 여러 번 기워 놓은 돛이 영원한 패배의 깃발처럼 보였다고 한 데서 나중에 노인이 포획한 큰 고기가 상어 떼에 다 뜯기고 뼈만 남은 것을 끌고 어촌으로 돌아오는 장면을 암시하고 있다. 소득이 없는 허무로 생각할 수 있으나 노어부 산티아고는 결코 패배하지 않는다.(Man is not made for defeat. A man can be destroyed but not defeated. 사람은 패배하게 되어 있지 않다. 어떤 사람은 파멸될 수 있어도 패배하지 않는다.)

또 10페이지를 읽으면 산티아고에 대한 것을 더 잘 알 수 있다.

Everything about him was old except his eyes and they were the same color as the sea and were cheerful and undefeated. (idem p.10)

노인에 대하여 모든 것이 늙었으나 그의 눈만은 바다 색깔처럼 푸르고 원기 왕성하고 불패정신이 있었다.

헤밍웨이 초기 작품에 나타난 진실하고 단순한 평서문은 1920년 후반으로 오면서 변화를 가져왔다. 말 수가 적은 것이 독자에게 더 다양한 견해와 정서를 제공할 수 있다는 것을 깨달았다. 헤밍웨이는 폴 세잔느(1839~1906)가 그렸던 그림처럼 글쓰기를 원했다. 그는 모든 것을 부숴버리고 진정한 문체 개발에 심혈을 기울였다. 세잔느 그림을 언어와 일치시켜 놓은 헤밍웨이는 자기 작품과 세잔느의 시각 예술을 일치되게 노력하였다. 헤밍웨이가 빙산원리를 도입하기 8년 전 그의 미학은 세잔느의 작품 "숲 속의 바위"의 영혼을 되살리려고 애썼다. 그가 멕시코 만류의 세계에 몰입하기 전에 그림 유추는 헤밍웨이가 어떻게 풍경화를 묘사하는지를 이해하는 데 가장 좋은 수단이 된다.

폴 세잔느와 윈슬로 호머(Winslow Homer, 1836~1910)를 접촉하기 전과 후에 헤밍웨이의 미학적 성향을 대표하는 화가들이다. 헤밍웨이는 세잔느의 시각 예술을 그의 언어 예술과 접목시키는 한 방법으로써 세잔느의 평면깊이 원리(principle of flat-depth)를 연구하였다.

헤밍웨이는 그림은 소설보다 훨씬 더 깊게 인간의 행복을 암시한다는 점을 깨달았다. 하지만 1952년은 헤밍웨이의 창작 미학을 바꾸어 놓았다. 그는 멕시코 만류에서 거의 20년을 관찰하고 일지를 작성하여 기록하고 연구하였다.

헤밍웨이의 정확하고 청징한 언어가 해양 생물들의 세계를 잘 묘사한 문체이다. 윈슬로처럼 헤밍웨이의 각 단어는 그 기능을 유기적으로 활용되어 자연 세계의 질서를 확립하고 호머의 화포(canvas)의 창작 질서와 어울리는 묘사를 하고 있다.

헤밍웨이는 자연의 이법, 우주질서의 관찰을 통하여 지식을 축적하는 일에 게을리 하지 않았다. 그리하여 멕시코 만류에서 배운 지식을 ≪노인과 바다≫에 쏟아 부었다. 헤밍웨이는 마침내 물 위와 물 밑을 다 볼 수 있고 알 수 있는 산티아고를 창조할 수 있었다. 마크 피. 오트(Mark P. Ott)는 헤밍웨이의 빙산원리를 확실하게 사용하는 효과를 윈슬로 호머에게서 찾고 있다고 기술한다.

헤밍웨이의 초기 단편 소설에서 여위고, 거칠고, 무미건조(cut and dried)한 문체가 개인의 능력과 기량이 극대화되는 고립된 개성(isolated individualism)이 특징이었다면, ≪노인과 바다≫는 간결하고 정확하고 청징한 문체가 종전의 시니컬한 이미지를 깨끗하게 씻어주는 신문으로 시적 감흥(a poetic inspiration)이 충만해 있다.

이 소설은 1950년 9월에 쓴 것으로 정확한 날짜는 해럴드 헐리(C. Harold Hurley)에 의하면, 1950년 9월 12일 화요일에 집필하여 그해 9월 16일 토요일 아침에 탈고했다고 한다.

≪라이프≫지가 1952년 9월 1일 처음 이 작품을 게재하였고 다음에 찰스 스크리브너스 선스가 단행본으로 1952년 9월 8일 출판하여 첫 판이 5만 부이고 한 권에 3불로 판매되었다.

헐리의 주장이 정확하다면 고기 한 마리 잡지 못한 84일째 화요일 저녁은 산티아고가 월요일 신문을 읽고 일요일 야구가 워싱턴 세너터스(Senators)를 양키즈(Yankees) 팀이 8대 1로 승리한 것으로 알고 있다. 뉴욕, 양키즈가 84번째 승리가 된다.

노인 산티아고는 양키즈가 일요일 더블 헤더(double-header)에서 월요일 신문에 점수를 모르고 있다 해도 만약에 양키즈가 두 게임 중 한 게임이라도 승리한다면 85번째 승리가 되고, 일요일은 디트로이트의 타이거즈(Tigers) 팀이 쉬는 날이어서 타이거즈 팀과 뉴욕, 양키즈 팀이 1위 공동 자리를 차지하게 된다고 생각한다. 85일은 산티아고가 행운의 날이라 생각하고, 그는 큰 고기를 잡으려고 바다 멀리 나갈 의도로 어촌을 떠난다.

첫날 정오에 산티아고는 청새치(marlin) 한 마리를 잡는다. 청새치 무게가 1,500파운드 넘게 보이고 길이가 19피트로 노인의 어선보다 2피트 더 긴 것을 알게 된다. 당시로서는 세계에서 가장 긴 청새치로 기록되었다. 고기는 육지가 보이지 않는 북서 방향으로 노인의 배를 끌고 간다. 멕시코 만류에 편승하여 북서쪽으로 가는 것이다. 노인은 그의 왼손에 쥐(cramp)가 나서 애를 먹고 있다. 그의 어깨는 끌어 내리는 낚시 줄 때문에 심한 통증을 느끼고 있다. 노인은 둘째 날 아침까지도 고기 모습을 보지 못하고 있다. 잠시 후 낚시 줄이 천천히 그리고 꾸준히 올라 왔다. 그런 다음 바다 표면이 어선 앞에 불룩 올라왔다.

이윽고 고기(marlin)가 수면 위로 나타났다. 고기는 계속해서 수면 위로 올라 몸을 보이고 바닷물이 고기 옆구리에서 쏟아졌다. 산티아고는 그 고기를 잡을 수 있다고 생각하여 고기를 어선 쪽으로 후려친다. 그러나 노인은 청새치를 어선에 동여매느냐, 아니면 청새치에 다 어선을 매느냐를 생각하고 있다. 노인은 어촌 방향으로 어선을 돌린다. 이를 어쩌나, 한 시간 후에 처음으로 상어(shark)가 공격한다. 그것도 매우 큰 마코(Mako) 상어가 날쌘 고기처럼 재빨리 다가왔다. 그놈의 턱을 제외하고서는 마코에 대한 모든 것이 아름다웠다. 노인 산티아고는 반격한다. 처음에는 작살로 싸웠고, 그다음에는 어선의 키 손잡이로 내려치고 하니까 키 손잡이가 쪼개진다. 산티아고는 잡아 놓은 청새치를 보기가 참으로 안타까웠다. 노인은 금요일 저녁 어촌으로 돌아온다. 19피트 청새치는 뼈만 남은 채로 테라스 카페 앞 부두에 동여매어 있다. 토요일 아침에 웨이터 중 한 사람이 관광객들에게 열심히 설명한다. 관광객들은 뼈 자체가 상어 뼈가 아닌가 하고 오해하고 있다. 산티아고는 자기가 사용할 수 있었던 교묘한 비법을 소년 마놀린에게 말한다. 노인 산티아고는 바다와 고기를 잘 알고 있으며 청새치를 잡기 위하여 적당한 거리에서 미끼를 놓는 방법도 알고 있다. 산티아고는 자기가 바다 멀리 너무 나갔다는 것을 알고 후회한다. 어부는 혼자서 바다에 나가서는 안 된다는 것도 알고 있다. 그러나 그는 사람의 큰 노력을 파멸시키기 위하여 언제나 속임수는 있다고 겸손하게 생각한다. 노어부 산티아고는 그의 침대에 누워 잠을 자면서 아프리카 해변에 놀고 있는 사자들의 꿈을 꾸고 있다.

이 작품은 헤밍웨이가 말한 것처럼 쉽고 단순하게 읽어야 하지만, 겉으로는 단순하여도 실제로는 복잡한 문체도 있다. 그럼에도 불구하고 이 작품은 많은 독자들에게 인기가 있다. 현재 미국의 고등학교와 대학의 독본으로 사용되고 있다. 산티아고는 나이 먹은 헤밍웨이이고, 청새치는 그의 작품이고, 상어(shark)는 비평가로 비유된다. 주인공 산티아고는 현대 비극의 영웅의 특성에 맞는 인물이다. 그는 바다와 낚시와 야구를 좋아하고 청새치를 잡은 이후에도 동물을 죽이는 방법에서 일종의 정신적 용서를 곰곰이 생각한다.

산티아고의 비극적 결함

그는 바다 너무 멀리 나간 것이 비극의 원인이다.(Santiago's tragic flaw is that he goes out too far.) 그의 삶은 운에 의지한다. 하지만 그 운은 끝내 가고 만다. 산티아고 자신도 너무 멀리 나갔다는 것에 후회한다. 산티아고는 자기 선택과 자기 명령에서 인간 가능성의 한계를 뛰어넘으려고 했다는 것을 알고 있다. 그래서 그는 그것에 대한 벌을 받아야 한다고 했다. 그의 지나친 벌은 영원한 비극의 하나이다. 또한 너무 멀리 나갔다는 것에 책임을 느끼고 있다. 다른 어부들을 둘러싸고 있는 자연 질서에 산티아고를 비교함으로써 그의 비극적 결함은 있다고 보겠다. 많은 비평가들은 산티아고의 상어와의 투쟁을 인생 그 자체의 투쟁으로 비유한다. 상어 떼와 숨 가쁜 대결의 순간에 산티아고는 자기 자신에게 생각한다. "But man is not made for defeat, he said, A man can be destroyed but not defcated(그러나 사람은 패배하게 되어 있지 않다고 그는 말했다. 어떤 사람은 파멸될 수 있지만 패배하지 않는다)."

≪해는 또 다시 뜬다≫의 주인공 제이크 반스는 "I did not care what the world was all about. All I wanted to know was how to live in it(세상에 대한 모든 것에 관심이 없었다. 내가 알고자 원했던 것은 세상에서 어떻게 사느냐에 있었다)."라고 했다.

≪누구를 위하여 종은 울리나≫의 주인공 로버트 조던은 그의 한정된 72시간이 삶을 충분히 산다면 72년의 삶과 같이 살 수 있다고 생각한다.

≪강 건너 숲 속으로≫의 주인공 리처드 캔트웰은 임박한 죽음에 직면하여 인간의 존엄을 유지하려고 애쓴다.

이 모든 주인공들은 파멸되지만 패배하지는 않는다.(All of these characters seem destroyed but not defeated.)

그럼에도 불구하고 이 소설이 주는 이미지는 산티아고의 절망과 패배까지도 암시되고 있다. 밀가루 포대가 여러 번 꿰맨 돛의 이미지가 이를 설명해 준다.(The sail was patched with flour sacks and, furled, it looked like the flag of permanent defeat.)

이 소설의 마지막 부분은 예수 그리스도(Jesus Christ)를 연상케 한다.

He started to climb again and at the top he fell and lay for some time with the mast across his shoulder.

He tried to get up. But it was too difficult and he sat there with the mast on his shoulder and looked at the road. ……

Finally he put the mast down and stood up. He picked the mast up and put it on his shoulder and started up the road. He had to sit down five times before he reached his shack. (idem p.121)

그는 다시 오르기 시작했다. 그리고 꼭대기에서 쓰러졌다. 그의 어깨에 걸쳐

멘 돛대와 함께 한동안 누워 있었다. 그는 일어나려고 애썼다. 하지만 매우 어려웠고 어깨에 멘 돛대와 함께 앉았다. 그리고 앞에 있는 길을 바라보았다. 마침내 그는 돛대를 내려놓고 일어섰다. 그는 돛대를 집어 들고 그의 어깨에 메었다. 그리고 길을 걷기 시작했다. 그는 오두막집에 도착하기 전에 다섯 번을 주저앉아야 했다.

많은 비평가들은 최후 이미지를 기독교에 비유하면서 산티아고를 예수로, 돛대를 십자가로 해석한다. 산티아고가 언덕을 오르다가 쓰러지는 모습, 어깨에 돛대를 메고 끌고 가는 광경은 기독교적 비유로 해석한다. 그리고 노어부 산티아고를 예수에 비유한다. 3, 7, 40의 숫자는 기독교 신약, 구약 성경에서 사용되는 숫자다. 헤밍웨이는 이들 숫자를 현명하고 적절하게 사용한다.

산티아고의 고기 한 마리 잡지 못한 날이 84일이었고, 40일간 소년 마놀린과 함께 있었고, 포획한 큰 청새치와는 3일간 사투를 했다. 청새치가 수면 위로 오르는 시도가 7번이었다.

그리스도는 십자가를 지고 3번 쓰러졌고, 산티아고는 돛대의 중량 때문에 7번을 쉬어야 했다. 이들 숫자는 매우 중요한 의미를 가지고 있다.

못이 손을 관통하여 나무로 들어가는 느낌은 사람이 무의식적으로 나오는 놀라고 신음하는 그 소리는 산티아고의 고통으로 울부짖는 소리로 묘사된다. 산티아고의 밀짚모자는 그리스도의 가시 면류관으로, 그의 양 손에 흐르는 피는 그리스도의 못으로 인한 상처로 비유된다. 이 같은 비유는 중요하고 확실하게 많은 독자의 공감과 절찬을 받고 있다.

이와는 반대로 게리 브레너(Gerry Brenner)는 위에서 기술한 기독교적 비유에 회의적 견해를 제시한다. 산티아고와 그리스도는 공통점이나 특성이 없다고 주장한다. 예를 들면 그리스도는 사람의 어부이지만 산티아고는 단순한 어부라는 것, 그리스도는 신의 사명을 받은 인물이고 산티아고는 속세의 사명을 가진 인물이라는 것이다. 그리스도는 영적, 윤리적 지혜의 스승이고, 산티아고는 고기 잡는 기술을 전달하는 전문직 어부다. 그럼에도 불구하고 브레너는 궁극적으로 판단할 때 이 소설은 명작이라고 결론을 내린다. 명작으로 발견되는 특성 중 하나는 그 의미와 중요성이 시사하는 능력에 있다고 한다.

이런 논쟁이 있다 해도 ≪노인과 바다≫는 분명하게 기독교적 비유(christian imagery)가 존재한다. 예수의 수난, 즉 예수가 3일 낮과 밤을 무덤에 있었던 것처럼, 산티아고도 3일 낮과 밤을 바다에 있었다. 무덤과 바다는 자궁을 상징한다. 예수가 십자가 밑에 쓰러졌고, 산티아고는 그의 돛대 밑에 쓰러진다. 그리스도의 양손이 못에 박혀 피가 흐르고, 산티아고는 낚시줄로 인하여 상처를 입는다.

소년 마놀린과 사자들에 대한 비유는 산티아고의 젊음에 대한 향수(nostalgia)이고 야구 영웅 조 디마지오(Joe DiMaggio)는 산티아고의 청년시대의 주제를 상기시킨다.

헤밍웨이는 이 소설에서 몇 개의 상징을 도입하고 있는데, 한 예가 야구이다. 노어부 산티아고는 야구를 잘 알고 있고, 또 야구를 사랑할 뿐만 아니라 늘 야구를 생각하고 그 이야기를 좋아한다.

야구란 고도로 발달한 팀 스포츠로 이 경기에는 무엇보다 팀 정신(team

spirit)이 요구된다. 헤밍웨이는 종전의 단편에서 즐겨 그린 개성적인 경기, 즉 투우, 사냥, 낚시 등의 개인의 기량과 능력이 요구되는 것이지만 야구는 상호간의 연대, 사랑, 인간애, 상호 의존 등이 요구되는 경기이다.

노인은 야구를 생각할 때 언제나 그의 머리에 떠오르는 인물이 있으니 바로 조 디마지오이다. 이 선수는 뉴욕, 양키즈의 유격수(short stop)이며 노인이 그를 숭배하는 데는 그럴만한 이유가 있으니 디마지오 선수 부친도 노인과 마찬가지로 어부였다는 점에서 이해할 수 있는 동감을 가지고 있기 때문이다. 산티아고의 관심을 끄는 것은 디마지오의 발꿈치에 뼈 돌출(bone spur)의 고통을 느끼고 있다는 핸디캡에도 불구하고 화려한 선수생활의 마지막 수년을 끝까지 장식했다는 사실에 있다. 뼈 돌출은 산티아고에게는 극기를 예상한다는 상징적 의미가 있다.

디마지오가 극기의 소유자라는 의미에서 산티아고에게 더할 수 없는 숭배의 대상이며 고통을 참고 위대함을 성취하는 인간이라는 상징을 갖는다. 그렇기 때문에 디마지오가 노인의 머리에 떠오르는 것은 소년 마놀린과 마찬가지로 위기와 고통의 시련에 직면했을 때 힘과 용기를 주는 인물이라는 점에서 지당하게 생각된다. 노인 산티아고에게 디마지오는 "giver of strength and vitality"일 뿐만 아니라, 그의 행동의 절대적 기준(criterion)과 지침의 구실도 한다.

다음의 상징으로는 사자들(lions)에도 디마지오의 경우와 동일하다.

산티아고의 꿈속에 나타나는 사자들은 백수의 왕이요, 자존심이 강한, 힘이 센 고립된 개성(isolated individualism)과 자존심(pride)의 권화로서 한 마리의 사자가 아닌 여러 마리가 아프리카 해변의 저녁에 놀러 오는 젊은 사자들(young lions)이라는 데에 그 의미가 있다. 즉 상호 의존의 다른 표현

402

이기도 하다.

> He only dreamed of places now and of the lions on the beach. They
> played like young cats in the dark and he loved them as he loves the
> boy. (idem)

카로스 베이커의 지적처럼 마놀린, 사자들, 뼈 돌출(bone spur)은 각기
일정한 내용의 상징을 제시하면서 "이완(relaxing)"과 "긴장(bracing)" 사이를
파상적으로 산티아고 심중을 왕래한다. 마놀린은 잃어버린 젊음에 대한 동
경의 상징이고, 사자들은 힘과 순수함을 공급하는 공급자의 상징이고, 뼈
돌출(bone spur)은 극기의 상징으로 이 3자가 명멸하는 모습은 마치 인체의
심장의 확장과 수축작용이 교체로 이루어지는 교호작용이라 하겠다.

> For the boy and the lions are related to one of the fundamental
> psychological law of Santiago's—and indeed of human nature. This is the
> constant wave—like operation of bracing and relaxation, The boy braces,
> the lions relax, as in the systolic-diastolic movement of the human heart.
> The phenomenon is related to the alternation of sleep and waking
> through the whole range of physical nature.
> *Hemingway : The Writer and Artist by Carlos Baker (p.308~309)*

소년과 사자들에 대하여 산티아고, 즉 인간 본성의 근본적 심리 법칙과
관계된다. 이것은 긴장과 이완 사이를 파상적으로 산티아고의 심중을 왕래

한다. 이런 현상은 인체 심장의 확장과 수축작용이 교대로 이루어지는 교호작용이라 하겠다. 소년이 나타나면, 사자들과 뼈 돌출(bone spur)은 나타나지 않고 사자들이 나타나면, 소년은 모습을 감춘다. 또 이러한 현상이 "alternation of sleeping and waking"이라는 테크닉을 도입하고 있음이 주목된다. 헤밍웨이의 언어 예술의 극치를 설명하여 주는 부분이다.

다음 논조를 범애사상(philanthropism)으로 옮겨 보면, 동물을 인간과 대등한 관계로 생각하는 헤밍웨이에게는 별로 신기한 일은 아니지만 이 작품에서는 특출하게 강조되어 있을 뿐만 아니라 여기서는 동물에 국한시키지 않고 거의 모든 물상에 인간과 동일한 차원으로 간주되어 있다. 그러므로 노인 산티아고에게는 바람, 심지어는 침대까지도 범애사상에 구현시키고 있다는 데 중요시 된다.

별, 해, 달도 형제로 간주한다.

이러한 사상의 태도는 우주만상은 영(spirituality)과 관련이 있고, 우주를 체계화하고 통합하여 생각한다는 점에서 신과 일체시켜 우주에 있어서 영성을 강조하고 있다고 보겠다.

산티아고라는 어부 자체부터가 자연의 일부분이고 우주의 한 부분으로 고려되고 있다. 그의 집은 바다이고, 피부는 우애 깊은 태양으로 인하여 갈색으로 그을려 있으며, 그의 눈은 바다색이고, 만상이 그의 친구이며 형제이기에 노인 산티아고는 마치 원시인이 인류 태고시대에서 그리 하였는지도 모르는 것처럼 물고기와 새와 별들을 향하여 혼자서 중얼거리고 있는 것이다.

다음은 우애사상(fraternity)은 종족 여하를 막론하고 인간에게서만이 찾을 수 있는 헤밍웨이 최고의 존엄이고 인간의 존비를 결정하는 바로미터(barometer)가 된다. 그 기준은 우애사상의 유무에 걸려있다. 헤밍웨이가 인간을 보는 눈의 근저에는 이 우애사상의 유무에 따라서 사람을 평가하는 시야가 마련되어 있으며 인간의 위세적인 모든 외관이나 외모는 그에게는 하등의 가치도 없다. 작가 헤밍웨이에게는 이러한 맑고 순수한 우애사상이야말로 인간에 있어서 가장 숭고한 사상 중에 하나임에 틀림이 없다. 헤밍웨이는 우애사상에 국한시키지 않고 한 걸음 더 나아가 범애사상에까지 발전시켰다는 것은 그의 사람됨이 진실하고 성자적 경지에까지 도달한 달관의 인생으로 보는 것이 자연스럽다 하겠다.

영웅으로서 산티아고

바다에서 청새치와 상어와 투쟁하는 한 영웅적 인물로서 산티아고는 자신의 신체적 한계와도 싸운다. 청새치를 정복하려는 그의 결의와 인내는 위험에 직면하지만, 그는 불굴의 행동을 굽히지 않는다. 3일간의 청새치와 상어와의 투쟁은 현대적 기술과 기구의 도움 없이 싸운다는 것이 위대한 전쟁 영웅들의 이미지를 되살린다. 산티아고의 전쟁터는 멕시코 만류이다. 너무 멀리 나갔다는 후회스러운 생각이 자신을 반성하게 한다. 산티아고의 승리는 소년 마놀린을 그의 아버지 굴레에서 벗어나게 한다는 의미가 있다.

성인으로서 산티아고

헤밍웨이의 범애사상이 구현되는 부분이다. 산티아고는 세상 모든 피조물을 사랑한다. 그는 녹색바다 거북이, 왕바다 거북이, 코끼리 거북이, 참돌고래, 지저귀는 새, 머리 위를 나는 들오리, 싸우는 돌고래, 사자들, 청새치 주위를 맴도는 고기들, 멕시코 만류의 새우들, 심지어 마코 상어까지도 사랑한다. 자연을 사랑하고 자연의 세계에서 인간의 가치를 추구하는 고상한 정신을 볼 수 있다.

산티아고는 지나칠 정도로 청새치, 돌고래, 날치뿐만 아니라, 형제로서 별들을 존중한다. 형제애의 간접적 의미로는 사자들이 그의 꿈에 나타나는 것도 포함된다. 또한 산티아고는 소년 마놀린을 자기와 동등하게 대우한다. 형제애의 마음자세는 그의 모든 행위가 성인의 자질에 합당한 애타주의(altruism)적 행동을 나타내는 사상에 근거하기 때문이다.

부모로서 산티아고

산티아고는 인정이 많고 부모 같은 관용과 따뜻한 양육 행위를 보인다. 청새치(marlin)와 투쟁에서 그는 식음을 전폐하고 청새치를 잡아 올리는 일에 몰두하고 있는 모습은 자비스럽기만 하다. 청새치를 낚시하면서 암수 짝짓기 하는 동안 이들을 갈라놓는 일을 후회한다. 남의 고통을 덜어 주려는 노력과 다정하고 교육적 기회를 가지기 원하는 소년 마놀린에게 자연의 무시무시한 적을 혼자 힘으로 퇴치하는 법을 배워야 한다고 가르친다.

406

마놀린은 소설 끝 부분에서 산티아고에게 제자 되기를 약속한다.(We wil
l fish together now for I still have much to learn.) (idem p.125)

산티아고의 인격과 기질이 영웅으로서, 성인으로서, 부모로서 그의 입장
을 고려할 때 이상화된 인물로 생각된다. 자신을 돌보지 않고 남을 배려하
고, 지혜 있고, 책임 있고, 부지런하고, 인내와 충성과 신뢰를 포함해서 많
은 미덕을 지닌 인물이다. 청새치를 잡아 올리기 위해 하느님께 기도하는
모습은 인간 산티아고의 순수함과 삶의 진지함을 볼 수 있다.

> "Hail Mary full of Grace the Lord is the thee.
>
> Blessed art thou among women and blessed is the fruit of thy womb,
> Jesus.
>
> Holy Marry, Mother of God, pray for us sinners now and at the hour of
> our death.
>
> Amen."
>
> *The Old Man and the Sea by Ernest Hemingway (p.65)*

은총이 가득하신 마리아님, 기뻐하소서!

주님께서 함께 계시니 여인 중에 복되시며

태중의 아들 예수님 또한 복되시나이다.

천주의 성모 마리아님

이제와 저희 죽을 때에

저희 죄인을 위하여 빌어주소서.

아멘.

이 기도문은 산티아고가 종교인이 아니라고(I am not religious.) 전 페이지(p.64)에 천명했지만 인간으로서 능력의 한계를 느낀 그는 청새치를 잡기 위해서는 하느님의 도움을 받지 않을 수 없는 매우 딱한 처지에 봉착했다.

기도하고 인간의 불완전을 고백하고 하느님께 의지하려는 노어부의 순수하고 진지한 자세에서 성자의 모습을 읽을 수 있다. 이 작품이 주는 종교적 비유와 상징적 기법은 작품의 내용을 풍부하게 하며 명작으로서 어울리는 합당한 것이라 생각된다. 일출과 일몰, 낮과 밤, 한 해의 계절, 그리고 승리와 패배의 순환을 기록하고 있다. 이 모든 순환과 반복과 더불어 통일과 조화를 이룬다.

청새치를 상어 떼에게 빼앗기게 되자 산티아고는 말한다. "I should not have gone out so far, fish, he said. Neither for you nor for me. I am sorry, fish." 이렇게 후회하는 것으로 보아 고립된 개성(isolated individualism)에 회의하고 상호의존(interdependence)을 신뢰하는 인간 상호간의 유대정신을 동경하는 우애사상을 내포하고 있다.

Fishing kills me exactly as it keep me alive. The boy keep me alive, he thought. I must not deceive myself too much. (idem p. 106)

고기잡이는 나를 살리는 일이고 그만큼 나를 죽이기도 하지. 그 소년이

나를 살려주고 있다는 것을 나 스스로 그렇게 속여서는 안된다고 노인은 생각했다.

What will your family say? I do not care. I caught two yesterday. But we will fish together now for I still have much to learn. (idem p. 125)

너의 가족은 무엇이라 하니? 저는 관심 없어요. 어제는 두 마리 잡았지요. 하지만 저는 아직도 배울 것이 많기 때문에 할아버지와 함께 지금 고기 잡으러 갈 것입니다.

앞의 두 인용절에서 노인은 소년이 자기를 살려 준다고 했고, 소년은 노인에게 배울 것 많다고 했다. 이것은 생존을 위한 연대의식(solidarity)과 상호의존(interdependence)의 상생의 법칙을 시사하고 있다.

1937년 이후 헤밍웨이는 개인주의와 상호의존의 관계에 점점 더 많은 관심을 가졌다. 인간운명의 비극적 아이러니에 대한 그의 원숙한 인격에서 나오는 견해를 반영한 표현의 극치라 보여진다.

I wish I had the boy. (idem p.45)

그 소년(Manolin)이 함께 한다면 좋으련만.

I wish I had the boy. (idem p.48)

그 소년(Manolin)이 함께 한다면 좋으련만.

I wish I had the boy. (idem p.51)

그 소년(Manolin)이 함께 한다면 좋으련만.

I wish the boy was here. (idem p.50)

그 소년이 여기 있다면 좋을 텐데.

I wish the boy was here. (idem p.56)

그 소년이 여기 있다면 좋을 텐데.

같은 문장이 반복되는 노인의 독백은 the boy라는 image 전달을 위해 헤밍웨이는 객관적 상관관계(objective correlative)를 도입하여 독자의 정서를 유발하고 있다. 소년을 찾는 노어부의 외로운 독백은 처절하기만 하다. 되풀이 되는 노인의 독백에서 소년과의 연대의식과 상호의존의 필요성을 함축하고 있다.

이 작품에서 패배하지 않는 인간불굴의 정신과 상호의존이라는 보편적 가치는 독자에게 주는 선물이다.

The ocean is very big and a skiff is small and hard to see, the old man said. He noticed how pleasant it was to have someone to talk to instead of speaking only to himself and to the sea.

"I missed you." he said. (idem p.124)

바다는 매우 크고 고깃배는 작아서 보기 힘들어, 노인은 말했다. 바다에서 자기 혼자에게 말하는 대신에 어떤 사람(the boy)과 대화하는 것이 얼마나 즐거운지 노인은 알아차렸다.

"나는 네가 없어서 섭섭했다."고 노인은 말했다.

I missed you. 이 짧고 단순한 문장 속에 노인의 애정의 한(恨)이 한꺼번에 표출된 것으로 보인다. 이 단순한 문장의 의미를 헤밍웨이는 조금도 설명하지 않는다. 빙산원리가 설명되는 부분이다. 이 테크닉이야 말로 헤밍웨이의 언어예술의 극치를 음미하는 좋은 예문이라 생각된다.

헤밍웨이는 자기 몸속에 수많은 파편이 들어있어 이 고통을 힘겹게 이겨나가는 바를 야구영웅 디마지오의 뼈 돌출과 비교했다는 점을 간과할 수 없다.

≪노인과 바다≫의 중요한 것은 인간이 승리하는가, 아니면 패배하는가에 있지 않고, 다만 인간이 어떻게 그 게임을 하느냐를 암시하는 것으로 보인다.

The Old Man and the Sea seems to suggest that what matters is not whether one wins or loses but how one plays the game.

헤밍웨이의 원칙은 자기 경험에서 호된 시험을 거친 것들만 인정하는 엄격한 것이다. 그의 인물들은 신체적, 정신적 억압의 형태가 대혼란 가운데서도 자기들의 삶을 억제하는 철학을 가진 사람들이다. 이들은 어떠한 경우에도 진실해야 하고, 선해야 하고, 페어플레이한다. 이들은 낚시, 투우, 운동경기를 통하여 의미 있는 세계를 배양함으로써 자기 자신들의 의미를 창조한다. 역경과 죽음에 직면해서도 당당하게 임하고 존엄하게 죽는다. 코드(code, 도덕적 원칙과 기준)에 어긋나는 일체의 불명예스러운 행위나 굴욕적 태도는 거부한다. 이것이 헤밍웨이 문학의 본령이고 언어예술 정신이고 철학이다.

카로스 베이커는 이러한 정신은 헤밍웨이의 단편소설 ≪불패자(The Und efeated)≫에서 찾고 있다.

Even in losing, we must stick to the code of the sportsman and lose in a sportsman way—dying gamely in the end, like Manuel Garcia in "The Undefeated."

Ernest Hemingway : A Life Story by Carlos Baker (p.219)

패배에서조차 우리는 스포츠맨 행동규범에 충실해야 하고 스포츠맨 방식으로 패배해야 한다. ≪불패자≫의 주인공 맨뉴얼 가르시아처럼 끝까지 감투정신으로 죽어야 한다.

이 작품에서 헤밍웨이의 간결하고 정확하고 청징한 문체로 바다를 묘사하는 페이지를 음미해 본다.

He could not see the green of the shore now but only the tops of the blue hills that showed white as though they were snow—capped and the clouds that looked like high snow mountains above them. The sea was very dark and the light made prism in the water. The myriad fleeks of the plankton were annulled now by the high sun and it was only the great deep prisms in the blue water that the old man saw now with his lines going straight down into the water that was a mile deep. (idem p.40)

그는 지금 푸른 바다 기슭을 볼 수 없지만 마치 흰 눈이 덮인 것처럼 푸른 언덕 꼭대기는 볼 수 있다. 꼭대기 위의 높은 눈 산같이 보인 구름도 볼 수 있다. 바다는 매우 검고 빛은 물속에서 분광(prism)을 만들었다. 무수한 플랑크톤(부유생물)의 반점은 높이 솟은 태양에 의해 소멸되었다. 바다 속의 깊은 분광만이 있었고 노인은 지금 그의 낚시 줄이 1마일 깊이의 바다 속으로 곧장 내려가는 것을 보았다.

헤밍웨이의 군더더기 없는 시적 감흥(a poetic inspiration)이 충만해 있다. 조지 프림프턴(George Plimpton)과 회견에서 헤밍웨이는 훌륭한 작가는 가능한 거의 모든 지식을 가져야 하지만, 매우 훌륭한 작가는 지식과 함께 태어나는 것처럼 보이지만 사실은 그렇지 않다. 훌륭한 작가는 후천적이기보다 멘델의 법칙에서 보는 것처럼 선천적으로 타고난 재능을 갖추어야 한다고 피력했다.

이 소설 끝 부분에서 소년 마놀린이 오열하는 장면이 나오는 것을 살펴 기술하겠다.

The boy saw the old man was breathing and then he saw the old man's hands and he started to cry. He went out very quietly to go to bring some coffee and all the way down the road he was crying. (p.122)

He did not care that they saw him crying. (p.122)

"Damn my fish." the boy said and he started to cry again. (p.123)

As the boy went out the door and down the worn coral rock road he was crying again. (p.126)

울음(cry)은 슬픔이나 기쁨을 나타내는 인간의 감정 표현이다. 여기서는 슬픔을 나타내는 소년 마놀린의 감정을 헤밍웨이는 조금도 설명하지 않고 있다. 이것은 상징기법으로써 객관적 상관관계(objective correlative)를 도입하여 독자의 감정을 유발한다.

사실주의, 자연주의, 현대주의가 예술적 방법과 미학의 입장에서 한 인간을 문예사상의 범주로 규정하는 복잡성은 있지만, 헤밍웨이를 사실주의자, 자연주의자, 현대주의자로 보는 견해는 타당하다고 본다. 헤밍웨이는 직접경험과 관찰로 그의 작품의 바탕이 되게 하여 고전과 전통적 방법을 단절하고 모더니즘 사조에 합당한 문체를 독창 개발하였다. 갈등하는 천주교 신자였고 주저하는 애국자였지만 그는 비결정론(indeterminism)을 신봉하였다.

헤밍웨이는 의지의 행위를 통하여 자기 발전을 결정하는 자유롭고 책임 있는 인간이 되고자 했다. 부차적 경험보다 직접 경험을 존중하고 다른 어떤 정보원(source)에서 입수된 것보다 자기 체험을 우선시 했다. 그래서 경험에서 나오는 창작물은 실제에 입각한 어느 것보다 더 진실한 작품을 창작해야 한다고 역설했다.(His invention, out of experience, should produce a truer account than anything factual can be.)

헤밍웨이는 파운드에게서 압축적이고 정교한 이미지즘(imagism) 문체를 구사하는 법을 많이 배웠으며, 조이스는 헤밍웨이의 원고를 읽었고, 헤밍웨이는 조이스의 작품들을 연구하고 그 기교들을 자신의 작품에 써먹었다. 조이스는 그에게 일을 본질적인 것들로 압축하는 법, 의미를 진술하기보다는 제시하는 법을 가르쳤다. 작가 생활을 처음 시작할 때부터 헤밍웨이는 사실에 토대를 두는 소설을 쓰려 했지만, 자기가 만들어내는 것이 기억보다 더 진실 되도록 하기 위해 경험의 본질을 추구하려고 애썼다. 대표적 예로 ≪우리 시대에≫의 소품들은 그의 미학 이론을 설명해 주고 있다.

유럽 특파원으로서의 경험이 헤밍웨이의 독특한 문체와 가치관의 발전을 전부 설명해 주지는 못한다. 대체로 그의 기교, 어조, 주제, 명예에 관한 규범은 일찍이 키플링의 작품을 읽는 데서 왔다. 헤밍웨이는 키플링에게서 문학적 숙련과 기교, 그리고 키플링이 함축의 경제(economy of implication)라고 부른 것을 달성하기 위해 작품을 자르는 방법에 대한 좀 더 중요한 교훈을 배웠다.

헤밍웨이는 키플링의 세밀한 관찰, 정확한 세부 묘사, 감각의 즉각성을 달성하는 법도 배웠다.

키플링은 전쟁의 심리적 영향을 묘사한 최초의 현대작가였으며, 헤밍웨이는 그것을 몸소 경험했다. 도덕의 관점에서 존경받기 위해서는 패배를 받아들이고 훌륭한 운동선수가 되고 고통을 묵묵히 받아들이면서 게임의 규칙을 엄수하고 노련하게 수행해야 한다. 과장된 구절들을 피하고 감정을 응축하거나 의도적으로 통제해야 한다.

헤밍웨이의 모든 주요 작품들은 합리적이고 관습적인 행동들을 아이러 니컬하게 거부함으로써 이 규범을 표현한다. ≪불패자≫에서 늙은 투우사 는 뿔에 받힌 후 여섯 번째 시도에서 소를 죽인다. ≪5만 달러≫에서 나이 든 복서는 벨트 아래를 치는 반칙의 고통을 참고 살아남아 경기에서는 지 고 내기에서는 이긴다. ≪살인자≫에서 갱들과의 계약을 배반한 앤더슨은 자신의 행동의 끔찍한 결과를 숙명으로 받아들인다.

헤밍웨이는 엄격한 규칙, 극단적인 압축, 노련한 기교, 큰 용기를 강조하 려는 이와 같은 의식(retuals)에 매료되었다. 작가는 투우사처럼 자기 자신 의 스타일을 만들어 그것대로 살아야 하며 예술과 행동 속에 표현되는 이 스타일이 바로 인간이라고 생각했다.

헤밍웨이 미학은 두 가지 기본적인 원칙에 바탕을 두고 있다.

Hemingway's aesthetics based on two essential principles.

The first - derived from newspaper experience which had trained him to report only what he had witness directly was that fiction must be founded on real emotional and intellectual experience and be faithful to actuality, but must also be transformed and heightened by the imagination until it becomes truer than mere factual events. The knowledgeable writer, he felt, always begins with reality, but finally produces something that is much more interesting and significant than the original experience.

The second principle was that fiction must be compressed to achieve intensity, that the underpinnings of structure and meaning that give a work solidity and strength must be concealed beneath the surface of the story. He believed a work of fiction could be judged by the quality of material the author eliminated and that the most essential gift for a good writer is a built-in, shock-proof, shit detector. This is the writer's radar and all great writers have had it. The principle of elimination by shit detector led directly to the famous analogy of the iceberg : "I always try to write on the principle of the iceberg. There is seven-eighths of it underwater for every part that shows. Anything you know you can eliminate and it only strengthens your iceberg. It is the part that doesn't show."

Hemingway : A Biography by Jeffrey Meyers (p.138-139)

헤밍웨이 미학은 두 가지 기본적인 원칙에 바탕을 두고 있다.

첫째는 직접 목격한 것만을 보도하도록 훈련받은 신문기자 경험에서 유래한 것으로, 소설은 정서적이고 지적인 실제 경험에 토대를 두어야 하며 사실에 충실해야 하지만, 또한 그것이 단순한 실제 사건들보다 더 진실해질 때까지 상상력으로 그것을 변형하고 강화해야 한다는 것이었다. 식견 있는 작가라면 언제나 사실에서 시작하지만 결국에는 원래의 경험보다 더 흥미 있고 의미심장한 어떤 것을 창작해야 한다고 그는 생각했다.

둘째, 원칙은 소설은 강렬한 인상을 주기 위해 압축되어야 하며, 작품을 견고하고 강하게 하는 구조와 의미의 토대들은 이야기 표면 아래 감추어져야 한다는 것이다. 그는 소설 작품은 작가가 제거하는 소재의 질에 의해 판단될 수 있으며 "훌륭한 작가의 가장 필수적 재능은 마음속에 새겨진 내진성 탐지기이다."라고 믿었다. 이것은 작가의 전파 탐지기이며 모든 위대한 작가들에게는 그것이 있다. 나는 언제나 빙산 원리에 의하여 글을 쓰려고 노력한다. 겉으로 드러나는 부분은 8분지 1이고 남은 부분은 8분지 7이 물속에 잠겨 있다. 내가 알고 있는 것은 어떤 것이든 제거할 수 있으며, 그것만이 빙산을 강화해준다. 그것은 드러나지 않는 부분이다.

오후의 죽음(Death in the Afternoon)

I think it might take a lifetime to learn to write prose well : your own prose that is; for if it is not your own it is of no value.

-Ernest Hemingway

나는 산문을 배우고 잘 쓰는 것이 평생 걸릴지 모른다고 생각한다.

그것이 당신의 산문이고, 만일 그것이 당신의 것이 아니라는 이유라면 아무 가치가 없다.

-어니스트 헤밍웨이

오후의 죽음(Death in the Afternoon)

스페인어로 쓰지 않은 주제로 투우에 대하여 알고 있는 많은 사람들이 생각하는 nonfiction이며 1932년 출판되었다. 투우에 관심이 없는 사람조차 읽을 수 있는 매우 복잡한 문화적 광경을 설명해 놓았다. 가끔은 재미있고 참혹한 죽음과 창작에 대한 에세이이다.

1932년 9월 23일 찰스 스크리브네스 선스가 출판하여 첫 판이 10,300부에 한 권에 3달러 50센트에 팔렸다.

1장에는 투우 구경을 왜 하느냐는 질문으로 시작된다. 헤밍웨이는 현대의 도덕적 견지에서라고 한다. 투우는 변명의 여지가 없는 확실히 잔인하고 언제나 위험이 있으며 언제나 죽음이 있다고 썼다.

글쓰기에 대하여 언급한 헤밍웨이는 소설 작품과 신문언론기사와의 차이점에 대하여 정의를 했다. 소설(fiction)은 작중 인물이 느끼는 정서를 독자가 느끼게 하는 작품이고, 신문기사는 사건사고가 일어났던 것을 단순히 말하는 것이다.

전쟁이 끝나서 참혹한 죽음을 볼 수 있는 장소는 투우장이다. 그래서 헤밍웨이는 그것을 공부하러 스페인으로 갔다. 투우에 대한 도덕성을 헤밍웨이는 나중에 좋은 느낌이 있을 때가 도덕이고 나중에 나쁜 느낌이 있을 때는 부도덕하다고 했다.

2장에는 투우에 관한 용어를 정의했다. 투우는 영어로는 스포츠가 아닌 개념에 초점을 둔 것이었다. 미국인이나 영국인은 죽음에 매료되지 않지만 스페인 사람들에게는 패배를 피하게 됨으로써 죽음을 피하게 되는 것이다.

3장은 투우 그 자체에 집중했다. 투우라는 영어단어는 스페인 언어의 잘못된 번역이다. 투우에 대한 엄격한 규칙이 논의되어 있으며 일급 투우사와 기마투우사에 대한 것들이다.

헤밍웨이는 황소의 선택 방법에 관해서도 해설했으며, 좋은 황소와 나쁜 황소에 대해서도 그 차이점을 말했다. 그리고 투우구경을 하자면 가장 좋은 장소에 대하여서도 설명하였다.

4장은 스페인의 투우 시즌을 설명했으며 가장 좋은 장소와 가장 좋은 날짜에 대해서도 말했다.

5장은 스페인의 수도 마드리드에 대한 헤밍웨이의 연정을 설명했다. Madrid는 이상한 곳이지만, 이 도시에 대하여 정보를 입수한다면 모든 도시 중에서 가장 좋은 스페인의 도시가 될 것이다, 라고 했다. 살기 좋고, 사람 좋고, 기후 좋은 도시가 마드리드다.

6장은 투우에 대하여 예비지식을 서술했다. 공포와 때로는 투우를 준비할 때는 투우사에 대한 냉소 같은 것도 말했다.

7장은 헤밍웨이는 현대 투우에 대한 퇴폐를 설명했다. 목장 주인들이 그들의 황소를 어떻게 사육하며, 황소 뿔의 크기와 길이에 관해서도 설명했다. 그리고 투우사는 어느 정도의 보상을 받는가에 대한 설명도 했다.

8장과 9장은 투우는 예술이라고 정의한다. 예술가는 죽음의 위험에 있으나 그의 빛나는 투우 공연은 투우사의 명예로 남는다.

16장 마지막 단락에는 글쓰기에 대한 개념을 제시했으며 헤밍웨이의 독창적 생략이론(theory of omission), 즉 빙산원리(principle of an iceberg)가 정의 되었다.

20장에는 《오후의 죽음》에서 부족했던 점에 헤밍웨이는 독자들에게 사과했다. 좋은 책은 그 속에 모두가 담겨야 하는데 그 모두는 스페인의 모든 것을 의미한다고 헤밍웨이가 해명했다. 그것은 투우 예술에 관한 설명뿐만 아니고, 자기 자신이 스페인과 스페인 사람들과의 애성을 설명하는 것도 포함되어 있다고 했다.

헤밍웨이는 기차에 다친 어린아이의 장소를 설정한다. 신문기자는 사고 현장을 볼 필요가 없다. 신문기자는 다음날 아침에 시내에 있는 경찰서의 사건 기록부에서 사건의 전말을 찾을 수 있지만, 작가는 기차에 치인 아이를 반드시 보아야 하고 죽음을 보는 직접적인 정서를 느껴야 한다. 사고를 방지하기 위한 아무런 대책이 없었던 것에 좌절까지 해야 한다.

헤밍웨이는, 작가는 진실을 수중에 넣어야 하고(must get at truth), 어떤 사람의 설명을 듣지 말아야 한다고 작가와 신문기자의 차이점을 정의했다.

위에 든 예에서 기차에 다친 어린 아이를 보는 정서와 관찰의 중요성을 작가는 이야기의 본질과 진실을 얻기 위하여 체험하고 보아야 한다고 덧붙였다.

≪오후의 죽음≫은 투우에 관한 것이지만 투우 이상의 것을 다룬다. 이 작품의 가장 흥미로운 양상은 매혹적이고 폭 넓은 관찰이 외면상의 주제에 눈에 띄지 않게 스며들어 있다는 것이다. 헤밍웨이는 이 작품을 쓰기 전에 알폰스 국왕이 폐위되고 알칼라 사모라가 공화국을 선언한 직후인 1931년 5월에 일곱 번째이자 마지막 여행으로 스페인에 도착한다.

1923년부터 스페인을 주의 깊게 연구해 온 헤밍웨이는 스페인의 특성의 문화, 관습, 역사, 정치, 문학, 예술, 기후, 풍경, 도시, 집시, 거지, 포도주, 음식, 낚시를 논할 충분한 지식을 가진 작가이다. ≪오후의 죽음≫은 헤밍웨이의 회고록인 동시에 투우 기술에 관한 연구 보고서라 해도 과언이 아니다.

헤밍웨이 작품은 영어로 써진 투우에 관한 고전적 연구서이며 처음 출판된 이래 그 주제와 관련된 모든 저서에 영향을 미쳤다. 그러나 그 nonfiction 작품은 그의 작품들 중 처음으로 비평가들의 호된 평가를 받았다.

이런 가운데 좀 더 균형 잡힌 서평으로 말콤 카울리는 그 작품이 좀 더 폭 넓은 효과를 찾고 ≪오후의 죽음≫은 투우 안내서로 평했다. 투우는 한 나라의 전체와 과거 여러 세기에 걸친 문화를 상징하기 때문에 이 책은 삶, 음주, 죽음이 스페인 땅에 대한 사랑의 기술과 관계가 있다고 언급했다.

1932년에 출판된 ≪오후의 죽음(Death in the Afternoon)≫은 지성과 문체의 힘이 절정에 있는 헤밍웨이의 정체를 밝히고 있다. 그 당시에 헤밍웨이는 20세기 말에 그의 단편과 장편이 중요하고 대중적으로 인기의 절정에 있었다. 성숙하고 자신감에 찬 예술가 헤밍웨이는 그의 성공을 소설에서 논픽션으로 전환의 모험을 시도하였다.

미국인의 인물에서 스페인의 투우사로 이국적인 정서와 낭만에서 스페인의 투우장의 각박한 세계로 배경을 바꾸었다. 헤밍웨이의 논픽션은 그의 장편과 단편이 누리는 관심을 부정하여 논픽션 작품에 대한 이론적, 비판적 적용으로 새롭게 시작을 위한 요법을 모색하고 있었고, 그것은 철저하고 균형 있고 복잡한 경계를 부수는 독창적 에세이가 되었다.

헤밍웨이의 ≪오후의 죽음≫만큼이나 많은 위력을 가진 태고의 예술을 설명하고 유포시킨 책은 일찍이 없었다. 1932년 출간 이후 이 고전적 연구가 스페인과 투우에 대한 스페인의 예술에 대한 미국사람들의 견해를 새롭게 정립하였다. 현대 소설의 대가로서 헤밍웨이를 확고하게 설정한 그의 장, 단편에 의해서 앞서 나간 ≪오후의 죽음≫은 논픽션 산문의 결정판이 되는 좋은 책으로써 그의 삶과 예술, 시대, 그리고 문화에 대한 관심을 탐구하는 좋은 수단으로써 손색이 없다.

인디언 부락(Indian Camp)

이 단편소설의 주인공은 닉이다. 의사인 그의 아버지는 인디언 마을에 아기를 임신한 여자의 출산을 도우러 가는 길에 닉의 삼촌 조지와 함께 닉을 데리고 간다.

젊은 인디언 여인은 이틀이나 심한 산고를 겪었다. 의사는 일어난 일을 닉에게 설명해 주려고 애쓴다. 의사는 마취도 하지 않고 제왕절개수술을 하려고 한다. 인디언 여인이 째지는 소리를 낸다. 의사는 째지는 소리가 중요하지 않다고 닉에게 말한다. 의사는 두 손을 씻고 세 사람의 인디언과 조지 삼촌은 임신한 여인을 붙잡고 있다. 인디언 여인은 침대 아래 칸에 누워 있다. 수술이 시작할 때 그녀 남편은 벽을 보고 돌아눕는다. 상황은 골반 위 출산(아이를 거꾸로 낳는 일)이다. 의사의 수술은 잭나이프로 수행되고 남자 아이가 태어난다. 의사는 수술 성공에 즐거워한다. 의사는 고기 낚는 낚싯줄로 칼을 벤 자리를 봉합한다. 닉은 수술 과정을 지켜보지만, 칼로 벤 자리를 봉합하는 장면을 보지 않으려 한다. 오랫동안 기대하던 닉의 호기심은 사라지고 만다. 닉과 의사는 침대 위층에 벽을 보고 누워있는 임산부 남편을 보려고 했는데 그는 자신의 목을 칼로 베고 자살을 했다. 닉은 피를 보고 어떻게 된 것을 깨닫는다. 보트로 돌아오는 길에 의사는 아들 닉에게 사과한다. 너를 데리고 온 것이 매우 미안하다고 한다.

425

닉은 많은 의문을 가지고 있다. 여자가 임신하면 왜 어려운지, 아기 아버지는 왜 자살을 했는지, 조지 삼촌은 어디로 사라졌는지. 가장 중요한 일은 죽는 것이 왜 쉬운지 등이 닉을 혼란스럽게 했다. 하지만 닉이 느끼고 있는 것은 그는 절대로 죽지 않는다는 사실을 확인했다.

단편 ≪인디언 부락≫은 1924년 4월에 발표되었으며 1년 후에 ≪우리 시대에≫에 재수록되었다.

소년 닉은 죽음에 대하여 충분히 알지 못한다. 그것이 이 단편소설의 근본 문제다. 이 단편은 헤밍웨이의 초기 작품으로써 그의 문체를 음미할 수 있는 소품문(vignette)으로 잘 알려지고 있다.

깨끗하고 조명이 잘된 곳(A Clean, Well-Lighted Place)

　스페인의 마드리드에서 한 노인이 카페에서 아침 이른 시간에 브랜디를 마시고 있다. 노인은 귀가 먹었으며, 두 웨이터는 노인은 80세 정도의 나이로 짐작하고 있다. 두 웨이터 중 젊은 웨이터는 노인을 아내가 있는 집으로 보내려고 서두르고 있다. 그래서 젊은 웨이터는 일주일 전에 자살을 시도했던 노인에게 동정심이 조금도 없었다. 젊은 웨이터는 노인에게 "당신은 지난주에 자살을 했어야 하는데." 했다.

　두 웨이터는 노인이 왜 자살을 시도하였으며 왜 술을 마셔야 하는지를 모른다. 그러나 혼자 살고 있는 나이 많은 웨이터는 노인을 동정한다. 저녁 늦게 빛이 잘 드는 장소에 있는 노인을 좋아한다. 나이 많은 웨이터는 자기가 일하고 있는 카페에서 늦게까지 머무르고 있는 노인에게 신경 쓰지 않는다. 그는 노인이 새벽까지 잠 잘 수 없음을 알고 있다. 젊은 웨이터가 노인에게 또 다른 잔의 브랜디를 가져다주기를 거절한다.

　나이 많은 웨이터는 자기 자신에게 말하기를, "인생행로의 빛이다. 그러나 그 장소는 깨끗하고 즐거워야 할 필요가 있다."고 한다. 깨끗하고 빛이 잘 드는 장소는 홀로 사는 사람에게 집 보다 언제나 더 좋은 곳이다. 나이 많은 웨이터는 카페 일을 마감하고 빠로 가서 커피의 작은 잔을 주문한다.

그는 빠를 좋아하지 않아서 두 번째 잔을 취소하고 자리를 떠난다. "A Clean, Well-Lighted cafe", he believes, "was a very different thing."("깨끗하고 빛이 잘 드는 카페는 매우 다른 것으로 생각한다.") 나이 많은 웨이터는 날이 밝을 때까지 잠을 잘 수 없음을 안다. 결국 그는 불면증에 시달리고 있다.

이 단편소설을 종교적 의미를 두고 있음이 중요하다. 젊은 웨이터가 그의 아내가 있는 집으로 간 후에 나이 많은 웨이터는 전등을 끄고 깨끗하고 빛이 잘 드는 곳의 중요성에 대하여 자기 자신에게 노인을 위하여 대화를 계속한다. 젊은 웨이터에게 말했던 최후의 한 가지가 cafe를 필요한 어떤 사람을 위해서 문을 닫는 것을 언제나 주저했다.

젊은 웨이터는 노인을 더러운 물건이라 부른다. 나이 많은 웨이터는 노인을 깨끗하고 흘리지 않고 술을 마신다고 말한다. 브랜디 몇 잔을 서빙했던 젊은 웨이터는 또 다른 브랜디 잔을 가져다주기를 거절한다. 노인은 찻잔 받침 접시를 세고 술값을 치르고 카페를 떠난다. 비틀거리지만 위엄 있게 걸어간다. (Walking unsteadily but with dignity)

나이 많은 웨이터는 "깨끗하고 빛이 잘 드는 장소"의 카페에서 집으로 서둘러 가기를 주저한다. 새벽 2시이지만 그는 노인이 왜 카페에 머무르기를 원하는가를 이해한다.

나이 많은 웨이터는 젊은 웨이터에게 말한다.

"I am of those who like to state late at the cafe." he say to the younger waiter. With all those who do not want to go to bed. With all those who need a light for the night.

"It's not the same." And he says, "Each night I am reluctant to close up because there may be some one who needs the cafe." (idem)

"나는 카페에서 늦게 머무르기를 좋아하는 사람 중 한 사람이다,라고 젊은 웨이터에게 말한다. 잠자기를 원치 않는 사람들 모두와 함께 저녁에 빛이 필요한 사람들 모두와 함께, 그것은 똑같지 않다. 그리고 매일 밤 카페를 필요로 하는 어떤 사람도 있기 때문에 문을 닫기 주저 한다"고 말한다.

≪깨끗하고 조명이 잘된 곳≫은 동정적이지만 반어적인 삼가는 말로 표현된, 고도로 압축되고, 매우 긴장되고, 매우 감동적인 이야기이다.

조명 장식을 한 카페는 나이 많은 손님의 패배, 고집, 고독, 절망과 반대되는 일종의 평화, 질서, 안전, 피난을 나타낸다. 전쟁, 이상주의의 파괴, 신의 상실은 필연적으로 nada이다. 실체적인 것은 아니지만 무(nothingness)에 대한 뚜렷하고 지배적인 감각의 개념을 낳는다. 그 주제는 빛과 그림자, 잠과 불면증, 확신과 절망, 용기와 공포, 위엄과 타락, 믿음과 회의주의, 삶과 죽음이라는 일련의 암시적인 대립물들을 통해 미묘하게 묘사된다. 지나가는 병사는 한 소녀를 데리고 있으며 편협한 젊은 웨이터는 아내에게 돌아가고 싶어 한다. 그러나 아내를 잃은 나이 많은 손님은 자살을 기도했다가 실패했다. 나이 든 웨이터는 불면증에 걸린 그 손님을 동정하며 그의 공포의 밤을 함께 지내준다. 저는 늦게까지 카페에 머물러 있기를 좋아합니다. … 잠자리에 들고 싶어 하지 않는 모든 사람들과 함께요, 밤에 빛이 필요한 모든 사람들과 함께 말입니다.

제임스 조이스는 이 단편소설을 감탄하면서 이렇게 칭찬했다.

James Joyce admired and praised this story : "He has reduced the veil between literature and life, which is what every writer strives to do. Have you read," "A Clean, Well-Lighted Place?" It is masterly. Indeed, it is one of the best short stories ever written; there is bite there.

제임스 조이스는 이 단편소설에 감탄하고 칭찬하였다. "그는 모든 작가가 성취하려고 노력하는 일을 해냈다. 문학과 인생 사이에 베일을 줄이는 것이다. ≪깨끗하고 조명이 잘된 곳≫을 읽어보았는가? 역시 거장답다. 사실 그것은 지금까지 써진 가장 훌륭한 단편소설 중 한편이다. 거기에는 신랄함이 있다."

불패자(The Undefeated)

이 단편소설은 1918년 마드리드에서 일어난 이야기다. 운이 없는 투우사 맨뉴얼 가르시아는 핏덩어리가 되어 병원에서 치료를 받고 회복되어 퇴원한다. 그는 투우에 대단한 열정을 가지고 있으며 또다시 투우의 계약을 맺기는 어려운 사정이라는 것을 알고 있다.

마드리드에 있는 프로모터 레테나(Retena) 사무실을 찾는다. 레테나는 가르시아에게 밤에만 출전할 수 있는(nocturnals) 기회를 제의한다.

이 야간 경기에 출전한다는 것은 매우 위험한 것이지만 가르시아는 그 제의를 받아들이지 않을 수 없었다. 그러나 300페세타(pesetas)라는 적은 돈에 모욕을 느낀다.

가르시아는 투우사가 상처를 받지 않거나 죽지 않고 황소를 충분히 힘을 빼게 하는, 끝이 뾰족한 쇠막대기를 사용하는 기마 투우사가 필요하다. 가르시아는 주리토(Zurito)를 원한다.

그런데 야간 공연을 관람하는 관객의 입장료는 정규 투우 관람을 즐기는 입장권의 절반 요금밖에 되지 않는다. 그리고 훌륭한 투우사는 야간에는 출연을 하지 않는다. 첫 번째 황소와 겨루는 가르시아의 차례가 와서 그는 잘 처리하지만 그의 운은 황소를 죽이려는 첫 시도에서 좌절한다. 가르시아는 6번이나 시도한 후에 황소를 죽인다.

가르시아는 하나를 잃고 다른 하나를 얻는 헤밍웨이의 초기 코드 히어로(code heroes)의 한 사람으로 확인시켜 주는 인물이다.

비평가 필립 영은 가르시아를 산티아고에 비유한다. ≪노인과 바다≫의 주인공 산티아고는 "Man can be destroyed but not defeated."를 믿는다. 이런 생각은 비극적 요소가 담겨있다.

윌리엄스(Wirt Williams)는 ≪어니스트 헤밍웨이의 비극적 예술≫(1981년)에서 순수하고 진압되지 않은 비극의 소설로 언급한다.

≪불패자≫는 요구되는 중요성과 정통의 비극적 영향뿐만 아니라, 가장 고상한 비극적 조건을 제공한다. 나이 든 투우사의 사명은 속죄와 초월과 영웅적 정체성을 주는 특성을 가져야 한다.

가르시아는 매번 황소를 죽이려고 시도하지만 성공하지 못한다. 불패정신에 고양된 그는 투우사로서 위대함을 보여주는 명예로운 공연을 수행한다. 또 그는 매우 당당하게 페어플레이(fair play)한다. 그는 파멸될 수 있자만 패배하지 않는다.(Garcia may be destroyed, but he remains undefeated.)

전기 작가 카로스 베이커는 ≪불패자≫에서 주인공 가르시아를 이렇게 말한다.

> Even in losing, we must stick to the code of the sportsman and lose in a sportsmanlike way - dying gamely in the end, like Manuel Garcia in "The Undefeated"

Ernest Hemingway : A Life Story by Carlos Baker (p.219)

   패배에서조차, 우리는 스포츠맨의 코드(도덕적 원칙과 기준)에 충실해야
하고 스포츠맨 같은 방법으로 패배해야 한다. 맨뉴얼 가르시아처럼 끝까지
감투정신으로 죽어야 한다.

병사의 고향(Soldier's Home)

이 단편소설은 1919년 여름 1차 세계 대전에 참전하고 고향 오클라호마로 돌아오는 해럴드 크레브스(Harold Krebs)의 이야기다. 그의 고향 사람들은 귀향하는 이 젊은 크레브스에 더 이상 관심을 두지 않는다. 사람들은 전쟁에서 돌아오는 군인들에게 첫 번째로 환영 시위 행렬을 했지만 크레브스가 라인 강에 주둔한 해병 제2사단에서 제대하여 귀향할 때 고향사람들은 환영 시위에 관심이 없었다.

크레브스는 수아쏭, 샴파뉴, 벨류 우드, 세인트 미하엘, 아르곤, 5곳 전투에 참전했다. 크레브스은 이 모든 전투에서 싸웠지만 그는 이 전투에 대한 어떠한 말도 하지 않는다. 나중에 그는 전쟁에 대하여 말하기를 원했으나 아무도 그의 말을 들어주지 않는다. 때로는 주의를 끌기 위하여 거짓말도 했으나 그 거짓말은 추억을 상하게 할 뿐이었다. 크레브스에 대한 전쟁의 충격은 이 소설에서 억제법으로 묘사된다. 이 기법은 헤밍웨이 특유의 생략이론, 즉 빙산원리(principle of an iceberg)가 사용된다.

하지만 그의 무기력, 아마도 우울증조차 전쟁에서 얻은 그의 체험의 결과가 확실하다. 이 소설은 크레브스가 참전했던 5전투장의 중요성에 대하여 그 어느 것도 설명하지 않고 생략해 버린다. 말하자면, 전쟁 영웅들(미국 해병대)이 그곳에서 어떻게 싸웠는지를 전부 생략했다. 크레브스가 그

434

전투로 인하여 부상당한 사실들을 설명하지 않는다. 빙산원리의 기교가 사용된 것이다.

크레브스는 전쟁에 나가기 전 어린 나이 때 종교에 독실한 부모님 슬하에서 자라났다. 그의 어머니는 크레브스가 저녁에는 차를 사용해도 좋다는 그의 아버지의 승낙을 말해준다.

어머니는 크레브스가 취직하기를 바란다.

"하느님 나라에는 게으른 사람은 없단다." 하지만 크레브스는 어머니 관심을 모르는 체한다. "아들아! 엄마를 사랑하지 않느냐" 하고 묻자, 그는 "저는 아무도 사랑하지 않아요." 한다. 엄마는 울기 시작한다. 그리고 그는 엄마를 사랑하지 않는다는 말에 사과한다. 엄마는 아들과 함께 무릎을 꿇고 함께 기도하자고 권한다. 엄마는 아들과 함께 기도한 후에 아들은 엄마에게 입 맞추고 집을 나온다. 크레브스의 누이동생 헬렌은 그를 존경한다.

《두 심장의 큰 강》의 주인공 닉 아담스(Nick Adams)처럼 크레브스는 전쟁에 대하여 생각하는 것을 잊기 위하여 바쁜 일을 찾으려고 애쓴다. 그는 결국에 그의 고향에서 조차 이방인으로 대접 받는 것을 알게 된다. 그리고 그는 캔자스 시티로 가기로 결심하고 그곳에 가서 일자리 얻기를 희망한다.

두 심장의 큰 강(Big Two-Hearted River)

≪두 심장의 큰 강≫, 이 단편소설은 분명히 미시간 반도의 상류에 있는 시니 근처의 폭스 강에서 낚시 이야기만은 아니다. 기차에서 내린 닉은 황량한 전쟁의 풍경처럼 느껴진다. 그는 그곳에서 재생의 강으로 이동하지만, 그의 무의식적인 공포를 상징하는 비극적인 늪(swamp)을 아직 똑바로 보지 못한다. 헤밍웨이의 명료한 산문은 애매한 어조나 미묘한 암시와 뛰어난 대조를 이룬다.

> It would not be possible to walk through a swamp like that …… You could not crash through the branches …… He did not feel like going on into the swamp …… The sun did not come through …… In the half light, the fishing would be tragic. In the swamp fishing was a tragic adventure. Nick did not want it. He die not want to go dawn the stream any further today …… There were plenty of days coming when he could fish the swamp.

> 그렇게 늪을 건너는 것은 불가능할 것이다. …… 가지를 헤치고 나아갈 수 없다. …… 그는 늪 속으로 들어가고 싶지 않았다. …… 해는 들어오지 않고

희미한 빛 속에서 낚시하는 것은 비극적일 것이다. 늪에서 낚시하는 것은 비극적인 모험이었다. 닉은 그것을 원치 않았다. 그는 오늘은 더 이상 강 아래쪽으로 내려가고 싶지 않았다. …… 그가 늪에서 고기를 잡을 수 있는 날은 앞으로 얼마든지 있었다.

닉은 계속되는 재앙, 불탄 수목과 뿌리 뽑힌 느릅나무들, 잘리고 조각난 메뚜기들, 피부병으로 죽고 턱이 낚시 바늘에 꿰이고 내장이 빠진 송어, 이런 것들을 만나고 확인한다. 그는 물속에서 흔들리는 송어처럼 안정되고, 텐트를 치기 위해 자르는 말뚝처럼 단단해지려고 애쓴다. 닉의 불만의 근원은 스토리에서 상세히 서술되지는 않지만 불안정한 저류 표면 아래에서 위협하듯이 소용돌이친다. 야영과 낚시라는 강박관념에 사로잡힌 의식을 통해 닉은 전쟁의 심리적인 상처들에서 벗어나고, 안전을 느끼고, 생소한 행복을 경험한다. 이 암시적인 이야기는 헤밍웨이에게 특징적인 원시적인 것과 세련된 것의 혼합을 나타내며, 그의 위대한 주제들 중 하나인 상실감(the sense of loss)을 전달한다.

닉이 이 단편소설의 유일한 인물이다. 그는 송어 낚시와 야영을 목적으로 미시간 북 반도에 있는 시니에 도착하여 기차에서 내린다. 이 단편소설의 표면에는 아무것도 일어난 것이 없지만 헤밍웨이의 언어 예술의 최고 기법 중 하나인 생략이론(빙산원리, principle of an iceberg)이 사용되었다.(What is not stated is more important than what is.)

닉의 긴장을 감지하는 독자들은 닉의 외상적 충격을 잊기 위해 낚시와 야영을 시도하는 점을 이해할 것이다.

닉의 외상의 원인이 무엇인지를 말하지 않고 있지만 정신적 상처를 암시할 뿐이다. 닉은 그것을 잊으려고 애쓴다. 강 아래 있는 늪(swamp)은 닉의 공포가 계속되는 상징(symbol)이다.

헤밍웨이는 자기 소설에 대한 비판을 격렬하게 싫어했다. 그것은 그의 소설에서 중요한 점(point)을 생략하는 것으로써 그는 비평가들이 이 점을 이해 못하는 그들의 무지 때문에 가끔은 비난을 퍼부었다. 하지만 헤밍웨이는 그의 소설에서 생략이론(빙산원리)을 사용하는 것을 자랑으로 여겼다.

1924년 어느 전기 작가는 이 소설을 1919년 여름에 헤밍웨이가 그의 어머니와 불화 때문에 친구들과 미시간 북 반도 폭스 강 근처로 낚시하러 가서 닉의 마음을 안정시키려고 나온 시도로써 그의 어머니와 연관시켜진 것으로 보고 있다.

전쟁에서 외상을 입은 닉은 교회의 벽에 기대어 앉고 단독강화(a separate peace)를 선언한다.

이 아름다운 소품문(the vignette)은 닉의 신체적, 정신적 상처를 스스로 고민하고 스스로 치유하려고 애쓰는 주인공의 안타까운 모습에서 독자들의 많은 견해와 정서적 표현을 기다리게 한다.

1차 세계 대전을 "shell shock"라고 부르고 2차 대전을 "battle fatigue"라고 부른다. 의학적 용어는 아니지만 오늘날에는 "post-traumatic stress disorder"라고 부른다.

《두 심장의 큰 강》에서 우리가 중요하게 기억해야 할 것은 닉에게서 있었던 것을 아무도 해설을 하지 않고 있다는 것이다. 즉, 헤밍웨이의 최고

기법인 빙산원리가 사용된 것이다.

움직이는 향연(A Moveable Feast)

Hunger is healthy and the pictures do look better when you are hungry. Hunger is good discipline and you learn from it.
  -Ernest Hemingway

배고픔은 건강함이고 배고플 때 보는 그림이 더 좋아 보인다. 배고픔은 좋은 수련이며 그것에서 배운다.
  -어니스트 헤밍웨이

움직이는 향연(A Moveable Feast)

If you are lucky enough to have lived in Paris as a young man, then wherever you go for the rest of your life, it stays with you, for Paris is a moveable feast.

Ernest Hemingway to a Friend, 1950

젊은 사람으로서 운이 매우 좋아서 파리에 살았다면, 파리는 움직이는 향연이기 때문에 다음에 당신의 남은 삶이 어디가든지 그것은 당신과 함께 머문다.

어니스트 헤밍웨이, 1950년 한 친구에게

이 논픽션 작품은 1920년대 파리에 대한 20개 스케치로 되어 있다. 헤밍웨이는 1957년 가을에 이 책을 집필하여 그가 죽기 전 1년 남짓한 1960년 봄에 완성하였다.

회고록은 1956년 11월 파리 리츠 호텔 지하실에서 헤밍웨이 소유의 2개의 트렁크가 발견됨에 따라 이야기가 시작된다. 이 트렁크는 1928년 3월에 헤밍웨이와 그의 둘째 부인 폴라인이 거기에 두고 플로리다 주 키 웨스트로 떠났다. 이 트렁크 안에는 헤밍웨이가 파리 시절에 기록해 두었던 노트와 신문을 가위로 잘라 모은 것들로서 모두 그 당시의 사람들과 사건들을 생각나게 하는 것들로써 회고록을 쓰는 데 좋은 소재로 사용되었다.

헤밍웨이와 그의 첫째 부인 해들리 리처드슨(Hadley Richardson)은 1921년 12월 20일 파리에 도착했다. 두 사람의 결혼생활이 끝나는 1926년 늦은 봄까지 이들은 몇 년간 매우 행복한 삶을 살았다.

헤밍웨이는 ≪움직이는 향연≫에서 그들이 파리에 와서 몇 년간 얼마나 가난하게 살았는가를 몇 번이고 언급하였다. 그러나 그들을 가난하지 않았다. 해들리는 1921년에 결혼한 후 집안으로부터 1000달러를 합쳐 그녀의 할아버지와 그녀의 어머니 부동산에서 설정한 신탁자금에 더하여 상속재산 3000달러가 그녀 몫으로 들어왔다. 헤밍웨이도 1920년과 1924년 사이에 4년간 토론토 신문사에 기고한 원고 수입료가 있었다.

이 회고록의 책 제목을 제공했던 헤밍웨이 친구 A. E. 홋츠너가 말하기를 헤밍웨이는 자기에게 파리는 "움직이는 향연"이라고 일찍이 말했다고 했다.(Ernest Hemingway and once told him that Paris was a moveable feast.)

헤밍웨이의 네 번째 부인 메리 웰시는 회고록의 제사(epigraph)로써 "If you are lucky enough to have lived in Paris as a young man, then wher ever you go for the rest of your life, it stays with you, for Paris is a moveable feast.(젊은 사람으로서 운이 매우 좋아서 파리에 살았다면 파리는 움직이는 향연이기 때문에 다음에 당신의 남은 삶이 어디가든지 그것은 당신과 함께 머문다.)"를 A. E. 홋츠너에게 제안하였다.

스크리브너스 출판사는 "movable"이라는 단어에 문제를 제기하였는데 메리 여사는 헤밍웨이는 가끔 단어에 여분의 "e"자를 덧붙인다고 주장하였다. 그래서 "moveable"이 그녀의 선택어가 된 것이다. 이 철자는 받아들여졌고 대부분의 사전에 대체 철자가 된 것이다. 헤밍웨이는 서문(preface)에서 인명, 지명, 사건을 이 회고록에는 생략했다고 썼다. 헤밍웨이가 시사하는 창작물은 사실로 썼던 것에 대하여 더 많은 정보를 제공함으로써 설명에 도움이 된다고 했다. 이야기가 날조되었던 아니던 간에 헤밍웨이의 파리 시절 초에 자기를 도와주었던 많은 친구들이 이 회고록을 읽고 적개심으로 등을 돌렸다. 포드 매독스, 거투르드 스타인, 앨리스 B. 토크라스(Alice B.Toklas), 그리고 파리 시절 초기에 가장 가까웠던 친구 가운데 한 사람 피츠제럴드까지도 등을 돌렸다. 하지만 에즈라 파운드만은 그러지 않았다.

이 회고록 ≪움직이는 향연(A Moveable Feast)≫은 찰스 스크리브너스 선스사가 1964년 5월 5일 출판하였다. 첫 판은 8만5000부가 나왔고 한 권에 4달러 95센트에 판매되었다.

소품. 1

헤밍웨이는 아침 일찍이 쾌적하고, 조용하고 깨끗하고 친절한 한 카페로 걸어간다. 그는 커피 한 잔을 주문하고 있노라니 한 소녀가 들어왔다. 소녀는 매우 아름답고 비에 젖은 피부는 싱그럽게 보인다. 소녀의 머리카락은 까마귀 날개처럼 검고 빛이 난다. 나는 그녀를 보았다. 그리고 그녀가 나의 마음의 평정을 어지럽히고 있지 않은가. 그리고 나를 매우 흥분하게 하였다. 나는 그 소녀를 나의 단편소설 어디에고 담고 싶었다. 하지만 그녀는 거리 쪽을 자꾸만 살피고 있었고 출입문 쪽도 계속 보고 있었다. 나는 그녀가 어떤 사람을 기다리고 있는 것을 알았다. 그래서 나는 글을 계속 썼다. 그런 다음 소설은 완성되었고 나는 매우 피곤했다. 마지막 단락을 읽고 난 다음 소녀를 쳐다보았을 때 그녀는 가고 없었다. 나는 제발 좋은 남자와 함께 갔으면 좋겠다는 생각을 하고 있다. 하지만 슬프게 느껴졌다. 나는 어떠한 환경에서도 글을 쓸 수 있었으며 우리는(his wife Hadley) 여행을 하기 위해 돈을 가졌다.

소품. 2 스타인 양이 가르친다("Miss Stein Instructs")

우리가 파리에 돌아왔을 때 파리는 깨끗하고 춥고 아름다웠다. 도시는 겨울에 잘 순응되어 있었다. 우리 아파트도 따뜻하고 기분 좋은 곳이었다. 겨울의 가로등은 아름다웠고 우리는 하늘을 배경으로 한 벌거숭이 나무를 보는 것에 이력이 났다. 거리의 나무들은 우리가 그 나무들과 하나가 될 때 나뭇잎이 없는 하나의 조각품이었다. 겨울바람은 연못을 건너서 불어왔고 분수대는 밝은 불빛으로 장식되었다. 나는 감귤과 구운밤을 종이에 싸서 방으로 가져갔다. 오렌지 같은 감귤을 먹었고 그 껍데기는 버리고 나는 배고플 때는 구운밤과 감귤을 먹었다. 나는 걷고 추위와 함께 일을 해서 언제나 배고팠다. 나는 산에서 사서 가져 온 버찌 술 한 병이 있는데 소설이 끝부분으로 올 때나 하루의 일과가 끝날 무렵에는 이 버찌 술을 마신다. 나는 하루 일과를 마치고 노트북이나 서류를 책상 서랍에

444

넣어 둔다. 그리고 감귤을 호주머니 속에 넣어둔다. 저녁에 방에 놓아두면 얼어버릴 수 있기 때문이다.

"Do not worry. You have always written before and you will write now. All you have to do is write one true sentence. Write the truest sentence that you know."
So finally I would write one true sentence, and then go on from there. …… I was trying to do this all the time I was writing, and it was good and severe discipline.
(idem p.12)

"염려하지 마라. 전에도 항상 썼고 지금도 쓸 것이다. 해야 할 것은 진실한 문장 하나를 써라. 알고 있는 가장 진실한 문장을 써라." 그래서 결국은 나는 진실한 문장 하나를 썼다. 그리고 나서 거기서 계속할 것이다. …… 나는 그 동안 내내 써왔던 이것을 하려고 노력했다. 그리고 그것은 좋은 것이었고 매우 혹독한 수련이었다.

헤밍웨이가 1920년대 초에 파리에 살면서 그의 문체 개발을 어떻게 했는가를 회고하는 대목이다.

I went there nearly every day for the Cezanne and to see the Manets and the Monets and the other Impressionists that I had first come to know about in the Art Institute at Chicago. I was learning something from the painting of Cezanne that made writing simple true sentences far from

enough to make the stories have the dimensions that I was trying to put

in them. I was learning very much from him but I was not articulate

enough to explain it to anyone. Besides it was a secret.

A Moveable Feast by Ernest Hemingway (p. 13)

나는 세잔느 그림과 마네, 모네의 그림들, 그리고 내가 시카고 예술원에서 처
음 알았던 여러 인상주의 화가들의 그림들을 보려고 거의 매일 거기에 갔다.
나는 작품을 단순하고 진실한 문장으로 썼던 것을 내가 애써서 작품에 담아
높은 차원을 가진 소설을 쓰기에는 매우 거리가 멀다는 것을 세잔느 그림에
서 무엇을 배웠다. 나는 그에게서 많은 것을 배웠지만 아무에게도 그것을 설
명하여 충분히 조리있게 표명하지 않았다. 더구나 그것은 비밀이었다.

나의 아내와 나는 스타인 양을 방문했는데 그녀와 함께 사는 그녀의 친
구는 매우 인정 있고 다정했다. 우리 두 사람은 좋은 그림들이 비치된 큰
스튜디오를 좋아했다. 그것은 큰 벽난로를 제외하고서는 훌륭한 박물관 안
에 있는 가장 좋은 방같이 느껴졌다. 거기에는 따뜻하고 안락했고, 자주색
과 노란색의 자두로 양조한 자연 술과 먹고 마실 수 있는 좋은 것들을 즐
길 수 있는 곳이었다. 스타인 양은 매우 뚱뚱하였으며 키는 크지 않고 시
골 여자처럼 매우 건장한 체구였다. 그녀의 눈은 아름답고 독일 태생의 유
태인을 닮은 얼굴이 강해 보였다. 그녀의 친구 토크라스(Alice B. Toklas)는
매우 상냥한 목소리에 몸이 적고 검은 머리를 가진 여자였다. 스타인 양이
내어 놓은 과자는 매우 맛이 있었다. 스타인 양은 내가 쓴 ≪미시간 북쪽(U

446

p in Michigan)≫을 읽고 난 다음 좋다고 말했다. 그것은 전혀 문제될 것 없다고 했다. 그러나 벽에 걸어 둘 수 있을 만큼 좋은 그림 같지는 않다는 말을 그녀는 했다.

나는 그림을 쳐다보면서 말을 이어갔다. 벽에 걸어 놓은 그림들은 아주 좋은 그림들로써 비싼 값으로 팔려나가겠다고 나는 말했다. 그녀는 자기가 썼던 많은 원고를 나에게 보여주면서 그녀의 친구 토크라스가 매일 타자기로 쳤다고 했다. 스타인 양은 누구나 알 수 있는 그녀의 실험소설을 출판하여 비평가들의 반응이 좋았다. 그녀는 리듬에 대하여 많은 진실을 발견하였고 타당하고 귀중한 반복어 사용에 대하여 설명을 잘 해주었다.

소품. 3 길 잃은 세대(a lost generation)

나는 글을 쓰고 난 후 그것을 읽어야 할 필요가 있었다. 그런 생각을 하지 않는다면 다음 날 글쓰기를 계속할 수 없기 때문이다. 그것은 몸이 피로할 때는 운동을 해야 하고 사랑하는 사람과의 연애는 좋은 것이다. 그것은 다른 어느 것보다 더 좋은 것이다.

내가 처음 스타인을 만났을 때 그녀는 서우드 앤더슨을 작가로서 말을 하지 않았다. 그러나 한 인간으로서 훌륭하고 아름답고 따뜻한 이태리 사람의 눈을 가진 그에 대하여 열심히 이야기해 주었다. 나는 매우 아름답고 따뜻한 눈빛을 가진 이태리 사람의 눈을 가진 것에 관심이 없었지만 서우드 앤더슨의 단편소설을 매우 좋아했다. 작품들이 단순하게 써졌고 때로는 매우 아름답게 쓴 것들이다. 앤더슨은 그가 쓰고 있는 인물들에 대하여 깊이 알고 있었다. 하지만 스타인 양은 그의 소설에 대하여서는 말을 아꼈으며 언제나 한 인간으로서만 말했다. 내가 앤더슨의 소설이 어떠한가를 물었지만 그녀는 그의 작품에 대하여서는 더 이상 언급을 회피하였으며 제임스 조이스에 대하여 말하였다.

스타인 양은 에즈라 파운드가 의자에 앉다가 의자가 망가졌는데 성을 내었다. 고의적으로 의자를 부러뜨렸다는 것으로 생각했다. 우리 내외가 캐나다에서 돌아왔을 때도 스타인 양과 나는 여전히 좋은 친구 사이였다. 그리고 그녀는 길 잃은 세대(lost generation)에 대하여 말을 했다. 그녀가 운전하고 다녔던 구형 T 모델 포드 자동차에 점화 장치가 고장이 나서 자동차 수리소에 맡겼다. 일하는 젊은 사람이 지난해에 참전했었는데 숙련공이었다.

이 숙련공이 스타인 양에게 말했다. "All of you young people who served in the war. You are a lost generation.(참전했던 젊은 사람 모두가 길 잃은 세대이다.)" 수리공이 말한 그대로를 스타인 양이 나에게 전해주었다. 나중에 나는 전도서와 함께 수리공이 한 말을 첫 장편소설의 제사로 사용하였다.

나는 스타인 양과 셔우드 앤더슨에 대하여 생각했다. 나는 또 길 잃은 세대라고 부른 사람이 누구인지를 생각했다.

나는 모든 세대가 무엇에 의해서 길 잃은 세대이고, 언제나 그러할 것이라고 생각했다. 제재소 넘어 아파트가 있는 집으로 들어가기 전에 릴라스(Lilas)에 들러 찬 맥주 한 잔을 마셨다.

소품. 4 셰익스피어 앤 컴퍼니(Shakespeare and Company)

그 당시 책 살 돈이 없어 나는 실비아 비치가 경영하는 대여 서점에서 책을 빌렸다. 추운 바람받이에 위치한 이 책 가게는 따뜻하고 겨울에 대형 난로가 있는 기분 좋은 곳이었다. 책꽂이에는 새로 나온 책들이 꽂혀 있었고 벽에는 고인과 생존하고 있는 유명 작가들의 사진이 붙어있었다. 이 사진들은 순간 촬영 사진들이었고 고인이 된 작가들조차 실제로 살아있는 것처럼 보였다. 실비아 비치 여사는 생기가 있고 날카롭게 조각한 얼굴이었으며 작은 동물의 눈처럼 살아있는 갈색 눈이었다. 그리고 어린소녀처럼 명랑하였다. 그녀의 아름다운 앞이마에서 뒤로 빗질하여 넘긴 구불구불한 갈색 머리는 양쪽 귀 밑으로 두껍게 잘린 머리 모양을 하고 있었다. 그녀는 갈색 벨벳 저고리의 깃의 선을 이룬 옷을 입고 있었다. 그녀는 다리가 아름다웠고 친절하고 쾌활하고 호기심이 많은 여자였다. 농담을 좋아하고 한담도 즐겼다. 그녀처럼 친절했던 사람은 지금까지 아무도 없었다. 나는 책 가게로 처음 들어갈 때 매우 수줍어했다. 대여 서점 회원으로 가입하기에는 나에게 가진 돈이 충분히 없었다. 그녀는 내가 언제든지 돈을 가졌을 때 보증금을 낼 수 있다고 말해 주었다. 그리고 카드를 작성하여 주었고 내가 원하는 만큼 많은 책을 가져갈 수 있다고 말했다. 그녀는 나를 믿을 이유가 없었고 어디에 사는지 주소도 모른다. 하지만 그녀는 기뻐하였고 나를 반가이 맞아주었다. 그녀 뒤로 벽 높이만큼 방 뒤로 통하는 건물이 있었는데 그곳에는 많은 책꽂이 선반과 가득 찬 도서가 진열되어 있었다.

나는 투르게네프를 읽기 시작했다. 그리고 D. H. 로렌스의 초기 작품 두 권을 가져갔다. ≪아들과 연인≫이라는 책으로 기억하고 있다. 실비아 여사는 내가 원하는 만큼 책을 가져가도 좋다고 말했다. 나는 톨스토이의 《전쟁과 평화》와 도스토옙스키의 《도박사와 그 외 단편》을 선택했다. 당신이 빌려간 모든 책을 읽고 나서 곧 반납하지 않아도 된다고 실비아 여사는 말했다. 나는 곧 책 대여금을 지불하겠다고 했지만 그녀는 내가 편리할 때 지불해도 좋다고 했다. "조이스가 언제쯤 여기 오는지요?" 내가 물으니 그녀는 보통 오후 늦게 온다고 했다. "그를 본 적이 있어요?" 그녀가 물었다. "우리는 미차우드(Michaud) 식당에서 그의 가족과 함께 식사하는 그를 보았지요."라고 내가 말하자 식사할 때는 사람들을 쳐다보는 것은 예의가 아니라고 그녀는 말했다.

그녀는 너무 빨리 읽지 말라고 다정하게 말했다.

"카디날 르무엔(Cardinal Lemoine)에 있는 집은 방 두 개짜리 아파트이고 더운 물이 나오지도 않고 방부제 용기를 제외하고는 실내 화장실이 없어요. 미시간의 옥외 변소를 사용했던 사람들에게는 그리 불편하지는 않지요. 전망이 좋고 마루에 놓인 편안한 침대는 스프링과 요가 좋습니다. 내가 빌린 책을 가지고 집에 갔을 때 나의 아내는 내가 발견한 가장 훌륭한 곳이라고 하더군요."

창문을 통하여 모든 화랑이 보이는 세느강을 따라 우리는 내려갔다. 우리는 어느 곳이든 걸을 수 있고 우리가 알지 못하는 곳, 어느 새로운 카페에 머무를 수 있다. 우리를 알아보지 못하는 사람들이 있는 그곳에서 우리는 한 잔 했다. 우리는 두 잔도 했다. 다음 우리는 어디 가서도 식사할 수 있다. 우리는 여기서 먹고 집에 갈 것이고 좋은 식사도 하고 술도 마신다. 그런 다음 우리는 책을 읽고 그다음 침대로 가서 사랑을 나누지. 그리고 우리는 서로 이외에 누구하고도 사랑을 하지 않을 것이다. 얼마나 멋지고

450

아름다운 오후이며 저녁인가? 지금 우리는 음식을 먹는 것이 더 좋겠지. 나 지금 배고파. 점심으로 무엇을 먹지? 으깬 감자에 좋은 거위 간 요리와 꽃 상치 샐러드가 어떠한지? 우리는 세상에서 읽고 싶은 모든 책을 가질 거야. 그리고 우리가 여행을 계속할 때 그 모든 책을 가지고 다닐 수 있게.

정말이야?

그럼, 정말이고 말고.

아내는 이 좋은 곳을 발견한 것을 행운으로 여기고 있다. 우리는 언제나 행운이지.

소품. 5 세느강의 사람들

헤밍웨이가 그의 아파트 카디날 르무엔에서 레프트 뱅크(Left Bank)에 있는 노점 책 가게로 오는 여러 갈래의 길에 대하여 말한다.

노점 헌책방에는 가끔 영어로 된 책을 발견하기도 한다.

나는 어부들을 만나서 이런 저런 얘기도 나누었다.

세느 강변을 따라 헌책방에는 가끔은 매우 싼 값으로 출판된 미국 서적을 발견할 수 있는데, 그 헌책들은 프랑스 돈으로 몇 푼 안주고도 살 수 있다. 이 헌책방 여주인은 영어로 쓴 책에는 자신감을 갖지 않았다. 때로는 돈을 안 받고 그냥 주기도 하고 때로는 아주 적은 이익을 내고 팔기도 한다. 우리는 헌책방 여주인과 인사를 나눌 정도로 친해졌다.

헤밍웨이 : 헌책들의 내용이 좋은가요?

여주인 : 읽을 가치가 있습니다.

헤밍웨이 : 얼마나 많은 사람들이 영어책을 읽을 수 있나요?

여주인 : 많은 사람은 아니지만 책을 찾는 사람들이 자주 오고 있습니다.

헤밍웨이 : 프랑스 책이 얼마나 값이 나가는지 말씀해 줄 수 있습니까?

여주인 : 첫째, 그림들이 있지요. 그다음 그 그림들에 대한 품질이 문제지요. 그다음은 책 제본입니다. 책이 좋으면 주인은 적당하게 제본해서 팔지요. 영어책은 모두가 제본이 되어 있지만 더러는 나쁜 것도 있습니다. 정확히 판단할 길이 없습니다.

나는 일이 끝났을 때나 무엇을 생각해 내고자 애를 쓸 때 세느강변을 걷는 습관이 있다. 내가 걷고 무엇을 하고 무엇을 하고 있는 사람들을 보고 하는 것이 일상생활이지만 세느강은 물 흐림이 좋아서 낚시하기 아주 좋은 곳이다. 공원으로 가는 계단을 내려와서 큰 교량 아래 그 곳에 있는 어부들을 지켜보았다. 어부들은 언제나 큰 고기를 낚아 올렸다.

가끔은 황어 같은 고기를 잡아 그들의 낚시 솜씨를 자랑해 보이기도 하였다. 황어를 튀겨 먹으면 맛이 좋으며 나는 한 접시 먹을 수 있었다. 황어는 신선한 정어리 보다 은은한 향이 나는 단맛이 난다. 전혀 기름기가 없고 뼈 채로 먹을 수 있다. 이 황어 고기를 맛 볼 수 있는 가장 좋은 곳 중의 한 곳은 세느강 넘어 새로 지은 옥외 음식점이다.

날이 밝으면 나는 와인 한 병과 빵 한 덩어리 그리고 몇 개의 소시지를 사서, 태양이 쪼이는 곳에 앉아서 먹으며 내가 구입한 책을 읽고 낚시하는 것을 지켜보겠다.

여행 작가들은 미친 사람처럼 세느강에서 낚시하는 사람들에 대하여 글을 썼다. 그리고 그들은 아무것도 잡지 못했다. 하지만 그것은 매우 중요하고 생산적인 낚시다. 대부분의 어부들은 적은 생활보조금으로 살아가는 사람들이다. 그들은 물가가 올라서 그 생활 보조금마저 가치가 없다는 것을 모르고 있는 것 같았다. 나는 낚시 도구가 없어서 낚시할 수 없었지만 스페인에 가서 낚시하기 위해 돈을 저축하고 싶었다.

강 위에서 어부들과 함께 하는 생활, 그리고 배 안에서 그들의 삶. 아름다운 유람선과 함께 하는 어부들이 좋아보였다. 나는 강을 따라서 결코 외로울 수 없었다. 도시의 많은 나무들과 함께 매일 봄이 오는 것을 볼 수 있으며 따뜻한 밤바람이 어느 날 갑자기 불어오겠지. 때로는 심하게 쏟아지는 찬비가 몰아치겠지. 그것은 삶의 리듬을 잃게 할지 모른다. 자연의 고유한 본능에서 멀어지게 하며, 파리의 삶을 참으로 슬프게 한다. 따라서 나뭇잎이 나무에서 떨어지고, 나뭇가지가 바람에 꺾기고, 앙상하게 되고, 추운 겨울이 오면 당신의 삶의 한 부분이 사라지게 된다. 얼었던 강이 다시 풀려서 흐르게 됨을 알고 있듯이 봄은 언제나 올 것을 알린다. 추운 비가 계속되고 봄의 기세가 꺾기면, 한 젊은 사람이 이유 없이 죽은 것만 같다.

소품. 7 부업의 종말

헤밍웨이는 경마를 포기하고 자전거 경기에 마음을 기울인다. 경마를 포기한 이후 그는 모든 삶을 자전거 경기로 즐긴다. 그는 자전거 경기에 대하여 수많은 소설을 썼지만, 경마만큼 좋은 소설을 쓸 수 없었다고 상기한다.

I have started many stories about bicycle racing but have never written one that is as good as the races.
A Moveable Feast by Ernest Hemingway (p.64)

나는 자전거 경기에 대하여 많은 소설을 썼지만 경마만큼 좋은 것을 쓰지 않았다.

나는 즐거웠던 경마에 대한 글쓰기를 중단하였을 때 공허하였다. 그때까지 나는 경마를 그만두었을 때 좋거나 나쁜 것 모두가 공허하게 느껴졌다. 그런데 만일 나쁜 것이었다면 공허하게 채워졌고 좋은 것이었다면 더 좋은 무엇을 발견함으로써 좋은 것만 채워질 수 있다. 나는 경마에 투자하는 돈을 일반 기금으로 돌렸다. 그렇게 하니까 안심이 되고 기뻤다. 경마를 포기하는 날 나는 세느강 다른 쪽으로 건너가 친구 마이크 워드(Mike Ward)를 만났다.

나는 경마에 쓰는 자본을 은행에 예치하고서 아무에게 그것을 말하지 않았다. 나는 머릿속에 그것을 기억해 두었지만, 수첩에 기록하지 않았다.

소품. 8 배고픔은 좋은 수련이었다(Hunger was good Discipline.)

헤밍웨이는 맛있는 식당을 지나가기를 피하기 위하여 걸어가는 방향을 바꾸었다. 맛있는 식당이 그를 배고프게 하기 때문이다. 그리고 아내 해들리가 파리(1922년 12월) 리옹역에서 중요한 것들이 들어 있는 여행용 가방을 도난당했다. 헤밍웨이는 ≪토론토 데일리 스타≫지의 특파원으로 로잔느 세계 평화회의를 취재 차 그곳으로 가서 해들리와 합류하기로 했었다. 그녀의 이 여행용 가방 안에는 작품 원고 초본과 카본지를 포함해서 그 당시 신문에서 중요한 부분을 가위로 오려 놓은 것들도 함께 들어 있었다. 소설에서 그녀가 고의로 자기를 놀라게 했다고 했다. 그래서 그는 평화회의를 취재하면서 정정하였다.

파리의 모든 제빵점은 맛있는 음식을 만들어 지나가는 사람들의 시선을 끌게 하여, 인도 가까이 진열장을 두고 사서 먹을 수 있도록 군침 나게 한다. 파리에서는 충분히 먹어 두지 않으면 매우 배고파진다.

신문기자 직업을 그만두고 나는 아무것도 쓸 수 없었다. 헤밍웨이는 배고팠을 때 큰 교훈과 수련을 얻었다고 한다.

> There you could always go into the Luxembourg museum and all the
> paintings were sharpened and clear and more beautiful if you were
> belly-empty, hollow-hunger, I learned to understand Cezanne much better
> and to see truly how he made I landscapes when I was hungry. I used
> to wonder if he were hungry too when he painted. ······ Later I thought

C'ezanne was probably hunger in a different way.

A Moveable Feast by Ernest Hemingway (p.69)

거기서 언제나 룩셈버그 박물관을 들어갈 수 있었으며 배가 공허하고 허기졌을 때는 모든 그림들이 더 깨끗하고 더 아름답게 보였다. 나는 세잔느를 더 좋게 이해하여 배웠다, 그리고 내가 배고팠을 때 그가 어떻게 풍경화를 그렸는지 진실하게 보았다. 나는 그가 그림을 그렸을 때 역시 배고팠지 않았나를 생각했다. 나중에 나는 세잔느가 아마도 다른 방법으로 배고팠는지 생각했다.

교회 옆으로는 종교에 관한 물건을 팔고 있는 상점이 있었고 광장 북쪽에는 성직자들의 제복을 파는 곳도 있었다. 이 광장에서 과일 가게, 채소 가게, 술과 빵 가게를 지나지 않고서는 앞으로 갈 수 없었다. 조심스럽게 선택한다면 오른쪽으로 돌아가면 흰 돌로 지은 교회가 있고 다시 오른쪽으로 돌아가면 실비아 비치 여사가 경영하는 책 가게가 나온다. 이 길로 오는 데는 음식을 파는 많은 가게는 없다.

세 곳의 음식점이 있는 광장에 도착할 때까지 먹는 곳은 없었다.

하지만 배고픔이 음식물로 채워지면 모든 지각이 다시 강화된다. 사람들이 다르게 보이고 종전에 보지 않았던 책을 보게 된다.

나는 빵 한 덩어리를 사서 끼니 거르지 않게 먹었다. 나는 부드러운 빵의 맛을 볼 수 있었다. 하지만 무엇을 마시지 않고서는 입안이 말랐다. 이 불평분자야, 너는 거짓 성도이고 거짓 순교자야. 나는 스스로에게 말했다. 당신이 원해서 기자를 그만 둔 게 아닌가. Sylvia가 돈을 빌려 줄 만큼의

456

신용이 있지 않는가.

배고픔은 건강한 것이고 배고팠을 때 그림은 더 좋게 보인다.(Hunger is healthy and the pictures do look better when you are hungry.)

나는 감자에 후추를 넣고 으깨었다. 그리고 올리브기름으로 빵을 습기 있게 하였다. 생맥주 한 잔을 천천히 마셨다. 그리고 넓은 프랑크푸르트 소시지를 둘로 쪼개어서 특별한 겨자 소스를 덮어씌운 소시지로 식사했다.

나는 흘러내리는 기름을 닦고 빵에 소스를 넣은 것을 먹으면서 찬기가 가실 때까지 천천히 맥주를 마셨다.

나는 걱정을 하지 않았다. 고향에서 누군가가 내 작품을 출판할 것이라는 것을 알았다. 내가 신문사 기자 직업을 그만 두었을 때 소설이 출판될 것을 확신했다. 내가 자신을 갖게 하는 것은 에드워드 오브라이언스(Edward O'Brien's)가 ≪베스트 쇼트 스토리(Best Short Stories)≫에 내가 쓴 ≪나의 아버지(My Old Man)≫을 좋게 받아들였다. 그해의 책으로 내 작품이 선정되었다. 이 소설은 잡지에 출판되지 않았지만 그는 이 책을 좋게 받아들이기 위해 그의 모든 규칙을 깨뜨렸다. 나는 다시 웃었다. 웨이터가 나를 힐끗 보았다. 나는 매우 단순한 단편소설 ≪제철이 지난(Out of Season)≫을 썼는데 이 단편 끝 부분의 노인이 목매어 자살한 것을 생략했다. 헤밍웨이는 그의 언어 예술의 극치를 이룬 생략이론을 다음과 같이 설명한다.

> This was omitted on my new theory that you could omit anything if you knew that you omitted and the omitted part would strengthen the story and make people feel something more than they understood.
>
> A Moveable Feast by Ernest Hemingway (p.75)

이것은 당신이 생략한 것을 알고 있다면 무엇이든지 생략할 수 있다는 나의 새로운 이론이다.(principle of an ice-berg) 생략했던 부분은 소설을 강하게 할 것이고 이해했던 것 보다 사람들이 무엇을 더 많이 느끼게 한다.

여기서 무엇(something)은 독자가 해석하는 견해와 느끼는 정서를 말한다. 음식 먹기를 줄여야 한다면 우리 자신을 위해서 더 좋은 방법이다. 그래서 지나친 배고픈 생각을 하지 않는 것이 좋다.

헤밍웨이는 배고픔을 좋은 수련에 비유했고, 그것에서 배운다고 했다.

Hunger is good discipline and you learn from it.
A Moveable Feast by Ernest Hemingway (p.75)

배고픔은 훌륭한 수련이고 그것에서 배운다.

그래서 규칙적으로 먹을 필요가 없다. 조금이라도 몸에 익힌다면 나쁘지 않을 것이다.
나의 어깨에 가로등불이 들어오는 오후에 어느 길모퉁이 카페에 앉아 있다. 그리고 노트에 적었다. 웨이터가 크림 넣은 커피를 가져왔다. 식었을 때 반잔을 마시고, 글 쓰는 동안에 식탁 위에 커피를 놓아두었다. 글쓰기를 멈추었을 때 연못에 놀고 있는 송어를 볼 수 있어서 세느강을 떠나고 싶지 않았다. 쓰고 있는 단편소설은 전쟁에서 고향으로 돌아오는 이야기이고 이 단편 속에는 전쟁에 대한 언급은 없었다. 독일로 글을 보낸 원고료가 들어왔다. 그래서 아무 문제가 없었다. 그 돈이 쓰고 없어지면 또 다른 돈이 들어왔다.

소품. 9 포드 매독스 포드와 악마의 제자

클로즈리 데 릴라스(Closerie des Lilas)는 우리가 살고 있는 아파트에 가장 가까이 있는 좋은 카페였다. 그리고 파리에서도 가장 훌륭한 카페 중 하나로 꼽힌다. 겨울에는 실내가 아늑하고 따뜻하며 마샬 니(Marshal Ney) 동상이 있는 쪽에 나무 그늘 아래는 많은 동행인들의 휴식처가 된다. 웨이터 두 사람은 우리의 친구였고 그 당시 많은 사람들은 몽파르나스 가로수길 모퉁이에 있는 카페로 왔다. 클로즈리 데 릴라스는 일찍이 시인들이 많이 만나는 장소였다. 주요 시인 가운데 여기 오는 사람은 내가 그의 시를 읽지는 않았지만 폴 포트(Paul Fort)라는 시인이었다.

이날 저녁 나는 빌딩 불빛이 바뀌는 것을 지켜보면서 릴라스 카페의 밖에 있는 테이블에 앉아 있었다. 카페 출입문이 내 뒤에 열려 있었고 오른쪽에 카페가 있었다. 한 남자가 카페에서 나와서 나의 테이블 쪽으로 걸어왔다. "아, 당신 여기 있었군." 하며 그가 말했다. 바로 그 사람이 영국의 소설가, 포드 매독스 포드였다.

헤밍웨이가 생각하고 있는 영국의 몇 사람 작가에 대하여 묻는다. 하지만 포드의 대답은 애매모호한 말로 끝난다.

소품. 12 에즈라 파운드와 재주 있는 남자

에즈라 파운드가 얼마나 좋은 친구인가를 설명한다. 헤밍웨이는 파운드가 항상 사람들을 위하여 좋은 일만 하는 친구로 생각한다.

재주 있는 사람(Bel Esprit), 즉 파운드가 T. S. 엘리엇을 돕기로 계획한다. 파운드는 모든 작가와 화가는 런던 은행에서 사무원으로 일하고 있는 엘리엇이 그의 직업을 그만두고 시 창작에 전념하도록 하기 위해 원고료와 그림 매각 대금에서 몇 퍼센트씩 기금 하도록 제안했다. 이 계획은 엘리엇이 ≪황무지(The Wast Land)≫ 1922년 시집이 출판이 되어 돈을 벌게 되자 진행되지 않았다.

Ezra Pound was always a good friend and he was always doing things for people.(에즈라 파운드는 언제나 좋은 친구였고 언제나 사람들을 위하여 일했다. idem p.107)

파운드의 작업실은 그의 아내와 함께 살고 있었고 거트루트 스타인만큼이나 부자는 아니었다.

도로시의 그림을 나는 매우 좋아했다. 파운드는 피카바아의 그림을 좋아했지만 나는 그때 그 그림이 가치 없다고 생각했다. 우리 두 사람은 서로가 좋아하는 그림이 다르지만 좋아하지 않는 그림에 대한 의견을 서로가 말하지는 않았다. 만일 어떤 사람이 그의 친구의 그림을 좋아하거나 작품을 좋아한다면 그것은 아마도 그들의 가족을 좋아하게 된다고 생각했다. 그리고 그들의 작품이나 그림을 비판하는 것은 예의가 아니라고 생각했다.

에즈라 파운드는 나보다 사람들에게 더 친절하고 더 기독교인다웠다. 그는 그의 작품이 독자로부터 환영받았을 때 겸손하였고 그의 실수가 있을 때는 매우 진지하였고 잘못이 있을 때는 크게 마음을 다스렸다. 그리고 사람들에게 너무 친절하여서 나는 언제나 그를 성인같이 생각했다. 화를 잘내는 성미였지만 그는 성인다운 면모가 있었다.

에즈라는 내가 그에게 권투를 가르쳐 주기를 원했다. 하지만 장소와 시간 등을 고려해야 했고 남 앞에서 내가 가르치기가 그의 체면을 생각한다면 쉬운 일은 아니었다.

소품. 13 매우 이상한 종말

헤밍웨이는 거트루트 스타인과의 그의 우정에 대하여 종말을 회상한다. 거트루트와 그녀 친구 앨리스 B. 토크라스가 프랑스 남부로 여행을 떠나기 전에 헤밍웨이는 그녀 아파트에 찾아가서 작별 인사를 하려고 도착하니 그 날 아침 토크라스가 스타인에게 매우 싫은 소리를 하는 것을 엿들었다. 이층 침실에서 스타인은 토크라스에게 빌고 있었다. 헤밍웨이가 엿들은 말과 간청하는 말은 그녀들의 동성애에 대한 역겨운 말들이었다. 헤밍웨이는 아파트를 떠나 다시는 돌아올 수 없었다. 작별 인사조차 할 수 없었다.

거트루트 스타인과 매우 이상한 종말이었다. 우리는 매우 좋은 친구가 되었고 내가 원했던 것 보다 더 좋은 친구가 되었다. 나는 이 사실을 매도하지 않았다. 때로는 들러서 하녀가 주는 음료를 마시기로 하였고 그림을 감상하기도 하였다. 스타인 양이 나타나지 않을 때는 하녀에게 감사를 했고 그녀에게 전하는 메시지도 남겨 놓았다. 스타인 양과 그녀 친구는 스타인 차로 남 프랑스로 떠날 준비가 되어 있었고 이날 스타인 양이 오전에 작별 인사를 하러 자기 집에 방문해 달라는 말이 있었다. 하녀가 문을 열어 주면서 들어와서 기다리라고 했다. 아직은 오전이라서 하녀가 브랜디 한 잔을 따라 주었다. 입안에 느끼는 맛이 매우 좋았다. 브랜디 맛이 입안에서 없어지기 전에 어떤 사람이 스타인양에게 하는 말이 들렸다. 지금까지 들어보지 못한 말을 다른 사람에게 하고 있었다. 지금까지 어떤 곳에서도 들어보지 못한 말이었다. 그다음 스타인 양의 목소리를 간청하고 빌고 있는 것이었다. "하지마, 하지마, 제발 좀 하지마." 내가 그렇게 하겠다. 그리고 제발 좀 그 말은 그만두어라. 제발 하지마. 하지마! 나는 브랜디를 삼켰다. 술잔을 테이블 위에 놓고서 출입문을 향해 걸어갔다. 하녀는 손가락을 흔들고 속삭였다. "가지 마세요, 스타인양이 곧 나타날 것입니다."

나는 가야 한다고 말하고 내가 떠날 때 더 이상 아무 말도 듣고 싶지 않았다. 들리는 소리는 나쁜 것이었고 대답은 더욱 나쁘게 들렸다. 안뜰에서 나는 하녀에게 말했다. 한 친구가 아파서 더 기다릴 수 없어서 갔다고 하세요.

소품. 20 파리에는 어떤 종말은 없다.

찬 겨울이 결국은 우리를 파리 밖으로 몰아내었다. 이러한 사정에 익숙해지면 문제될 것이 하나도 없다. 나는 글을 쓰려고 언제나 카페에 갈 수 있었고, 아침에 커피 한 잔으로 작업을 시작할 수 있었다. 웨이터는 카페를 쓸고 청소한다. 아내는 추운 곳에서 피아노를 가르치려고 일을 나간다. 아기를 카페로 데리고 오는 것은 잘못이다. 아기를 돌보아 주는 사람이 없어도 새장 침대에 아들 밤비는 행복하게 잘 지내겠지.

우리 가족이 캐나다에서 파리로 돌아왔을 때 정말로 가난했다. 나는 기자 직업을 그만 두고 팔아먹을 단편소설 한 편이 없었고 겨울의 파리는 아이와 함께 지내기가 너무 힘들고 어려웠다. 그래서 우리의 파리는 밤비에게 너무 추웠다.(But our Paris was too cold for him.)

슈룬스(Schruns)는 밤비의 건강에 좋은 곳이었다. 아내 해들리와 나는 배워야 할 새로운 나라의 마을 주민들과 친하게 지냈다. 아내와 나는 스위스에 함께 있기를 노력했기 때문에 스키를 즐겼다. 부활절까지는 슈룬스에 머물기로 했다. 폭설이 오는 겨울을 제외하고는 스키 휴양지로는 슈룬스만한 곳이 없었다. 우리는 언제나 배고팠고 식사 때면 큰 행사가 되었다. 실비아 비치 여사가 겨울에 읽을 책을 주었다. 스키 휴양지로 슈룬스가 가장 적합하지만 글쓰기도 참 좋은 곳이었다.

알프스 스키학교는 그렇게 번영하지 않았지만 나중에 우리는 이 학교의 유일한 학생이 되었다. 눈사태에 대하여 배우는 학생이 되었고 눈사태를 피하는 방법과 눈사태로 인하여 갇혔을 때 취하는 행동요령을 배웠다. 나는 이 눈사태에 대한 글을 썼다.

기차가 역 안에 쌓아놓은 통나무 앞에 왔을 때 나는 트랙에 서 있는 아내를 보았다. 나는 그녀밖에 누구도 사랑하기 전에 죽었으면 싶었다. 아내 해들리는 미소 지으며 태양은 그을린 아름다운 얼굴을 비추고 있었다. 그녀의 세련된 몸매, 태양에 비친 그녀의 붉은 황금 빛깔의 머리칼이 빛났다.

나는 아무도 사랑하지 않고 그녀만을 사랑했다. 우리만이 있는 동안에 멋지고 오붓한 시간을 보내었다. 나는 일이 잘 풀리고 훌륭한 여행도 하였다.

파리에는 어떤 끝이 없다. 파리는 언제나 그만한 가치가 있고, 파리에 오면 무엇이든지 보답은 돌아온다. 하지만 이것은 파리가 우리들의 초기 생활이 얼마나 매우 가난했고 매우 행복했던가를 말해 주는 이야기다.

happy and grateful

All you have to do is write one true sentence.
Write the truest sentence that you know.

In the Moveable Feast
-Ernest Hemingway

해야 할 것은 진실한 문장을 쓰는 일이다.
알고 있는 가장 진실한 문장을 써라.

≪움직이는 향연≫에서
-어니스트 헤밍웨이

happy and grateful

BY Kwon Bong-woon

I am rare and happy and proud of being a reader of Ernest Hemingw
ay's literature.

I feel greatly blessed as well as privileged to have read his masterpiec
es.

Hemingway is certainly one of the most isolated and vulnerable figur
es in American literature, and he narrates out of his disillusionment, pai
n and his grief. As he says about himself, all he wants is to figure out
and how can live in the world.

It seems part of the process of learning how to live in the special
circumstances of his world. Hemingway characters have learned to cont
rol the chaos in their lives, chaos in the form of physical or mental stres
s, sometimes both.

Whatever code or creed the hero gets, must, to be good, stick even
in the face of death.

It has to be good in the bull ring or on the battlefield and not merely

466

in the study or lecture room.

Hemingway private standards were ones he had tested in the crucible of firsthand experiences.

Hemingway code is a set of rigid principle of conduct made up of integrity, humor, courage, and discipline. Yet, his code was not hedonistic at all, but rather its reverse, for the thing that made him feel best of all, as he reiterated time and again, was hard work. "What I had to do was work." he wrote in Green Hills of Africa.

To work was the only thing, it was the one thing that always made you feel good. ⋯⋯ He had always been happy when he was working. Work was the best therapy, he concluded "A Moveable Feast"; it could cure almost anything. I believed [as a young writer in Paris].

However, as a young writer, Hemingway was keenly aware of what he had to learn.

How could he hope to write like Thomas Hardy and Hamsun when he only knew ten years of life? He could not, nor could he become a great writer until he knew enough things. But he added confidently. That would come. He Knew. As Malcolm Cowley has observed. Hemingway taught himself an effective knowledge of French, Spanish, Italian, and he taught himself celestial navigation. And he turned ⋯⋯ whatever sport he was studying into that would now be a university subject.

Hemingway protagonists must create their own meaning by cultivating their own world of meaning through fishing, bullfights, and athletics.

The best advice Hemingway could give was to read a lot of other writers, including Kipling, de Maupassant, Stephen Crane, Ambrose Bier ce, Flaubert, to see and hear with his own eyes and ears, and to write it his own way.

He once said; books should be about the people you know, that you love and hate, not about the people you study up about. If you write them truly they will have the economic implication a book can hold.

Most of all, we learn things from it. Nothing can replace the pleasure of reading great works that remind us of these precious points.

참고문헌

Works Ernest Hemingway
헤밍웨이 저작물

Long Fiction 장편소설
The Sun Also Rises, 1926
The Torrents of Spring, 1926
A Farewell to Arms, 1929
To Have and Have Not, 1937
For Whom the Bell Tolls, 1940
Across the River and into the Trees, 1950
The Old Man and the Sea, 1952
Islands in the Stream, 1970
The Garden of Eden, 1986
True at First Light, 1999

Short Fiction 단편소설
Three Stories and Ten Poems, 1923
in our time, 1924
In Our Time, 1925
Men Without Women, 1927
Winner Take Nothing, 1933
"The Fifth Column" and the First Forty-nine Stories, 1938
The Snows of Kilimanjaro, and Other Stories, 1961
The Short Happy Life of Francis Macomber, and Other Stories, 1963
The Nick Adams Stories, 1972
The Complete Short Stories of Ernest Hemingway, 1987

Drama and Poetry 드라마와 시

Today Is Friday, 1926 (play)
The Fifth Column, 1938 (play)
The Spanish Earth, 1938 (documentary film script)
The Collected Poems of Ernest Hemingway, 1970
Eighty-eight Poems, 1979
Complete Poems, 1983

Nonfiction 논픽션

Death in the Afternoon, 1932
Green Hills of Africa, 1935
Men at War: The Best War Stories of All Time, 1942 (editor)

Voyage to Victory: An Eye-Witness Report of the Battle for a Normandy Beachhead, 1944
Two Christmas Tales, 1959
The Wild Years, 1962
A Moveable Feast, 1964
By-Line: Ernest Hemingway, Selected Articles and Dispatches of Four Decades, 1967
Ernest Hemingway, Cub Reporter: "Kansas City Star" Stories, 1970 (Matthew J. Bruccoli, editor)
Ernest Hemingway: Selected Letters, 1917-1961, 1981 (Carlos Baker, editor)
Ernest Hemingway on Writing, 1984 (Larry W. Phillips, editor)
The Dangerous Summer, 1985
Dateline, Toronto: The Complete "Toronto Star" Dispatches, 1920-1924, 1985
Hemingway at Oak Park High: The High School Writings of Ernest Hemingway, 1916-1917, 1993
The Only Thing That Counts: The Ernest Hemingway/Maxwell Perkins Correspondence, 1925-1947, 1996 (Matthew J. Bruccoli, editor)

해외 출간물

Aldridge, John. *"The Sun Also Rises:* Sixty Years Later." *Sewanee Review* 94.2 (1986): 337-45.

Astro, Richard, and Jackson J. Benson, eds. *Hemingway in Our Time.* Corvallis: Oregon State University Press, 1974

Baker, Carlos. *Ernest Hemingway: A Life Story.* New York: Charles Scribner's Sons, 1969.

_____. *Ernest Hemingway: Critiques of Four Major Novels.* New York: Charles Scribner's Sons, 1962.

_____. *Hemingway: The Writer as Artist.* Princeton, NJ: Princeton University Press, 1972.

_____, ed. *Ernest Hemingway, Selected Letters.* New York: Charles Scribner's Sons, 1981.

Balassi, William. "The Trail to *The Sun Also Rises:* The First Week of Writing." *Hemingway: Essays of Reassessment.* Ed. Frank Scafella. Oxford: Oxford University Press, 1991.

Beegel, Susan, ed. *Hemingway's Neglected Short Fiction.* Tuscaloosa: University of Alabama Press, 1992.

Benson, Jackson J., ed. *New Critical Approaches to the Short Stories of Ernest Hemingway.* Durham, NC: Duke University Press, 1990.

_____. *The Short Stories of Ernest Hemingway: Critical Essays.* Durham, NC: Duke University Press, 1975.

Berman, Ronald. *Fitzgerald, Hemingway, and the Twenties.* Tuscaloosa: University of Alabama Press, 2001.

_____. *Modernity and Progress: Fitzgerald, Hemingway, Orwell.* Tuscaloosa: University of Alabama Press, 2005.

_____ *Translating Modernism: Fitzgerald and Hemingway.* Tuscaloosa: University of Alabama Press, 2009.

Brasch, James D., and Joseph Sigman. *Hemingway's Library: A Composite Record.* New York: Garland, 1981.

Brenner, Gerry. *Concealments in Hemingway's Works.* Columbus: Ohio State University Press, 1983.

_____. *The Old Man and the Sea: Story of a Common Man.* New York: Twayne, 1991.

Bruccoli, Matthew J. *Scott and Ernest: The Authority of Failure and the Authority of Success.* New York: Random House, 1978.

Burgess, Anthony. *Ernest Hemingway and His World.* New York: Charles Scribner's Sons, 1978.

Burgess, Robert F. *Hemingway's Paris and Pamplona, Then, and Now: A Personal Memoir.* Lincoln, NE: iUniverse, 2000.

Three Stories and Ten Poems. Paris: Contact, 1923; Columbia, S.C. and Bloomfield Hills, Mich.: Bruccoli Clark, 1977.

in our time. Paris: Three Mountains Press, 1924; Columbia, S.C. and Bloomfield Hills, Mich.: Bruccoli Clark, 1977.

In Our Time. New York: Boni and Liveright, 1925; rev. ed. New York: Charles Scribner's Sons, 1930.

The Torrents of Spring. New York: Charles Scribner's Sons, 1926; London: Jonathan Cape, 1933.

Today Is Friday. Englewood, N.J.: As Stable, 1926.

The Sun Also Rises. New York: Charles Scribner's Sons, 1926. *Fiesta.* London: Jonathan Cape, 1927.

Men without Women. New York: Charles Scribner's Sons, 1927; London: Jonathan Cape, 1928.

A Farewell to Arms. New York: Charles Scribner's Sons, 1929; London: Jonathan Cape, 1929.

Death in the Afternoon. New York and London: Charles Scribner's Sons, 1932; London: Jonathan Cape, 1932.

God Rest You Merry Gentlemen. New York: House of Books, 1933.

Winner Take Nothing. New York and London: Charles Scribner's Sons, 1933; London: Jonathan Cape, 1934.

Green Hills of Africa. New York and London: Charles Scribner's Sons, 1935; London: Jonathan Cape, 1936.

To Have and Have Not. New York: Charles Scribner's Sons, 1937; London: Jonathan Cape, 1937.

The Spanish Earth. Cleveland: J. B. Savage, 1938.

The Fifth Column and the First Forty-Nine Stories. New York: Charles Scribner's Sons, 1938; London: Jonathan Cape, 1939; republished as *The Short Stories of Ernest Hemingway.* New York: Charles Scribner's Sons, 1954.

The Fifth Column: A Play in Three Acts. New York: Charles Scribner's Sons, 1940; London: Jonathan Cape, 1968.

For Whom the Bell Tolls. New York: Charles Scribner's Sons, 1940; London: Jonathan Cape, 1941.

Across the River and into the Trees. London: Jonathan Cape, 1950; New York: Charles Scribner's Sons, 1950.

The Old Man and the Sea. New York: Charles Scribner's Sons, 1952; London: Jonathan Cape, 1952.

The Collected Poems, unauthorized edition. San Francisco, 1960.

Hemingway: The Wild Years. Ed. Gene Z. Hanrahan. New York: Dell, 1962.

A Moveable Feast. New York: Charles Scribner's Sons, 1964; London: Jonathan Cape, 1964.

Byline: Ernest Hemingway. Ed. William White. New York: Charles Scribner's Sons, 1967; London: Collins, 1968.

The Fifth Column and Four Stories of the Spanish Civil War. New York: Charles Scribner's Sons, 1969.

Ernest Hemingway, Cub Reporter: Kansas City Star *Stories.* Ed. Matthew J. Bruccoli. Pittsburgh: University of Pittsburgh Press, 1970.

Islands in the Stream. New York: Charles Scribner's Sons, 1970; London: Collins, 1970.

Ernest Hemingway's Apprenticeship: Oak Park, 1916–1917. Ed. Matthew J. Bruccoli. Washington, D.C.: Bruccoli Clark/NCR Microcard Editions, 1971.

The Nick Adams Stories. New York: Charles Scribner's Sons, 1972.

88 Poems. Ed. Nicholas Gerogiannis. New York and London: Harcourt Brace Jovanovich/Bruccoli Clark, 1979.

Complete Poems. Lincoln and London: University of Nebraska Press, 1983.

The Dangerous Summer. New York: Charles Scribner's Sons, 1985; London: Hamish Hamilton, 1985.

Dateline: Toronto. Ed. William White. New York: Charles Scribner's Sons, 1985.

The Garden of Eden. New York: Charles Scribner's Sons, 1986; London: Hamilton, 1987.

The Complete Short Stories of Ernest Hemingway: The Finca Vigía Edition. New York: Charles Scribner's Sons, 1987.

Matthew J. Bruccoli, ed. *The Sun Also Rises,* by Ernest Hemingway. Facsimile edition, 2 vols., Archives of Literary Documents Series. Detroit: Omnigraphics, 1990.

Cynthia Maziarka and Donald Vogel, Jr., eds. *Hemingway at Oak Park High.* Oak Park, Ill.: Oak Park and River Forest High School, 1993.

LETTERS

Ernest Hemingway: Selected Letters, 1917–1961. Ed. Carlos Baker. New York: Charles Scribner's Sons, 1981.

"The Finca Vigía Papers." Ed. Norberto Fuentes. *Hemingway in Cuba.* Secaucus, N.J.: Lyle Stuart, 1984, 307–416.

Hemingway in Love and War: The Lost Diary of Agnes von Kurowsky, Her Letters, and Correspondence of Ernest Hemingway. Ed. Henry S. Villard and James Nagel. Boston: Northeastern University Press, 1989.

COLLECTIONS

Viking Portable Hemingway. Ed. Malcolm Cowley. New York: Viking, 1944; abridged as *The Essential Hemingway.* London: Jonathan Cape, 1947.

The Hemingway Reader. Ed. Charles Poore. New York: Charles Scribner's Sons, 1953.

The Enduring Hemingway. Ed. Charles Scribner Jr. New York: Charles Scribner's Sons, 1974.
Hemingway on Writing. Ed. Larry W. Phillips. New York: Charles Scribner's Sons, 1984; London: Granada, 1985.

연극물

The Fifth Column. Adapted by Benjamin Glazer, New York, Alvin Theater, March 6, 1940.

영화물

The Spanish Earth. Commentary written and spoken by Hemingway, Contemporary Historians, 1937.
The Old Man and the Sea. Screenplay supervision and technical advice by Hemingway, Warner Bros., 1958.

Selected Periodical Publications – Uncollected

"A Divine Gesture." *Double Dealer* 3 (May 1922): 267–68.
"The Young Hemingway: Three Unpublished Short Stories." Ed. Peter Griffin. *New York Times Sunday Magazine,* August 18, 1985, 14–23, 59, 61.
"[Philip Haines Was a Writer . . .]." Ed. Donald Junkins. *Hemingway Review* 9 (Spring 1990): 2–9.
"A Lack of Passion." Ed. Susan F. Beegel. *Hemingway Review* 9 (Spring 1990): 57–68.

논픽션

"Homage to Ezra." *This Quarter* 1 (Spring 1925): 221–25.
"Bullfighting, Sport and Industry." *Fortune* 1 (March 1930): 83–88, 139–46, 150.
"The Farm." *Cahiers d'Art* 9 (1934): 28–29.
"Who Murdered the Vets?" *New Masses* 16 (September 17, 1935): 9–10.
"On the American Dead in Spain." *New Masses* 30 (February 14, 1939): 3.
"Safari." *Look* 18 (January 26, 1954): 19–34.
"The Nobel Prize Speech." *Mark Twain Journal* 11 (Summer 1962): 10.
"African Journal." *Sports Illustrated* 35 (December 20, 1971): 5, 40–52, 57–66; 36 (January 3, 1972): 26–46; 37 (January 10, 1972): 22–30.
"The Art of the Short Story." *Paris Review* 23 (Spring 1981): 85–102.
"Hemingway's Spanish Civil War Dispatches." Ed. William Braasch Watson. *Hemingway Review* 7 (Spring 1988): 4–92.

저명인사와 회견

Ross, Lillian. "How Do You Like it Now, Gentlemen?" *New Yorker* 26 (May 13, 1950): 40–51.

Plimpton, George. "An Interview with Ernest Hemingway." *Paris Review* 18 (Spring 1958): 85–108.
Betsky, Seymour, and Leslie Fiedler. "An Almost Imaginary Interview: Hemingway in Ketchum." *Partisan Review* 29 (Summer 1962): 395–405.
Bruccoli, Matthew J., ed. *Conversations with Ernest Hemingway.* Jackson: University of Mississippi Press, 1986.

PRINCIPAL MANUSCRIPT COLLECTIONS

Bancroft Library, University of California, Berkeley, Calif.
Carlos Baker Papers, Princeton University Library, Princeton, N.J.
Charles Scribner's Sons Archives, Princeton University Library, Princeton, N.J.
Ernest Hemingway Papers, John Fitzgerald Kennedy Library, Boston, Mass.
Humanities Research Center, University of Texas, Austin, Tex.
Lilly Library, Indiana University, Bloomington, Ind.
Monroe County Public Library, Key West, Fla.
University of Wisconsin Library, Milwaukee, Wis.

헤밍웨이에 관한 출판물

Hanneman, Audre. *Ernest Hemingway: A Comprehensive Bibliography.* Princeton: Princeton University Press, 1967.
  Supplement to Ernest Hemingway: *A Comprehensive Bibliography.* Princeton: Princeton University Press, 1975.
Young, Philip, and Charles W. Mann. *The Hemingway Manuscripts: An Inventory.* University Park: Pennsylvania State University Press, 1969.
Benson, Jackson J. "A Comprehensive Checklist of Hemingway Short Fiction Criticism, Explication, and Commentary." *The Short Stories of Ernest Hemingway: Critical Essays.* Ed. Jackson J. Benson. Durham, N.C.: Duke University Press, 1975, 312–75.
Wagner, Linda Welshimer. *Ernest Hemingway: A Reference Guide.* Boston: G. K. Hall, 1977.
August, Jo, comp. *Catalog of the Ernest Hemingway Collection at the John F. Kennedy Library.* 2 vols. Boston: G. K. Hall, 1982.
Benson, Jackson J. "A Comprehensive Checklist of Hemingway Short Fiction Criticism, Explication, and Commentary, 1975–1989." *New Critical Approaches to the Short Stories of Ernest Hemingway.* Ed. Jackson J. Benson. Durham, N.C.: Duke University Press, 1990, 395–458.
Larson, Kelli A. *Ernest Hemingway: A Reference Guide, 1974–1989.* Boston: G. K. Hall, 1990.

그 외 다른 참고서

Brasch, James D., and Joseph Sigman, comps. *Hemingway's Library: A Composite Record.* New York: Garland, 1981.

Bruccoli, Matthew J., and C. E. Frazer Clark Jr., comps. *Hemingway at Auction, 1930–1973*. Detroit: Gale, 1973.

Fitch, Noel Riley. *Walks in Hemingway's Paris: A Guide to Paris for the Literary Traveler*. New York: St. Martin's, 1989.

Hays, Peter L., comp. *A Concordance to Hemingway's* In Our Time. Boston: G. K. Hall, 1990.

Leland, John. *A Guide to Hemingway's Paris*. Chapel Hill, N.C.: Algonquin Books of Chapel Hill, 1990.

Reynolds, Michael, comp. *Hemingway's Reading, 1910–1940*. Princeton: Princeton University Press, 1981.

PERIODICALS

Alderman, Taylor, and Kenneth Rosen, eds. *Hemingway notes*. Carlisle, Pa.: Dickinson College, 1971–74.

Bruccoli, Matthew J., and C. E. Frazer Clark, et al., eds. *Fitzgerald/Hemingway Annual*. Washington, D.C.: NCR Microcard Editions, 1969–74; Englewood, Colo.: Information Handling Services, 1975–76; Detroit: Gale, 1977–80.

Oliver, Charles S., ed. *Hemingway notes*. Ada: Ohio Northern University, 1979–81.
The Hemingway Review. Ada: Ohio Northern University, 1981–92.
The Hemingway Newsletter. Ada: Ohio Northern University, 1981–92.
The Hemingway Newsletter. Charlottesville, Va.: The Hemingway Society, 1992– .

Beegel, Susan F., ed. *The Hemingway Review*. Pensacola: University of West Florida and The Hemingway Society, 1992–93.
The Hemingway Review. Moscow: University of Idaho Press and The Hemingway Society, 1993– .

헤밍웨이에 관한 전기

Arnold, Lloyd. *Hemingway: High on the Wild*. New York: Grosset and Dunlap, 1968.

Baker, Carlos. *Ernest Hemingway: A Life Story*. New York: Charles Scribner's Sons, 1969.

Brian, Denis. *The True Gen: An Intimate Portrait of Hemingway by Those Who Knew Him*. New York: Grove, 1988.

Bruccoli, Matthew J. *Scott and Ernest: The Authority of Failure and the Authority of Success*. New York: Random House, 1978.

Burgess, Anthony. *Ernest Hemingway and His World*. New York: Charles Scribner's Sons, 1978.

Diliberto, Gioia. *Hadley*. New York: Ticknor and Fields, 1992.

Donaldson, Scott. *By Force of Will: The Life and Art of Ernest Hemingway*. New York: Viking, 1977.

Fuentes, Norberto. *Hemingway in Cuba*. Tr. Consuelo Corwin. Secaucus, N.J.: Lyle Stuart, 1984.

Gellhorn, Martha. *Travels with Myself and Another*. London: Allen Lane, 1978.

Griffin, Peter. *Along with Youth: Hemingway, The Early Years*. New York: Oxford University Press, 1985.
Less Than a Treason: Hemingway in Paris. New York: Oxford University Press, 1990.

Hardy, Richard E., and John G. Cull. *Hemingway: A Psychological Portrait*. New York: Irvington, 1988.

Hemingway, Gregory H. *Papa: A Personal Memoir*. Boston: Houghton Mifflin, 1976.

Hemingway, Jack. *Misadventures of a Fly Fisherman: My Life with and without Papa*. Dallas: Taylor, 1986.

Hemingway, Leicester. *My Brother, Ernest Hemingway*. Cleveland: World, 1961.

Hemingway, Mary Welsh. *How It Was*. New York: Alfred Knopf, 1976.

Hotchner, A. E. *Papa Hemingway: A Personal Memoir*. New York: Random House, 1966.

Hemingway and His World. New York: Vendome, 1989.

Ivancich von Rex, Adriana. *La torre bianca*. Milan: Arnaldo Mondadori Editore, 1980.

Kert, Bernice. *The Hemingway Women*. New York: Norton, 1983.

Lynn, Kenneth S. *Hemingway*. New York: Simon and Schuster, 1987.

McLendon, James. *Papa: Hemingway in Key West*. Miami: Seeman, 1972.

Mellow, James R. *Hemingway: A Life without Consequences*. Boston: Houghton Mifflin, 1992.

Meyers, Jeffrey. *Hemingway: A Biography*. New York: Harper and Row, 1985.

Miller, Madelaine Hemingway. *Ernie: Hemingway's Sister "Sunny" Remembers*. New York: Crown, 1975.

Montgomery, Constance Cappel. *Hemingway in Michigan*. New York: Fleet, 1966.

Reynolds, Michael. *The Young Hemingway*. Oxford: Basil Blackwell, 1986.

Hemingway: The Paris Years. Oxford: Basil Blackwell, 1989.

Hemingway: The American Homecoming. Oxford: Basil Blackwell, 1992.

Rollyson, Carl. *Nothing Ever Happens to the Brave: The Story of Martha Gellhorn*. New York: St. Martin's, 1990.

Samuelson, Arnold. *With Hemingway: A Year in Key West and Cuba*. New York: Random House, 1984.

Sanford, Marcelline Hemingway. *At the Hemingways: A Family Portrait*. Boston: Atlantic/Little, Brown, 1962.

Sokoloff, Alice Hunt. *Hadley: The First Mrs. Hemingway*. New York: Dodd, Mead, 1973.

비평서

Baker, Carlos. *Hemingway: The Writer as Artist*. Rev. ed. Princeton: Princeton University Press, 1972.

Baker, Sheridan. *Ernest Hemingway: An Introduction and Interpretation*. New York: Holt, Rinehart and Winston, 1967.

Beegel, Susan F. *Hemingway's Craft of Omission: Four Manuscript Examples*. Ann Arbor: UMI Research Press, 1988.

Benson, Jackson J. *Hemingway: The Writer's Art of Self-Defense*. Minneapolis: University of Minnesota, 1969.

Bredahl, A. Carl, Jr., and Susan Lynn Drake. *Hemingway's Green Hills of Africa as Evolutionary Narrative: Helix and Scimitar.* Lewiston, N.Y.: Edwin Mellen Press, 1990.

Broer, Lawrence R. *Hemingway's Spanish Tragedy.* Tuscaloosa: University of Alabama Press, 1973.

Brenner, Gerry. *Concealments in Hemingway's Works.* Columbus: Ohio State University Press, 1983.

The Old Man and the Sea: *Story of a Common Man.* Boston: Twayne, 1991.

Capellan, Angel. *Hemingway and the Hispanic World.* Ann Arbor: UMI Research Press, 1985.

Comley, Nancy R., and Robert Scholes. *Hemingway's Genders: Rereading the Hemingway Text.* New Haven: Yale University Press, 1994.

Cooper, Stephen. *The Politics of Ernest Hemingway.* Ann Arbor: UMI Research Press, 1987.

DeFalco, Joseph. *The Hero in Hemingway's Short Stories.* Pittsburgh: University of Pittsburgh Press, 1963.

Fenton, Charles A. *The Apprenticeship of Ernest Hemingway: The Early Years.* New York: Farrar, Straus, and Young, 1954.

Fleming, Robert E. *The Face in the Mirror: Hemingway's Writers.* Tuscaloosa: University of Alabama Press, 1994.

Flora, Joseph M. *Hemingway's Nick Adams.* Baton Rouge: Louisiana State University Press, 1982.

Friedrich, Otto. *An Inquiry into Madness "in our time."* New York: Simon and Schuster, 1976.

Gaggin, John. *Hemingway and Nineteenth-Century Aestheticism.* Ann Arbor: UMI Research Press, 1987.

Gladstein, Mimi. *The Indestructible Woman in the Works of Faulkner, Hemingway, and Steinbeck.* Ann Arbor: UMI Research Press, 1986.

Grebstein, Sheldon Norman. *Hemingway's Craft.* Carbondale: Southern Illinois University Press, 1973.

Grimes, Larry E. *The Religious Design of Hemingway's Early Fiction.* Ann Arbor: UMI Research Press, 1985.

Gurko, Leo. *Ernest Hemingway and the Pursuit of Heroism.* New York: Crowell, 1968.

Hays, Peter L. *Ernest Hemingway.* New York: Continuum, 1990.

Hovey, Richard B. *Hemingway: The Inward Terrain.* Seattle: University of Washington Press, 1973.

Johnston, Kenneth G. *The Tip of the Iceberg: Hemingway and the Short Story.* Greenwood, Fla.: Penkevill, 1987.

Joost, Nicholas. *Ernest Hemingway and the Little Magazines: The Paris Years.* Barre, Mass.: Barre Publishers, 1968.

Killinger, John. *Hemingway and the Dead Gods: A Study in Existentialism.* Lexington: University Press of Kentucky, 1960.

Kobler, J. F. *Ernest Hemingway: Journalist and Artist.* Ann Arbor: UMI Research Press, 1985.

Laurence, Frank M. *Hemingway and the Movies.* Jackson: University Press of Mississippi, 1981.

Lewis, Robert W. *Hemingway on Love*. Austin: University of Texas Press, 1965.

A Farewell to Arms: *The War of the Words*. Boston: Twayne, 1991.

Messent, Peter. *Ernest Hemingway*. London: Macmillan, 1992.

Morgan, Kathleen. *Tales Plainly Told: The Eyewitness Narratives of Hemingway and Homer*. Columbia, S.C.: Camden House, 1990.

Nahal, Chaman. *The Narrative Pattern in Hemingway's Fiction*. Rutherford, N.J.: Fairleigh Dickinson Press, 1971.

Nelson, Raymond S. *Hemingway: Expressionist Artist*. Ames: Iowa State University Press, 1979.

Oldsey, Bernard. *Hemingway's Hidden Craft: The Writing of* A Farewell to Arms. University Park: Pennsylvania State University Press, 1979.

Phillips, Gene D. *Hemingway and Film*. New York: Frederick Ungar, 1980.

Raeburn, John. *Fame Became of Him: Hemingway as Public Writer*. Bloomington: Indiana University Press, 1984.

Rao, E. Nageswara. *Ernest Hemingway: A Study of His Rhetoric*. Atlantic Highlands, N.J.: Humanities Press, 1983.

Reynolds, Michael. *Hemingway's First War: The Making of* A Farewell to Arms. Princeton: Princeton University Press, 1976.

The Sun Also Rises: *A Novel of the Twenties*. Boston: Twayne, 1988.

Rovit, Earl, and Gerry Brenner. *Ernest Hemingway*. Boston: Twayne, 1986.

Scholes, Robert, and Nancy R. Comley. *Hemingway's Genders: Rereading the Hemingway Text*. New Haven: Yale University Press, 1994.

Smith, Paul. *A Reader's Guide to the Short Stories of Ernest Hemingway*. Boston: G. K. Hall, 1989.

Spilka, Mark. *Hemingway's Quarrel with Androgyny*. Lincoln: University of Nebraska Press, 1990.

Stanton, Edward F. *Hemingway and Spain: A Pursuit*. Seattle and London: University of Washington Press, 1989.

Stephens, Robert O. *Hemingway's Nonfiction: The Public Voice*. Chapel Hill: University of North Carolina Press, 1968.

Stoltzfus, Ben. *Gide and Hemingway: Rebels against God*. Port Washington, N.Y.: Kennikat, 1978.

Svoboda, Frederic Joseph. *Hemingway's* The Sun Also Rises: *The Crafting of a Style*. Lawrence: University Press of Kansas, 1983.

Tetlow, Wendolyn. *Hemingway's* In Our Time: *Lyrical Dimensions*. Lewisburg: Bucknell University Press, 1992.

Unfried, Sarah P. *Man's Place in the Natural Order: A Study of Hemingway's Major Works*. New York: Gordon, 1976.

Waldhorn, Arthur. *A Reader's Guide to Ernest Hemingway*. New York: Farrar, Straus and Giroux, 1972.

Watts, Emily. *Ernest Hemingway and the Arts*. Urbana: University of Illinois Press, 1971.

Weber, Ronald. *Hemingway's Art of Non-Fiction*. New York: St. Martin's, 1990.

Whitlow, Roger. *Cassandra's Daughters: The Women in Hemingway*. Westport, Conn.: Greenwood, 1984.

Williams, Wirt. *The Tragic Art of Ernest Hemingway*. Baton Rouge: Louisiana State University Press, 1981.

Wilkinson, Meyer. *Hemingway and Turgenev: The Nature of Literary Influence.* Ann Arbor: UMI Research Press, 1986.

Workman, Brooke. *In Search of Ernest Hemingway: A Model for Teaching a Literature Seminar.* Urbana, Ill.: NCTE, 1979.

Wylder, Delbert. *Hemingway's Heroes.* Albuquerque: University of New Mexico Press, 1970.

Young, Philip. *Ernest Hemingway: A Reconsideration.* University Park: Pennsylvania State University Press, 1966.

Astro, Richard, and Jackson J. Benson, eds. *Hemingway in Our Time.* Corvallis: Oregon State University Press, 1974.

Baker, Carlos, ed. *Critiques of Four Major Novels.* New York: Charles Scribner's Sons, 1962.

———. *Hemingway and His Critics: An International Anthology.* New York: Hill and Wang, 1961.

Beegel, Susan F., ed. *Hemingway's Neglected Short Fiction: New Perspectives.* Tuscaloosa: University of Alabama Press, 1992.

Benson, Jackson J., ed. *New Critical Approaches to the Short Stories of Ernest Hemingway.* Durham, N.C : Duke University Press, 1990.

———. *The Short Stories of Ernest Hemingway: Critical Essays.* Durham, N.C.: Duke University Press, 1975.

Bloom, Harold, ed. *Modern Critical Interpretations: Ernest Hemingway's A Farewell to Arms.* New York: Chelsea House, 1987.

———. *Modern Critical Interpretations: Ernest Hemingway's The Sun Also Rises.* New York: Chelsea House, 1987.

———. *Modern Critical Views: Ernest Hemingway.* New York: Chelsea House, 1985.

Donaldson, Scott, ed. *New Essays on A Farewell to Arms.* Cambridge: Cambridge University Press, 1990.

Flora, Joseph M., ed. *Ernest Hemingway: A Study of the Short Fiction.* Boston: Twayne, 1989.

Gellens, Jay, ed. *Twentieth Century Interpretations of A Farewell to Arms: A Collection of Critical Essays.* Englewood Cliffs, N.J.: Prentice-Hall, 1970.

Graham, John, ed. *The Merrill Studies in A Farewell to Arms.* Columbus, Ohio: Merrill, 1971.

Grebstein, Sheldon Norman, ed. *The Merrill Studies in For Whom the Bell Tolls.* Columbus, Ohio: Merrill, 1971.

Howell, John M., ed. *Hemingway's African Stories: The Stories, Their Sources, Their Critics.* New York: Charles Scribner's Sons, 1969.

Josephs, Allen. *For Whom the Bell Tolls: Ernest Hemingway's Undiscovered Country.* New York: Twayne, 1994.

Jobes, Katherine T., ed. *Twentieth Century Interpretations of The Old Man and the Sea.* Englewood Cliffs, N.J.: Prentice-Hall, 1968.

Lee, A. Robert, ed. *Ernest Hemingway: New Critical Essays.* London and New York: Vision and Barnes and Noble, 1983.

Lewis, Robert W., ed. *Hemingway in Italy and Other Essays.* New York: Praeger, 1990.

McCaffery, John K. M., ed. *Ernest Hemingway: The Man and His Work*. New York: World, 1950.

Meyers, Jeffrey, ed. *Hemingway: The Critical Heritage*. London: Routledge and Kegan Paul, 1982.

Nagel, James, ed. *Ernest Hemingway: The Writer in Context*. Madison: University of Wisconsin Press, 1984.

Noble, Donald R., ed. *Hemingway: A Revaluation*. Troy, N.Y.: Whitston, 1983.

Oldsey, Bernard, ed. *Ernest Hemingway: The Papers of a Writer*. New York: Garland, 1981.

Oliver, Charles M., ed. *A Moving Picture Feast; the Filmgoer's Hemingway*. New York: Praeger, 1989.

Reynolds, Michael, ed. *Critical Essays on Ernest Hemingway's* In Our Time. Boston: G. K. Hall, 1983.

Rosen, Kenneth, ed. *Hemingway Repossessed*. Westport, Conn.: Praeger, 1994.

Sanderson, Rena, ed. *Blowing the Bridge: Essays on Hemingway and* For Whom the Bell Tolls. New York, Westport, and London: Greenwood, 1992.

Sarason, Bertram D., ed. *Hemingway and the Sun Set*. Washington, D.C.: NCR Microcard Editions, 1972.

Scafella, Frank, ed. *Hemingway: Essays of Reassessment*. Oxford: Oxford University Press, 1990.

Wagner, Linda Welshimer, ed. *Ernest Hemingway: Five Decades of Criticism*. East Lansing: Michigan State University Press, 1974.

Ernest Hemingway: Six Decades of Criticism. East Lansing: Michigan State University Press, 1987.

Wagner-Martin, Linda, ed. *New Essays on* The Sun Also Rises. Cambridge: Cambridge University Press, 1987.

Waldhorn, Arthur, ed. *Ernest Hemingway: A Collection of Criticism*. New York: McGraw-Hill, 1973.

Waldmeir, Joseph, and Kenneth Mareks, eds. *Up in Michigan: Proceedings of the First National Conference of the Hemingway Society*. Traverse City, Mich.: n.p., 1983.

Weeks, Robert P., ed. *Hemingway: A Collection of Critical Essays*. Englewood Cliffs, N.J.: Prentice-Hall, 1962.

White, William, ed. *The Merrill Studies in* The Sun Also Rises. Columbus, Ohio: Merrill, 1969.

외국에서 출간된 헤밍웨이 문헌

(1) Alfred G. Aronowitz and Peter Hamill
   Ernest Hemingway : The Life and Death of Man

(2) Men at War : edited by Ernest Hemingway,
   Barkley publishing corp. New York 19 N.Y

(3) Hemingway's Craft of Omission : four manuscript example by Susan F. Beegel

(4) Twayne's Masterwork Studies : Story of a Common Man by Gerry Brenner
   Twayne Publisher. New york

(5) A Sea of Change : Ernest Hemingway and the Gulf Stream by Mark P. Ott
   The Kent state university press Kent, Ohio

(6) A Moveable Feast : by Ernest Hemingway
   Scribner. New york

(7) Sylvia Beach and the Lost Generation : A History of Literature
   Paris in the Twenties and Thirties
   by Noel Riley Fitch

(8) Ernest Hemingway : A Literary Reference edited by Robert W. Trogdon
   Carroll and Graft Publishers, New York

(9) By Force of Will : The Life and Art of Ernest Hemingway
   by Scott Donaldson
   An Authors Guild Back in print, Com Edition.

(10) Ezra Pound : A Portrait of the Man and His work
   by A. David Moody, Oxford University Press

(11) Twayne's Masterwork Studies : Ernest Hemingway's Undiscovered Country
   by Allen Josephs
   Twayne Publisher, An Imprint of Simon & Schuster Macmillan, New York

(12) Teaching Hemingway's A Farewell to Arms edited by Lisa Tyler
   Kent state University Press, Kent, Ohio

(13) Ernest Hemingway : Bloom's Modern Critical Views
edited and with an Introduction by Harold Bloom

(14) A Reader's Guide to James Joyce by William York Tindall
Sanford Sternlicht, Series Editor

(15) A Reader's Guide to T.S.Eliot : A poem-by-poem Analysis
by George Williamson Syracuse University Press

(16) Ernest Hemingway : Critical Insights Editor Eugene Good heart
Brandeis University. Salem Press

(17) Rudyard Kipling : Something of Myself,
an autobiography, Modern voice

(18) At the Hemingway's : The years of Innocence, A Family Portray
by Marcelline Hemingway Sanford

(19) A Companion to Hemingway's Death in the Afternoon
edited by Miriam B. Mandel, Camden House

(20) Ernest Hemingway's A Farewell to Arms, A Reference Guide
by Linda Wagner - Martin
Green Wood Press

(21) Teaching Hemingway's The Sun also Rises,
edited by Peter L. Hays
University of Idaho Press

(22) Modernism and Tradition in Ernest Hemingway's In Our Time
A Guide to students and Readers by Mathew Stewart. Camden House

(23) Hemingway : A Biography
by Jeffrey Meyers, Da Capo Press
Member of the Perseus Books Group

(24) Ernest Hemingway : critical companion,
A Literary Reference to His Life and Work
by Charles M. Oliver

(25) Ernest Hemingway : A Life Story
by Carlos Baker

Charles Scribner's. New York

(26) My Brother, Ernest Hemingway
by Leicester Hemingway
The world publishing company, Cleveland and New York

(27) Hemingway : A Pictorial biography by Leo Lania
The viking Press, New york

(28) Hemingway : In his own country
by Robert E. Gajdusek
University of Notre Dame Press. Notre Dame Indiana

(29) The Cambridge Companion to Ernest Hemingway
edited by Scott Donaldson
Cambridge University Press

(30) Hemingway and the Natural World
edited by Robert F. Fleming
University of Idaho Press. 1999

(31) Gertrude Stein : Three Lives,
Dover Publication, INC, New york

(32) Ernest Hemingway : New Critical Approaches to the short
stories of Ernest Hemingway
edited by Jackson J. Benson
Duke University Press, 1990

(33) Hemingway on War : edited and with an Introduction
by Sean Hemingway Scribner. New York

(34) A Reader's Guide to Ernest Hemingway :
by Arthur Waldhorn Syracuse University Press

(35) Hemingway and the Dead Gods : A study in Existentialism John Killinger

(36) Hemingway : A Collection of Critical Essays
edited by Robert P. Weeks

(37) Hemingway's Debt to Baseball in The Old Man and the Sea
A Collection of Critical Readings by C. Harold Hurley

The Edwin Mellen Press

(38) C'ezanne and the End of Impressionism
A study of the theory, Technique, and Critical Evaluation
of Modern Art by Richard shiff

국내에서 출간된 헤밍웨이 문헌

1. 양병탁 : ≪Hemingway 생사관≫ (한국영어영문학회), 제3집, 1955

2. 김병철 : ≪Hemingway의 symbolism≫ 〈영어영문학〉 제4집, 1957

3. 김병철 : ≪Hemingway의 객관적 상관물≫ 〈문경〉 (중앙대 문리대) 제8집, 1958

4. 양병탁 : ≪헤밍웨이 세계≫ 〈신흥대학 10주년 기념논문집〉 제1집, 1958

5. 신영섭 : ≪헤밍웨이의 문학수업시대≫ 장문사, 1958

6. 장왕록 : ≪The Ethical and Religious View of Hemingway≫ 〈영어영문학〉, 제6집, 1958

7. 김석주 : ≪Hemingway and Carlyle≫ 〈영어영문학〉, 제7집, 1959

8. 김석주 : ≪Stoicism in Hemingway≫ Taegu Review, 제5집, 1960

9. 김병철 : ≪Hemingway의 주인공들≫ 〈중대 논문집〉 제5집, 1960

10. 김병철 : ≪Hemingway의 문체≫ 〈영어영문학〉 제10집, 1960

11. 양병탁 : ≪사자의 꿈≫ 〈헤밍웨이론〉 〈사상계〉, 1960

12. 여석기 : ≪Hemingway에의 Approach≫ 〈피닉스〉 제7집, 1961

13. 여석기 : ≪헤밍웨이 생활과 의견≫ (Paris 논평 회견에서) 〈현대문학〉, 1961

14. 박종현 : ≪승산 없는 대결≫ 〈바다와 노인〉의 경우 〈자유문학〉, 1962

15. 정호영 : ≪Hemingway론≫ 〈동아대 논문집〉 제1집, 1963

16. 이가형 : ≪헤밍웨이≫ 〈작가 작품론〉 (어문각간) 제3권, 1963

17. 안동민 : ≪어니스트 헤밍웨이≫ : 나의 인생관, 〈사상계〉, 1963

18. 정우봉 : ≪헤밍웨이 작품 사상≫ 〈마산대학 문학회〉, 1963

19. 김충섭 : ≪E Hemingway의 단편소설≫ 〈청구대학 논문집〉 제8집, 1965

20. 김병철 : ≪헤밍웨이의 문학과 사상≫ 〈헤밍웨이 전집〉 제5권 (휘문출판사), 1967

21. 김병철 : ≪헤밍웨이 문학의 연구≫ 을유문화사 출판, 1969

22. 김병철 : ≪헤밍웨이 전기≫ 을유문화사 출판, 1970

헤밍웨이의 삶과 언어 예술

1판 1쇄 인쇄 ㅣ 2013. 1. 15
1판 1쇄 발행 ㅣ 2013. 1. 21

지은이 ㅣ 권봉운
펴낸이 ㅣ 박연
펴낸곳 ㅣ 한결미디어

등록일자 ㅣ 2006. 7. 24.
등록번호 ㅣ 제 313-2006-000152호
주 소 ㅣ 서울 마포구 성산동 133-3 한올빌딩 6층
전 화 ㅣ 02)704-3331 팩 스 ㅣ 02)704-3360

ISBN 978-89-93151-48-0   03840